파랑새는 울지 않는다

파랑새는 울지 않는다

발행일   2024년 1월 2일

지은이   모세원
펴낸이   손형국
펴낸곳   (주)북랩
편집인   선일영   편집   김은수, 배진용, 김다빈, 김부경
디자인   이현수, 김민하, 임진형, 안유경, 신혜림   제작   박기성, 구성우, 이창영, 배상진
마케팅   김회란, 박진관
출판등록   2004. 12. 1(제2012-000051호)
주소   서울특별시 금천구 가산디지털 1로 168, 우림라이온스밸리 B동 B113~114호, C동 B101호
홈페이지   www.book.co.kr
전화번호   (02)2026-5777   팩스   (02)3159-9637

ISBN   979-11-93716-00-7 03810 (종이책)   979-11-93716-01-4 05810 (전자책)

파랑새는 울지 않는다

모세원 장편 소설

예기치 못한 첫사랑과의 재회
젊은 날의 추억과 함께 떠나는 여행

북랩

차례

정동진의 여인

팔월 말 어느 날, 땅거미가 질 무렵에 나는 광주역에서 정동진행 무궁화 야간열차(지금은 없어졌다)에 몸을 실었다. 자리에 앉아 지갑을 열어 보니, 정동진까지 갔다 올 차비만 겨우 남아 있었다. 여행길에 잃어버릴까 봐 카드는 갖고 오지 않았다. 청산도에서 고기 한 마리도 낚지 못해, 예정에도 없는 낚시질을 이틀이나 하면서 경비를 낭비했기 때문이었다.

밤새 꿀잠을 자다 수선스러운 소리에 퍼뜩 깨어났다. 새벽 서너 시가 되었을까. 여기가 어디냐고 물으니 동해역이라고 한다. 동해역과 정동진역 중간쯤에서 철로 사고가 나서 정동진까지는 역에서 제공하는 버스로 이동해야 한다는 것이다.

창밖을 내다보니 비가 추적추적 내리고 있었다. 부랴부랴 질척거리는 진창 길을 걸어 버스에 탔다. 내가 마지막 승객이었다. 좌석은 찼고

통로도 만원이었다.

그런데 버스 중간쯤 통로 왼쪽에 좌석 하나가 어서 오라고 나를 부르는 듯 비어 있었다. 그 빈자리를 찾아 앉으려다 보니, 빈자리 옆 창측에 한 여인이 앞을 똑바로 바라보며 다소곳이 앉아 있었다.

희미한 조명등에 비친 그 모습은 마치 달의 여신이 지상에 내려온 듯 눈부시게 아름다웠다. 이런 자태를 두고 '달처럼 아름답다(Lunar-beauty)'라는 숙어가 생겼으리라. 자리에 앉아 있으니 체온이 느껴지고 숨소리마저 들리는 듯했어도, 서로 말 한마디 건네지 못했다.

이십여 분 지나 버스가 정동진에 도착했다.

비는 오히려 빗방울이 굵어져 주룩주룩 내리고 있었다. 비를 피하려면 어디 음식점을 찾아 허기를 채우며 느긋이 기다려야 했다. 그러나 내 지갑에는 돌아갈 여비만 있으니 어이하리오.

처마 밑이라도 찾아야 했다. 아무리 찾아도 비를 피할만한 처마는 어디에도 없었다. 하릴없이 비를 맞으며 바닷가를 거니는 수밖에 없었다. 비에 젖은 후줄근한 몰골은 마치 거지꼴이었다.

그 여인은 어디 음식점에서 허기를 채우며 느긋하게 비를 피하겠지. 부러운 생각이 얼핏 스쳤다. 그런데 바닷가 소나무를 기대고 빗줄기를 하염없이 바라보는 그림자가 눈에 띄었다. 바로 그 여인이었다. 그녀도 나와 같은 처지로구나 생각하니 기쁨이 솟구치는 듯했다. 남의 가엾은 처지를 동정하지는 못할망정 기뻐하다니! 부끄러운 순간이었다.

수평선에 새벽이 희끄무레 깨어났다. 비는 잦아들었으나, 잿빛 새벽 하늘에 태양은 없었다. 표정 없는 관광객들은 유령처럼 조용히 움직여 열차표를 샀다. 나는 기차가 출발하기 직전에 차에 올랐다. 3호차 31번 좌석, 통로 왼쪽 통로 측이었다. 내 좌석을 찾아 몇 발짝 갔을까, 나는 깜짝 놀라 휘청거렸다. 내 좌석 옆 창 측 32번 좌석에 그 여인이 의연하게 앉아 있지 않은가! 아, 어찌 이런 일이! 우연인가, 기적인가. 이런 상황을 어떻게 이해해야 한단 말인가!

동해를 한참 지났어도, 바다는 안개에 묻혀 형체만 드러내고 있었다. 내륙으로 들어서자, 비로소 햇빛이 차창을 두드려 울창한 숲이며 논밭을 보여주었다.

얼마를 달렸을까, 여인이 주섬주섬 옷매무새를 고치고 가방을 챙기는 기척에 선잠에서 깨어났다.

"내리시게요?"
"네."
"여기가 어딘데요?"
"충주요."

우리라고 부를 수 없는 우리가, 어젯밤부터 그때까지 나눈 대화는 이것이 전부였다.

내 호주머니가 빵 한 조각, 음료수 한 병이라도 사기를 허용해 주었더라면, 우리 대화의 문은 훨씬 전부터 열렸을 터인데!

이런 비극적인 아쉬움은, 먼 옛날의 쓰라린 추억으로 자리매김했다. 열차에서 내려 내가 앉아 있는 창문 가까이 다가와 손을 흔들며 안개 속으로 사라지던 달의 선녀, 그 여인의 을씨년스럽던 모습이 자꾸만 눈에 밟힌다.

파랑새는
울지 않는다

1장
재회

학과 조교가 연구실 문을 두드리면서,

"교수님, 누가 찾아오셨는데요."
"그래, 누구신데?"
"직접 말씀드리고 싶다고 하시네요."
"그럼, 모시고 오게."

　내 연구실 문을 열고 들어서는 사람이 있었다. 가을이 깊어가는 어느 화창한 날 해거름이었다. 하얀 블라우스에 엷은 베이지색 치마를 단정하게 입은 쉰 줄의 여인이었다. 화장기라고는 없는, 하다못해 입술 루주마저도 바르지 않은 청초한 모습이었다.

"어서 오세요, 그런데 누구시지요?"

인사말을 채 나누기도 전에, 나는 말문이 꽉 막히고 말았다.

아! 그 여인이었다. 달의 여신이 아닌가! 이 년 전 늦여름 여행길에 정동진에서 만나 아쉽게 헤어진 바로 그 여인이었다. 현기증이 이는 듯 정신이 몽롱해졌다.

그때 그 여인과 내가 나눈 대화는,

"내리시게요?"

"네."

"여기가 어딘데요?"

"충주요."

딱 네 마디뿐이었던 그때 일이 생생히 떠올랐다.

"편히 앉으시지요."

여느 연구실에나 흔한 소파에 자리를 권하면서 정신을 가다듬었다. 여섯 평 남짓한 연구실에는 좌우 책장에 책들이 들쭉날쭉 어지러이 꽂혀 있었다. 베이지색 커튼이 양옆에 가지런히 걷혀 있는 남쪽으로 난 두 개의 창문에서는 들국화가 흐드러지게 피어있는 완만한 언덕이 보였다.

"이렇게 불쑥 찾아뵈어 놀라시겠지요."

"괜찮습니다. 제 기억이 맞는다면, 정동진 기차에서 만났던 분 아니신지요."

"기억하시는군요. 맞습니다. 제가 바로 그 여자입니다."

"그때는 서로 이름도 성도 모른 채 헤어졌는데, 어떻게 여길…."

"말씀드리자면, 사연이 길어요."

"그러시면, 한 시간만 기다리시면 아니 되시겠습니까? 마지막 강의를 끝내고 나가시지요."

"좋습니다. 각오하고 멀리 왔는걸요."

해가 뉘엿뉘엿 서산에 질 무렵, 우리는 바닷가 횟집에 자리를 잡았다. 등 뒤에는 야트막한 산자락 아래 9층 호텔이 노을에 황금빛으로 빛나고 있었다. 발치 아래에서는 푸른 물결이 무심히 일렁이고 있었다.

감성돔회에 소주와 맥주를 시켰다. 음식들이 즐비하게 차려지는 동안, 우리는 서먹한 표정으로 눈 둘 곳을 찾지 못해 두리번거리기만 했다. 먹음직한 감성돔 회가 상 한가운데 자리하자, 우리는 누가 먼저라 할 것 없이 젓가락을 움직여 회를 한 점 집어 입으로 가져가면서 비로소 상대의 얼굴을 쳐다보았다.

그리고 말없이 나는 맥주를 그 여인의 맥주잔에, 그 여인은 내 소주잔에 소주를 따랐다. 나는 소주잔을 입에 가져가면서 이젠 스스럼없이 그녀의 눈을 쳐다보았다.

'술은 입으로 들어오고, 사랑은 눈으로 들어오네'라는 시구를 가만히 읊어보았다.

겨우 이태 전에 한 번 보고 두 마디 말만 나누었을 뿐인, 생판 남과 다름없는 여인 앞에서 예이츠의 시구를 읊조리다니 감격이 벅차올랐다.

여인도 감격을 숨길 수 없었던지, 스스럼없이 술잔을 부딪히면서, "건배하시지요."한다.

"자, 이젠 이야기를 해 보시지요."

"교수님이 모세원이 맞지요?"

"네, 틀림없이 제가 모세원입니다."

"모 소위도 맞고요?"

"네, 예전 한때는 소위였지요! 그런데 그걸 어떻게…."

"어떻게 알았냐고요? 제가 당시의 모 소위와 한때 알고 지냈었지요."

"저와 알고 지냈다구요? 어디서요."

"운천에서요."

"운천이라… 아! 알겠네요. 포천 운천 말이지요? 터키 부대 타이피스트?"

"네, 제가 조영희입니다."

순간 나는 소스라치게 놀라 소주잔을 떨어뜨렸다. 이게 꿈인가 싶었다.

지금도 기억이 새롭다. 내가 근무하던 부대는 강원도 철원군 영북면 지경리에 있었다.

나는 1962년 7월에 육군 소위로 임관하여 8월 초에 부대에 배치되었다. 토요일이면 서울에 외출하여, 일요일 오후 마지막 버스로 귀대하곤 했다. 마장동 버스터미널에서 출발하는 김화-와수리행 버스가 지경리를 지나기 때문에, 그 버스를 타지 않으면 귀대하지 못한다.

다음 날 새벽 첫차는 부대 앞에 오전 8시 30분에 도착한다. 따라서 오전 8시 출근 시간에 늦을 수밖에 없기 때문이다.

1962년 10월 말, 마장동에서 와수리행 막차를 탔다. 여느 날처럼 그날도 버스는 만원이었다. 버스에 올라 보니 서 있는 승객이 가득한데, 운전석 오른쪽 두 번째 줄 통로 쪽에 자리 하나가 비어 있어, 웬 횡재인가 싶어 얼른 앉았다. 옆 창문 쪽에 처녀가 앉아 있었다. 숨돌릴 여유도 없이 다짜고짜 말을 걸었다.

"어쩐 일로 다 저녁에 처녀가 일선엘 가시나요?"

무례하게 느꼈던지 처녀는 퉁명스럽게 툭 한마디 던진다.

"왜요. 나는 늦게 버스 타면 안 되나요? 내 집에 내가 가는데…!"
"집에 가는 길이세요? 집이 어딘데요."
"운천이요."
"그럼, 운천이 고향이신가요?"
"아니요, 하숙집이요."

"하숙집이라면? 집은 서울이시고?"

"네. 터키 부대에서 통역사 겸 타이피스트로 일하고 있어요."

"자꾸 물어봐서 미안해요, 그런데 왜 하필 이 멀고 살벌한 일선 부대까지 와서 일하게 되셨나요?!"

"일선 부대가 대우가 좋거든요. 특히 외국인 참전부대는요."

"대우가 좋으면 얼마나 좋은지는 모르겠으나, 그렇다고 낯설고 살벌한 일선까지…"

"서울보다는 160%가량 높지요. 동생 넷을 부양하려면 어쩔 수 없어서요."

"아하, 이젠 대충 이해가 가는군요. 학교는요?"

"이대 영문과요. 작년에 졸업했어요. 근무 이 년째에요."

이런저런 얘기를 나누다 보니 어느새 운천에 도착했다. 그녀는 슬며시 쪽지를 쥐여주고 내렸다. 전화번호와 하숙집 주소가 적혀 있었다.

그녀를 만난 후로는 주말이면 부리나케 나다니던 서울 외출은 아예 딱 끊어버리고 운천에만 처박혀 있었다. 일요일이면 그녀와 함께 교회에 가서 예배를 드리고, 근처 경관 좋은 곳을 두루 다녔다. 산정호수가 그중에서 가장 기억에 남은 명소였다. 물론 한탄강도 빼놓을 수 없는 곳이었다. 그녀와 운천 근처에서 일요일을 즐기는 바람에, 주일 밤에는 부대에서 엎드리면 코 닿을 내 하숙집에 와서 푹 쉬니 피곤하지도 않아 오히려 부대 생활에 활기가 넘쳤다.

다음 해, 그러니까 1963년. 코스모스가 한들거리는 시월 어느 날이었다. 이젠 서로 진지한 얘기를 나눌 때가 되었다고 생각되어 내가 말문을 먼저 열었다. 그때까지 우리는 손 잡고 쏘다닌 일 외엔 어떤 신체적 접촉도 없었던 터였다.

말하자면, 우리는 플라토닉 러브를 즐기고 있었다. 기계문명에 찌들어 순수성의 낭만을 저버린 지 오래되어 플라토닉이란 낱말은 이제 박물관에 처박힌지 오래되었지만, 지금도 플라토닉 러브에 대한 아쉬움은 남아 있다.

"우리 결혼을 진지하게 생각해 보면 어떨까?"

"그래, 나도 생각 안 한 건 아니야. 그러나, 우리는 결혼을 할 수 없어, 절대로!"

평소와는 달리 야무지게 딱 잘라 말하는 것이었다. 예리한 칼날이 내 가슴을 도려내는 순간이었다.

"왜 안 되는데?"

"난 당신을 정말 사랑해. 존경하기도 하고. 그런데 잘 들어 봐."

목이 메인 듯 숨을 깊게 들이쉬더니 슬픈 사연을 쏟아 놓는다.

그녀는 1938년에 서울 종로구 평창동에서 다섯 남매의 맏딸로 태어났다. 바로 밑이 아들, 다음이 딸이고, 그 밑으로 아들 둘인 평화로운 가정이었다.

부친 조동귀는 종로 화신백화점 옆 거리에서 금은방을 시작으로 건설업까지 사업을 확장했다. 비교적 부유한 가정이라고 할 만했다.

그런데 부친이 그녀가 졸업하던 해 4월에 이름 모를 병으로 유명을 달리했다. 자세한 병명은 밝혀지지 않았다. 모친은 남편의 사업에는 일절 간섭하지 않고, 다소곳이 자녀 교육과 집안 살림에만 열심이었다.

부친이 돌아가시자 웬일인지 재산은 한 푼도 남지 않고, 빚더미가 태산같이 쌓였더라는 것이다. 부친의 회사에서 23년을 근무하던 외사촌이 재산을 몰래 빼돌려놓고 부채만 남겨 놓았다. 그 외사촌은 부친이 서거한 이튿날, 장례식에도 참석하지 않고 아내와 미국으로 야밤에 도주했다. 어머니는 조카가 이모 가정을 풍비박산 내고 허둥지둥 도주했다는 사실에 기절초풍했다.

의식을 잃고 몸져누운지 닷새 만에 풀지 못한 한을 안고 저세상 여행길에 올랐다.

스물세 살 난 영희가 어쩔 수 없이 가장이 됐다. 영희를 덮친 잔인한 운명이었다. 평창동 요지에 있던 안채 사랑채 등 집 세 채를 처분하여 겨우 빚을 청산하고, 상명대학 밑 홍제천 근처 방 세 칸짜리 양철집으로 이사했다.

배신감에 울화가 치밀고 너무도 억울해서 삶이 부질없게 느껴졌다. 동생 모두를 이끌고 뒷산 형제봉에 올랐다. 깎아지른 절벽을 보고 있으려니 앞으로 밀어닥칠 고단한 삶이 두려워졌다.

여기서 뛰어내리는 것은 일시적인 고통이지만, 구차하게 살아간다는 것은 영원한 지옥이라는 생각이 들었다. 동생들의 손을 이끌어 낭떠러지 끝자락에 섰다. 열두 살 막내가 뭔가 이상한 낌새를 알아채고 무서웠던지, 울음을 터트리며 앙탈을 부리는 것이었다.

"누나, 나 집에 가고 싶어!"

이 말에 퍼뜩 제정신이 돌아온 그녀는 두 손을 불끈 쥐고 굳게 다짐했다.

"우리는 파랑새야, 이대로는 절대 죽을 수 없어!"

일선까지 와서 직장을 구한 이유도, 동생들을 공부시키고 집안 살림을 돌봐야 하기 때문이었다. 그렇게 고생을 해도 동생들과 집안 살림을 꾸려나가기엔 역부족이었다.

그러니 나 같은 군인과 결혼한다는 발상 자체가 터무니없는 미친 생각이라는 것이다. 그래서 그녀는 당시 오십 대에 접어든 어떤 갑부의 후처로 가기로 했다는 것이다.

그날 이후로 우리 사이는 아무래도 서먹서먹해졌고, 내 발걸음도 뜸해졌다.

그런 와중에 내가 부대를 옮기게 되었다. 사단 본부가 있는 일동 비행대 관측장교로 발령 났다. 비행대는 L-19이라는 관측용 비행기(흔히 잠자리라고 불렸다)로 휴전선 부근의 괴뢰군 동태를 관측하여 보고하는 임무를 맡고 있다.

비행대는 지경리에서는 북쪽으로 12~13km를 달려 와수리를 지나 남쪽으로 30km쯤에 있는 일동에 있었다.

여기에서는 아침 일찍 떠나도 한낮이 지나서야 운천에 도착할 수 있다.

이런 사정이기에 영희에게 대여섯 달쯤 가지 못했다. 이듬해, 그러니까 1964년 봄 사월에 마침 휴가를 얻어 운천 영희네 하숙을 찾아갔다. 하숙집 여주인이 반갑게 맞이하면서도 어딘가 서운한 듯한 표정을 짓는 것이었다.

"안녕하셨어요, 아주머니."

"그래 나는 잘 있었네만, 총각은 뭘 하다 이제야 오나?"

"아니, 무슨 일 있으세요?"

"에끼! 무심한 사람 같으니라고! 영희가 얼마나 기다렸는데…."

"그래, 어떻게 되었는데요. 말씀 좀 해주세요."

"영희는 지난겨울에 영영 떠났다네!, 떠나버렸어!"

순간 내 가슴은 철렁 내려앉았다.

"떠나다니요? 저세상으로요?!"
"아니, 이 사람아. 저세상이 아니고, 시집간다고 영 떠났다니까!"

그러면서 아주머니는 영희가 내게 주라고 맡기고 간 쪽지를 내미는 것이다.

쪽지에는 서울 집 주소가 적혀 있었고, "나 시집가기 전 네 얼굴이나 한번 보자"고 적혀 있었다.

나는 땅거미가 지고 집집 창마다 불빛이 반짝일 무렵, 서울 그녀의 집을 찾아갔다. 그러나, 집안에 쳐들어간다는 건 예의가 아닐 듯싶기도 했지만, 영희의 처지가 난처해질 것 같았다. 어쩔 수 없어 홍제천을 사이에 두고 넓은 공터에 서서 그녀의 창문을 보며 카푸아의 '마리아 마리'를 목이 터지도록 불렀다.

창문을 열어다오, 내 그리운 마리아
다시 날 보여다오, 아름다운 얼굴
내 맘을 태우면서, 밤마다 기다림은
그리운 그대 음성 듣기 원함일세.
아, 마리아 마리!
내 맘속에 그리는 그대
받아 주게 괴롭고 무거운 내 마음
내 맘속에 그리는 그리운 그대

눈물이 앞을 가려 그 자리에 주저앉아 통곡했다.

"아, 우리 젊은 날은 꿈결같이 흘러가고 회한과 슬픔만 남았구나! 그대여, 부디 길이길이 행복하기를 기도하노라. 이제 우리는 영영 돌아오지 않는 강을 건넜구나, 아! 사랑하는 그대여!"

운명은 자비로운 것이 아니라, 가혹하다는 진리를 깨닫는 가슴 찢어지는 순간이었다. 한낮이 기울면 밤이 온다더니, 우리의 사랑도 기울고 밤이 깃들었구나.

그날밤, 동리 주민들은 멀리서 호랑이가 울부짖는 소리를 어렴풋이 들었다고 전해진다.
그것이 그녀와의 마지막 이별이었다. 그녀가 떠나 버린 하늘에는 청명한 어제의 태양이 아니라, 음울한 잿빛 태양이 떠 있었다.

그런데 32년 만에 이렇게 다시 만나다니! 이것이 우연인가, 기적인가.
영희가 2년 동안이나 백방으로 수소문한 끝에 우리가 만나게 된 것은 우연도, 기적도 아닌 애오라지 운명일 것이 분명했다. 하늘이 자비를 베풀어 주신 것이다.

"미안한 말씀이지만, 저는 지금 모 소위라고 부르고 싶은데…."
"아 그거 좋지요. 불감청이언정 고소원입니다!"

이리하여 우리는 32년 전처럼 다정하게 격의 없이 부르기로 했다.

"나 전화 좀 하고 올게. 전화는 어딨어?"
"응, 아래층 카운터에…."

우리가 추억에 젖어서 주거니 받거니 한창 흥에 겨워 있는데, 정장 군복에 대령 계급장을 단 낯선 사람이 우리 곁으로 오면서 내게 깍듯이 거수경례를 하는 것이었다.
얼떨결에 서투른 동작으로 나도 거수경례로 답했다.

"안녕하십니까. 처음 뵙습니다. 저는 조영진이라고 합니다."

그녀가 서둘러 소개한다.

"막냇동생입니다. 이 동생이 지금의 모 교수님을 찾아낸 주인공이랍니다."
"아, 그러세요. 어떻게 찾으셨어요?"
"실례지만, 말씀을 낮춰주시면 편하게 말씀드릴 수 있겠는데요…."
"정 그렇다면 그리하겠네. 터놓고 이야기해 보게, 대령."

이때 그녀가 끼어들었다.

"먼저 내 얘기를 듣는 것이 순서지. 실은 이 년 전 정동진에서 당신을 만났을 때 처음부터 내 가슴은 터질 것 같았지."

"그래…? 어디 자세히 들어보지."

"버스 승강구에 나타난 당신이 꼭 모 소위를 닮은 것 같았지. 그래서 내 가슴이 뛴 거야. 그런데 자리에 앉은 옆 모습을 슬쩍 훔쳐보니 아닌 것 같기도 했지. 결국, 긴가민가한 거야."

"그래서 다음에는?"

"마침 그때 나도 호주머니가 비어 있었지. 그 얘기를 하자면 길어. 그간의 일은 나중에 얘기하지."

"사연이 많았던 모양이군. 그래, 그건 그렇고…."

"비를 맞으며 곰곰이 생각해 봤지. 기차에서 또 버스에서처럼 옆자리에 앉게 된 것도 인연이다 싶었지."

"허, 재미있어 정말."

"그렇게 말도 해 보지 못하고 기차에서 내렸지만, 너무 아쉬워 창문까지 가서 손을 흔들었지. 그때 보니까 영락없는 모 소위였어. 기차는 이미 떠났는데 뭘 어쩌겠어?"

"그래서 어찌했는데?"

"날이 갈수록 모 소위란 확신이 들었지. 그래서 막내에게 저간의 사정을 털어놓고, 부디 찾으라고 명령하다시피 부탁했지."

"그럼, 조 대령이 자세히 말해 보게나."

"그럼, 제가 말씀드리기로 하지요."

조 대령은 열아홉 살인 1968년에 해군사관학교에 입학하여 1972년 졸업하면서 소위로 임관했다. 여러 전단을 거치면서 작전에 정통한 정예 해군으로 성장, 1994년에 대령으로 승진했다. 그리고 지금은 목포에 기지를 둔 해군 제3방어전단 작전참모였다.

영희와 내가 만나던 1962년에 나는 군복을 입고 있었으니까, 계급장과 이름표는 필수 표지였다. 그래서 영희는 내 이름을 기억하고 있었기 때문에, 정동진에서 만난 후로 막내에게 모 소위를 찾으라고 부탁할 수 있었다.

마침 1993년에 동생은 중령으로 해군본부에 근무하고 있었다. 따라서 육군과의 소통도 원활하게 할 수 있는 처지였다.

우선 육군 본부에 1962년 3사단 포병 11대대에 근무하던 모세원 소위의 행적을 문의했다. 1964년에 중위로 진급하면서 영천 인사행정학교를 졸업했고, 3사단 포병본부 인사장교로 근무하다 1군 직속 98대대에서 1965년 중위로 전역했다는 정보를 얻게 되었다. 그런데 그 이후의 행적을 추적하기란 쉬운 일이 아니었다.

영진은 우선 지금까지 밝혀낸 이런 사실을 알리려고 누나에게 전화했다.

"누나, 1965년에 중위로 제대했다는 사실만 알았어요. 그 후의 행적은 어떻게 찾아야 할지 모르겠네요. 무슨 단서 같은 게 있으면 좋으련만…."

"영진아, 단서라고 했니? 홈즈나 푸아로 같은 탐정들이 사건을 해결하던 단서?"

"아니, 그렇게 거창한 거 아니고요. 단서라고 할 만한 뭐 그런 거 없어요?"

"있지, 있지 않고!"

"뭔데요, 별거 아닌 거 갖고 이 동생 애태우지 말아요! 끊습니다."

"얘, 미안. 화 돋우려 한 게 아니야, 시시한 것 같아서 그랬어."

"그냥 말해 보세요. 뭔데요?"

"실은 말이다. 이날 이때까지 식구들에게는 말하지 않았지만, 그 옛날에 누나에게도 사랑하던 사람이 있었지. 결혼도 할 수 있을 만큼 아주 가까이 지냈단다. 플라토닉 러브란 말 알겠지. 우린 그런 사이였어. 그러나 우리 집 형편 때문에 나는 부잣집으로 시집갈 수밖에 없었단다. 그때 모 소위가 빨리 제대하고 신문사 기자가 되면 결혼할 수 있지 않겠느냐고 제안한 적이 있단다."

"누나, 알겠어요. 일부러 누나 마음 아프게 해 드렸네요. 이만 끊어요."

그 후로 영진이는 신문사가 한둘도 아니고, 더욱이 기자는 별처럼 많은데 어디 가서 찾을까 고민하다, 인터넷에서 검색해 보기로 했다. 기자가 되었다면 그래도 전통 있는 신문사 기자가 되었겠지 하는 합리적인 생각으로 우선 조선일보부터 찾아보기로 했다.

1966년 이후의 조선일보 지면을 훑기 시작했다. 운 좋게도 다음 날 조선일보 지면에서 모세원이란 이름을 찾아냈다.

1968년 10월 31일 자 조선일보 1면 머리기사에 모세원 특파원이란 이름이 똑똑히 박혀 있었다.

누나가 찾는 그 모 소위인지 확인하기 위해 조선일보 총무부에 전화로 문의해 보았다. 육군 장교로 제대하고 1966년에 입사하여 사회부 기자로 일하다가, 1972년에 퇴사했는데 그 후의 소식은 모르겠다는 답이 돌아왔다.

여기서 또 벽에 부딪혔다. 혹시 다른 신문사로 옮기지나 않았을까? 그럴 수도 있겠지. 에라 모르겠다. 밑져야 본전이라지 않던가.

동아일보 인사부에 전화를 걸었다. 담당자가 친절하게도 1974년에 휴가 갔다가 목포 어디 학교에 근무한다면서 우편으로 사표를 제출한 기자라고 알려주는 것이 아닌가. 홈즈 같으면 이제 뤼팽의 소재지까지 추적했으니, 체포는 시간문제가 되었다. 아무 때나 발령 낼 수 있는 학교이니 사립학교가 분명하지 않겠는가.

여기에 생각이 미치자, 목포 시내에 있는 학교마다 전화로 정중하게 문의했다. 거절하지 못하고 답변을 해야 하는 질문이라면 답변은 받아놓은 밥상이리라.

"안녕하세요. 저는 동아일보 본사 기자인데요, 친구가 목포 어디 학교에서 근무한다고 휴가 얻으면 찾아오라고 했는데요. 그 친구 이름이 모세원인데요. 거기 근무하나요?"

숨길 수도 없는, 숨길 필요도 없는 질문이라서 확실한 답변이 전신

줄을 타고 흘러오리라. 홈즈는 이제 뤼팽을 체포한 것이다.

그런데 홈즈는 뤼팽을 체포하기는커녕 절망의 나락으로 굴러떨어지고 말았다.

"1976년까지 근무하다가 서울로 이사했어요."

"그럼, 어떤 회사에 근무하는지 아세요?"

"들리는 소문으로는, 직장이 없다는 것 같아요."

영진이는 뤼팽을 체포한다는 것은 하늘의 별 따기라는 걸 절실하게 느꼈다.

그런데, 범인은 의외로 눈앞에서 활개치고 있었다. 11월 초 어느 날, 조 대령 부대의 교양강의 시간에 목포대학 교수를 연사로 초빙한 적이 있었다. 그날의 연사가 모세원 교수였다. 조 대령은 뛸 듯이 기뻤다. 주위에 아무도 없었다면, 큰소리로 환성을 질렀을 것이다. 드디어 뤼팽을 체포한 것이다. 모 소위는 부비트랩인지도 모르고 제 발로 밟은 것이다. 그날 즉시 누나에게 전화했다.

"누나, 체포했어요! 지금이요."

"얘야, 누구를 체포해?"

"모 소위요, 대령인 내가 도망 다니던 소위를 체포했지요. 혁혁한 공을 세웠지 않겠어요! 근사한 상을 주셔야 해요, 누나!"

"너도 참. 대령이나 됐으면, 이젠 어른이 되어야지. 누나 앞에서는 맨날 어린아이 행세라니, 쯧쯧!"

"기쁘지도 않으셔요? 누나는?"

"기쁘다만, 그래 목포 같은 곳에서 뭘 하고 사는데, 너한테 다 잡히다니! 뤼팽이 아니라 룸펜인 모양이구나!"

"아니에요, 누나. 교수에요, 목포대학 정치외교학과!"

"오! 그래?! 나도 기쁘구나. 정동진에서는 하도 후줄근해서!"

"만나 보실래요?"

"쇠뿔은 단김에 빼랬지. 내일이 금요일이지? 네가 토요일은 쉬기도 하니까 잘됐구나. 내일 내가 목포엘 가야겠다."

"급하시긴! 2년을 참으셨으면서 며칠을 못 참고 허둥대시네요!"

"내가 허둥댄다고? 아니야, 정동진에서 당한 수모를 갚아 주어야지! 연구실로 쳐들어갈 거다!"

"뭐, 전쟁할 일 생겼어요? 쳐들어가시게!"

"아니야, 넌 몰라. 아무려면 정동진에서 나를 몰라보다니, 괘씸죄는 중죄야!"

이리하여 영희는 1995년 11월 초에 목포대학을 방문하여 32년 만에 해후의 기쁨을 맘껏 누렸다.

"조 대령, 수고가 참 많았네그려. 무어라 고마운 마음을 전할 길이 없구먼."

"별말씀을요. 누나의 성심에 하늘도 감동하신 거지요."

"그럼, 저 뒤 호텔에 묵으시지요."

영희는 빙그레 의미 있는 미소를 띠며, 한마디 던진다.

"모 소위는 걱정도 팔자구먼. 숙소는 이미 정했지."
"뭐라? 언제 예약을? 아까 전화하러 갔을 때 했겠군."
"천만에, 아우 집에 이미 예약을 했다는 말이네. 조 대령 집이 여기
있거든."

조 대령은 제3해군 전단으로 발령이 났을 때, 아내와 아들과 딸 남
매가 살 집을 마련했다.

다음날 토요일 아침, 우리는 유달산 노적봉이 보이는 식당에 자리를
잡았다.

삼계탕으로 아침을 때우고, 무려 오십여 개나 되는 널찍한 계단을 올
랐다. 마지막 계단 바로 앞에 이난영의 노래비가 처연히 앉아 있다. 목포
의 눈물 가사를 읽으며 순간 울컥해지는 마음을 가누기가 힘들었다.

사공의 뱃노래 가물거리면
삼학도 파도 깊이 스며드는데
부두의 새악시 아롱 젖은 옷자락
이별의 눈물이냐 목포의 설움
삼백 년 원한 품은 노적봉 밑에

임 자취 완연하다 애달픈 정조
유달산 바람도 영산강을 안으니
임 그려 우는 마음 목포의 노래

깊은 밤 조각달은 흘러가는데
어찌타 옛 상처가 새로워진가
못 오는 임이면 이 마음도 보낼 것을
항구에 맺은 절개 목포의 사랑

유선각에 오르니 다도해 푸른 물이 눈앞에 펼쳐지고, 삼학도가 눈 아래 다가와 정취를 더한다. 용마루 돌아드는 연락선 뱃고동 소리 귓가에 흘러들어 애처로운 마음에 영희의 손을 꼭 쥐었다. 절로 시 한 수를 읊었다.

갈바람 부는
바닷가에 서면
물결 너울너울 춤추고
하얀 그대 모습
하늘하늘 날아드네

유달산 그림자 다도해 덮으면
뱃고동 아리 울고
아스라이 눈에 젖는

삼학도 그림 같은 모습
가까이 다가오네

하늘빛 바다 예스러운데
그대 가고 없는
고향 풍정은 옛말이로세

나의 뜬금없는 시 읊음에 영희도 옛 추억이 떠오르는 뜻 숙연한 모습이었다.

"고향도 아닌데, 당신이 숙연할 필요 없지 않아?"
"당신 고향 노래에 숙연해진 게 아니고, 내가 살아온 옛날 생각에 슬픔이 왈칵 밀려와 그런 게지."
"추억을 곱씹으며 옛이야기를 나누는 것도 카타르시스가 되지. 차분하게 털어놓아 봐. 귀를 쫑긋 세우고 들을 테니."

2장
결혼

영희는 1964년 초봄에 시집을 갔다. 매화가 흐드러지게 피고, 개나리가 노란 망울을 터뜨리려는 어느 날이었다. 꽃가마 타고 시집간다는 말대로 그녀는 온갖 꽃으로 단장한 새나라 자동차에 올라 가회동 시집에 빨려 들어갔다. 한씨는 십 년 전 수안보 집은 그대로 두고, 가회동에 저택을 마련하여 사업체 모두의 본사를 서울로 이전했다.

블랙홀로 빨려 들어가듯 그렇게 그녀는 빨려 들어갔다. 내키지 않은 결혼에 희희낙락할 처녀가 몇이나 있을까. 영희도 그런 처지였다. 부친의 갑작스러운 죽음으로, 양철로 된 집 한 채만 남은 거지 신세가 된 영희네 다섯 형제자매가 살아갈 수 있는 길은 오직 하나였다.

영희가 부잣집에 시집가는 길밖에 없었다. 세계 어느 도시에도 빈부의 차이로 확연히 구분된 주택 지역이 있다. 거의 인위적으로 형성된 지역이다. 영희의 시집도 이런 부자 집성촌에 자리를 잡았다. 안채, 사랑채 그리고 여러 채의 부속건물로 이루어진 대궐 같은 집이었다.

새 남편과 아들 둘 딸 하나, 그리고 집사, 가정부와 하녀 두 사람을 합하여 여덟 명의 가솔이 평화롭게 살고 있었다. 갓 시집온 새색시와 모두 합해도 아홉이었다.

영희는 시집온 첫날 처음으로 새 남편 한경주의 얼굴을 보았다. 그는 청주 한씨의 후손으로 대대로 충주 수안보에서 살았다. 그는 세조 수양대군을 좋아하면서도, 역설적으로 그의 폭력을 앞세운 왕위찬탈에는 부정적이었다. 그러나 유교풍의 예의범절에는 고루하다 할 만큼 철저했다. 그런 가풍에 따른 인격 수양으로 예의가 몸에 밴 가솔이었다.

그러니 영희가 시집온 날 가장만 제외하고 가솔 모두가 대문 앞까지 나와 자동차에서 내리는 신부를 따뜻한 손길로 맞이한 것이다. 집안으로 안내한 하녀 미령의 자상한 배려로 새색시는 그날 편안한 밤을 맞았다.

한씨는 6년 전 뜻밖의 교통사고로 아내를 잃은, 오십 줄에 접어든 온후한 사람이었다. 시원한 이마에 말상인 하얀 얼굴이 중후한 멋을 더하고 있었다. 뚱뚱하지도, 호리호리하지도 않은 중키의 몸매는 건강을 담보하고 있었다.

서글서글한 눈매에 까만 눈동자는 누구에게나 자상한 어른으로 비쳤다. 여름에는 하얀 한산 세모시 적삼에 바지를, 봄가을에는 옥양목이나 무명옷을 입었다. 돈푼깨나 있으면 아무나 애용하는 비단옷은 이 집에는 어울리지 않는 듯했다. 이렇게 검소와 절제를 신조로 삼고 사는 모범 가정이었다.

　이런 가정에 스물여섯 살의 영희가 안주인으로 들어온 것이다. 지옥 같은 시집살이를 상상하고 마음 굳게 먹고 달려든 새아씨의 기대와는 달리, 안온한 공기가 그녀를 감싸고 돌았다. 남편은 싹싹하게 대해주었고, 세 살이나 위인 맏아들은 깍듯이 어머니로 모셨다. 동갑내기 딸은 십년지기처럼 곰살맞게 대했다. 막내아들은 영희보다 겨우 두 살 밑이면서도, 친어머니처럼 모시면서 어린아이같이 어리광까지 부리며 졸졸 따랐다.

　결혼 달포 만에 영희에게 시집은 영락없는 지상낙원이 되었다. 하얀 토끼를 팔에 안고 계수나무에 앉은 달의 선녀 항아가 된 듯했다. 이대 2학년 때 '오월의 여왕'에 뽑혔을 때도 이보다 더 기쁘지는 않았었다.

　이때 영희의 추억담에 취해 있던 내가 불쑥 말허리를 잘랐다.

　"뭐라, 오월의 여왕에 뽑혔었다고!?"
　"그랬지, 거짓말 같아?"
　"아니, 천만에. 당시 이대의 오월의 여왕 추대행사는 볼만했지."
　"시내의 꽃이란 꽃은 다 모여든 것 같은 꽃 잔치였지. 황홀해서 공중에 붕 뜬 기분이었지. 근두운이라도 있었으면, 불러 타고 하늘을 날고 싶었다니까!"
　"아하! 그래서 정동진에서는 당신이 마치 달처럼 아름답게 보였었구나."

그렇게 보니, 영희의 화장기 없는 청초한 모습은 '달같이 아름답다 (Lunar-beauty)'는 표현도 부족하다는 감회에 젖었다.

나는 청춘의 젊은 피가 약동하는 오월을 생각하며 시 한 수를 읊었다.

오월의 맑고 푸른 하늘에서
태양은 한껏 열기를 내뿜어
누리를 더 파랗게 물들이네

오월은 배꽃 동산에서
환호 속에 여왕이 태어나고
오월은 싱그러운 청춘처럼
희망이 샘솟듯 넘쳐난다네

오월은 기꺼이 물러가면서
풍요로운 대지를 품고 오기를
유월에게 기쁨으로 당부한다네

"영희, 들어봐. 나는 당신이 떠난 후 당신과 둘이 쏘다녔던 곳을 헤매며, 히스클리프가 폭풍 언덕을 향해 애끓게 외치듯이, 시를 읊으며 쓰라린 가슴을 달랬다네."

추억은 나에겐

기쁨의 보고입니다

양귀비 흐드러지게 핀
작약도 느티나무는

사랑의 열매 고이 간직한
기쁜 추억의 그림자입니다

나에게 추억은
슬픔의 뿌리입니다

우수수 낙엽이 지던
산정호수 소나무는

이별의 소야곡이 울리던
슬픈 추억의 그림자입니다

"듣고 보니 추억이 새롭네. 산정호수의 아름다운 달밤!"
"미안해, 얘기 계속해. 재미있기도 하고 애잔하기도 하구먼."

한씨의 사업은 건축업, 건축자재업, 숙박업, 무역업 등 다양한 분야였다. 한씨는 수안보에 조상 대대로 내려온 땅에서 온천수가 발견되는 서슬에 가세가 번창하게 된 한씨 문중의 곁가지 가문이다.

그의 근검절약의 신조가 오늘의 부를 이루게 된 것이라고 주위의 칭찬이 자자하다.

평화 뒤에는 전쟁이 도사리고 있고, 행복 안에는 불행이 똬리 틀고 있는 것이 세상의 이치이던가.
한씨의 행복을 시샘하는 살무사가 일찍부터 고개를 쳐들고 눈알을 이리저리 굴리고 있었다.

한씨가 스물다섯 살에 결혼할 때, 아내 강씨는 강 면장의 외동딸로 지난해 청주교육대학을 졸업하고 충주에서 교편을 잡고 있었다. 이때 아내를 따라온 남동생이 있었다. 아내는 스물두 살, 동생은 열다섯 살이었다. 중학교 3학년이었다. 그 동생은 아내의 집에서 수양아들로 살아왔다. 강 면장이 비 오는 가을밤에 처마 밑에서 떨고 앉아 있는 아이를 데려다 길렀다. 그 아이 다섯 살 때였다. 강 면장은 그 아이에게 강만수라는 이름을 주었다. 강 면장은 만수를 친아들처럼 지극한 정성으로 보살폈다.
두 분 양친은 불행하게도 딸의 결혼 날짜를 받아 놓고 딸의 혼숫감을 마련하려고 나들이 갔다가, 버스 전복 사고로 유명을 달리했다. 자연스럽게 그 동생은 아내의 혼숫감이 되었다.
누나 따라 한씨 집에서 살면서 만수는 충북대학 경제학과를 졸업하고 한씨가 갓 설립한 건설회사에서 경리 일을 맡았다.

인간이나 짐승도 자기 핏줄을 찾는 것은 자연의 진리다. 만수도 건강하게 자라서 이제 성년이 지나 어엿한 회사의 내로라하는 사원이었다. 그러나 항상 마음 한구석에서는 친부모에 대한 그리움을 떨쳐버릴 수가 없었다.

　하늘은 사람에게 어렸을 때의 기억을 잊지 않는 총명을 주었다. 바보가 아닌 이상 다섯 살 때의 일은 기억에 생생하게 남아 있는 것이다. 어려운 일을 겪을수록 그 기억은 더욱 선명한 것이다.

　대학에 진학하면서부터 강만수는 어렸을 때의 일을 곰곰이 생각하는 버릇이 생겼다. 그때부터 꿈을 꿀 때면, 억수로 퍼붓는 빗속에서 길을 잃고 헤매는 악몽을 꾸기가 한두 번이 아니었다. 어떤 때는 눈보라치는 겨울밤에, 어느 집 대문 앞에 버려져 발버둥치는 어린아이의 꿈을 꾸고 안쓰러워 눈물을 줄줄 흘린 적도 있었다.

　간절하게 기도하면 하늘도 그 소원을 이루어 주는 것이다. 하늘은 선한 행위를 하면 소원을 이루어 주고, 악한 행동을 한 자라고 그 소원을 외면하지 않는다.

　평등과 정의가 하늘의 섭리다. 천국에 들어가려면 어린아이와 같이 되라고 하지 않았는가. 어린아이에게 무슨 죄가 있겠는가.

　드디어 강만수의 꿈이 이루어지는 날이 온 것이다. 강만수는 오랜만에 휴가를 얻어, 충주호에 낚시하러 갔다. 충주호는 충청북도 청풍면과 봉양면을 끼고 제천까지 펼쳐져 있다.

　그는 낚시터를 찾으러 청풍면 쪽 호숫가 수초를 헤집고 다녔다. 이때

발부리가 돌비석에 부딪혀 넘어지고 말았다.

"에이, 재수 없어!"

그는 투덜거리며 그 돌비석을 파내어 물에 씻어보니 돌에 무어라 적혀 있었다.
'김 진사 여식 철천의 한을 품고 여기 잠들다'라고.
그 비명을 읽을 때 만수는 섬뜩한 느낌이 들어 괴이하다 싶었다.
한번 의심이 생기면 풀지 않고 못 배기는 강만수였다. 그 돌비석을 들고 제천 청풍 면사무소에 갔다. 돌비석의 내력을 알 수 있겠느냐고 면장에게 물어보았다.
면장은 이 동리에 팔십이 다 된 어른이 계시니 가서 물어보면 혹시 알지도 모른다면서, 그 노인장의 집을 자세히 일러 주는 것이었다.

"면장님, 고맙습니다."

그길로 막걸리 한 통을 사 들고 노인장을 찾아갔다.

"영감님, 안녕하십니까. 저는 수안보에 사는 강만수라 합니다. 좀 여쭤볼 게 있어서 찾아뵈었습니다."
"그런가, 젊은이. 그래, 뭘 알고 싶은데?"

만수는 돌비석을 보이며,

"혹시 이 비석의 내력을 알 수 있을까 해서요. 김 진사의 여식이라 씌어 있는데, 혹시 김 진사가 누구며 그 여식은 누구인지 아시는가 해서요."

"김 진사는 명망 있는 가문의 막내로 망월산성 아랫동네에서 살았지. 천석꾼이었다네."

망월산성은 제천 청북면 남한강 강변에 위용을 자랑하는 해발 273m 되는 망월산 봉우리에 삼국시대에 축성된 산성이다. 이 산성은 사열이산성이라 부르기도 하는데, 고구려 시대 사열이현에 속해 있었기 때문에 붙은 이름이다.

"김 진사의 부인은, 어느 해 자다가 집에서 사라져 행방이 묘연했다고 했네. 그래서 김 진사는 외동딸과 오순도순 화평하게 살고 있었지. 그 딸은 달같이 예쁜 팔방미인이라는 칭송이 자자한 방정한 규수였다네."

"그래서요?"

"젊은이, 그리 서두를 것 없네. 하루해는 기니까. 내 천천히 얘기해 줌세."

촌로는 다음과 같은 서글픈 사연을 담담하게 털어놓았다.

1919년 '대한 독립 만세'라는 외침이 메아리치고, 태극기의 물결이 쓰나미가 되어 방방곡곡을 덮칠 무렵이었다. 오월 어느 날, 지체가 꽤 높아 보이는 일본 관헌이 조선 꼬붕 헌병을 앞세우고 충주호에 나들이 왔다. 바람 한 점 없는 청명한 날이었다.

그때 마침 김 낭자도 몸종과 함께 호반 버드나무 그늘에 앉아 출렁이는 물결을 무심하게 바라보고 있었다. 옆을 지나던 청풍 출신인 조선인 부하가 낭자를 알아보고, 아첨할 절호의 기회다 싶어 쾌재를 불렀다. 꼬붕은 부리나케 뛰어가 상전의 귀에 뭔가 속삭였다.

일본인 관헌은 좋아서 입이 함박만하게 벌어졌다. 꼬붕은 김 낭자 옆으로 다가와 수작을 걸었다.

"저기 저분이 잠깐 뭐 좀 물어볼 게 있다면서, 정중하게 모시고 오랍니다."

김 낭자는 느티나무 아래 평상에 앉은 관헌에게 마구잡이로 끌려갔다.

대나무 평상에는 음식상이 차려져 있었고, 상 옆에는 정종 한 병이 놓여 있었다.

일본인은 예의를 차린답시고 일어나 김 낭자를 상석으로 이끌었다. 막무가내로 끌려온 김 규수는 그의 손을 뿌리치고 평상에서 뛰어내려 도망쳤다. 그러나 곧 꼬붕에게 붙잡혀 평상에 널브러졌다. 이 틈에 꼬붕이 낭자의 두 손을 허리띠로 꽁꽁 묶고, 두 다리를 벌리고 꼭 잡고 있었다. 일본 관헌은 낭자의 배에 올라타고 신나게 방아를 찧으며 헉헉

거렸다.

그들은 기절한 낭자를 그대로 두고 씩 웃으며 그 자리를 떠났다. 낭자의 하녀는 버드나무 뒤에서 이 모든 광경을 다 보았다. 평상으로 급히 뛰어간 하녀는 아랫도리에 질펀한 피를 보고 깜짝 놀라 제 치마로 대충 춤치고, 바가지에 물을 길어 기절한 낭자의 얼굴에 퍼부었다. 한참만에 깨어난 낭자는 비참하게 일그러진 얼굴로 들릴락 말락 나직하게 이르는 것이었다.

"이 일은 당분간 비밀로 해 다오. 부탁한다."

세월이 흘러 김 낭자는 사내아이를 낳았다. 김 진사는 딸의 배가 불러올 때 이미 딸이 당한 일을 짐작했었다.

김 낭자는 분만한 지 열흘 만에 하녀를 머리맡에 불러 이렇게 당부했다.

"넓적한 돌에 이렇게 새겨 내가 수모를 당한 그 자리에 묻어다오. 내 죽어서도 그 자리에서 당한 원한을 꼭 갚으리라!"

"아가씨, 뭐라 새기라고요?"

"'김 진사 여식 철천지한 품고 여기에 잠들다'라고!"

그리고 혀를 깨물고 자진했다. 이 씻을 수 없는 수모와 외동딸의 불행한 죽음을 견디다 못한 김 진사는 외손자를 어느 고아원에 맡기고 표연히 자취를 감추었다. 이 아이가 훗날의 강만수다.

　김 진사의 집은 폐허가 되었다. 소작농들은 각각 김 진사가 남긴 유서 덕에 부치던 논밭의 임자가 되었다.

3장
교통사고

강만수는 영희가 결혼한 해에 마흔네 살이었다. 그는 한경주의 건설
회사 경리담당 이사가 되어있었다. 그의 아내는 한씨의 건축자재 회사
경리부장 송장생의 누나였다. 누나 강씨는 마흔다섯 살에 사망했다. 만
수가 건설회사 경리부장이었을 때였다. 강씨는 단순한 교통사고로 사
망했다고 경찰은 발표했다.

한씨의 건설회사는 계열회사인 건축자재회사에서 건축자재를 구입
하면서 처남 매부가 거래장부를 조작하여 회삿돈을 빼돌리고 있었다.
강만수의 누나는 아현동에 사는 동생네의 지나치게 호화로운 생활
을 미심쩍게 여겨 슬쩍 올케한테 물어보았다.

"요 몇 년 사이에 비싼 가구가 많아졌네. 부럽기도 하고, 질투도 나

는군."

"에이 언니, 무슨 말씀을 그리하세요? 자꾸 봉급이 많아지니까 비싼 걸 사게 되더라고요."

"그래? 회사가 잘 돌아가는가 보네. 수고하게."

강 여사는 당시 건설 부문의 회사 쪽 경영이 침체를 겪고 있어 봉급 인상은 없었던 시기에 동생 집에 고급 가구와 외제 생필품 등이 지천으로 널려 있으니, 의심이 들지 않을 수 없었다.

만수는, 누나가 아현동 집에 요즘 자주 들러 이런저런 질문을 늘어 놓고 간다는 아내 말을 듣고 등골이 서늘해졌다. 위험이 닥쳐오고 있음을 육감으로 느낄 수 있었다. 가만히 손 놓고 있다가 당할 수만은 없다는 오기가 생겼다.

아마도 현재 강 누나와는 피 한 방울 섞이지 않은 사이라서 그런 오기가 발동했는지 모른다.

곧바로 처남을 불러냈다. 조용한 단골 살롱에서 두 사람은 머리를 맞댔다.

"형님, 어디 불났습니까? 이렇게 급하게 부르시니…."

"이 사람아, 진짜 발등에 불이 떨어졌네. 빨리 끄지 않으면 모두 불타 죽게 생겼어!"

"아니, 정말 불이 나다니요?"

"우리 누나가 눈치챘어. 우리 누나 성질 알지? 가만 안 있을 거야."

"그럼 어떡한다지요?"

"선제 기습공격이 승리의 담보라고 하지 않던가. 공격해야지!"

"어떤 공격을, 어떻게 한단 말입니까?"

두 사람은 얼마 동안 수군수군하다가 헤어졌다.

다음 날, 송장생은 김화수와 종로 어느 다방에 마주 앉았다. 김화수와 송장생은 어려서부터 같이 자란 죽마고우다. 장생이 먼저 입을 연다.

"요새 별일 없지? 호주머니는?"

"별로야. 지갑이 좀 얇아."

"그래애…? 한 가지 일이 있는데… 좀 어렵고 난처한 일이야."

"야, 장생아, 언제부터 네가 그리 소심해졌냐? 회삿밥 먹더니, 불 속도 뛰어들던 네가, 뭐 난처한 일이라고?"

"이 일은 질이 좀 달라. 사람 목숨이 달린 일이거든!"

"뭐라?! 사람 목숨이 달린 일이라고? 그래 어디 들어나 보자."

"너, 우리 매부 알지?"

"알다마다. 그 친구 우리 업계에서도 알아주는 뭐랄까, 좀 악당이지, 안 그래?"

"그래, 우리와 죽이 잘 맞는 친구지. 그 누나네가 우리들 회사 오너지 않아, 알지?"

"잘 알지. 인격자들이지. 그런데 누구 목숨이 달린 일이라고?"

"나와 매형, 그리고 누나!"

"뭐라? 세 사람 목숨이 달려!?"

"아니, 그보다 많지. 가족까지 합하면 열 명도 넘을 거야."

"아니, 이거 큰일 났구나! 누가 가족까지 죽인다고 협박하나?"

"화수야, 진지하게 들어봐. 가족까지 죽인다고 협박하는 것이 아니고, 가장이 죽으면 자연히 가족도 살 수 없는 것 아니야?"

"허, 이것 뭐가 뭔지 모르겠구만. 똑똑히 말해봐, 변죽만 울리지 말고!"

"실은, 너도 눈치는 채고 있겠지만, 우리가 가욋돈을 벌고 있거든."

"알지 알아. 네가 내게 주는 용돈도 그런 가욋돈 아냐?"

"그래서 말인데…. 누나가 눈치챘으니 머잖아 사건이 벌어질 것 같아. 그래서 우리 열 몇 식구가 죽는 것보다는, 한 사람의 희생이 더 낫지 않겠어? 말하자면 최대 다수의 최대 행복의 논리랄까…."

"그럼 사라져야 할 한 사람이 누군데?"

"바로 만수의 누나!"

"헉! 만수 누나를?!"

"나도 인간으로서 마음이 아프지 않은 건 아니야. 그러나 우리 다섯 식구가 거리에 나앉는 것보다야 낫지 않겠어? 나와 만수는 물론 쇠고랑을 차겠지."

김화수는 소매치기, 장물 소개, 폭행 등 여러 분야에서 알아주는 인물이 아니던가. 그도 짐승이 아닌 인간임에랴, 어찌 사람의 목숨을 해친단 말인가. 온갖 생각이 머리를 어지럽혔다. 그는 마침내 친구의 식구를 살리는 쪽을 택하고, 수어지교라는 성어에 자기 행동의 정당성을 부여했다.

만수 누나가 요즘 뻔질나게 아현동 만수의 집을 드나드니, 아현동 고개에서 일을 벌이자는 데 뜻을 모았다. 하수인을 살 경비는 화수의 주머니를 두둑하게 채워 주었다.

짓눌렸던 가슴이 확 뚫렸다. 고통의 멍에를 벗으면 천국이 보인다는 말이 천만 번 옳은 것 같았다.

이런 사실을 만수에게 알리고, 그날만을 고대하면서 조마조마한 세월을 보낸 지 한 달째가 되는 1958년 4월이 왔다. 엘리엇의 황무지의 잔인한 사월이 서울의 잔인한 비극의 달이 되었다.

북아현동 골목길에서 나타난 대형트럭이, 아현동 고갯길을 내려오던 시발택시를 들이받고 트럭은 뺑소니쳤다. 해가 뉘엿뉘엿 지던 무렵이었다. 시발택시 운전사는 중상을 입고 병원에 입원하여 치료받던 중 사흘 만에 사망했다. 승객은 그 자리에서 즉사했다. 하얀 옥양목 적삼을 입은 사십 대 중반의 여성이었다.

1920년, 그러니까 강만수가 태어나던 해. 딸의 자진을 뒤로하고 표연히 사라졌던 김 진사의 뒤를 따라가 보자.

김 진사는 살아서 기필코 딸의 원수, 우리 집안의 원수를 갚고야 말겠다는 굳은 결심으로 모든 것을 버리고 집을 떠났다. 미약한 자기 힘으로 원수를 갚는다는 것은 계란으로 바위를 치는 불가능하고도 어리석은 짓이라는 걸 깨달았다. 세상만사를 주재하시는 신에게 의지할 수밖에 없다는 진리를 깨달은 것이다. 당시 김 진사가 믿었던 신은 부처였다. 그는 법주사를 찾았다. 그는 법주사 경내로 들어서기 전에 진허 마을에서 하룻밤을 지냈다.

다음 날 아침, 김 진사는 마을 앞에 단아하게 버티고 서 있는 소나무 아래 단정히 엎드렸다. 정2품의 관작을 가진 이 소나무는 '정이품송'이라고 불린다. 세조가 내린 품계다. 세조가 법주사로 행차할 때, 이 소나무의 길게 아래로 처진 가지 때문에, 세조의 연이 지나기가 난처하게 되었다. 수행하던 자들이 이구동성으로 '가지를 자르고 지나가자'고 소리치자, 소나무가 스스로 가지를 높이 들어 올려 연을 지나가도록 했다는 전설이 있다. 이로 미루어 수령은 아마 700년은 넘었으리라.

한 식경이나 엎드려 있던 김 진사는 툴툴 털고 일어나면서 혼잣말로 되뇌었다.

"법주사에서 10년을 불공 드리라 하네."

김 진사는 법주사 수정암에서 10년 동안 불공을 드렸다. 하루는 꿈에 관세음보살이 나타나 뚜렷한 음성으로 이렇게 계시하는 것이었다.

'네 원수가 비참하게 죽었으니, 이제 속세의 원한을 잊을지로다. '

김 진사는 그길로 청풍호반, 딸이 수욕을 당했던 그 느티나무에 가보았다. 느티나무는 평상과 함께 벼락을 맞아 흔적만 남아 있었다.
동리 촌노에게 물어보았다.

"영감님, 저기 느티나무가 벼락을 맞은 것 같은데…. 그렇습니까?"

촌노가 합장하면서 섬뜩한 얘기를 들려주는 것이었다.

"스님, 사흘 전에 충청도 헌병 대장이 부하와 함께 청풍호반에 유람왔었지요. 청명한 날이었는데, 갑자기 하늘에서 천둥 번개가 치고 번쩍하면서 벼락이 떨어져서 두 사람은 사지가 갈가리 찢겨, 시쳇말로 뼈도 못 추리게 되었답니다."

4장

독살

"언니, 취직 좀 시켜 주면 안 될까?"

"누구를?"

"내 아들 말이야."

영희의 모친은 이숙경이다. 전주 이씨로 대대로 전주 노송동에서 살 았다. 소나무가 울창한 마을이라는 데서 유래한 이름이다.

1910년대 이조 참의이던 부친의 주선으로 조동귀와 혼인했다. 조동 귀는 한양 조씨로 선조는 고려 참의중서사 조지수다. 조선 태조 때 개 국공신 이조판서 조인옥, 태종 때 조온이 있고, 조광조를 대표적 인물 이라 할 수 있다. 조광조는 이율곡이 칭찬한 동방사현(김굉필, 정여창, 이언 적, 조광조)이었다.

당시 조동귀의 조부는 조정의 당파 싸움에 넌더리를 내고 관직에서 물러나 한양에서 개성 인삼을 거래하는 대상이 되었고, 부친 때에 귀금속 거래를 시작하여 오늘에 이르렀다.

"이리에서 주먹 휘두르는 못된 애들과 어울려 다닌다는 그 아들 말이니?"

"한때는 꾐에 넘어가 나쁜 애들과 어울리기는 했었지. 중학교를 졸업하고는 맘 잡고 집에만 틀어박혀 있어."

"미안한 말이지만, 네 남편이 원래 깡패 출신이었잖아!"

"언니는 다 알고 있었어?"

"내가 알고 있는 것은 그뿐이 아니야. 네 아들은, 네 남편 서씨가 외도로 낳아 핏덩이 때 데려왔지, 그러니 네가 그 애의 친엄마는 아니잖아."

"그래, 언니."

"우리는 친형제도 아니고 사촌이잖아. 그런 이유도 있지만, 네 가정일에 참견하기 싫어 입 닫고 있었지."

"알았어, 언니 미안해."

여동생 말자는 감정이 북받치는지 울먹울먹 눈물까지 보이는 것이었다.

그 모습을 한참 동안 물끄러미 바라보던 숙경이는 안쓰러웠는지, 말자를 다독인다.

"동생아, 그만 울어. 어디 좋은 데 알아보자."

이리하여, 말자의 아들 열다섯 살 난 서길남이는 조동귀의 금은방에서 급사로 일하게 되었다.

길남이는 영리했을 뿐만 아니라, 눈치가 빨라 주인이 시키지 않더라도 미리 일거리를 찾아 처리하곤 했다. 또 부지런하기도 했다. 새벽같이 일어나, 가게 문을 열었고 밤늦게 귀가했다. 길남이를 급사로 들일 때는 입맛이 씁쓸하던 조동귀도, 차츰 길남이를 다시 보게 되었다. 3년째 되던 해, 길남은 간단한 회계일도 맡게 되었다. 다음 해, 건설회사를 설립한 조 사장은 길남이를 건설회사 경리담당 직원으로 발탁했다. 중학교만 졸업한 열아홉 살짜리가 회사 경리를 책임진다는 것은 오너의 전적인 신임이 없이는 불가능한 일이다. 길남이의 앞길에는 밝은 미래가 빵긋이 웃음짓고 있었다.

이때, 마귀가 먹이를 찾으려고 입을 벌름거리다가 구린내가 풍기는 말랑말랑한 고깃덩이를 발견했다. 너무 어린 나이에 빠르게 출세하면, 누구나 더 높이 더 빨리 날고 싶은 야망에 불타기 마련인가. 길남이는 야망을 충족시켜 준다는 마귀의 입속으로 서슴없이 뛰어들었다. 그 마귀의 손길은 건축자재회사로부터 뻗쳐 왔다.

수안건자재회사의 송장생의 때 묻은 손길이 길남이의 목덜미를 옭아맸다.

"여기 보시오, 송 선생. 거래 대금이 틀리지 않소?"

"어디 전표 좀 봅시다."

"여기 있소, 자세히 대조해 보시오."

"허어, 우리 회사 전표와 딱 맞아 떨어졌구만."

"아니, 장난하자는 거요? 여기 보세요. 0이 하나 더 있지 않소?!"

"보시게, 젊은이. 이런 거래 처음이요?"

"그래요, 처음이요."

"잘 들어봐요! 가외 금액은 수고한 직원들의 위로금으로 사용하는 것이 우리 업계의 관례라오. 누이 좋고 매부 좋은 일이지."

"아니, 이래서야…."

"젊은이, 거래 끝났으니 난 가오. 잘 생각해 봐요. 가욋돈을 어찌할지 …."

한참 어쩔 줄 모르고 쩔쩔매던 길남이는, 가욋돈을 호주머니에 쑤셔 넣고 혼잣말로 주절거린다.

"직원들과 저녁이나 먹지 뭐."

바늘 도둑이 소도둑 된다고 한다. 이런 일이 반복되다 보니 길남이의 염통에도 털이 보송보송 돋아나기 시작했다. 그러나 길남이의 가욋돈은 길남이의 재산을 불려주지 못했다.

그는 스물세 살이 되던 해 부친 서재명이 소개한 처녀와 결혼했다.

이름은 최지혜였다. 처녀의 부모는 일찍 이승을 하직했다. 오빠와 단둘이 살고 있었는데, 그 오빠는 부친 서씨의 주먹 세계 후배였다.

길남이의 가욋돈은 아버지 서씨와, 마누라 오빠의 용돈으로 손에서 모래가 빠져나가듯 스르르 빠져나갔기 때문이다.

입사한 지 20년 차가 되는 1958년 봄, 길남이는 건설회사 경리담당 이사가 되어있었다. 비서 남 양이 문을 열고,

"이사님, 손님이 찾아오셨…."

말을 마치기도 전에, 검은색 정장을 한 말쑥한 신사가 불쑥 들어오지 않는가!

런던의 '세빌 로'에서 맞춘 최고급 비스포크 수트를 걸쳤지만, 행동거지는 예의란 통 모르는 무지렁이 아닌가! 길남이는 화가 머리끝까지 치밀었다.

"누구시길래 이렇게 무례하오!"

"어이 길남이 아닌가, 반갑네. 나야 나 재남이!"

"뭐라? 재남이?"

"그래, 나 재남이야. 우리 학교 때 길남이, 재남이 하지 않았었나? 형제간처럼 말이야."

"그래 맞다. 재남이였구나. 반갑다. 그런데, 그간 어디서 무얼 하고

살았나?"

"뉴욕에. 말하자면 길어. 우리 나갈까?"

"좋지, 그러세."

그리하여 그들은 미도파 옆 맥줏집 조용한 창가에 자리 잡았다.

"재남이 너, 뉴욕에서 잘 나가나 보이. 입은 옷으로 봐서는 신수가
훤해 보이네만…."

"목마르구먼, 우선 맥주나 한잔하면서 이야기 보따리를 풀어보세."

시원한 맥주를 들이켜면서 재남이는 입담을 늘어놓기 시작했다.

그는 중학교 다닐 때는 이리역에서 김이라는 고등학교 선배 밑에서
깡패 노릇에 재미를 붙이고 있었다. 중학교를 졸업하면서, 이렇게 살아
서는 아니 되겠다는 데에 생각이 미쳐 무작정 서울로 올라갔다. 이일
저일 열심히 품팔이하면서 야간 고등학교를 졸업했다. 일본군에 입대
하여 1944년 이오지마(硫黃島) 전투에서 부상을 입었다. 행인지 불행인
지 미군에 발견되어, 미 야전병원에서 치료를 받았다. 그때 미군 의무
대 코널 대위가 일본인이냐고 물어 조선인이라고 대답했더니, 미군 의
무대에 남아 일을 거들라고 부탁하는 것이었다. 이때 주워들은 말이
머리에 떠올라 쓴웃음을 짓기도 했다. '불감청이언정 고소원이요.'

전쟁이 끝나자 코널 대위는 재남이를 뉴욕 브롱크스 자기 집에 데려

갔다는 것이다. 미혼인 대위 집에는 모친과 열다섯 살 난 여동생이 살고 있었다.

그 집에서 집사 겸 하인으로 집안일을 도맡아 하던 재남이는 코널 대위가 뉴욕 의과대학 교수가 되자, 예시바(Yeshiva University)대학에서 경제학을 공부하고 졸업했다.

그는 뉴욕 인테리어 디자인대학을(New York school of Interior Design) 졸업하고 브롱크스에서 의상 판매점을 경영하고 있는 코널 대위의 여동생과 결혼했다.

현재 그는 월스트리트의 펀드 회사 중역으로 꽤 많은 재산을 모았다는 것이다.

재남이의 이야기에 길남이의 눈에 선망의 불길이 피어올랐다.

"재남아, 나도 뉴욕에 이민 가 볼까?"

"에이, 무조건 이민만 오면 되나. 어느 정도 재산이 있어야지!"

"얼마쯤 있으면 될까?"

"백만 달러쯤 있으면 가능하지, 길남이 너 그런 돈 있어?"

"아니!"

며칠 후 재남이는 김포공항 탑승구에서 명함을 쥐여주고 출발하면서, 의미심장한 한마디를 던지고 떠났다.

"돈이 준비되면 연락해, 길남아!"

이 한마디는 길남이의 욕망이 활활 타오르는 촉매제가 되었다.

1961년이 되면 영희가 대학을 졸업하고, 장남이 성년이 되는 미래가
서길남에게는 커다란 위험으로 다가왔다. 그들이 회사의 경영에 참여
한다는 사실은 길남이 자신의 위상이 흔들리게 되고, 따라서 부정한
방법으로 재산을 모을 수 없다는 절망적인 상황이 온다는 사실을 의미
하는 것이었다. 그리고 부정이 만천하에 드러나, 그의 인생에는 조종이
울린다는 것을 암시하는 것이기도 했다.

그에게는 시간이 없었다. 서둘러야 했다. 언제, 무엇을, 어떻게 해결
해야 하나!
그는 최소한 영희가 졸업하기 전에는 문제를 해결해야 하겠다고 다
짐했다.
앞으로 3년, 그는 그 3년을 재산 축적의 최대 황금기로 이용했다.
4·19 학생 의거, 5·16 혁명 같은 사회적 정치적 대혼란기가 그에게는 더
없는 호기였다. 그는 지금까지 이십 년 동안 해온 부정의 백 배를 삼
년 동안에 해치웠다.

재남이가 다녀간 후부터 송장생과의 거래는 본격적으로 대형부정
거래로 발전했다. 송 장생도 이에 따르는 커미션으로 한몫 잡는 호기가

된 건 물론이다.

이들이 어떤 방법으로 부정한 거래를 했는지는 아무도 모른다. 조동귀 회장이 죽은 후 송장생이 근무하는 수안건자재회사가, 조 회장 건설회사와 금은방 어음을 제시하여 영희네의 재산을 송두리째 몰수한 것으로 보아 짐작할 수 있을 뿐이다.

1961년 봄 조동귀 회장의 장녀 영희가 이대를 졸업했다. 서길남이는 이제 조 회장이 영희를 위해 회사 체제를 재정비하면서 제 부정이 드러날까 봐 지레 겁을 먹었다. 사월이 되었다. 훈풍이 불고 대지가 온갖 꽃으로 단장했다. 노랫말처럼 봄이 처녀처럼 하얀 구름 너울 쓰고, 새 풀옷을 입고, 따뜻한 미소를 지으며 우리 앞에 나타난 것이다.

그러나, 길남이의 눈앞에는 시꺼먼 먹구름이 앞을 가리고 있다. 회계장부를 제대로 들여다볼 줄 아는 사람만 없다면, 자기의 부정은 햇빛 아래 모습을 보이지 않을지도 모른다는 생각에 안도의 숨을 쉬었다. 이제 서슴없이 결행해야 할 일만 머릿속에 가득했다. 쉽게 사인을 밝힐 수 없는 독약을 구하려고 깡패 아버지를 찾았다.

"아버지, 이제 큰일 났어요. 장부를 조사만 하면 들통날 텐데 어찌하면 좋을까요?"

"거, 걱정이구나. 나라고 무슨 뾰족한 수가 있겠니?"

승용차를 물속으로 밀어 넣는다든지, 도봉산 바위에서 떨어뜨린다든지, 도둑이 들어 목 졸라 죽였다든지, 별의별 방법을 생각해 보아도 썩 신통치 않았다.

마침내 독약을 쓰는 게 가장 효과적이라는 결론에 다다랐다. 아버지에게 독약을 구하는 마지막 임무를 맡겼다. 아버지는 안면 있던 깡패들에게 물어보았다. 이구동성으로 그들이 내놓은 독극물은 청산가리였다. 약간 아몬드 향도 나고, 아무 맛이 없어서 의심 사지 않고 사용할 수 있어 가장 적합하다는 것이다. 가장 중요한 사실은 약을 먹고 죽어서도 입술 색이 변하지 않고, 피를 토하지 않는다는 특징 때문에 사인을 곧바로 알아볼 수 없는 최적의 독극물이라는 것이다.

사월 어느 날, 비서실 장 양은 회장께 드릴 커피를 준비하고 있었다. 서 이사가 들어오더니 이렇게 말하면서 박카스 병을 내밀었다.

"미스 장, 이 박카스 병에는 녹용 가루가 들었지. 커피에 타서 드시면 좋을 거야."

장 양은 서 이사 말대로 커피를 타다 회장 책상에 올려놓고, 화장실에 갔다가 복도에서 총무과 오 양을 만나 한참을 노닥거리다 자리로 돌아왔다. 한 시간이나 지났을까. 회장님을 찾는 전화가 걸려 와 전화온 사실을 알리려 회장실에 들어갔다.

회장이 의자에 앉은 채로 머리를 뒤로 젖히고 눈을 멀거니 뜨고 있는 것이 아닌가.

"회장님, 전화 왔어요!"

대답이 없었다. 하는 수 없이 장 양은 회장 가까이 가서 흔들어 보았다. 회장의 몸이 스르르 힘없이 바닥으로 미끄러지는 것이었다. 깜짝 놀라 경비를 불렀다.

경찰이 들이닥치고, 의사까지 와서 둘러봐도 어떤 이상도 발견하지 못했다. 조동귀 회장은 이렇게 원인 모를 병으로 사망했다.

5장

출산

영희가 결혼한 이듬해, 그러니까 1965년 5월 산과 들에 녹음이 우거지던 화창한 날이었다. 영희는 순조로운 산고를 겪고 옥동자를 분만했다. 3.75kg의 튼실한 아이가 고고성을 지르며 세상에 온 것이다.

이름은 한정강이라 지었다. '정의롭게, 건강하게 살라'란 뜻이라 했다.

온 집안이 아기의 탄생을 기뻐하며 들떠, 크게 잔치를 벌여 온 동리 사람들을 초대하자고 설쳐대고 있었다. 이때 집사 권 칠성이 주인 한 회장 앞에 두 손을 모으고 단정히 섰다.

"나리, 잔치를 벌이는 일은 주인님 성격에 맞지 않다고 생각됩니다. 다른 일을 찾아보시면 어떨까 합니다."

"좋은 생각이야. 나도 시끌벅적한 잔치 같은 거 싫네. 그럼, 어떤 일이 아이의 출생을 축하하는 데 적합할까?"

"글쎄요, …저 같은 미련퉁이가 뭐 좋은 생각이 있겠습니까?"

겸연쩍은 듯 권 집사는 뒷머리를 긁적거린다.

"권 서방, 자꾸 겸손만 떨지 말고 말해 보게, 자네 생각을!"
"그럼, 말씀드리지요. 고아원 같은 것을 지어…"
"이 사람, 권 서방!"

말허리를 잘린 권 집사는 깜짝 놀라 자기도 모르게 움츠러들었다.

"권 서방, 왜 놀라나? 자네 생각이 내 생각과 딱 맞아떨어져서 나도 놀라 그만 큰소리치고 말았네. 미안허이."
"별말씀을요. 쑥스럽게…"
"알았네, 나가 보게."

즉시 한 회장은 수안건설회사 사장실로 홍만기를 찾아갔다. 홍만기는 남양 홍씨 세계로 홍은열을 시조로 하는 충청도 당진파 후손이다. 충청도 양반이란 칭찬을 들어도 지나치지 않을 만큼, 예의 바르고 순박한 성품을 지녔다. 따라서 누구를 의심하거나, 어떤 일에 화를 내 본 적이 없다. 이런 토양에서는 독버섯이 활개를 치고 자라는 것이 사바의 이치다.

"회장님, 어인 일로 이렇게… 부르시지 않고요!"

"홍 사장, 앉게. 내 좋은 일이 생겨 이렇게 급히 찾아왔네."

"회장님, 무슨 일이신데… 말씀하시지요."

"응, 수안보 우리 온천 호텔 옆 산허리에 나대지 있지 않은가."

"네, 좋은 땅이지요. 저도 어떻게 활용하면 좋을까 생각한 적도 있습니다."

"홍 사장, 거기에 보육원을 지었으면 하는데, 어떨까?"

"그거 좋습니다. 참 훌륭한 생각이십니다."

"그럼, 홍 사장이 책임지고 추진하게. 최고의 시설을 갖춘 최대의 보육원을 만들어 주게. 경비는 걱정하지 말고!"

"네, 잘 알겠습니다. 회장님의 기대를 저버리지 않겠습니다."

건설 최고 책임자는 홍만기 사장이지만, 자재 구매와 정산, 작업 관리 등 일체를 경리담당 이사 강만수가 담당했다.

강만수는 누나 강 여사의 교통사고로 한때 불안한 나날을 보냈었다. 그러나 육 년이 흘러 한 회장이 재혼했어도 부정이 들통나지 않아, 두 다리 쭉 뻗고 행복한 시간을 즐기던 때였다.

보육원 건설 일에 매달리던 만수에게 한때 쪽을 못 쓰던 마귀가 기지개를 켰다. 만수의 손버릇이 되살아 난 것이다. 또다시 송장생과 손을 맞잡고 쏠쏠한 재미를 보았음은 물론이다.

그로부터 3년 후, 수안보면 수회리 주정산(450.6m) 밑에 보육원이 들어섰다. 2인 1실, 일백사십 명을 수용하는 보육원이었다. 이름은 정강 보육원이다.

기숙사동이 두 동으로 동마다 건물 중간에 보육사 숙소를 두었다. 그리고 학습동, 식당동 등 건물 네 채가 종대형으로 자리했다.

이제 우선 보육원 책임자를 선정하는 일이 급선무였다.

영희의 친정 동생들은 영희가 결혼하던 날, 매형이 영준이에게 쥐여 준 수표 덕에 아쉬움 없이 생활을 꾸릴 수 있었다. 그 덕에 영희의 여동생 영지는 숙명여대 교육학부를 졸업하고 유치원 교사로 일하고 있었다. 보육원이 준공되던 해에 스물세 살이었다.

한 회장은 경험 많은 적당한 인물을 원장으로 모셔오기까지 우선 원장으로 처제 영지를 두고 싶었다. 어느 기업이나 거의 가족 경영을 하지 않는가.

더욱이 보육원이야 이익을 우선하는 기업이 아니고, 봉사를 위주로 하는 사회사업이 아닌가. 초창기에는 가족이 경영을 책임지는 것도 도리에 어긋난 행위라곤 할 수 없지 않은가. 여기에 생각이 미치자, 부인의 의견을 물어보았다.

"여보, 처제 영지에게 보육원 경영을 맡기고 싶은데 당신 생각은 어떻소?"

"당신 생각은 알겠어요. 동생에게 일자리를 주겠다는 배려는 참 고맙게 생각해요."

"그럼 당신은 반대란 거요?"

"아니, 반대라기보다, 잘 생각해 보자는 거지요. 이제 겨우 스물세 살인데… "

"그래도 유치원에서 2년 넘게 보육 일을 하고 있지 않소."

"정 아쉽다면, 우선 원장 직무대리로 발령 내고 지켜보심이 어떠신지요?"

"오, 그것참 좋은 생각이오. 그리합시다."

이렇게 하여 조영지는 정강보육원 원장 직무대리가 되었다. 1968년의 일이다.

보육원 시설관리 책임자로 보육원 건축 때 현장감독이던 유성림을 앉혔다. 유씨는 수안보 토박이였다. 그런 연유로 현장감독을 할 때 수안보 주민들 대부분이 유씨를 도와 현장 일을 열심히 했었다. 개중에는 다른 건축 현장에서 노동일을 하던 노무자도 많았다. 이들은 현장 일할 때는 불만이 있어도 유씨 체면을 보아 입을 닫고 있었다. 건축일이 끝나고 동리에서 만나 막걸리 한잔하는 기회에, 이들은 비로소 건축일할 당시에 품었던 불만을 쏟아 놓기 시작했다.

"유씨, 지금 우리가 당신에게 불만이 있어 이런 말을 하는 것 아니니 오해하지 마소."

"뭐, 편안하게들 얘기해 보소. 내 오해하지 않을 거니…"

"거, 우리 노임 있지 않은가. 다른 현장에서는 우리보다 30%는 더 받고 일했어. 우리 노임이 너무 짰어! 우리 한 회장님은 그럴 분이 아닌데 말일세!"

"그래? 나는 전혀 느끼지 못했는데 말이야!"

"그랬었다는 것이니, 이제 신경 쓸 것 없네."

"고맙네, 자네들 말 잘 알아들었네. 그러나 내 한 번 알아는 봄세."

얼마 후, 유 씨는 우연히 영지 원장 대리를 만나게 되었다.

"원장님, 지금 바쁘세요?"

"감독님, 바쁘지 않은데요. 무슨 하실 말씀 있으세요?"

"저, 별일은 아닌데요. 지난 건축공사 때 지불된 노임이 다른 건축 현장보다 30%가량 적었다고 하던데요."

"그래요? 그땐 제가 없어서 무어라 답변드리기는 어렵지만, 한 번 알아보지요."

얼마 후, 영지는 언니 영희에게 슬며시 귀띔했다. 이 말을 듣고 언니는 화가 머리끝까지 뻗쳤다. 이건 보통 일이 아니다. 회사의 신용 문제일 뿐 아니라, 한씨 가족의 얼굴에 먹칠하는 수치스러운 일이 아닐 수 없다.

저녁에 서재에서 남편과 조용히 마주했다.

"여보, 좀 괴상한 일이 벌어져 회사의 신용도 무너지고 가족의 체면도 말이 아니게 됐는데, 혹시 아시는지….”

“부인, 무슨 말씀이요?”

“저번 보육원 건축 때 노동자 임금이 다른 건축 회사보다 30%가량 낮았다는데요.”

“그래요? 그래서야 쓰나. 큰일이네요. 내 곧 알아보지요.”

“그리하시면 아니 돼요. 직접 책임자에게 물어보시면 일이 복잡하게 되고, 나쁜 소문이 나게 될 거예요. 그러니 보육원에서 건의하는 형식을 갖추면 좋을 듯싶은데…. ”

“그러면 동생에게 서류로 건의하라고 하세요.”

며칠 후 강만수의 심장은 터질 듯이 벌렁벌렁 두방망이질쳤다.

보육원 건축에 관한 서류 일체를 제출해 달라는 보육원의 요청서가 책상 위에 덩그러니 놓여 있었다.

만수는 몇 차례 깊게 숨을 들이쉬고는, 서류를 찬찬히 들여다보았다. 회장과 사장의 결재란이 없었다. 혼자 중얼거린다. 어? 그러면 회장, 사장은 모른다는 얘기군!

애송이 원장이 건축물 현황을 알고 싶어 물어본 거로군, 원본을 보내주지!

서류를 받은 영지는 유 감독을 찾아 장부를 보여 주었다. 유 씨의 서류에는 자기가 받았던 임금보다 30%가량 많게 기재되어 있었다. 다른 근로자들을 불러 서류를 보여주었다. 모두가 입을 모아 서류에는 자기들이 받은 금액보다 확실히 30%가량 높다고 떠들어댔다. 이를 본 근로자들은 회사가 자기들을 착취했다고 확신하고, 모든 근로자 연명으로 종로 경찰서에 수안건설회사 사장 홍만기를 고발했다.

1968년 9월의 일이었다.

어느 날, 경찰이 들이닥쳐 홍 사장을 연행하자 회사는 발칵 뒤집혔다. 사원들은 불안에 안절부절못하면서도, 여기저기 모여 수군거렸다.

"보육원 건축할 때 노동자 임금을 떼먹었대."
"누가?"
"뻔하지 뭐, 돈을 취급하는 부서겠지."
"그럼, 경리과라는 말이야."
"모르지 뭐."

홍 사장이 경찰에 붙들려 가고 나서야, 만수는 드디어 일이 터졌다는 걸 알아차렸다. 그간에 저질러 왔던 모든 일이 밝은 햇빛 아래 드러날 것이다.
만수는 부들부들 떨면서도 계속 혼자 말로 주절댄다.

"아니, 다른 일은 아무도 모르잖아. 장생이 말고는! 그렇지, 이번 일은 잡아떼면 되지 않을까? 근로자들이 그 돈만 받았다는 증거가 없지 않아!?. 에라 모르겠다. 내가 누군데! 높으신 헌병 나리 피라고! 이 사실은 진짜 아무도 모르지, 부딪혀 보자!"

그러나 그는 문단속이 가장 중요하다는 사실을 금세 깨달았다. 이는 총명하다는 증거이기도 하다. 곧바로 송장생을 만났다.

"여보게, 오늘 낮에 우리 홍 사장이 경찰에 붙들려 갔네."
"허어! 무슨 이유로?"
"보육원 건축할 때 근로자들에게 주는 임금에 손을 댔거든."
"에끼 매형도, 손댈 일이 따로 있지 원. 그런 데에 손을 대면 들통나기가 십상이라는 걸 몰랐어요?"
"이 사건으로 수사받다가 혹시 우리 거래가 들통나지 않을까 걱정이 태산이라네. 그러니, 이보게. 우리 일은 아무도 모르니, 무슨 일이 있어도 입을 열면 안 되네. 알았지!?"
"알다마다. 나도 걸리는 일인데 매형이 말하지 않아도 절대 입은 열 수 없지!"

강만수는 그날 밤, 내일 경찰에 가서 할 답변을 이리저리 궁리하다가 새벽녘에야 잠이 들었다.

6장

강만수의 최후

강만수가 예측한 대로 사건은 진행되지 않았다. 다음 날 아침에 일찍 출근하여 경찰이 데리러 오기를 기다렸지만, 아무런 동정이 없었다. 회사는 쥐죽은 듯이 조용하기만 했다. 태풍이 오기 전날 밤처럼 그렇게 고요했다.

한 회장이 출근한 기색도 없을 뿐 아니라, 홍 사장도 소식이 없었다. 어떻게 된 일일까. 만수는 걱정이 점점 쌓여 가는 느낌에 초조한 발길로 사무실 안을 어지러이 서성이고 있었다.

유선각에 그림자가 드리우기 시작했다. 영희의 추억담에 빠져 있던 나는 퍼뜩 정신을 차리고 영희에게 물었다.

"아니, 1968년에 강만수가 종로 경찰서에서 수사를 받았다고?"

"그래, 보육원 건축 때 근로자 임금을 떼어먹었다고 고발당했지."

"아 참, 그때 종로 경찰서라면 뚜렷이 생각난다. 기억을 더듬어 볼게. 그대 얘기는 잠시 보류!"

1968년 5월 어느 날, 나는 새벽같이 일어나, 종로 경찰서에 출근했다. 조선일보 기자로 종로 경찰서에 출입하던 때였다. 언제나처럼, 먼저 유치장을 둘러보았다.

당시에는 통행금지 위반자들이 늘 유치장을 점령하고 있었다. 소매치기, 폭행범 등 잡범들이 가뭄에 콩 나듯이 끼어 있기도 했다. 구석에 단정히 앉아 졸고 있는 넥타이에 정장을 입은 신사를 발견했다.

간수에게 물어보았다.

"김 순경, 저기 구석에 앉아 있는 저 사람 누구요?"

"모 기자, 별로 중요한 범죄자는 아닌 것 같으니 신경끄는 게 좋아."

"아니, 신경을 쓰지 말라니! 더 관심을 끄는데…"

곧바로 형사과장을 찾아갔다.

"박 과장님, 저 유치장 구석의 신사는 누구요?"

"모 기자 왔는가. 다른 기자들은 흥미 없는 듯 그냥 지나치는데, 자네는 귀찮게 왜 꼬치꼬치 캐묻나?"

"그냥 이러이러한 사람이라고 알려주면 될 텐데, 뭔 불만이 그리 많소!"

"모 기자, 불만이 아니라 좀 까다로운 사건이라서 그러네. 오후에 조용히 만나세."

오후에 만난 박 과장은 이렇게 알려주는 것이었다.

"어떤 건설회사가 건물을 신축하면서 근로자들의 노임을 착취했는데, 근로자들이 이 사실을 알고 회사를 상대로 고소한 사건이네."
"유치장의 신사가 노임착취 혐의로 붙들려 온 겁니까?"
"저 사람은 사장인데, 그런 사정은 전혀 모르는 것 같아. 경리담당 이사가 그런 짓을 저지른 것 같단 말이야!"
"그럼 사건이 재미있겠는데요."
"뭐 임금 좀 떼먹은 일이 그렇게 큰 사건은 아니지. 조사가 끝나는 대로 알려 줌세."
"과장님, 고맙습니다."

1968년 당시 종로 경찰서장은 원용구 총경이었다. 원 총경은 5·16 당시 육군 대위로 혁명군의 일원이었다. 제대 후 청와대 경호실에서 영부인 육영수 여사 경호관으로 근무했다.
북괴군 124부대 31명이 1968년 1월 12일 새벽 박정희 대통령을 암살하기 위해 세검정까지 침투했다. 이를 발견한 경찰은 최규석 서장의 지휘로 교전을 벌여 29명을 사살했다. 이 교전에서 최 서장은 장렬하게 순사했다. 1·21 사태는 자수한 김신조 소위가 기자회견에서 "박정희의 목을 떼라는 임무를 받았다"고 고백한 천인공노할 김일성의 만행이었다.

이 끔찍한 사태의 결과로 향토예비군이 창설되었고, 주민등록증이 발급되는 변화가 있었다. 고등학교에 교련 과목이 신설되고, 육군 제3사관학교가 창설되었다. 대한민국은 완전히 전시체제에 돌입한 것 같은 분위기였다.

원용구는 최 서장 후임으로 1월 23일 종로 경찰서장에 취임했다. 원서장은 1972년 7월 자리를 옮길 때까지 관내 기업이나 유력자들로부터 금품을 일절 받지 않아 청렴한 경찰로 기억된다.

그는 1936년생으로 나와는 두 살 터울이었다.

원 서장의 제의로 우리는 말을 터놓고 지내는 사이가 되어 있었다.

그때 나는 종로 경찰서 출입기자단 간사였다.

지금도 기억이 새로운 제도적 개혁을 한 가지 한 일이 있다.

하루는 기자실 앞에서 서성거리는 기자를 보았다. 하순봉 MBC 기자였다. 그는 후에 4선 국회의원을 지내기도 했다.

"왜 여기서 서성거리고 있어요? 들어오지 않고…"

"방송기자는 기자실 멤버가 아니지 않아요. 가입 불허 딱지가 붙었지요."

"아 그랬던가. 좋아요. 따라오세요."

나는 하 기자를 기자실로 데리고 들어갔다. 기자들의 의견을 물어보았다.

"여러분, 여기 MBC 하순봉 기자가 기자실 출입을 못 하고 있는데 가입시키면 어떤지 의견을 들어봅시다."

"지금까지 어느 부처 기자실이든 출입 불가가 관례인데, 우리 단독으로 어떻게…"

"알겠어요. 지금까지는 관례니까 어떻게 할 수 없다는 말씀이지요?"

"네."

"미안하지만, 제가 간사로 있는 한 오늘부터 종로 경찰서 기자실은 신문 방송 모든 기자에게 개방하겠습니다. 관례 같은 건 깨라고 있는 것이니까."

이리하여 하 기자는 그날부터 기자실을 출입하게 되었다. 솔직하게 말하면, 방송기자 출입을 금지한 관례라는 것은 기자실에 나오는 떡값 배분 문제에서 비롯된 좀 낯뜨거운 악습이었다. 그로부터 각 부처 기자실도 개방되는 작은 개혁이 이루어졌다.

이런 사실을 잘 아는 종로 경찰서원은 상하가 나와는 허물 없이 지내고 있었다. 이런 연유로 나는 사건 독점취재가 가능했다. 홍 사장을 수사한 경찰은, 노임을 착취한 것은 경리과였고 그 정점에 경리담당 이사 강만수가 있다는 사실을 밝혀냈다. 그리하여 경찰은 강만수의 도주를 우려해 홍 사장을 회사가 아닌 호텔로 옮기고, 강만수의 동태를 감시했다. 아니나 다를까. 강만수가 회사에서 슬그머니 나와 주위를 흘금거리면서 보신각 옆 골목 지하 보신다방으로 들어가는 것을 발견했다.

형사과 전 경위와 주 경사가 다방에 들어가 만수가 앉은 건너편에 앉았다. 그들의 말소리를 충분히 들을 수 있는 거리다.

다음 날, 형사 1계장 전 경위의 지휘로 형사 다섯 명이 수안건설에 들이닥쳐 강만수를 붙잡아 경찰서로 연행했다. 강만수는 체념한 듯 담담하게 체포에 응했다.

신문은 전 경위가 담당했다.

"강만수 씨, 수안건설 경리이사 맞습니까?"

"네, 맞습니다."

"수안보 정강보육원 건축을 관리 감독했습니까?"

"네, 맞습니다."

"그럼, 근로자 노임 지불하는 일은 누가 했나요?"

"제가 다 했습니다."

"그럼, 근로자 임금은 제대로 지불했습니까?"

"물론입니다. 원장에 기록된 대로 지불했습니다."

"어떤 방법으로 지불했습니까?"

"일일이 봉투에 넣어서 나눠 주었습니다."

"누가 임금을 봉투에 넣었습니까?"

"제가 손수 했지요. 저는 직원들을 부려 먹지 않습니다."

"어디서 작업을 했습니까?"

"건축 현장 제 사무실에서요."

"그럴 때 곁에 아무도 없었습니까?"

"비좁은 사무실이어서 누구 한 사람 앉을 변변한 자리도 없었습니다."

"그건 비밀공간이나 마찬가지였겠군요? 안 그렇습니까?"

전 계장은 근로자 한 명을 불러 대질을 시켰다.

"성함을 말씀해 주세요."

"김석규입니다."

"언제부터 보육원 신축공사에서 일하셨습니까."

"1965년 공사 시작할 때부터 1년간이요. 기초 공사 인력이었습니다."

"임금은 제때 받았습니까?"

"네, 보름에 한 번씩 받았습니다."

"김 선생, 저번에 진술한 액수를 받았습니까?"

"네, 틀림없습니다."

"강 이사, 이분은 장부에 적힌 금액보다 적게 받았다는데 맞습니까."

"아닙니다. 저 김 선생이 거짓말을 하고 있습니다."

"거짓말이라고요?"

주 경사가 또 한 사람을 데리고 들어왔다.

"성함은?"

"장 성우입니다."

"보육원 신축공사장에서 언제부터 일하셨습니까?"

"공사 시작 2년째부터 1년간이요."

"저번에 하신 진술이 맞습니까?"

"네, 틀림없습니다."

"여기 회사의 지불 대장에 적힌 금액보다 적게 받으셨다는 거지요?"

"그렇습니다."

"강 이사는 어떻게 생각하십니까?"

"노동자들이 짜고 나를 모략하는 것입니다. 배후에 이들을 조종하는 인물이 있겠지요."

"근로자들이 짜고 거짓말을 한다? 강 이사, 계속 이렇게 오리발 내밀 겁니까?"

"오리발이라니요! 천만에요. 그들의 말을 어떻게 증명할 수 있나요?"

"그래요? 일전에 보신다방에서 만난 사람은 누구인가요?"

"제가 누구를 만나든, 그게 무슨 상관입니까?"

"대답만 하세요."

"아는 친구요."

"이름은요."

"오덕수요."

"뭐 하는 사람인데요."

"우리 회사에 정기적으로 커피를 공급하는 사람입니다."

전 계장은 주 경사에게 무언가 지시했다. 그길로 주 경사는 신 순경과 보신다방에 갔다. 레지를 불러 이러저러한 일이 있었느냐고 물었다.

"네, 저번에 오신 분은 저희 다방에 자주 오시는 강 이사셨습니다. 같이 오신 분도 자주 오시는데, 이름은 송장생 부장입니다. 수안건자재회사 경리부장으로 알려졌습니다. 두 분은 매형이니 뭐라고 부르던데요?"

주 경사는 이 사실을 전 경위에게 다방 전화로 보고했다.

"알았네, 즉시 송장생을 체포해 오게."

"계장님, 무슨 혐의로요?"

"사기, 횡령 공범 혐의로!"

얼마 되지 않아 송장생이 붙들려 왔다. 낯빛이 새파랗게 변했다.

"송 부장, 다 알고 있으니 부인할 생각일랑 하지 마시오."

"내가 뭘 부인한다는 말이요. 부인하고 자시고 할 게 무에 있어야지, 나 원 참!"

"보신다방에서 처남 매부가 만나서 입을 꽁꽁 다물자고 결의하지 않았소?"

"허 참, 소설 잘도 쓰시네."

"어이 선 계장, 2계 베테랑 오 경사 좀 보내주게. 사건이 복잡하게 생겨서 그래."

"알았네, 그러지 뭐."

이리하여 수사 인력이 대폭 증강되고 본격적인 수사가 시작되었다. 수사 상황이 일일이 서장에게 보고되었음은 물론이다. 나는 서장실에 느긋하게 앉아서 근사한 특종을 취재하고 있었다.

압수된 수안건설회사와 수안건자재회사의 모든 장부가 형사과에 산같이 쌓였다.

두 회사 간의 거래 관련 서류만 대조 조사하는 데만 꼬박 보름이 걸렸다.

이들 처남 매부는 거의 20년 동안이나 허위 장부를 작성하면서 3억여 원을 횡령해왔음이 밝혀졌다. 가히 천문학적인 금액이었다.

수사가 빠르게 이루어져 이들을 횡령, 배임, 사문서 작성 등등의 혐의로 검찰에 송치하려는 시점이었다.

한 회장의 전처 강씨의 맏아들 한천호와, 당시 사고 택시 운전사 아들 박정웅이 서대문 경찰서에 진정서를 제출했다. 어머니 강씨가 1958년 아현동 고갯길에서 교통사고로 사망했다는 경찰의 발표는 다시 검토되어야 한다는 내용이었다.

그런데 이들이 진정서를 제출하게 된 것은 신비스럽다고 할 만한 꿈 때문이었다.

천호가 어느 날 꿈을 꿨는데, 백발의 신선 같은 스님이 나타나 이렇게 말하고 사라졌다는 것이다.

"한천호야! 너는 강귀혜의 아들이 아니더냐. 네 어미를 죽인 원수들이 시퍼렇게 살아 있는데, 잠이 오느냐!"

한편, 박정웅도 꿈을 꾸었는데 백발 스님이 나타나서 이렇게 꾸중하고 사라졌다는 것이다.

"박정웅 군, 네 아버지를 죽인 원수들이 시퍼렇게 살아 있다. 원수를 갚지 않고 뭘 하고 있느냐!"

서대문 경찰서는 사고내용을 다시 들여다보았다. 당시 용의자로 의심을 받던 강씨의 동생 강만수가 종로서에서 수사를 받고 있다는 사실을 확인하고, 이 교통사고 건을 종로서에 이첩했다.

교통사고 경위를 훑어본 전 계장은 부리나케 과장실로 뛰어갔다.

"박 과장님, 이거 큰 사건인데요. 살인사건 같습니다."
"그래? 그렇다면 셜록 홈즈를 불러와야 하겠는걸!"

"네에? 홈즈라니요?"

"세계적인 명탐정 영국의 그 홈즈 말일세."

"어디 있는데요."

"우리 서에 있지, 그게 바로 나야 나!"

"네에? 과장님이 홈즈라고요?"

"홈즈보다 뛰어난 이지도르지, 하하."

"이지도르가 누군데요?"

"이지도르는 파리 장송 드 사유이 고등학교 학생이지. 뤼팽의 실체를 밝히고 그의 행적을 추적해 애기유 크뢰즈를 발견함으로서 뤼팽을 꽁지 빠지게 도망가게 한 명탐정이라네."

박 과장은 깜짝 놀라 어리둥절해 하는 전 계장을 앞세우고 형사과로 내려와 교통사고 서류를 갖고 전 계장 책상에 앉았다.

서류를 면밀하게 읽어 보던 박 과장은 무릎을 치면서 쾌재를 불렀다.

"이보게 전 계장, 사건을 해결했네. 자, 잘 들어보게."

박 과장이 의심하고 있던 사건의 핵심은 다음과 같은 것이었다.

첫째, 사고 지점이 왜 아현동 고개였을까.

둘째, 피살자가 그 시간에 택시를 타고 그 지점을 통과하리라는 사실을 어떻게 알았을까.

셋째, 트럭 운전사가 택시가 골목길 앞에 오고 있다는 것을 어떻게 알았을까.

넷째, 트럭은 왜 즉시 뺑소니쳤을까.

박 과장, 아니 이지도르가 밝혀낸 진실은 이런 것이었다.

첫째, 아현동에는 강만수의 집이 있다. 따라서 강만수가 가장 유력한 용의자다.

둘째, 이 문제는 올케를 배웅한 강만수의 마누라가 용의자에게 수신호로 알려 주었을 것이다.

셋째, 북아현동 골목길에서 시동을 걸고 대기하고 있던 트럭 운전사는 골목 끝 집의 처마 밑에 숨어 있던 용의자의 신호로 알 수 있었다.

넷째, 붙잡히면 모든 사실이 명백하게 밝혀질 것이므로, 백만금을 받았으면 무슨 소용이랴! 공염불이 될 텐데! 이런 이유로 삼십육계 줄행랑을 쳤다.

이렇게 명탐정 이지도르의 명석한 두뇌로 밝혀진 용의자는 줄잡아 네 사람이었다.

강 여인이 탄 택시를 신호로 알려 준 만수의 마누라, 택시를 탔다는 신호를 받고 트럭 운전사에게 충돌 시점을 지시한 사람, 트럭 운전사를 고용한 사람, 그자에게 소요 경비를 지불하면서 살인을 교사한 사람 등이었다.

이들을 불러 신문 한 결과, 강만수, 송장생, 김화수, 강만수의 아내가 이 교통사고를 빙자한 살인극에 적극적으로 가담한 살인자들이었음이 밝은 햇빛 아래 드러났다.

당시 강만수와 송장생은 사건을 단순 교통사고로 처리하도록 관계 기관에 큰돈을 뿌렸다는 증거도 확보했다. 경찰서, 경찰청, 내무부, 정보부까지 연루되었다.

이는 관리들이 얼마나 부패했는가를 단적으로 증명한 사건이었다.

이 사건은 지나친 욕망은, 죄를 낳고 자신마저 황폐해진다는 진리를 보여 준 교훈을 남겼다. 그리고 인간이 어디까지 잔인해질 수 있는지, 인간애라는 것이 과연 존재하는 것인지를 생각하게 하는 이벤트이기도 했다.

또 한편, 신은 살아 있으며 언제나 정의를 실현하는 존재임을 어리석은 인간에게 일깨워 준 교훈이기도 하다.

강만수와 송장생, 김화수는 무기징역을 선고받고 각각 대전, 공주, 군산 교도소에 수감 되었다. 얼마 후에 송장생의 누나인 강만수의 아내는 15년의 징역형을 선고받고 순천 교도소에 수감 되었다가 자살했다.

그들이 밝은 햇빛을 볼 날은 영원히 오지 않을 것이다.

7장

여행(1)

해는 달리도 금성산에 걸려 있고, 유달산에는 어둠이 내리고 있었다. 나는 영회의 옛날얘기에 정신이 팔려 해가 지고 있는 줄도 몰랐다.

"내 정신 좀 봐. 당신이 지금 어디 사는지, 뭘 하고 지내는지도 물어보지 않았네. 미안하구면."

"그게 뭐 미안한 일이야? 미안한 일도 많은 사람인가 보네, 당신은!"

"그러지 말고 화를 풀고…."

"화를 풀다니! 관심도 없는 작자에게 화는 무슨!"

"내가 무관심하다고 단단히 화가 난 모양이군. 정말 미안하다니까."

"이제 그딴 소리 그만! …저녁이나 먹으러 가지."

우리는 오포산 밑 영란횟집 2층에 자리 잡았다. 민어 전문 횟집이다.

"민어는 보양 음식으로 여름이 제철이지만, 지금 11월에도 괜찮을 거야."

"나도 민어 좋아해. 내가 듣기로 꼭 여름철이 아니더라도 훌륭한 보양식이라 하더군."

"아 참, 조 대령 부부도 부르지 그래."

"그럴까?"

영희는 아래층으로 내려가 카운터에 있는 전화로 영진이를 호출했다.

"온다던가?"

"그럼, 좋아하지."

얼마 후, 조 대령 부부가 함빡 웃으며 나타났다. 조 대령은 사복을 입었는데, 헌칠한 몸매에 이리저리 뜯어보아도 누나를 닮아 미남이었다. 유달동 유달 초등학교 근처에 산다고 했다. 사복이면서도 거수경례를 하는 것이었다. 사람은 습관의 동물인 모양이다.

"교수님, 불러 주셔서 고맙습니다. 어제 뵈었는데도 일각이 여삼추라더니, 삼추나 지난 기분입니다."

"허어, 상대를 기쁘게 하는 말솜씨가 뛰어나군. 누구에게나 사랑받겠어. 특히 제수씨에게!"

"교수님도 지나친 덕담을 좋아하시나 봐요. 그건 그렇고, 생선에는 포도주가 제격이라서 포도주 한 병 가져왔습니다."

"호오, 그거 좋지. 어디 보세나."

조 대령이 내놓은 포도주를 보니 브랜드가 천사였다.

"이것은 캰티 푸토가 아닌가! 이탈리아 피렌체 근처 캰티 지방에서 양조하는 와인이지."

"교수님은 이런 것까지 연구하십니까, 허허."

"이보게 조 대령, 내가 연구하여 아는 게 아니야. 시오노 나나미가 지은 책 '나의 친구 마키아벨리'에서 읽었던 기억이 났을 뿐이야."

"기억력도 좋으시네요!"

큼직큼직하게 뜬 회가 푸짐하게 차려졌다.

"나에게는 목포에서 먹는 민어회가 맛이 제일 좋아. 전국 어디보다도 더 맛이 있어. 아마 양념 때문인 것 같은데, 양념 듬뿍 묻혀 한 점 들어들 봐."

"정말 맛있는데요."

"그건 그렇다 치고, 제수씨 소개 좀 해 주지 그래."

조 대령이 한마디 한다.

"남사스럽게 무슨 소개를요."

영희가 끼어들어 소개해 보라고 성화다. 영진은 어쩔 수 없다는 듯, 아내를 간단히 소개한다.

조 대령의 아내 남진주는 의령 남씨로 1950년 진주에서 태어났다. 가족이 대대로 진주에서 살고 있다고 한다. 진주여고와 부산대 교육학과를 졸업했다. 조 대령이 1971년 해사 4학년 여름, 진주를 여행하던 중 촉석루에서 만났다. 당시 남진주 양은 부산대 3학년이었다.

남 양은 촉석루 아래 남강 의암에 앉아 흐르는 물을 바라보다 물에 빠졌다. 허우적거리는 남 양을 발견한 영진이가, 옷을 입은 채 물에 뛰어들어 구조했다는 것이다. 이들의 만남은 기적 같은 우연이었다.

"참으로 천생연분이로군, 천생연분이야. 정말 그건 기적같은 우연이로군."

나는 감탄을 마지않으며, 재작년 영희와 만나던 정동진을 떠올리고 헤아릴 수 없는 감개에 젖었다. 그때 우리가 만난 일은 우연이었을까, 기적이었을까!

"촉석루 얘기가 나왔으니 말인데 그 의암은 논개가 왜장 로쿠스케(毛谷村六助)를 껴안고 물로 떨어지던 그 바위였지! 변영로의 시 논개를 읊어보고 싶군."

거룩한 분노는
종교보다도 깊고

불붙은 정열은
사랑보다도 강하다

아, 강낭콩꽃보다도
더 푸른 그 물결 위에

양귀비꽃보다도
더 붉은 그 마음 흘러라

아리땁던 그 아미
높게 흔들리우며

그 석류 속 같은 입술
죽음을 입맞추었네

아, 강낭콩꽃보다도
더 푸른 그 물결 위에

양귀비꽃보다도
더 붉은 그 마음 흘러라

흐르는 강물은
길이길이 푸르리니

그대의 꽃다운 혼
어이 아니 붉으랴

아, 강낭콩꽃보다도
더 푸른 그 물결 위에

양귀비꽃보다도
더 붉은 그 마음 흘러라

"시를 읊고 있으려니, 촉석루와 남강이 보이는 듯하구먼!"
"교수님은 진짜 감성이 지나치게 풍성하신 것 같습니다."
"이 메마른 황무지 같은 티끌 세상, 감성에 젖지 않고 어이 헤쳐 나가
겠나!"

나도 모르게 무념무상의 경지에 빠져 있던 순간, 조 대령이 1968년
10월 31일 자 조선일보 지면에서 나를 찾았다는 말이 문득 생각났다.

나는 산청 대형 버스 사고를 취재하기 위해 산청에 왔었다. 1968년
10월 30일 오후에 산청군 신안면 하정리 도내고개에서 문상객을 가득
태운 버스가 35m 절벽으로 굴러 승객 44명이 사망한 사고였다. 사망자

가 44명이나 된 그때 버스 참사는 해방 후 최고의 기록이었다. 내가 쓴 31일 자 조선일보 1면 머리기사는 이렇게 시작하고 있다.

44명의 목숨을 빼앗아 간 산청 도내고개 참사는 호화판 장례식에 들뜬 운전사의 부주의와, 좁고 지반이 약하고 험한 산골 고갯길이 빚어낸 비극이었다. 다섯 바퀴나 굴러 보데와 지붕이 완전히 붙어버린 버스는 박살이나 왼쪽 옆으로 누워있었고, "날 살려라"는 비명과 신음이 으깨어진 버스 안과 주변 곳곳에서 들렸다. 60도 경사의 언덕비탈과 버스 주변에 시체와 부상자들이 널려 있어 사고 현장은 피비린내로 가득했다.

"당시에는 기사에 기자 이름을 밝히지 않았다네. 취재하러 지방에 파견된 기자의 기사에만 기명한다네. 내가 산청 사고 현장 취재를 가지 않았었다면, 언제 나를 찾을지 몰랐을 것 아닌가. 하나님은 확실히 그때 우리에게 자비를 베푸신 것 같지 않아?"

조 대령도 감회에 젖어 한마디 한다.

"아무래도 교수님은 저희와 인연이 깊나 봅니다, 하하."
영희도 감격에 벅찬지 환호성을 질렀다.

"하나님의 섭리에 감사해야지! 할렐루야!"

"모 소위, 유선각에서 무슨 말 하다 끊고 식당에 왔지?"

"어이 타이피스트, 지금까지 어디서 뭘 하고 살고 있는지 물었잖아!"

"응 그랬지. 내 천천히 얘기해 주지. 와인 몇 잔에 취해 졸지 말고 잘 들어! 어, 지금 내가 와인이라고 했나?"

"그랬지."

"와인, 와인 하니까 거 예이츠의 와인 시가 생각나네. 첫머리가 뭐더라? 어젠가 당신이 외웠었지. 아마."

"Drinking song 말이지?"

"응, 그거."

"Wine comes in at the mouth, and love comes in at the eye. 이것 말이야?"

"응 맞아. 나도 학생 때 배웠지. 내가 영문과잖아!"

"예기가 삼천포로 빠졌네. 어서 현재 삶이나 읊어봐."

영희는 현재 이렇게 살고 있노라며, 웃는 듯 우는 듯 진솔하게 털어놓는다.

영희의 남편 한경주는 4년 전에 83세로 이승을 뒤로 했다. 병원 신세 한번 지지 않고 건강하게 살다가 하나님 앞에 불려갔다. 선한 사람은 죽음도 깔끔하게 맞이한다는 모범을 보여주었다.

가회동 집은 강씨가 낳은 맏아들 한천호에게 강요하다시피 억지로 물려주었다. 천호는 지금 60세로 수안그룹 총수가 되어있다.

영희는 현재 수안보 보육원 사택에서 혼자 살고 있다. 시집갈 때 안내하며 곰살맞게 굴던 하녀 장미령이 결혼하여, 보육원 총관리인으로 일하면서 옆집에 살고 있어 수시로 살림을 거들어 주고 있다.

이 집에는 여동생 영지가 1968년부터 형부 한경주가 사망한 1991년까지 무려 23년 동안 정강보육원 원장으로 근무하면서 거주했었다.

이 사택은 70년에 완공한, 방이 네 개인 ㄷ자형 한옥이다. 80년대에 목욕실과 화장실을 개축하여 서양식 건물의 편의성도 갖추었다.

사택 뒤로는 완만한 언덕에, 울창한 주목과 상수리나무가 운치를 돋보이게 한다.

넓은 마당을 둘러싼 탱자 울타리 너머로 실개천이 흐른다. 봄 사월이나 오월에는 흰색, 분홍색 꽃이 마치 집을 감싸 안은 듯하고, 가을이 오는 구월에는 노랗게 익은 지각(잘 익은 탱자 열매)의 향긋한 향기가 코끝을 간질인다. 이런 곳에서 영희는 행복하게 살고 있다. 하나님이 사랑하시는 딸의 모습은 이런 것이라는 것을 과시라도 하듯이!

영희는 보육원 원장으로서 아이들을 돌보며, 삶의 기쁨을 느끼고 있다고 담담하게 고백한다. 두 사람의 부원장이 잘 보좌한 덕분이다. 한편, 두 개의 대형 호텔과 리조트 사장의 책임을 성실하게 수행하고 있음은 물론이다. 사망한 남편의 육촌 되는 60대의 성실한 한씨가 총지배인으로서 책임을 다하고 있다. 한씨는 보육원 앞 수안 성결교회에서 장로로 봉사하고 있다.

그러나 영희는 탱자꽃의 꽃말(추억)에 이끌리듯, 가끔 추억에 잠겨 을 씨년스러운 모습을 보이기도 했다.

1993년 8월 말, 충주에 사는 친구의 초대로 이런저런 얘기를 나누면서 점심을 맛있게 먹었다. 해거름이 되어 수안보행 버스를 타려고 가는 길에 저도 모르게 역에 모여든 군중 틈에 끼어 정동진행 기차표를 샀다. 우연한 행동이었는지, 의도적 행위였는지는 아무도 모른다. 아마도 허전한 마음을 달래기 위한 행동이었으리라.

그러나 핸드백에 차비밖에 없었는데도 기차표를 산 것을 미루어 보면, 순간의 충동적 행동이었는지도 모른다. 이리하여 빈 호주머니만 차고 어슬렁거리는 후줄근한 거지꼴의 모 소위를 보게 된 것이다.

"아하, 듣고 보니 정동진에서 나처럼 비를 피한답시고 소나무 아래 처연하게 서 있었던 것은 지갑이 빈 탓이었군 그래."

"모 소위, 그때 내가 거지처럼 보였었나?"

"원 천만에! 내 눈에 당신은 달의 여신처럼 참으로 아름답게 보였다네. 얼마 후 나는 '정동진의 여인'이라는 제목으로 수필을 쓴 적이 있지. 수필에서 나는 당신을 달처럼 아름다웠다(Lunar-beauty)고 표현했다니까."

"허어! 그랬어? 그럼 지금은?"

"세월이 흐른다고 아름다움은 사라지지 않는 법, 지금은 삶의 경륜과 지성미가 더 해져 완벽한 비너스가 되었구면!"

"모 소위가 그 정도로 눈이 삔 줄은 미처 몰랐네그려! 칭찬도 지나치면 욕이 된다는 걸 모르나?”

“알았네, 알았어! 그러나, 누가 봐도 아프로디테인 것만은 분명한 걸 어쩌겠나. 말하자면 당신은 지금까지 고난의 삶의 상처에서 피어난 꽃이기 때문이라네.”

“아무래도 못 말릴 남자야, 그대는! 그러니 기껏해야 중위에 그쳤지 뭐.”

“왜 이렇게 시니컬하게 됐지?”

“뭐라? 냉소적이라고? 나는 모 소위를 비웃은 적 없어. 그냥 호박꽃을 두고 아름답다고 호들갑을 떠니 그렇지!”

조 대령 부부는 박장대소하며 우리를 당황하게 했다.

“두 분 사랑싸움 재미있네요.”

우리는 민망하고 쑥스러워서 이구동성으로 외쳤다.

“뭐라? 이것이 사랑싸움 같아 보여? 그렇다면 빨리 그만둬야지!”

“우리 이제 농담질 그만하고, 진지한 토론이나 해 보면 어떨까? 모 소위.”

“뭘 진지하게 토론하자는 거야?”

“방학도 되니, 우리 집에 한번 가 보자고!”

“수안보엘 가 보자고? 그건 정말 진지하게 토론해 봐야 하겠는걸!”

“수안보 관광이나 하자는 거지, 다른 뜻이 있겠어?”

"직원들과 동리 사람들 눈도 있고…. 당신 위상과 체면이 깎일 일 같아. 미안하지만, 그건 안 되겠어!"

"허~참, 순수하지 못한 엉큼한 사람들의 눈으로 보면, 내 체면은 여지없이 깎이겠지. 구더기 무서워 장 못 담그나? 개의할 것 없지 않아? 강요하는 것 같지만, 내 말대로 하자구! 모 소위."

"글쎄, 당신이 정 그렇게 원한다면 그리하지 뭐."

그해 12월 학생들의 성적처리를 마무리하고, 영희의 에쿠스 승용차로 출발했다. 크리스마스가 문 앞에 다가왔는데도 하늘은 눈을 부어 줄 생각이 없는 듯, 햇빛은 쨍쨍하고 바람은 시원했다. 크리스마스는 크리스마스답게, 하얀 눈이 산과 들을 덮고, 털실로 짠 스웨터를 입은 개구쟁이들은 삼삼오오 모여 눈싸움을 하거나, 눈사람을 만들며 마냥 행복해야 하는 것이 하늘의 이치 아니던가?

여행한다는 생각에 초등학생이 원족 가는 날처럼 들떠서, 아침도 먹는 둥 마는 둥 길을 나섰다. 지금 우리 차가 굴러가는 이 길은 국도 1호 도로다. 목포시청에 세워진 이정표가 1호 국도 시발점이다. 한반도가 남북으로 갈라지지 않았다면, 압록강 변 신의주에 종착점 이정표가 있을 터였다.

얼마쯤 달리다 우리는 1호 도로를 오른쪽에 두고 지방도를 따라 고창 선운사에 도착했다. 오후 네 시, 해는 서쪽으로 많이 기울었으나 산을 넘어갈 기미는 보이지 않고 있었다.

파랑새는 울지 않는다

주차장에 차를 세우고, 벌거벗은 벚꽃 나무가 시위하듯 양쪽에 서 있는 길을 2km가량 걸어 선운사 경내에 들어섰다. 장갑 낀 손으로 서로의 손을 맞잡았으나, 뜨거운 체온은 뼛속까지 스며들었다.

이리저리 둘러보아도 지천으로 널린 동백나무에는 꽃망울만 삐죽삐죽 얼굴을 내밀었을 뿐 동백꽃은 아직 피지 않았다.

문득 서정주의 시가 생각나 둘러보니, 어느 건물에 게시판 같은 것이 세워져 있었다. 가까이 가서 들여다보니 '선운사 동구'라는 시가 오른쪽에서 왼쪽으로 세로로 적혀 있었다.

선운사 고랑으로
선운사 동백꽃을 보러 갔더니
동백꽃은 아직 일러 피지 안했고
막걸리집 여자의 육자배기 가락에
작년 것만 시방도 남았읍디다
그것도 목이 쉬어 남았읍디다

서정주도 아마 이때쯤 선운사에 왔었나 보다. 지금처럼 아직 꽃은 피지 않은 이즈음에! 어느 평론가가 말했듯이 피지 않아 보지 못한 동백꽃을, 막걸리집 여인이 부르는 육자배기에서 가슴에 서린 한을 보았는지 모른다.

원래 샘이 많은 나도 질 새라 엉터리 시를 읊어 보았다.

깊은 골 맑은 물엔

눈부신 은어 한가로이 노닐고
온갖 나무 다투어
울창한 숲을 이룬 선운산

봄이면 노란 산수유꽃
산사 울타리 되고
나그네 발길을 유혹하는 벚꽃
오리 길에 화사하게 피어나네

소슬한 가을바람 가지에 스치면
홍엽 치마 다소곳이 두른
높은 뫼의 수려한 풍광은
찾는 이의 넋을 빼앗고

삭풍에 눈발 흩날리면
청옥에 핏방울 떨어진 듯
루비보다 더 붉은 동백꽃
오상고절을 자랑한다네

풍천강 풍천옥에 앉아
풍천장어 벗 삼아
향긋한 복분자 한 잔 술엔
사랑이 한 아름 넘치네

"어때, 엉터리 시지?"

"좋은 시라고 칭찬해 주길 바라면서, 묻기는 왜 물어!"

"그럼, 괜찮은 시야?"

"그렇다고 해 두지. 그런데 여기 은어가 정말 있어?"

"있고말고! 산사 뒤쪽에 도랑이 있는데, 진짜 맑디맑은 물이 흐르고 있지. 아까 봤잖아!"

"그래? 나는 무심히 지나쳤지. 내가 좀 건성인가 봐."

"배가 고픈데, 당신은?"

"마찬가지지, 그런 걸 꼭 물어봐야 하나?"

"여기는 장어가 특등 요리니까, 풍천옥에 가지."

풍천옥 창가에 앉으니 저 멀리 헐벗은 산이 눈에 들어왔다. 괜히 인생이 무상함을 새삼 느껴졌다. 모르는 새에 헛소리가 튀어나왔다.

"우리는 너무 늦게 만났어. 이제는 해가 지려 하잖아!"

"왜 자꾸 그런 슬픈 소리만 해? 나도 덩달아 눈물이 나려 하잖아!"

"자. 눈물을 닦아. 그리고 나를 봐. 운다고 가는 세월 막을 순 없잖아!"

"모 소위 말이 맞아. 슬퍼한다고 젊음이 다시 찾아줄 리 없으니, 이제부턴 눈물일랑 박물관에 보내버릴 거야!"

우리는 풍천장어 요리를 앞에 놓고, 복분자 술잔에 복분자 술을 가득 따랐다.

"자, 브라보!"

우리는 술잔을 입으로 가져가며, 황홀한 듯 서로의 눈을 바라보았다.

"그런데, 우리 이제부터 호칭을 좀 바꾸어보면 어떨지…"
"좋아, 그렇게 하자고."
"그럼, 그대를 원장이라고 부르면 좋겠는데…"
"좋아, 나는 모 소위를 교수라고 부르겠어, 어때, 괜찮지?"

그때부터 우리는 원장이 되고, 교수가 되었다.
우리는 풍천장 8호실, 9호실에서 단잠에 빠졌다.
잠에서 깨 보니 해는 벌써 동쪽 하늘을 나지막이 날고 있었다.

8장
여행 (2)

해가 머리 위를 지날 때쯤, 출발하려고 시동을 걸었다. 걸리지 않는다. 다행히 바로 앞에 카센터가 있었다. 카센터 주인은 보닛을 열어보더니 부동액이 없다는 것이다. 아직 날씨가 그리 춥지도 않은데 벌써 엔진이 얼었다는 얘긴가 의아해서 물어 보았다. 가끔 그런 현상이 나타나기도 한다고 꽤 어려운 말로 설명한다.

그렇지! 영희가 목포 와서 차를 움직이지 않은 것이 거의 한 달이 다 되었으니, 그럴 만도 했다.

잘됐다 싶어 엔진오일, 브레이크오일, 벨트, 타이어 등등 모조리 넣고 갈고 닦았다. 후련했다.

길에서 이런 일을 당했으면 얼마나 난처했으랴! 정말 다행이었다. 하나님의 보우하심이 넓고 크도다! 참 아름다워라, 주님의 세계는!

에쿠스가 아침부터 햇볕을 맛있게 받아먹었는지 문을 여니 더운 기운을 확 뿌린다. 춥지는 않지만, 그래도 겨울이라 우리는 좀 두꺼운 옷을 입고 있었다. 원장은 털실로 짠 하얀 폴라에 쥐색 바지를, 나는 검은 폴리에스터 폴라에 검은 바지를 입고 있었다. 하는 수 없이 차창을 열어놓고 운행했다. 시원하다.

에쿠스는 정읍 인터체인지에서 우회전하여 호남 고속 도로에 들어섰다.

"어디로 가려는 거야?"

"내 맘이지. 운전대 잡는 사람 맘이잖아, 그런 이치도 몰라? 배가 키 잡는 선장 잘못 만나면 산으로 가지!"

"알았어. 정치도 마찬가지겠군!"

"왜 여기서 정치 얘기가 나와?"

"리더가 키를 잡고 있으니, 해 본 소리야. 신경 쓰지 마시라요, 원장님!"

"음악이나 들어 볼까?"

"그거 좋지."

"거기 길쭉한 통 있지? 그거 열어 봐."

뚜껑을 열어보니 클래식, 팝송, 샹송, 칸초네, 우리 가곡, 찬송가 등 다양한 장르의 CD가 가득 들어 있었다.

"어떤 곡을 듣고 싶어?"

"교수가 좋아하는 곡 아무거나 꺼내 봐."

폴 프레데릭 사이먼이 부른 '험한 물결 위의 다리' CD를 꺼내 주었다.

When you're weary, feeling small,

When tears are in your eyes,

I will dry them all

I am on your side when times get rough,

And friends just can't be found

Like a bridge over troubled water,

I will lay me down

Like a bridge over troubled water,

I will lay me down

그대가 지치고 초라하게 느껴질 때

그대의 두 눈에 눈물 고일 때

내가 모두 닦아 줄게요.

고난이 닥쳐와도 친구조차 없을 때

내가 당신 곁에 있어 줄게요

험한 물결 위의 다리 되어

누워 있겠어요

험한 물결 위의 다리 되어

누워 있겠어요

여기까지 들었을 때 원장이 버튼을 눌렀다. 노래가 멈췄다.

"Troubled water라… 그래, 험한 세상을 의미하겠지. 이 험한 세상에서 내게 친구가 없을 때라도, 교수가 다리가 되어 나를 쉽게 건너게 해 주겠다고?"

"그리 해석할 수 있겠지. 그런데 원장은 이제 험한 세상은 잘 건넜으니, 나 같은 친구는 필요 없잖아?"

"그런 음악을 틀어놓고도, 지는 그런 맘 없다고? 참, 말도 마음도 잘 바꾸는 위선자로구먼, 교수는!"

"아니, 난 그런 뜻으로 말한 게 아니야! 툭 하면 토라지는군. 이러다간 정말 싸움 나겠어! 내가 입 다물어야지."

"심심한데 교수가 날 만날 때의 소위 생활이나 풀어 놓아 보지 그래."

"그것도 좋겠지."

나는 지경리와 인연이 깊다. 군 생활을 지경리에서 시작해, 지경리에서 막을 내렸으니 말이다.

강원도 철원군 갈말읍 지경리는 3사단 포병 11대대뿐만 아니라, 1군 직속 98포병대대도 주둔하고 있던 요충지다. 나는 BBQ(독신 장교 숙소)에서 사병의 수발을 받는 생활이 자유를 제약받는 기분이 들어, 부대 앞에서 버스정류장을 겸하고 있는 구멍가게에 하숙을 정했다.

나는 A 포대 1소대 소대장이 되어 본격적으로 장교 생활을 시작했다. 그런데 포대 선임하사 때문에 장교의 위신이 말이 아니었다.

"장교 없으면, '쏘위'라도 바꿔" 하던 시절에, 24살 난 소위는 시쳇말로 마흔 살이 넘은 선임하사라는 보직을 맡은 특무상사의 밥이었다. 포대 본부에 들어가도 인사도 변변히 받지 못하기를 거의 한 달이 지난 어느 날이었다.

나는 포대 선임하사를 길들이겠다고 단단히 마음먹고, 야전 침대 나무 받침대(긴 몽둥이다)를 빼 들고 문을 박차고 포대 본부에 들이닥쳤다.

그래도 선임하사는 앉았던 의자를 돌려 멍하니 쳐다만 볼 뿐, 평소와 다름없이 인사할 생각은 추호도 없는 것 같았다. 대뜸 나는, "이 새끼! 넌 이 계급장이 눈에 안 뵈냐! 어디 쏘위 맛이 어떤가 보여주마." 하면서 벼락 치듯 그의 등짝을 사정없이 후려쳤다. "아얏!" 그는 까무러치듯 땅바닥에 넘어지며, 자연스레 무릎 꿇는 몰골이 되었다.

"모 소위님, 알았어, 알았어욧! 다시는 안 그럴게요."

그 후부터 신 상사는 내가 11대대를 떠날 때까지 나의 충실한 부관이 되었다.

지상에서 산꼭대기로

사병들이 가장 싫어하는 일은 아침저녁으로 실시하는 점호였다.

나는 거의 점호를 하지 않았다. 그런데도 소대원들은 점호 준비를 철저히 한다. 내가 포대 선임하사를 침대 몽둥이로 두들겨 팼다는 것을 아는지라, 나를 끔찍이 무서워했기 때문이었다. 점호를 취하지 않았는데도 우리 소대원들은 조용히 취침했다. 그런데 옆 2소대는 거의 한 시간가량이나 점호를 취한다. 그러면 사병들은 녹초가 된다.

따라서 점호가 끝나자마자 깊은 잠에 빠지는 것이 정상일 터인데, 2소대원들은 점호가 끝나자마자 철망을 뛰어넘어 동리로 나가 사고를 치곤 했다. 그런데 포대장 장 대위는 점호를 느슨하게 취했다는 책임을 물어 사고원인을 나에게 돌리고 나를 산꼭대기로 쫓아냈다. 그날이 나의 지상 11대대의 마지막 근무 날이 되었다.

이리하여 나는 불과 3개월 만에 '지상에서 영원으로'[1]가 아니라 '지상에서 험한 산꼭대기로' 쫓겨나게 된 것이다..

11대대는 오성산에 한 개의 OP(Observation Post, 관측소)를 운영하고 있었다.

산꼭대기 생활이 여느 사람에게는 지겨울지 몰라도 나에겐 천국이었다. 카빈총으로 시시때때로 꿩을 잡아 도리탕을 끓여 약주 안주 삼아 먹으면, 얼마나 맛이 끝내주는지 말로는 다 할 수 없는 즐거움이었다. 먹어 보지 않은 사람은 죽어도 모르리라.

인사참모 이형도(박인천 금호그룹 창시자의 맏사위) 대위가 끊어주는 1박 2일의 외출증은 나의 서울 나들이를 즐겁게 해준 축복의 선물이었다. 이 선물 덕에 운천의 조영희도 만나게 된 것이다.

---

1) From here to Eternity, 데보라 커, 버트 랭커스터, 몽고메리 크리프트, 프랭트 시나트라 출연

산꼭대기에서 다시 지상으로

외출중으로 주말마다 근무지를 이탈하여 서울에 오가는 나의 행위가 들통나는 날이 왔다. 매일 받는 OP의 보고가 토요일, 일요일 주말이면 보고자의 목소리가 모 소위 같지 않아 의심하던 2과(정보과)장 정대위가 어느 날 직접 OP에 올라왔다. 서울에 가 있는 내가 손오공이 되었다 할지라도, OP 내 자리에 앉아 정 대위를 마중할 수 없었을 것이다. 정 대위는 이 골칫덩이를 어떻게 골탕 먹일까 노심초사, 골머리를 싸매고 끙끙 앓고 있었다. 때마침 포병사령부에서 비행대 관측장교 한 사람을 파견해 달라는 요청이 왔다. 정 대위는 이 요청을 호기 삼아, 나를 영원히 11대대에서 쫓아내 버렸다.

비행대야말로 최고의 특급 근무지다. 하루에 한 번 한 시간가량 잠자리라 불리는 L-19 비행기로 전방 정찰만 마치면, 남은 시간은 완전 자유였다. 잠을 늘어지게 자던, 바둑을 두던, 책을 보던 자유였다. 그러나 근무 시간 중에는 외출은 금지였다.

여기서 나는 거의 2년 만에 책을 손에 쥐어보게 되었다. 여기 이 비행대 근무 중에 열심히 한 공부가 아마 제대 후 신문사 기자 시험에 합격할 수 있는 토대가 되었지 않나 생각한다. OP에서의 근무지 이탈 등 농땡이질 때문에, 정보과장 정 대위의 눈 밖에 난 것이 전화위복이었고, 커다란 행운이었다.

그러나 한편, 이것은 호사다마란 말대로, 비행대로 전근오는 바람에 운천 나들이하는 길은 완전히 봉쇄되었다. 이로 인해 조영희가 하숙집을 영영 떠난 일도 알 수 없었고, 우리는 기약도 없이 영영 헤어지고 말았다.

비행장 근무 중이던 1964년 봄, 영천에 있는 육군 부관학교 입교 명령을 받고 인사행정반 41기생이 되었다. 이는 녹슬어 가던 머리를 맑게 할 수 있는 제2의 호기가 되었다. 밤낮을 책과 씨름하는 시간을 가졌기 때문이다.

그해 8월 중위로 진급하고, 부관학교를 졸업한 나는 3사단 포병사령부 인사장교가 되어, 포천군 이동에서 하숙집 생활을 시작했다.

포병 사령관과 한판 붙다

나는 개신교 신자다. 모태신앙이랄 수 있는 오래된 교인이다. 기독교 장로교가 신앙의 모태다. 사령부에는 교목이 시무하는 교회가 있다. 주일이면 교회에 출석해 꼬박꼬박 예배를 드렸다. 그래서 교인인 사병들도 거의 안다. 특히 교회 간사 일을 맡아 일하는 김성철 병장은 더욱 잘 안다. 하루는 사무실 유리창에 김 병장이 얼핏 비쳤다. 쏜살같이 뛰어나가서 그를 불러 세웠다.

"김 병장, 귀관은 며칠 전 유급 휴가 가지 않았나? 왜 아직 부대에서 어슬렁거리나?"

"네? 중위님, 무슨 말씀을 하시는지 모르겠네요."

"휴가 명령이 났는데, 왜 휴가 가지 않았느냐고!"

"휴가요? 전 휴가 명령 났다는 소식 들어 본 적 없는데요!"

"그래? 알았네."

김 병장은 되레 나를 이상한 눈으로 뚫어지게 쳐다보더니, 고개를 갸웃거리며 사라진다.

어리둥절해진 나는 인사계 성 상사를 다그쳤다.

"유급 휴가 명령이 난 김 병장이 왜 부대에서 서성거리지?"

"참, 모 중위님도…. 그게 뭐 호들갑을 떨 일입니까요? 맨날 벌어지고 있는 일인데요."

"날마다 벌어지는 일이라? 자세히 좀 얘기해 보게."

"부대의 이러저러한 잡비와, 비자금을 마련하는 데는 여러 가지 방법이 있습니다. 가짜 유급 휴가도 그중의 하나지요. 그 외에도 현 인원을 부풀려 급식과 급식비를 더 타는 방법, 쌀과 고기 등을 빼돌려 민간시장에 내다 파는 방법 등등 많습니다."

나는 인사계의 말을 듣고, 이런 부정을 알고도 아무것도 할 수 없는 무능력한 존재임을 새삼 깨닫게 되었다. 그래서 냄새가 나는 그런 종류의 기안지에는 결재를 않는 일종의 사보타주(Sabotage)로 무언의 항의를 표시하는 수밖에 없었다.

얼마 동안 인사참모 박종운 대위가 대결하는 것으로 카무플라주(Camouflage)를 해 왔다.

이런 일시적인 눈속임을 눈치채지 못할 지휘관은 없는 것이다. 대령까지 진급해 준장 직책인 사단의 포병사령관쯤 된 인물이라면 이런 일에는 달통한 직관력을 갖고 있기 마련이다.

어느 날, 결재판을 들여다보던 양 사령관은 인사참모 박 대위에게 물었다.

"박 대위, 요즘 모 중위 부대에 없나? 왜 자네가 번번이 대결하나?"
"사령관님, 그게 아니라…. 그게 좀……."
"모 중위 지금 있나 없나?"
"예, 있습니다."
"자네는 나가고, 모 중위 당장 오라고 해!"
"사령관이 보자고 하네."

이 한마디만 남기고, 박 대위는 서둘러 자취를 감추었다.
내가 사령관실 문을 열고 경례를 하는 데 욕설이 터져 나왔다.

"이 새끼!"

번개같이 날아 온 사령관의 오른손이 내 왼쪽 따귀를 후려쳤다. 이 바람에 중위 계급장이 달린 풀색 작업모가 저만치 날아가 버렸다. 갑자기 기습적으로 당한 봉변이었기에, 나는 분통을 억제하지 못하고 차마 해서는 안 될 일을 저지르고 말았다.

"장교는 국제신사라고 하는데, 장교를 쳐! 좋다, 어디 계급장을 떼고 해 보자!"

흥분한 나는 정말 한바탕 붙어 볼 양으로 웃통을 벗어부치고 사령관에게 대들었다. 서로 주먹이 오고 갈 찰나, 어디서 나타났는지 박 대위가 뛰어들어 싸움을 말렸다.

그길로 나는 씩씩거리며 숙소로 나와 자리에 누웠다.

얼마나 지났을까. 세차게 방문을 두드리는 소리가 났다.

"모 중위님, 1호 차 운전사 임 병장입니다. 문 좀 열어 보세요."

"무슨 일인가. 자네가 여기는 왜?"

"사령관님이 모 중위님을 꼭 모시고 오라고 신신당부하며 저를 보냈습니다."

"신신당부했다고? 그렇다면 비겁하게 피할 이유가 없지! 자, 가세."

"타시지요."

"응. 자네는 조수석으로 비켜, 내가 운전하지."

운천 양식당 널찍한 방에 세로로 뻗은 상 양쪽으로 사령부 장교 20여 명이 죽 늘어앉아 있었다. 내가 나타나자, 사령관이 손짓으로 나를 부른다. 바로 자기 옆자리로!

"모 중위, 내가 미안하게 됐어. 오늘 일은 용서하게."

이리하여, 내가 사령부를 떠날 때까지 사령관과 나는 부딪히지 않고 지냈다.

어색한 동거를 피하고자 나는 1군 직할 98대대로 전근했다.

여기서 나는 1965년 7월 31일 전역 명령을 받고 파란 많은 삼 년간의 장교 생활에 종지부를 찍었다.

"원장, 어때? 내 얘기 재미없지?"

"재미있고 없고가 문제야? 그게 모 교수 과거사였는데."

"그래, 들어줘서 고마워. 그런데 '원장' 하고 부르니 좀 어색하네…."

"나도 '모 교수' 하려니, 그런 느낌이 들어."

"원장 호칭은 찬바람이 쌩쌩부는 것 같은데, 당신이라고 부르면 따뜻한 바람이 온몸을 감싸는 듯하단 말이야."

"그렇긴 해. 당신이라는 호칭은 감칠맛이 난단 말이야."

"허~어, 우리가 건망증이 심한가 봐. 얼마 전에 호칭을 바꿨잖아!"

"괘념할 것 없다고! 우리끼린데 누가 뭐라 하나?"

호칭은 서로 기분 내키는 대로 하기로 했더니, 날아갈 듯한 행복감이 찾아들었다.

얘기하거니, 듣거니 하는 사이에 차는 김제휴게소에 들어서고 있었다.

"볼일도 보고, 커피도 한잔씩 하자고!"
"좋지, 당신이 하는 일은 무조건 좋아!"
"그런 입에 발린 소리, 이젠 지겨웟!"

저녁 어스름이 다가오면서, 눈이 올 듯하여 서둘러 논산 고속터미널 주차장에 차를 세웠다.

"고창에서는 눈 올 기미도 없더니, 날씨는 참 변덕스러워!"

영희가 중얼거렸다.

차에서 내리니 쌀쌀한 바람이 살갗을 스쳐 가자, 추위가 찾아드는 느낌에 나는 점퍼를, 영희는 오리털 패딩을 꺼내입고 한우 식당에 자리했다. 한우 갈비와 보해 매취순을 시켰다.
시장해서 그런지 한우갈비 맛이 일품이었다.
터미널 맞은편에 청운호텔이라는 간판이 보여 무작정 들어갔다.
중간급 호텔인 것 같은데 깔끔했다. 우리는 303호실, 304호실에 각기 여장을 풀고 1층 바에 앉았다.

생맥주 한 잔씩 시켜 놓고 이런저런 얘기를 주거니 받거니 하면서 즐겁게 하루를 보냈다.

문득 32년 전 그 옛날, 운천 하숙집을 떠나면서 네게 남긴 쪽지에 적혀 있던 시가 머리에 떠올랐다. 떠날 수밖에 없는 자기의 애절한 심정을 노래하듯, 미국의 여류시인 티즈데일(Sera Teasdale, 1884~1933)의 '잊어버리자'라는 시를 적어 놓았었다. 한문으로 또박또박 趙英姬라고 쓰고 서명까지 한 쪽지였다.

퓰리처상을 수상한 그녀는 일상생활을 애수에 넘치는 언어로 표현함으로써, 많은 독자의 심금을 울렸었다. 그러나 그녀는 결국 고독을 견디지 못하고 수면제를 먹고 자살했다.

꽃을 잊는 것처럼 잊어버리자
한때 세차게 타오르던 불꽃을 잊듯이
영원히 아주 영원히 잊어버리자
세월은 고맙게도 우리를 늙게 하구나

만일 누가 물으면 이렇게 대답하자
그건 벌써 오래전에 잊었노라고
꽃처럼 불처럼, 또는 옛날 잊혀진
눈 속에 지워진 발자국처럼
잊었노라고!

파랑새는 울지 않는다

"어때? 그때 당신의 애끊는 심정을 지금도 뼈저리게 이해할 수 있어!"

"정말이지, 그때는 꼭 모든 것을 잊고 티즈데일처럼 훌훌 털어버리고 싶었어."

영희는 애수에 젖어 눈물이 나는 듯, 손수건으로 눈자위를 훔쳤다. 덩달아 내 뺨에도 거침없이 눈물이 흘러내렸다.

다음 날은 아침 일찍 눈을 떴다. 옷을 챙겨입고 로비로 내려오니, 영희는 벌써 커피숍에 앉아 있었다.

"어, 잘 잤어! 원장님."

"당신은? 그런데 당신은 또 원장이 뭐야? 정말 변덕쟁이로군."

"미안해. 사모님에게 예를 갖추고 싶었어, 당신!"

창밖을 내다보니 눈발이 조용히 흩날리고 있었다. 저 앞에 카센터가 어서 오라고 부르고 있었다. 차를 카센터 앞에 댔다.

"눈이 올 것 같으니, 스노타이어로 갈아야겠는데, 있어요?"

"있다마다요. 고급차니까 미쉐린 타이어로 하시지요!"

"미쉐린이라… 아, 미슐랭? 프랑스 제품이라 프랑스 발음으로 불러야 하는데, 우리는 온통 영어 발음만 쓴다니까!"

"그럼, 그 미슐랭으로 할까요?"

"아니, 우리 것을 써야지요. 한국 타이어나 금호 타이어 아무거나 좋습니다."

"금호 타이어로 갈아 드리겠습니다. 괜찮지요? 선생님."

"아차! 잊어버릴 뻔했네. 간단한 점심거리도 준비하자고."

"나도 깜박했네. 눈길에 갇힐지도 모르니 말이지? 그래도 당신은 멍청하지는 않다니까!"

"칭찬 고마워. 역시 당신은 Woman of manner라니까!"

"헛소리지만, 들으니까 기분은 좋구먼!"

우리는 슈퍼에 들러 1.5L짜리 보온병을 사서 커피숍에서 라떼 커피를 가득 채웠다.

그리고 롯데리아에서는 햄버거 두 개를 사서 가방에 챙겨 넣었다.

이제 눈밭 전쟁터로 행군할 만반의 태세를 갖추었다.

"행군 나팔 소리로 주의 호령 났으니, 십자가의 군기를 높이 들고 나가세!"

지금 우리는 마치 십자가의 군병처럼, 선한 싸움 싸우려 눈길에 용감하게 나섰다.

9장

우연인가, 기적인가

눈은 이제 함박눈으로 변하여 펑펑 쏟아지고 있었다.

산과 들이 눈밭이 되어가고 있었다. 그런 눈밭으로 우리는 장군인 양 의기양양하게 돌진하고 있었다. 지나는 차들은 거북이가 기어가듯 이 엉금엉금 기어가고 있었다.

운전자들의 모습은 볼 수 없어도 긴장하고 있다는 것을 육감으로 느낄 수 있었다.

스노타이어를 끼었다 해도 방심할 수 없어서, 우리도 거북이처럼 기어가고 있었다. 가다가 중지 곧 하면 아니 감만 못하다 하지 않던가.

곳곳에 나뒹그러진 차들이 보였다. 도랑에 처박혀 배를 하늘로 내밀고 꼴사납게 누워있는 차들도 한둘이 아니었다.

유비무환이라는 말을 다시 곱씹어 보게 하는 갑작스러운 변고가 아닐 수 없다.

뛰어가든, 걸어가든, 또는 날아가든, 언젠가는 어디에 다다르게 되는 것이 순리 아닌가. 거북이도 마침내 바닷가에 도착하지 않았던가! 꾸준하면 못 이룰 일 없건마는, 인간들은 뫼만 높다고 구시렁대지 않는가.

눈은 꾸준히 내리고 있다. 어둠이 내려 우리는 평택에 둥지를 마련했다. 그것도 나의 파랑새의 결정이었다.

"땅거미가 지고 있긴 하지만, 조금 더 가면 안 될까?"

"바쁜 일 있어? 조금 더 가면 어떻고, 덜 가면 어때?"

"알았어, 셀레네의 결정은 항상 옳으니까!"

"그게 누군데?"

"그리스인들이 일컫는 달의 여신이지. 로마인들이 루나라고 부르는 …."

"낯선 신이라는 이름은 왜 갖다 대며 나를 놀리는 거야? 뭐 불만이 있어?"

"정말이니까 그렇게 불렀는데, 뭔 불평이 그리 많아!"

"엊그제는 비너스니 아프로디테니 하더니 오늘은 셀레네라고? 이랬다저랬다 통 종잡을 수가 없단 말이야. 당신 말은!"

"내가 이랬다저랬다 하는 것이 아니고, 그리스인들과 로마인들이 같은 신을 두고 각기 다른 이름으로 부르니, 헷갈리게 된다네. 이제 알간?"

"그리스인들은 아프로디테, 로마인들은 비너스라… 그럼 루나는?"

"방금 말했지 않아! 루나는 로마인들이 부르는 달의 여신이라고. 달처럼 아름답다는 'Lunar-beauty'라는 말이 여기에서 나왔지."

"알았어. 이젠 그 신화 소리 그만하자고! 우리가 지금, 신화 속에서 살아?"

"신화 얘기 그만하지. 그런데 당신, 평택엔 무슨 볼일이라도 있어?"

"급한 건 아니지만, 그냥 지나치기가 좀 아쉬워서…"

차는 느티나무와 주목으로 둘러싸인 어느 3층 건물 앞에 섰다.

영희가 차에서 내리니, 마침 눈을 쓸고 있던 늙수그레한 여인이 빗자루를 던져버리고 뛰어와 반갑게 인사한다.

"아유, 원장님이 웬일이세요!"

"아주머니, 반가워요. 그동안 잘 계셨어요?"

"그럼요, 원장님 덕분에 모두 들 잘 있답니다."

"그래요? 기쁘네요."

"원장님, 마침 저녁 식사 땐데, 식사하실 시간 나시나요?"

"그것 잘됐네요. 가시지요."

우리는 그 관리인 아주머니를 따라 식당에 들어갔다. 식당은 깨끗하고 널찍했다. 사방 벽은 하얀 수성페인트 옷을 입고 있었고, 세로 다섯 줄가량 늘어선 식탁에는 좋이 오십 명쯤 되는 아이들이 단정히 앉아 있었다.

나는 하도 궁금하여 영희에게 물어보았다.

"원장님 원장님 하는데, 도대체 여기가 어디야?"
"여기는 평택 고덕 동고리에 있는 '동고보육원'이야."
"그런데 원장은 또 뭐야?"
"우리 수안그룹에서 운영하는 보육원이거든. 그리고 나는 명예 원장
이라네."
"호오, 그래? 이런 보육원이 또 있나?"
"여기 말고도 가평, 춘천, 청주 등 일곱 군데나 있지."
"거참, 대단하구만! 좋은 일이야, 참으로 선한 일이지. 암, 선한 일이
고말고!"

식사가 끝나자 동고보육원 원장이 영희 옆으로 와서 정식으로 인사
를 하면서, 좀 난처한 기색을 보였다.
삼십 대의 예쁘장한 여인이었다. 평택 토박이로 충남대학교 사회복
지학과를 졸업하고, 동고보육원에 들어와 십오 년 동안 근무하다가 지
난해에 원장으로 발탁된 성실한 사람이라고 한다.

"권 원장, 무슨 할 말 있으면 서슴없이 해봐요."
"심장병을 앓는 아이가 있는데, 이제 고작 여덟 살이에요. 그런데 심
장이식 수술을 하지 않으면 생명이 위태롭다고 하네요."
"그래요? 걱정하지 말아요. 아이를 살려야 하지 않겠어요! 보육원을

운영하는 근본 취지는 불우한 아이들을 돌본다는 사명감 아니겠어요? 그런데 병든 아이를 치료하지 않는다는 것은, 생명을 빼앗는 살인 행위 아니겠어요?"

"그렇긴 하지만, 워낙 수술비가 너무……."

"권 원장, 내가 수술비와 입원비를 전담할 테니까 걱정하지 마세요."

"어떻게 원장님이 사비로…."

"내일 아침 일찍 충남대 병원에 전화하여 심장을 구해서 수술해 달라고 요청하세요. 알았지요?"

"네, 잘 알았습니다. 원장님, 참으로 고맙습니다."

"고맙기는요. 당연히 우리가 해야 할 일 아닌가요? 그리고 수술비 등은 익명으로 처리하세요. 만일 내가 부담했다는 말이 새 나가면, 당신을 해고할 거예요!"

"내일 아침 일찍 전화하겠습니다. 원무과장이 친구거든요."

"그거 잘됐네요. 총비용이 얼만지도 알아보시구요. 오전에 전화할게요."

"네, 그리하겠습니다."

나는 깜짝 놀라지 않을 수 없었다. 영희가 저런 굳은 의기를 지닌 여인일 줄이야!

우리는 보육원을 떠나 우성호텔 306호, 307호실에 짐을 내려놓고 내려와, 로비 커피숍에서 초이스 커피를 홀짝거리고 있었다.

"모 교수, 우리 어디 가서 와인이라도 마실까? 시간이 남으니 말이야!"

"그러지."

마침 근처에 와인 카페가 있어, 우리는 조용한 창가에 앉았다.

프랑스식 인테리어가 아늑한 분위기를 자아내고 있었다. 평택에는 오산에 미군 공군기지가 있어서 미국인들뿐 아니라, 여러 나라 사람들도 많이 살고 있다. 그래서 국제적인 도시 취향이 드러나 있었다.

"무얼로 하시겠습니까?"

"카프로스 스트로베리요."

"손님, 죄송한데요. 그건 없습니다."

"그럼, 샹베르탱은요?"

"아, 있습니다. 곧 올리겠습니다."

"어디 산인데, 비싼 것 아니야?"

"프랑스 부르고뉴 산. 나폴레옹이 전쟁터에서도 즐겨 마셨다 해서 '왕의 와인', Wine of king이라고 불리지."

"그렇다면 아주 비싸겠군그래."

"별로 비싸지 않아. 십만 원 정도 할걸. 또 좀 비싸면 어때? 그렇게 내숭 떨 거야!"

"내가 말만 하면 핀잔이야! 그래도 왠지 귀엽단 말이야. 허어…"

그날 밤도 단잠에 빠졌다. 커튼을 치지 않고 잤는지, 창문이 밝아 오고 있었다. 창문을 여니 밝은 햇빛이 쏟아져 들어온다. 우리는 로비 커피숍에서 만나 커피잔을 앞에 놓고 아침 인사를 나누었다.

"잘 잤어? 원장님."
"잘 잤어? 교수님."

어색한 대화가 오갔다. 남과 여가 떨어져 자고 나면, 어색해지는가 보다.

영희는 천천히 전화박스로 가서 보육원에 전화를 건다.

"권 원장, 알아봤어요?"
"네, 그렇지 않아도 원장님의 전화를 기다리고 있었습니다. 내일이라도 수술 할 수 있답니다. 총비용도 알았습니다."
"그럼 지금 곧바로 오세요. 우성호텔이에요."

영희는 우성호텔로 찾아온 권 원장을 데리고, 근처 은행에서 현금을 찾아 수술비를 주어 보냈다. 그리고 또 한 번 다짐했다.

"익명으로 처리하세요. 절대로 나라는 것이 알려지면 안 돼요! 난 시끌벅적하게 세상에 알려지는 게 죽기보다 싫으니까요! 알아들었지요, 권 원장!"

"네, 절대로 밝히지 않겠습니다."

우리는 눈이 녹은 평택-제천 고속도로를 타고 신나게 달려, 충주 휴게소에 도착했다. 평택에서 늦게 출발한 탓으로 점심시간이 한참 지났고, 입맛도 별로 없어서, 삶은 감자와 커피로 식사를 마쳤다.

눈이 올 듯 말 듯 하늘은 흐렸다 개었다 종잡을 수가 없었다.

오늘이 바로 크리스마스이브이니, 눈이 와주면 얼마나 좋을까! 그러나 느긋하게 하늘의 뜻을 기다려 보자는 심산으로 우리는 말 없이 차를 몰았다.

잠깐 졸다가 깨어보니, 구름에 반쪽을 가린 해님이, 구름 뒤로 숨었다 나타났다 숨바꼭질에 한참 신이 났다.

나는 포켓에서 CD 한 장을 꺼내 틀었다. '페티 페이지'의 '당신의 결혼식에 갔었습니다(I went to your wedding)'라는 노래였다.

I went to your wedding.
Although I was dreading,
The though of losing you.
The organ was playing,
My poor heart saying.

"My dreams, my dreams are through"

당신의 결혼식에 갔었습니다.

당신을 잃는다는 생각에 두려우면서도!

오르간의 연주를 들으며,

가련한 내 마음은 말하고 있었어요.

"나의 꿈은, 나의 꿈은 끝났다고"

나는 영희의 옆얼굴을 살짝 훔쳐보았다. 꿈속에서나 보암직한 사랑의 화신의 모습이었다. 그녀는 조용히 울고 있었다. 어찌 아니 울랴! 눈보다 하얀 웨딩드레스를 입고 생판 모르는 사람과 팔짱을 끼고 서 있는 자신의 모습을 보았으리라. 눈물이 있는 생물이라면 아니 울고는 배기지 못했으리!

1964년, 그때 내가 그 자리에 있었다면, 나도 이렇게 외쳤으리라! "그대여 안녕! 우리 행복도 안녕!"이라고.

"교수, 왜 자꾸 지난 일을 들쑤셔서 남의 눈물샘을 자극하는 거야!?, 무슨 속셈이야!"

"어허, 속셈은 무슨! 그저 그렇다는 거지 뭐."

"눈물이 앞을 가려 운전하기도 힘들지 않아!"

차 창밖을 내다보니, 차는 오른쪽 도로가 아닌 왼쪽 도로를 따라 굴러가고 있지 않은가!

"원장, 어디로 가는 거야? 길을 잘못 들은 것 같은데…."

"아니 이 길이 정확히 맞아, 정동진으로 가려면!"

"뭐라? 정동진으로 간다고?!"

"그래, 정동진! 이제 알겠어? 여행하자던 내 깊은 뜻을?"

우리는 크리스마스이브에, 추억을 향하여 눈길을 달리며 밤을 지새웠다.

수평선 저 너머에서 먼동이 터 올 무렵, 마침내 우리는 정동진에 도착했다.

3박 4일간의 여정을 무사히 마친 것이다. 감개가 무량했다.

눈은 그쳤으나, 먹구름이 하늘을 덮고 있어서 해님의 얼굴은 볼 수가 없었다.

구름 속에서 말소리 같은 것이 울려오는 듯했다.

"모 교수, 조영희, 그대들에게 참으로 미안하구나. 2년 전에 그랬듯, 오늘도 그대들에게 내 얼굴을 보여줄 수가 없구나!"

"하나님 고마워요. 여기까지 무사히 지켜주셨으니!"

우리는 두꺼운 옷을 꺼내 입었다. 영희는 회색 밍크코트에 검은 털바지를, 나는 오리털 패딩에 검은 바지를.

우리는 무심하게 출렁이는 물결을 보며, 두 손 잡고 바닷가를 거닐었다.

털장갑 낀 손인데도, 핫 팩처럼 뜨거운 열기에 온몸이 전율에 휩싸였다. 그녀도, 나도 순간 몸을 부르르 떨었다.

2년 전에 서 있던 그 소나무 밑에 오동나무 벤치가 바다를 바라보고, 가로로 길게 누워 있었다. 우리는 벤치에 어깨를 맞대고 나란히 앉았다. 거무스름한 바다를 넋을 잃고 언제까지고, 언제까지고 하염없이 바라보고 있었다. 꿈속인 듯, 나른한 행복감이 스르르 온몸을 파고든다.

문득 정신을 차리고 고개를 돌려 영희를 보았다. 달빛도 별빛도 없건만, 그녀의 얼굴은 달의 여신, 바로 그 얼굴이었다!

"아, 그렇지! 바로 그거야. 야호!"

나는 영희의 손을 끌어당겨 내 무릎에 올려놓으면서, 정이 듬뿍 담긴 목소리로 그녀의 이름을 불렀다.

"영희! 벌써 2년이 흘렀는데도, 바로 어제의 일인 것 같이 느껴지는구려."

"그러게 말이야! 세월은 우리를 늙게 한다고 세라는 한탄했지만, 우리는 더 젊어진 것 같으니 어인 일일까!?"

"하나님의 섭리를 우리네 인간이 어이 알 수 있겠어? 그저 감사하면서 살아야지, 안 그래?"

말을 마치고, 영희는 물끄러미 나를 쳐다보면서 힐난조로 한마디 던진다.

"당신 표정이 좀 이상해. 마음에 짚이는 무슨 일 있어? 망설이지 말
고 얘기해. 뭐든지 다 들어 줄 터이니!"

"어떤 거북한 부탁을 하려는 것이 아니야…."

"에이, 그럼 관둬!"

"나는 무슨 내 맘에 쏙 드는 말을 하려고 하는 줄 알았잖아."

영희는 기대가 무너진 듯, 뾰로통한 표정으로 휙 돌아앉는다.

"당신, 그러지 말고 들어봐. 2년 전 우리가 만났을 때 수수께끼를 내
가 풀었다니까!"

"뭐? 수수께끼를 풀어? 무슨 수수께끼를!"

"저어, 그날 당신은 위아래 새까만 옷을 입었었지, 맞지?"

"그래, 그것이 어때서."

"그때 당신이 입은 옷이 사람들에겐 상복 같아 보였다는 사실을 내
가 방금 알아냈다니까!"

"상복처럼 보인 것이 내 탓이야?"

"동해역에서 내가 버스에 오를 때, 버스는 통로까지 만원이었지, 안
그래?"

"그래, 맞아."

"그런데 당신 옆자리만 유일하게 비어 있었지. 왜 비어 있었을까?"

"그야, 내가 하도 예쁘니까 달랑 앉기가 좀 떨려서 그랬겠지."

"무슨 나르키소스 같은 말씀이야. 예쁘게만 보였다면, 앞다투어 앉았겠지."

"그래서?"

"당신이 입고 있던 옷에 문제가 있었던 거야."

"내 옷에? 무슨 뚱딴지같은 소리야!"

"당신이 상중에 있는 여인이라고 생각한 거지. 그래서 꺼림칙해서 그 좌석을 피한 거야."

"호오, 듣고 보니 그런 것 같기도 하구먼. 그래서 모두가 재수 없다고 꺼린 좌석에 당신은 달의 여신이라고 홀딱 반해 물불 가리지 않고 덥석 앉은 거고."

"맞아! 그런데 홀딱 반했었다는 표현은 너무 지나친 것 아냐?"

"그건 그렇다 치고, 기차에서 옆자리에 앉게 된 일은 또 어찌 된 거야?"

"아마 그때 당신이 나보다 기차표를 먼저 샀을 거야. 표 파는 역원도 당신이 상중에 있는 여인이라 생각했을 거야."

"그래서?"

"다음 사람들에게는 당신 옆자리 좌석표는 팔지 않았지."

"못된 역원도 다 있구먼!"

"그런데 뒤늦게 후줄근한 비렁뱅이 같은 놈이 표를 달라고 하니까, 옳다구나 하고 내게 당신 옆자리 표를 준 거지. 3호 차 31번 좌석표를!"

"아하, 그렇게 된 일이로군! 당신은 애거사 크리스티의 푸아로야,

푸아로!"

　2년 전 8월 말, 영희와 나의 정동진 만남은 우연도, 기적도 아니었다.

10장

납치

오동나무 벤치에 앉은 채 우리는 크리스마스를 맞았다.

눈은 왜 이제야 오느냐고 핀잔 들을까 봐 살금살금 내리고 있었다.

모자에도, 어깨에도 흰 눈이 꽤 쌓였다. 소나무 가지에도, 잎새에도 눈은 어김없이 찾아왔다. 누구 한 사람, 아니 어떤 새나 어떤 짐승도 밟아 보지 않은 순백의 눈이었다. 이 진토, 이 고해에 이보다 더 청순한 존재가 있겠는가! 절로 환호성이 터져 나온다.

땅 위에 깔린 저 눈을 밟고 지나간다면, 내리는 눈에 우리 발자국은 금세 지워지겠지! 우리가 살아온 지난 삶의 발자취처럼 영원히 지워지겠지!

티즈데일의 한탄이 새삼 가슴을 뭉클하게 한다.

"자, 이제부터 크리스마스를 축하하러 가자구."

흰 눈에 눈이 부신 듯, 눈꺼풀을 몇 번 깜박이던 영희가 감격에 젖은 촉촉한 눈으로 황홀하게 나를 바라본다.

"그러지. 스크루지가 회개하고 새사람이 된, 크리스마스의 빛나는 축복의 아침을 찬양하러!"

"영희 당신도, 기쁜 것 같군."

"흰 눈밭에서 크리스마스를 맞기는 정말 오랜만이야. 더욱이 이렇게 마음에 맞는 친구와 함께 둘이서만 말이야. 좀 더 은밀하게 말하면, 지음과 함께 말이야!"

"그대 말을 알아들을 것도 같고, 알아듣지 못할 것도 같아 혼란스럽구만."

"내 지금 심정이 그렇다는 것이니, 당신은 신경 쓸 것 없어!"

"크리스마스 새벽이면, 창문 앞에 와서 불러주던 교회 찬양대의 찬양이 그리워지는군!"

"그럼 우리끼리만이라도 불러볼까?"

"그것도 좋겠구먼."

고요한 밤 거룩한 밤
어둠에 묻힌 밤
주의 부모 앉아서
감사 기도 드릴 때
아기 잘도 잔다

아기 잘도 잔다

"오! 우리 찬송이 정동진 바닷가에 널리 퍼지는구만. 축복이야!"

"당신의 앞날을 축복하시려는 하나님의 은사지, 할렐루야!"

"당신은 왜 그리 못됐어? 우리 두 사람을 축복하시는 주님이라고 하면, 어디가 덧나나?"

"알았어. 내가 나를 축복해 주신다고 하기가, 너무 쑥스러워서 그랬지."

"하나님 앞에서도, 그렇게 체면을 차려야 해? 체면이 밥 먹여주나?"

"체면을 차리려는 게 아냐. 이건 겸손이지."

우리는 아이들처럼, 눈밭을 몇 번이고 이리저리 뛰어다녔다. 지칠 때까지! 그런데 이상하게도 지치기는커녕, 오히려 힘이 샘솟듯 했다.

"당신 졸리지 않아? 한숨도 자지 못했잖아."

"아니, 운전하느라 당신은 더 힘들었을 텐데, 괜찮아?"

"이렇게 기쁜 날, 하룻밤 못 잔 것이 대수야? 자 이제 가 보자고."

"어디로?"

"충주로, 거기서 수안보로!"

"좋아, 그런데 지금부터 운전은 내가 하지."

"그래, 조심해."

나는 기찻길을 따라 동해를 거쳐 충주를 향해 천천히, 그러나 신나게 눈길을 달렸다. 옆에 앉은 영희는 운전대를 놓으니 홀가분해진 듯, 흥얼거린다.

오 거룩한 밤 별들 반짝일 때
거룩한 주 탄생한 밤일세
오랫동안 죄악에 얽매어서
헤매던 죄인을 놓으시려
우리를 위해 속죄하시려는
영광의 아침 동이 터 온다
경배하라 천사의 기쁜 소리
오 거룩한 밤 주님 탄생하신 밤
그 밤 주 예수 나신 밤일세

오후에 접어드니 눈은 차츰 잦아들어, 파란 하늘에서 해님이 얼굴을 내밀고 환하게 웃는다. 그리고 따뜻한 햇볕을 듬뿍 쏟아붓는다. 추운 기운이 사르르 사그라들고 몸이 따뜻해져 온다.

해거름에 충주에 도착했다. 토종닭이라 붙은 간판 아래 초가집이 누워있다.

이런 토종집에서 하는 요리가 진짜 토종 요리지! 사립문을 열고 들어가니 와자지껄 손님이 붐빈다. 깨끗한 실내는 주인의 성품을 짐작하기에 충분했다.

"주인장, 우리도 토종닭 백숙 한 마리 주시지요."

"네, 원래 삶으려면 한 시간 이상 걸리는데, 오늘은 웬일인지 손님이 많아 미리 삶아 놨지요. 금방 올리겠습니다."

오십 대가 지난 것 같은 선비풍의 주인의 서글서글한 응대에 기분이 좋아졌다. 그런데 영희의 얼굴에 슬픔이 가득 서린다. 날씨만큼이나 변화무쌍한 종잡을 수 없는 여자라는 생각이 스쳐 갔다. 그래도 걱정이 되어 물어보았다.

"당신 갑자기 왜 그래, 지금껏 즐거움에 취해 있었잖아!"

"나도 문득 기억이 나서, 갑자기 우울해진 거야."

"뭔 일이 있었나?"

"오늘과 같은 크리스마스 아침, 우리 남편이 뜻하지 않게 사라졌어!"

"뜻하지 않게 사라지다니?"

"실종되었다고나 할까…"

"그렇게 슬픈 표정만 짓지 말고, 자세히 얘기해 봐."

"얘기가 길고 복잡해. 그래도 들어 보겠어?"

"암 듣고말고. 개의치 말고 털어놔 봐."

1970년, 그러니까 강만수가 무기징역을 선고받고 대전 교도소에 수감 된 지 2년 후, 햇빛이 쨍쨍한 크리스마스 아침이었다. 가회동 집으로 전화가 한 통 걸려 왔다.

마침 가족 모두가 크리스마스를 즐기려고 외출했고, 영희 부부가 집을 지키고 있었다. 그래서 한경주 회장이 전화를 받게 되었다.

"여보세요? 거기 수안그룹 한 회장님 댁이지요?"

"네 그렇습니다. 제가 한경주입니다. 누구시지요?"

"죄송합니다. 제 소개가 늦었습니다. 저는 종로 경찰서 형사과장 박철웅입니다. 제가 강만수 사건 수사 책임자였습니다."

"아, 그러셨군요. 큰 수고를 하셨는데, 인사도 변변히 드리지 못해서 미안합니다. 그런데 무슨 일로…"

"다름이 아니라, 강만수 일당 수사에 미비한 점이 좀 있어서요. 그래서 잠깐만 뵈었으면 합니다."

"그래요? 그 문제는 나보다 우리 홍 사장이 더 잘 알고 있을 텐데… 저는 잘 몰라요."

"그럼 홍 사장님은 댁에 계실까요?"

"휴가철이라 휴가 중이에요. 휴가에서 돌아오면 만나시지요."

"아, 아니야요. 그저 사소한 일이라서 오늘 빨리 끝내고 싶어서 그러니, 회장님께서 조금만 수고해 주시면 됩니다."

"정 그러시다면, 우리 집으로 오시면 어떠실지… "

"그렇게 하겠습니다. 우리 전 경위하고 주 경사를 보내겠습니다. 그 두 형사가 강만수 수사 주역이었으니까요."

"그러시지요. 기다리겠습니다."

박 과장은 한 회장이, 우리가 홍 사장을 찾지 않고 강만수 수사 때 한 번도 관여해 보지 않은 나를 왜 찾을까 하고 의심할까 봐서, 미리 홍 사장의 동태를 감시하고 있었다. 그래서 어젯밤, 홍 사장이 가족과 함께 여행을 떠난 사실을 확인했다. 그것도 멀리 로마로!

한 회장은 물론이요, 영희도 수사와는 전혀 관계가 없었기에, 종로 경찰서에 가 본 적도 없었다. 그러니 박 과장의 얼굴도 목소리도 알 턱이 없었다. 더욱이, 전 계장이니 주 경사니 하는 형사들에 관해서도 아는 것이 아무것도 없었다.

30분가량 지난 후, 경찰차가 대문 앞에 와서 멎었다. 정문 수위실에 명함을 내밀고, 집안에 들어왔다.

하녀가 나가 이들을 정중하게 맞아 응접실로 안내했다. 이들이 들어오자, 한 회장은 소파에서 일어나 앉으라고 손짓했다.

"인사드리겠습니다. 제가 전 경위이고 제 옆이 주 경사입니다. 별일도 아닌데 귀찮게 해드려서 송구합니다. 쉬는 날인데 저희도 쉬지 못하고 이렇게 나왔습니다. 회장님, 잠깐 저희와 가셔서 일을 빨리 끝내고 쉬시지요."

이들의 말은 정중한 듯했으나, 그 태도는 오만하고 반강압적이었다.

"자, 회장님 가시지요."

"가는 거야 어렵지 않소만, 옷이라도 갈아입어야 하지 않겠소?"

그 둘은 서로 눈짓을 교환하더니, 피식 웃으며 퉁명스럽게 내뱉는다.

"잠깐 옷 갈아입는 시간은 주리다. 어여 갈아입고 나오시라요."

마침 휴일이라서 운전사도 없기에, 한 회장은 그들이 이끄는 대로 경
찰차에 올랐다.

황혼이 지고 있는데도, 경찰차에 타고 나간 한 회장은 감감무소식이
었다.

기다리다 지친 영희가 하녀 미령이를 데리고 종로 경찰서로 한 회장
을 찾아 나섰다. 종로서야 일의대수라서, 천천히 걸어도 10분 남짓 거
리였다. 정문 수위실에 방문 목적을 알리고 형사과에 들어섰다.

"말씀 좀 묻겠는데요. 저는 수안그룹 한 회장 집에서 왔는데요, 박
과장님 자리에 계실까요?"

형사과 입구 바로 앞에 앉았던 형사가 일어나 친절하게 자리를 권한다.

"저기, 전 계장님! 한 회장 댁에서 왔다는데, 박 과장님을 찾는데요?"
"그래? 이리 모시고 오게."

영희와 미령은 그 형사가 이끄는 대로 어느 책상 앞에 섰다. 책상에 앉았던 형사가 일어서면서 정중하게 인사한다.

"제가 전 계장이고요, 지금 안내하던 사람이 주 경사입니다."

이 말을 듣는 순간, 영희와 미령이는 동시에 까무러치고 말았다. 주 경사와 전 경위란 사람이, 오늘 아침 우리 집에 와서 남편을 데려간 사람이 아니던가! 그런데 무슨 일이 있었냐는 듯, 당당하게 여기 앉아서 우리를 맞이하지 않는가! 황당하고, 어이없는 일이 벌어진 것이다. 한참 후, 주 경사가 갖다주는 박카스를 마시고 영희와 미령은 깨어났다.

정신을 차린 영희를 박 과장이 자기 사무실로 모시고 갔다.

"한 회장님 댁에서 오셨다면, 사모님 되시겠군요, 그렇지요?"

"네. 제가 안사람입니다."

"그런데 무슨 일로, 이렇게 수고스럽게 오셨나요?"

"오늘 아침, 종로서 형사과 박 과장이라는 사람이 저희 집에 전화를 걸어, 전 경위와 주 경사를 보낼 터이니 잠깐 와 달라고 했었습니다."

"그리고요?"

"전 경위와 주 경사란 분이 제 남편을 경찰차에 태우고 갔는데, 남편 은 지금까지 감감무소식입니다."

"허 참, 이럴 수가! 저는 댁에 전화를 건 적도 없고, 우리 전 경위와 주 경사는 오늘 밖에 나가 본 적이 없답니다."

전 계장이 신중하게 한마디 한다.

"과장님, 아무래도 이건 계획적인 납치 같습니다."
"맞아, 내 생각도 같아!"
"이지도르가 또 나서야 되겠는데요."
"이지도르로서도 힘들 것 같아. 어떻든 서둘러 회장 댁에 수사본부를 차리세."

수사본부가 차려진 이튿날 아침, 성북경찰서에서 연락이 왔다. 정릉 골짜기에 처박혀진 종로서 순찰차를 발견했다는 것이다.

즉시 그 순찰차를 끌어와서 확인한 결과, 크리스마스 아침에 김영찬 순경이 순찰간다고 차를 끌고 나갔다는 것이다.

부랴부랴 김 순경을 찾았으나, 행방이 묘연했다. 김 순경의 경력, 가족관계 등을 샅샅이 뒤져 보았다. 그는 김포 어느 고등학교를 졸업하고, 전라남도 장성에 있는 고려시멘트에서 노무자로 일하면서 한국노총에 가입하여 활동했다는 것이다. 가족이나 일가친척은 아무도 없는 혈혈단신인 것으로 밝혀졌다. 그러다가 1968년 늦가을에 청와대 경호실의 추천으로 순경으로 특채되어, 종로 경찰서에 배치되었다는 것이다.

수사 요원들은 여기서 암벽에 부딪힌 것이다. 청와대 누가, 경찰 누구에게 부탁하여 순경이 되었느냐는 진실을 밝히기에는 한낱 형사과장으로서는 불가능한 일이었다.

수사본부에서 여기까지 밝혀진 사실을, 원용구 서장에게 보고하러 가는 박 과장의 발걸음은 천근만근이었다.

　보고를 받은 원 서장도 난감한지, 곤혹스러운 표정을 지었다.

　"박 과장, 이런 말 하기 난감하지만, 이 일은 극비로 다뤄주게. 청와대 처지도 고려해야 하지 않겠나? 어때, 박 과장 의견은?"

　"네, 그리하겠습니다, 서장님."

　"내가 경호실 인맥을 통해서 비밀리에 수소문해 보도록 하겠네. 마음 편히 갖고 기다려 보세."

　원 서장이 이리저리 알아본 결과, 크리스마스 휴일 기간에 비밀 경호원 하나가 연락이 끊겼다는 것이다.

　그의 이름은 장진호. 비밀문건으로 분류된 그의 경력에는 애매한 부분이 많아, 진위를 가리기에는 한참 부족했다. 그런대로 그의 이력을 쫓아가 보면 재미있는 사실들을 발견할 수 있다.

　그는 1932년 함경남도 장진군 중남면에서 태어나 일찍이 부모와 헤어지고, 두 살 밑인 동생과 단둘이 그렁저렁 살고 있었다. 18세 때 장진호 일대에서 대규모 전투가 벌어지고 있었다.

　미 제1해병사단이 장진호 일대에서 중공군 제9병단에게 포위되어 전멸의 위기에 놓여 있었다. 제1해병사단이 참패한다면, 1군 전체가 궤멸

될 위험에 노출될 상황이었다. 하는 수없이 유엔군 사령부는 흥남항으로 철수 명령을 내렸다.

사력을 다해 정신없이 철수하는 미군을 뒤따라 한국군 소수부대도 철수하고 있었다. 중공군은 쉴새 없이 포탄을 퍼붓고, 소총 사격도 격렬해지고 있었다.

포탄, 소총 세례를 받아 널브러진 시체가 처참하게 뒹굴고 있고, 피는 내를 이루어 호수로 흘러들고 있었다.

이때 장진호 형제는 사망한 한국군의 군복을 벗겨 입고, 한국군 부대 뒤를 슬금슬금 따라갔다. 동생이 늪에 빠져 허우적거리고 있었다. 그는 뒤돌아보며, '진수야! 진수야!'를 외쳤으나, 진수는 늪 속으로 빨려 들어가고 있었다. 이때 옆을 지나던 한국군 사병이 그의 팔을 잡아끌면서 용기를 북돋워 주었다.

"동생은 이미 갔으니, 너라도 살아야 할 것 아니냐, 바보야!"

이리하여 그때부터 그는 한국군이 되었다. 그리고 1950년 12월 15일부터 시작된 흥남철수작전 때 '레너드 라우' 선장이 이끄는 '메러디스 빅토리' 호에 몸을 실었다.

이후 장진호는 1964년에 청와대 경호실에 근무하게 되었다. 그가 어떻게 청와대에 들어오게 되었는지는 아무도 모른다.

수사는 아무런 진전도 없이 시간만 흐르고 있었다. 범인들이 정릉 골짜기에 차를 버렸으니, 북쪽으로 도주했으리라는 추론도 가능했다. 경찰은 3개 대대를 동원하여 골짜기를 헤집고 이어진 도봉산까지 뒤졌으나, 아무런 흔적도 발견하지 못했다.

수사본부를 차린 지 3일째였다. 전화벨이 따르릉따르릉 울렸다. 70여 시간 만에 듣는 전화벨 소리였다. 모두들 긴장하여 전화기 옆으로 모여들었다. 어제 로마 여행에서 급히 돌아온 홍 사장도 함께였다.

"잘 들으시오. 한 회장은 잘 있으니 걱정을랑 마시기요. 그리고 우리를 찾겠다고 괜히 소동 피우지 마시라요. 돈이나 준비하라우. 알아들었시오?"

말이 끝나자마자, 일방적으로 전화는 끊겼다.
끊긴 전화에 흥미를 느끼던, 박 과장이 한참 후 혼잣말처럼 중얼거린다.

"가만있자. 우리라고 했으니 여러 명인 건 분명하고, 북한 말을 섞어 썼으니 북쪽 놈들인 건 분명하단 말이야! 이게 단서가 될 수 있겠어."

전 계장이 거든다.

"범인은 한 회장 응접실에 나타난 두 놈과, 경찰차 운전하는 놈 세 명에, 과장을 가장해 전화 건 놈, 이렇게 따지면 벌써 네 놈인데요?"

"과장 사칭한 놈과 한 회장 집에 나타난 놈이 동일인일 수도 있지. 어떻든 세 명 이상인 것만은 분명하구만. 그리고 우두머리는 북쪽 놈 아니겠어? 여러분 생각은?"

주 경사도 한마디 한다.

"수사가 어려워지겠는데요? 경찰청이나, 정보부에서 맡아야 할 것 같은데요."

박 과장도 한숨을 쉬며 자신 없는 결론을 내린다.

"어떻게 해야 할지 지켜보자구. 위에서 어떤 결정이 내려지겠지."

범인들의 범행계획은 여기서부터 시작되었다.

1970년 가을 코스모스가 한들한들 핀 효자동 길을 따라 한 신사가 두리번거리며 걷고 있었다. 그의 발길은 청와대 면회소 앞에 멈췄다.

"안녕하십니까. 장진호 경호관을 만나러 왔는데요."

"누구라고 말씀드릴까요?"

"놀라게 하고 싶어서 그러니, 그냥 나와만 보면 알 것이라고 말씀해 주시면 좋겠습니다만……."

품위 있는 정중한 부탁이었다.

"알았습니다."

수위는 경호실에 전화를 건다.

"장진호 경호관을 찾는데 지금 계신가요?"
"제가 장진혼데, 누가 찾아왔나요?"
"나와 보시면 알 거라고, 정중히 부탁하는데요."

진호가 나가보니, 검은색 신사복을 단정히 차려입은 삼십 대 후반의 건장한 남자가 얼굴에 함박웃음을 띠며 다가온다.

"앗! 너 진수 아니냐!?"
"그래요, 진수에요, 형님!"
"네가 어떻게 여기를?"
"오래 얘기 나눌 시간 없어요. 잠깐만 제 말씀 들어보시면 압니다. 자, 이리 오시라요."
"형님, 지금 부모님께서 살아 계십니다. 형님을 눈이 빠지게 기다리고 계십니다."

"그으래? 그래서 나를 데리러 왔나 보구나!"

"그 이유도 있지요. 그러나 그것보다 훨씬 중요한 임무를 띠고, 형님을 찾아왔습니다."

"중요한 임무라니?"

"형님 잘 들으시라요. 김일성 주석님께서 특별 명령을 내리셨습니다."

"무슨 명령을?"

"형님, 지난 1968년 김신조 부대가 박정희 암살 작전에 실패한 후, 남조선에 반공 태세가 강화됐지 않습니까? 주민들의 의식도 6·25 직후보다도 더욱 적대적이 되었디요. 그래서 남조선에서 활동하는 우리 동지들이 제대로 활동을 못 하고 있습니다."

"그게 자네와 무슨 상관인데?"

"그게 김일성 주석님의 큰 골칫거리였습니다. 활동 경비를 조달할 길이 꽉 막혔기 때문에요,"

"그럼 남한에 있는 동지들이 굶고 있단 얘기냐?"

"굶고 있어서가 문제가 아니라, 에이전트 조직이 완전히 무너질 위기에 놓였다는 거지요."

"고정 동지나, 파견 동지들 모두가 그런 위기에 빠졌다는 말이냐?"

"그래서, 주석님께서 우리 부대에 특명을 내리신 거 아니겠시우!"

"그런 애매한 명령을 어떻게 수행하라는 지시는 없고?"

"있었디요. 아주 확실한 지침을요."

"확실한 지침이라?"

"주석님께서 어떻게 아셨는지는 모르겠으나, 장진수 동무의 친형 장 진호가 청와대에 있다. 그를 잘 구슬려 꼭 성공하라고 엄중하게 명령하 셨습니다."

그리고, 그들은 오랫동안 귀엣말을 속삭이고 헤어졌다.

1950년 말, 장진호 늪에 빠져 허우적대던 진수가 어떻게 살아서 청 와대까지 왔을까.

당시 진수가 늪에 빠져 허우적거리는데, 지나던 중공군이 끌어내 주 어서 살아났다. 구사일생이었다. 그 후 열여덟 살이 된 진수는 자진해 서 인민군에 입대했다. 지금은 인민군 대좌로서 특수부대 부대장을 맡 고 있다. 얼마 전에 김 주석이 진수부대에 내린 특명에 따라, 진수가 공 작조 5명을 데리고 어선을 가장한 공작선을 타고 강화도 갑곶 근처에 서 고무보트로 갈아타고 임진강 강변에 잠입했다는 것이다. 이렇게 되 어 형제는 20년 만에 만나게 되었고, 이제 본격적으로 김일성의 지시를 실천하는 행동에 나섰다.

11장

탈출

1970년 초가을 어느 칠흑같이 어두운 밤이었다.

임진강 변 오금리 절벽 밑에 소형 고무보트 두 정이 소리 없이 정박했다. 시꺼먼 보트에서, 그보다 더 시꺼먼 옷을 입은 6명의 괴한이 내렸다. 이들은, 쇠갈퀴가 달린 밧줄을 던져 올려 바위 등걸에 고정했다. 카우보이의 밧줄 던지기보다 훨씬 정확하고 날렵했다.

밧줄을 타고 벼랑에 오른 이들 중 한 놈이 손전등으로 불빛을 한 번 깜박거리니, 두 정의 보트는 소리 없이 북쪽으로 사라졌다. 이들은 재빨리 시꺼먼 고무 옷을 벗고, 등에 멘 보따리에서 등산복을 꺼내 입었다. 등산객이나, 산책객으로 위장한 것이다. 산을 타고 서서히 동쪽으로 이동하여, 해거름에 벽제에 도착했다.

야트막한 언덕을 등지고 남쪽을 향해 앉은 아담한 한옥 마당에서 모닥불이 피어오르고 있었다.

그런데 신호를 보내듯 타오르는 모닥불이 두 개였다.

이들은 스스럼없이 마루에 올라 옷을 홀랑 벗고 드러눕는 것이었다.

이 집은 높다란 황색 벽돌 담장으로 가려져 있다. 집 주위에는 소나무, 산단풍나무가 우거져 있으며, 뒷산에는 대나무가 촘촘히 심어져 집이 고풍스러워 보였다.

이 집 주인은 육십 남짓한 건장한 남자다. 그의 이름은 성일성. 아들 둘과 딸 하나가 있었으나, 모두 미국에 이민 가서 살고 있다.

그는 이 동리 토박이로 천석꾼의 증손이었다. 그는 1950년부터 시행된 농지개혁 때문에 유산으로 상속받은 많은 농토를 잃어 언짢은 기분으로 살고 있었다.

6·25 전쟁 일어나던 해 6월 30일, 북한 괴뢰군이 고양지역에 밀고 들어오자, 제일 먼저 괴뢰군을 환대했다. 이런 인연으로 그는 인민위원장이 되었다. 9월 28일에, 빼앗겼던 수도 서울이 수복되어서도 그의 신상에는 아무런 변화 없었다.

인민위원장 때, 마을 주민 누구도 괴뢰군의 만행에 희생되지 않도록 철저히 보호막이 되어준 덕분이었다.

그런 그의 마음 한가운데는 북쪽을 그리는 향수 같은 것이 자리 잡고 있어서, 전쟁이 끝난 뒤에도 북쪽과의 연락을 유지하고 있었다. 그는 1960년 즈음에 경기지역 연락 총책이 되었다.

이번에 성일성은 북의 연락을 받고, 특공대를 환영할 준비를 완벽하게 끝냈다.

성일성의 집은 특공대의 안전가옥이 된 것이다.

그들은 성일성의 집에서 느긋하게 작전을 실행할 때가 오기를 기다렸다.

그리고 동리 사람들이 눈치챌까 봐 어두워진 후에야 살금살금 외출하곤 했다.

음식도 절대 배달해 먹지 않았다. 산책객을 가장하여 멀리 걸어가서 사 먹었다. 한 번 갔던 집은 두 번 다시 가지 않았다. '벽제갈비' 집이 맛있기로 소문났단 말을 성일성 동무에게서 들었어도, 침만 꼴깍 삼킬 뿐이었다. 이렇게 식사는 각자 해결하는 수밖에 없었다.

장진수 대장이 청와대를 다녀온 날부터, 그들의 발걸음은 빨라졌다.

"동무들, 형님과 기획한 작전을 실행할 시기를 겨울철로 잡았소."

"너무 추우면 좀 곤란하지 않을까요?"

"아니야, 돈이 많은 놈을 붙잡아 와야 하거든, 그런데 이놈의 집에 식구가 많거든."

"그래서요."

"여러 가지로 조사해 본 끝에, 긴 휴일이 있는 크리스마스 때가 가장 좋을 것 같아. 그 집 식구들도 크리스마스를 즐기려 거의 모두 외출할 것이란 말이네."

"그럼 우리가 몰래 잠입하여 끌고 와야 하나요?"

"그럴 수밖에 없지 않겠어? 남한 땅에서 누구를 믿겠나, 응?."

"그러면 어떤 방법이…."

"최근에 그 집과 아주 긴밀한 관계를 맺고 있었던 종로 경찰서 형사 사칭하고 들이닥쳐야 하는 거야."

"그 집이 경찰과 무슨 관계가 있는데요?"

"그 집 마누라를 죽인 범인 수사를 종로서 형사들이 했거든!"

"호오, 그 수사 형사 사칭하면, 일이 아주 수월하게 되겠는데요!"

부관인 유 소좌가 무릎을 치며 쾌재를 부른다. 하 대위가 작전통답게 구체적인 질문을 던진다.

"어느 집, 누구를 납치하는 겁니까? 대장."

"여기 지도를 보게. 가회동에 사는 한 회장을 감쪽같이 데리고 나와야 하는 거이야."

"먼저 그 집에 전화를 걸어야 하는데…. 유 소좌 동무가 표준말을 많이 알지? 전화는 자네가 거는 기야? 알겠지?"

"전화는 어디 있는데요?"

"필요할 것 같아서 이미 설치해 놨지. 전화 걸 내용은 그때 가서 알려주겠네"

"그리고 전 경위역은 하 대위가, 주 경사역은 손 중위가 맡기로 하세."

이렇게 하여, 12월 23일 작전 계획이 세워졌다.

그리고 12월 25일 크리스마스 아침 9시, 유 소좌는 박 과장 역을 맡아 한 회장 집에 전화를 걸고, 안전가옥에 남았다. 하 대위와 손 중위는, 가회동 입구에서 김영찬 순경이 모는 경찰차를 타고 2분쯤 달려 한 회장 집 정문에서 내렸다.

이렇게 해서 한 회장을 납치한 경찰차는 계획대로 정릉 청운장을 지나 숲속 유원지에 세웠다. 탑승자는 납치된 한 회장, 전 경위, 주 경사 그리고 운전수 김영찬, 이렇게 네 사람이었다.

여기서 성씨가 갖다 놓은 뉴코로나로 갈아타고 의정부 쪽으로 올라가 한 시간가량 멈췄다. 성북격서 작전이었다.

거기서 서쪽으로 방향을 틀어 송추에서 내려 늦은 점심 겸 저녁을 먹었다. 한 회장은 넥타이로 손과 발이 묶인 채, 트렁크에 처박혀 있었다. 해가 완전히 지고 어둠이 깔리자 뉴코로나는 안전가옥에 스르르 미끄러져 들어갔다.

납치가 성공한 것이다. 이제부터는 돈을 받아 내는 2차 단계를 실행해야 하는 일만 남았다.

이들은 느긋하게 하루를 쉬고, 27일 오전에 장 대장이 한 회장 집으로 전화를 걸었다. 돈을 준비하라고 했지만, 액수는 밝히지 않았다. 상대를 안달 나게 하는 얄팍한 술수였다.

수사본부는 경찰청과 정보부 등에서 파견된 인원으로 매머드 진용을 갖추었다. 전 경위, 주 경사, 김영찬 그리고 장진호 등을 전국적으로 수배하는 한편, 철도 항만 등의 검문 검색을 강화했다. 이리되자 수안 그룹이 민간인에게까지도 알려지게 되어 유명세를 톡톡히 치르게 되었고, 한 회장은 독지가로서의 이미지가 부각 되어 그를 동정하는 뜨거운 여론이 일게 되었다.

이렇게 되자, 성씨 집 안전가옥에 틀어박힌 특공대는 두려움에 휩싸였다. 체포를 겁내지 않은 대원은 아무도 없었다. 장진수 대장까지도 수사가 이렇게 빨리 진행되리라곤 생각하지 못했다. 이들의 계획은 15일 이내에 목적을 달성하고 귀국하는 것이었다.

작전통 하 대위가 장 대장에게 건의한다.

"대장, 이리됐으니, 일을 서두릅시다."
"그게 좋겠지. 그런데 우리가 자유를 완전히 빼앗겼으니, 각별 조심해야 하네. 동무들 잘 알겠시오?"

모두 입을 모아 김빠진 목소리로 대답한다.

"네, 알겠습니다. 대장."

군의 사기란 전장에서의 승패를 좌우한다. 이길 수 없다는 패배 의

식에 젖어버린 특공대는 이제 물에 빠진 초라한 쥐새끼로 변했다. 이제
는 안전하게 도망치는 방법을 강구해야 한다.

장 대장이 엄숙하게 당부한다.

"이제부터 동무들은 한 사람도 집 밖에 나가서는 안 된다. 식사 준비
는 성 아저씨 지시대로 한다. 알겠지?"

식재료는 성씨가 혼자 나가 조금씩 여러 번 사다 나르고, 요리는 힘
을 모으기로 했다.

다음 날, 그러니까 28일 오전에 장 대장이 한 회장 집으로 두 번째
전화를 걸었다.

"한 회장을 데리고 있는 대장이요. 미화 백만 달러를 준비하여, 31일
오후 5시까지 전달하시오, 알갔시오!?"

전화를 받은 전 계장이 급히 묻는다.

"여보시오! 그런 큰돈을 어디서 구한단 말이요?"
"그런 것은 내래 알 바 아니웃! 그때까지 전달 안 되면 가족 모두를
몰살할 끼니께 그리 아시오!"
"그럼 전달 장소는?"

"31일 정오에 알려 주겠소."

전화가 끊겼다. 수사본부는 경악했다. 그리고 처참한 몰골로 침묵 속에 빠졌다. 침묵한다고 일이 풀리는 건 아니지 않는가. 주인인 영희가 농담을 던진다.

"쳇, 백만 달러라. 놈이 베라크루즈를 알기나 하나?"
"그게 뭔데요."
"1954년에 제작된 영화 제목인데요. 멕시코 남동부에 있는 항구도시 이름이기도 하지요. 그 영화에 주연으로 출연한 게리 쿠퍼가 당시 영화계 사상 최고의 개런티로 백만 달러를 받았지요."
"회장님 사모님은 모르는 것이 없나 봐요! 그리고 유머가 넘치십니다. 긴장한 분위기를 누그러뜨리시려는 그 마음 쓰심이 저희에게 용기를 주십니다."
"원 별말씀을요. 하나님께서 저희를 궁지에서 건져 올리시겠지요."

박 과장이 거든다.

"자, 다들 힘을 냅시다."
"그런데 백만 달러는 너무 큰돈이에요. 현재 우리 일 인당 국민소득이 253달러인데, 환율 316.7원으로 곱하면 겨우 8만 원 남짓인데…. 백만 달러면 3억 1천6백7십만 원…. 헉!"

"놀랄 일은 그뿐이 아니지요. 백만 달러는 우리나라 총수출액의 1천분의 1이나 됩니다."

"그 큰돈을 어디서 마련한답니까?! 난감합니다. 불가능해요!"

정보부가 파견한 구상영 수사관이 한마디 한다.

"자 여러분, 실망하지 맙시다. 무슨 수가 있겠지요! 제가 본부에 좀 들어갔다 오겠습니다."

그는 곧바로 중앙정보부로 차를 몰았다. 이후락 부장을 만나 이 문제를 신중히 검토했다. 부장이 묻는다.

"구 요원, 어떻게 했으면 좋을지 생각 없나?"

"정부에서 뒷받침한다면 산업은행에서 대출해 주는 방법밖에 없습니다."

"그런 수밖에 없겠군, 수안그룹 모든 자산을 담보로 하고 말이야."

"그리해야지요. 수안그룹은 파산하고요!"

"그런데 말일세, 현재 수안그룹 자산은 얼마로 평가되고 있는지 아는가?"

"대략 4억 원 정도입니다."

"그렇다면, 당장 마련하도록 하게. 우리 회사 회계사를 차출하여 일을 진행하도록."

"네, 알겠습니다.

이리하여 31일 오전까지 백만 달러를 마련했다.

일백 달러 지폐로 일백 다발이었다. 보스턴 대학생들이 애용했다는 보스턴백 두 개에 가득 찼다.

한편, 군경이 총동원된 수색 때문에 안전가옥 밖에는 한 발짝도 나가지 못한 특공대원들은 안절부절못하고 있었다.

다음 해 1월 5일 오밤중에 침투할 때 상륙했던 오금리 벼랑 밑에 보트를 대기시키기로 약속이 되었으나, 들키지 않고 무사히 탈출할 수 있을지 불안하기 짝이 없었다.

그뿐만 아니라, 돈을 받을 장소도 아직 정하지 못하고 있었다. 장 대장의 초조한 모습을 본 성일성이 대장의 귀에 속삭인다. 장 대장의 얼굴에 희색이 만면해졌다.

드디어 31일 아침이 밝았다. 하늘에는 회색 구름이 낮게 깔려 우중충한 날씨였다.

수사본부의 전화가 기분 나쁘게 따르릉 울린다. 박 과장이 전화기를 귀에 댔다.

"나는 장 대장이외다. 오후 5시 정각에 홍제동 유진상가에서 문화촌으로 꺾어지는 코너에 커다란 쓰레기통이 있을 것이요. 거기에 현금 가방을 넣어 놓으시오. 아마 가방 두 개에 가득 찰 것이요. 알아들었시오? 우리를 잡겠다는 움직임만 있어도 한 회장은 저승행이요. 그뿐만 아니라, 한씨 집도 쑥밭이 될 것이요. 명심 또 명심하기요!"

서둘러 전화를 끊는다. 뭔가 좀 아는, 약삭빠른 놈이다.

안전가옥의 특공대는 저녁이 오기만을 고대하면서 모두 안방에 모여 잡담으로 시간을 보내고 있었다. 부엌에서는 성씨와 한 회장이 점심을 준비하느라 부산하게 움직인다. 성씨가 한 회장에게 심부름을 시킨다.

"한 선생, 저기 마당 담벼락에 걸려 있는 생선들 좀 가져오시오."

"네, 알겠습니다."

성씨는 한 회장의 묶인 발목을 풀어 준다.

한 회장은 천천히 걸어 대문 근처 담벼락까지 갔다. 주위를 한 번 휘둘러 보더니 벼락같이 대문을 열고, 번개같이 도망쳤다. 대낮이라 특공대 아무도 쫓아갈 엄두도 내지 못했다.

한 회장은 성씨가 앞 혁대에 찔러준 과일칼로 손목의 묶음을 자르고, 누가 눈치챌까 봐 천천히 침착하게 걸었다. 진관리 기자촌 구파발까지 왔다. 마침 지나던 빈 택시가 있었다. 운이 좋으려나, 새로 뽑은 뉴코로나 택시였다.

"운전사님, 내 고향에 급한 일이 있어 그런데 저기 충주까지 가실 수 있을까요?"

"충주라…. 얼마 내실 건데요."

"그건 운전사님이 결정하실 문제지요."

"2천 원은 주셔야 하겠는데요…."

"2천 원이라…. 좀 많은 것 같은데요."

"그럼 1천 5백 원으로 합시다."

이리하여 한 회장은 그날로 충주까지 도망쳤다. 납치된 지 엿새 만에 탈출에 성공했다.

한 회장이 탈출하자 특공대 모두는 넋이 나가 우왕좌왕 어쩔 줄을 몰랐다.

그러나, 몇 시간 후면 돈을 받는다는 생각에 한 회장 문제에는 신경 쓰지 않기로 했다.

오후 5시 정각, 수사관 두 사람이 쓰레기통에 보스턴백 두 개를 던져 넣고 경찰차를 타고 사라졌다. 유진상가에서 1시 방향 언덕에서 망원경에 눈을 꽂고, 유진상가를 열심히 들여다보는 사람이 있었다. 5시 10분이 되었다. 5시 정각 이후 지금까지 쓰레기통 주변에서 움직이는 사람은 아무도 없었다. 20분, 30분이 지나도 쓰레기통을 뒤지는 사람은 아무도 없었다.

수사관 서너 명이 쓰레기통을 뒤져보았다. 보스턴 백은 감쪽같이 사라지고 없었다.

허접한 쓰레기만 뒹굴고 있었다.

5시 10분쯤 쓰레기통에서 북쪽으로 1km가량 떨어진 문화촌 고갯길에서 뉴코로나 한 대가 기분 좋게 북쪽으로 사라졌다.

귀신이 곡할 노릇이 아닌가! 쓰레기통 감시는 비단 망원경만이 아니었다. 쓰레기통 주변 음식점이나, 커피숍 등과 주변 길에서도 감시의 시선이 번득이고 있었다.

그들의 시선에는 그 시간 동안 쓰레기통에 접근한 사람은 아무도 보이지 않았다. 심지어는 강아지 한 마리도 얼씬거리지 않았다. 어떻게 이런 일이 있을 수 있단 말인가!

어둠이 짙어져 사방이 한산해졌을 무렵, 뉴코로나 한 대가 성씨 집 대문을 밀고 스르르 미끄러져 들어왔다. 차로 달려간 특공대 모두는 눈을 빛내며 차 안을 들여다 보았다. 거기 그것이 있었다! 계획이 성공한 것이다. 성씨와 그 조카 최문열이 가방 두 개를 들고 개선장군인 양 의기양양하게 마루로 걸어왔다. 모두 안방에 모였다.

가방을 열어보았다. 미화 100달러짜리 100 묶음이 눈앞에 펼쳐졌다. 환성이 터져 나왔다. 이걸 위해서 우리는 목숨을 걸었지 않았는가! 어찌 감격의 눈물을 흘리지 않을쏘냐! 오늘 밤은 실컷 울고 웃어보자. 주석님, 감사합니다. 우리가 성공했시오!

다음 날부터 각 지역 책임자들이 한 사람씩 성씨 집에 들락거렸다. 공작금 배분이 시작된 것이다. 1971년 1월 4일까지 배분을 무사히 마쳤다. 붙들린 사람은 아무도 없었다. 천만다행이다 싶어 이들은 긴장을 풀고 곤한 잠에 빠졌다.

이튿날, 1월 5일 귀향을 약속한 날이 되었다. 점심을 든든히 먹고 한 사람씩, 뒤 대나무 숲을 넘어 길 아닌 곳만 골라 풀숲을 헤치며 걸었다.

어둠을 헤치고 전진하기란 엄혹한 고행이 아닐 수 없었다. 한밤중에 절벽 가까이 도착했다.

멀리 떨어진 풀숲에 숨어 망원경으로 예의 주시했다. 갑자기 총소리 가 어둠을 깨고 사방에 울려 퍼지고, 왁자지껄 소란이 한동안 계속되 었다. 잠시 뒤 벼랑에 한국군 십여 명이 검은 그림자 대여섯을 끌고 나 타났다. 묻지 않아도, 우리 동무들이 보트를 정박하려다 검문에 걸려 붙잡힌 것이라고 장 대장은 짐작했다. 하늘이 무너지고 땅이 꺼졌다. 어떻게 해야 한단 말인가!

장 대장은 대원들에게 뒤로 멀리 물러나라고 손짓했다. 1km쯤 물러 나 한데 모인 대원들은 살길을 찾아주기를 애원하는 눈길로 장 대장만 바라본다.

"동지들, 지금 우리는 그야말로 사면초가요. 좋은 의견 있으면 말해 보시기요."

유 소좌가 결연한 목소리로 자기 생각을 뚜렷이 털어놓는다.

"뭉치면 살고, 흩어지면 죽는다는 말이 있디요. 그러나 지금 우리 처지는 그렇지 않소. 지금 우리는 뭉치면 죽고 흩어지면 사는 상황에 봉착했소. 그러니 헤어져 각자 살길을 찾아봅시다!"

장 대장이 처연한 목소리로 덧붙인다.

"나도 유 소좌와 같은 생각이요. 다른 동무들 생각은 어떻소?"

이구동성으로 대답한다.

"그럴 수밖에 없겠습니다. 살아서 무사히 피양에서 만납시다요!"

대장이 신신당부한다.

"아까 나누어 준 그 돈들 유용하게 잘 쓰시라요. 민간에서는 달러를 잘 안 쓰니, 극히 조심해야 하오. 서울 남대문 시장에 가면 달러 장사들이 있어요. 100달러짜리 주면 남한 돈 삼만 원가량 줄 거외다. 그 정도라는 것만 알고, 싸우지 말고 주는 대로 받으시오! 그렇게 하는 것이 목숨을 지키는 길이요, 알겠디요!"

이렇게 눈물을 흘리며 이들은 헤어졌다. 그 밤에 장진호는 탈출 장소에 나타나지 않았다.

12장

인연

통닭 백숙을 앞에 놓고 영희의 회고담에 넋을 빼앗겼던 나는, 어깨를 살짝 꼬집는 서슬에 깜짝 놀라 정신을 가다듬었다.

"이제 정신이 들어?"

영희의 슬픔이 담긴 가냘픈 목소리였다.

"아, 얘기가 너무 슬프기도 하고, 끔찍하기도 해서 그만…"
"여기, 인사하지 그래."

식탁 내 맞은편에 영희와 나란히 앉은 50대 여성이 다소곳이 머리를 숙인다.

"안녕하세요. 영희의 소꿉친구 안혜주예요."

"그러세요? 반갑습니다. 그런데 영희, 어떤 친구?"

"숙명여고와 이대 동기야. 소꿉친구라고 할 수 있지."

"그런데 여기는 어떻게 오셨나요?"

"충주로 시집와서 여기 살게 됐어요."

"오! 그래요? 2년 전 영희가 혜주 씨 만나고 나서 충동적으로 정동진 기차차표를 샀다고 하던데, 맞나요?"

"네, 그런 것 같아요. 그때 영희가 입은 옷이 좀 후줄근한 것 같아서, 제가 옷을 빌려줬거든요."

"그런데, 왜 하필 위아래 검은색 옷을 줬나요?"

"그때, 날씨가 좀 더웠는데, 영희가 두꺼운 옷을 입고 있어서 얇은 검은 린넨 옷을 줬어요."

"아하, 그래서 영희가 상복 차림 같아 보였군요. 이제야 모든 것이 깔끔하게 밝혀졌습니다."

"그런데, 영희에게 들었습니다만, 2년 전에 얼핏 스친 두 분이 오늘 이렇게 함께 나타나시다니 뭔가 어떤 힘에 이끌린 것 아닐까요?"

"글쎄요. 제 생각에는 우연도 기적도 아닌 것 같기는 한데, 무슨 조화인지 도통 모르겠는데요."

혜주가 자신 있다는 말투로 외친다.

"그건 인연이에요, 인연!"

"에이, 비약하지 마세요. 혜주 씨!"

"비약하다니요? 무슨 그리 섭섭한 말씀을! 인연인지 아닌지를 잘 생각해 보세요. 영희가 막내에게 무슨 이유로 모 소위를 찾으라고 명령하다시피 부탁했을까요?"

오랫동안 듣고만 있던 영희가 결연하게 말한다.

"그건 운천 당시의 모 소위가 사무치게 보고 싶어서였지! 그리고 인연이 있어 찾게 되었지!"

"그래, 그것은 인연이었지, 인연!"

"안혜주 씨를 만난 것도 인연!"

"자 그럼, 우리 인연을 축하하는 의미에서 건배!"

우리는 크리스마스와 우리 인연을 축하하는, 백세주 잔을 높이 치켜 들었다.

"영희, 이제 다시 그 끔찍하지만 듣지 않으면 아니 되는 얘기를 계속 들어 보자구. 납치되었다가 탈출한 남편 한 회장은 그 후 소식이 있었나?"

"전혀 없었지. 그러니, 나는 남편이 탈출했다는 사실을 전혀 몰랐지. 수사본부도 마찬가지였어."

"그런데, 남편의 그 후 행적은 어떻게 알았지?"

"에이, 바보 같은 사람 봤나. 나중에 만나서 들었지! 얘기를 들어 봐."

납치범들의 안전가옥에서 탈출하여 택시로 충주에 간 한경주는, 성씨가 호주머니에 찔러준 지폐에서 택시비를 주고 남은 돈을 세어보니 자그마치 오만 원이나 되었다.

납치범들과 6일 동안 성씨 집에 감금되어 있으면서, 한 회장과 집주인 성씨는 십년지기처럼 마음이 통했다. 이것도 인연인지 아닌지 가릴 수는 없으나, 어떻든 서로의 처지를 이해하고 동정하게 되었다.

동병상련이라고 농지개혁 때 알토란 같은 자기의 농지를 빼앗기다시피 소작인들에게 나누어 주던, 마음 쓰라렸던 기억이 되살아났으리라. 한 회장처럼 납치당하는 수모, 손발이 묶이는 치욕을 당하지 않은 자기가 오히려 행복한 사람이었다는 감정이 불끈 솟아, 자연스럽게 한 회장을 도와주어야 하겠다는 결의를 다지게 되었다.

기회를 노리던 5일 낮, 특공대원들이 탈출 시간이 되기만을 기다리며 안방에 모여 잡담을 나누는 것을 본 성씨가 점심 준비에 필요하니 한씨를 부엌으로 보내 달라고 대장에게 요청했다. 졸개 하나가 한씨를 안아다 부엌 조리대 앞 의자에 앉혀두고 사라졌다.

안방에서는 화투 놀이를 하는지 탁탁 소리가 나고, 와 하는 함성이 들리기도 했다.

한씨에 대한 경계심이 전혀 없는 것 같다고 판단한 성씨가 한씨를 심부름을 시킨다는 핑계로 대문 근처 담벼락까지 보낸 것이다. 이리하여 한씨는 무사히 탈출하여 충주까지 간 것이다.

"영희 당신, 충주까지 탈출한 남편은 그 후 어떻게 됐어?"

"남편은 납치범들이 자기가 집에 돌아온 걸 알게 되면 이판사판으로 일을 벌일까 봐 두려워, 그 녀석들이 붙잡힐 때까지 집에 돌아가지 않기로 했지."

"이판사판으로 무슨 일을 벌이는데?"

"이런 때 보면, 모 교수는 상 멍청이야! 그런 것도 몰라? 수사본부인 우리 집을 덮쳐, 우리 가족 모두뿐 아니라 수사 요원들도 모두 사살하는 일이지!"

"아! 한 회장의 심사숙려(深思熟慮)였구만! 존경할 만한 분이야."

탈출한 한 회장은 오밤중이 되어가는 충주역 구멍가게에서 빵, 식수를 샀다.

혹시 아는 사람과 마주칠까 봐 지나가는 택시로 법주사까지 달렸다. 택시비는 운전사가 달라는 대로 주었다.

한밤중에 법주사 앞에서 내린 한경주는 어디로 갈까 망설이다가 아랫동네로 발길을 재촉했다. 진허 마을이었다. 자비를 근본으로 여기는 사찰 마을답게 사랑과 자비가 넘쳐나는 곳이었다. 마을 어른 집에서 융숭한 대접을 받고 쌓인 피로를 말끔히 씻어 버렸다.

마을 앞 '정이품송' 아래 앉아 신비한 소나무를 바라보며 당분간 세상일은 생각하지 않기로 다짐했다.

법주사의 배려로 당분간 수정암에서 불공을 드리기로 결정되었다.

수정암에 자리를 정한 첫날, 백발이 성성하고 눈이 형형한 고매한 인품의 스님이 다가와 인사를 한다.

"시주께서는 어디서 오신 뉘신지요."

"네, 스님. 저는 한경주라고 합니다. 수안보에 살지요."

"그러십니까. 저는 50여 년 전에 불공드리러 왔다가 불가에 귀의했습니다."

"아, 그러십니까. 송구스럽지만, 법명은 뉘시며 연세는 어떻게 되시는지요."

"법명은 청풍이고, 견마지치 여든여섯입니다."

한경주는 이 말에 머리를 조아리며 공손한 말로 무례를 사죄한다.

"용서하십시오. 제가 스님께 큰 무례를 저질렀습니다. 여기 있는 동안 이 어리석은 중생에게 가르침을 주시면 아니 되시겠습니까?"

"무례라니요. 저도 진토에서 견디지 못할 수욕을 당하고 부처님을 찾은 죄 많은 중생이올시다. 아무쪼록 맘 편히 잘 지내시기를 바랍니다."

"잘 알겠습니다, 청풍 스님!"

"아! 그런데 시주께서는 수안보에 사신다고 하셨습니까?"

"네, 원래 고향이 수안보구요. 집은 서울 가회동에 있습니다."

"허! 가회동 한씨라?…. 혹시 강귀혜를 아시는지요."

"알다마다요! 제 안사람이었지요. 그걸 어떻게 아십니까?"

"너무 잘 압니다. 원한이 깊으면, 알려 주시지요."

"누가요?"

"영험하시고 자비로우신 부처님께서 알게 하신답니다."

"스님, 외람된 말씀입니다만, 그렇게 헛된 말씀으로 어리석은 중생을
욕보이시지 마십시오! 나 원 참."

"헛된 얘기가 아닙니다. 사실은 젊은 시절에 저는 청풍리 망월산 밑
에 살았지요. 외동딸과 함께요. 그런데 외동딸이 어느 날 청풍호반에
바람 쐬러 나갔다가 왜놈 헌병 대장에게 강제추행 당했지요."

"그래서요?"

"곧바로 산기가 있었고, 아들을 낳았지요. 그리고 저의 손을 붙들고
원한을 갚아 달라며 눈물을 펑펑 쏟다가, 자진했지요."

"스님, 정말 죄송합니다. 저는 그런 일이 있었는지 모르고, 그만 큰
실례를 저질렀습니다. 용서를 빕니다."

"용서는 무슨…. 딸이 저세상으로 떠난 후, 저도 살맛을 잃고 가산을
정리하고 여기 수정암에서 부처님께 기도하며 이렇게 지내 왔답니다."

"그런데 강귀혜는 어떻게 아셨나요."

"제가 집을 떠날 때, 강보에 싸인 아이를 고아원에 맡기고 왔었지요.
그래서 가끔 그 아이 녀석의 안부를 알기 위해, 남몰래 고아원에 들르
곤 했지요. 실제로 그 아이가 외손자이니까요."

안달이 난 한경주가 숨을 헐떡이며 묻는다.

"그리고 어떻게 됐습니까? 스님!"

"오 년 후 어느 날, 시주를 받으러 다니는데 그 녀석이 고아원을 뛰쳐 나와 거리를 헤매더군요. 한참 그놈 뒤를 쫓아갔지요."

"그래서요?"

"마침 그때 어느 집에서 나온 신사분이 그 아이를 보더니, 아이의 손목을 붙잡고 자기 집으로 끌고 들어가지 않겠어요!"

"그 후에는 어떻게 되었는지…."

"그 신사는 강씨였다고 하더군요. 그래서 그 녀석 이름을 강 만수라고 짓고 수양아들로 삼았었고요. 이리하여 만수는 강귀혜의 동생이 되었지요. 그 딸의 결혼식을 앞두고 강씨 부부가 교통사고로 숨지는 불행을 당했고요. 그래서 강만수는 누나를 따라 한씨 집에서 살게 됐다고 하더군요."

스님의 소상한 얘기를 접한 한씨는 넋을 잃었다. 인연도 이런 인연이 있을까. 불행한 사람들끼리의 불행한 인연이라니!

"스님과 소생의 만남은 우연이 아니고 전생의 인연이로군요. 제 아내 강귀혜는, 그 강만수의 독수에 의해 교통사고로 이승을 하직했어요. 이 얼마나 기막힌 인연인가요! 이런 사실을 스님은 아시고 계셨습니까?"

"네, 잘 알고 있지요. 제 딸과, 시주의 아내 강 여사의 영혼이 저를 일깨워 주었습니다. 이제는 원수를 갚을 때가 됐다고요!"

"아! 스님, 더 드릴 말씀이 없습니다. 그들의 원수를 속 시원하게 갚았습니다!"

"나무아미타불 관세음보살!"

"나무아미타불 관세음보살!"

이리하여 불행한 인연으로 맺어진 두 사람은 열심히 불공을 드리며 살았다.

특공대원들이 떠나가고, 한씨마저 탈출해버린 성일성의 집은 빈집처럼 조용해졌다. 6일 아침 조카 최문일이 찾아왔다.

"삼촌, 그들은 잘 떠났어요?"

"어떻게 됐는지 아직 모른다. 그들의 소식을 전해 줄 사람도 없고, 시내도 조용하니 알 수가 없구나."

마당에는 뉴코로나가 태평스런 모습으로 잠들어 있다. 제가 도둑질한 큰돈을 싣고 왔다는 죄책감도 없이!

생물이나 무생물이나, 낯 뜨거운 못된 짓을 하고도 부끄러운 줄 모르는 것은 마찬가지인가 보다.

그런데, 유진상가 옆 쓰레기통에 넣어 둔 돈 가방은 어떻게 감쪽같이 사라졌을까.

오랜 세월이 지나 성일성이 그 사실을 경찰에 소상히 밝혔다.

한씨 집에 요구한 돈을 어떻게 받을 것이며, 어떻게 옮길 것인가를 생각하며 끙끙 앓는 대장을 본 성일성이 제안한다.

"대장님, 내 먼 조카가 있는데 그도 우리 일원입니다. 수도관 수리공입니다. 그놈의 도움을 받으면 어떨까요?"

"그래요? 어디 사는데요."

"홍제동 문화촌에 삽니다. 부를까요?"

"그거 좋습니다. 오늘 밤에 오도록 하시오."

28일 밤 9시쯤이었다. 성씨의 조카라는 최문일이 왔다. 30대의 건장한 남자로, 수리공 옷차림을 하고 있었다.

"삼촌, 무슨 좋은 일 있습니까? 저를 다 오라 하시게…."

성씨는 장 대장, 유 소좌와 머리를 맞대고 궁리를 한다.

"조카, 좋은 계획 좀 짜내 봐. 아! 거… 자네 수도관이 터져 길로 물이 쏟아져 나오면 어떻게 고치나?"

"아, 그거요? 땅속에 들어가서 지하에 매설된 수도관을 찾아 용접하거나, 수도관을 교체하지요."

"그럼, 어디로 들어가나?"

"에이 삼촌도, 그것도 모르세요? 멍청하시네요!"

"에끼, 이 녀석! 하하… 맨홀 말이지?"

"그렇지요, 맨홀!"

"조카, 자네 사는 동네에 있는 맨홀 좀 찾아 봐."

"우리 동네 맨홀이야, 제가 다 꿰뚫고 있지요. 어디 맨홀이 어디 있는 맨홀과 통하는지도 알고요."

"그~래? 그러면 말이야, 당장 가서 그런 맨홀이 어디 있는지 확실히 알아보게."

"그럴 것 없어요. 삼촌, 종이와 연필을 주세요."

"그래? 여기 있다."

"자 다들 잘 보세요. 여기가 유진상가인데요. 문화촌으로 꺾이는 코너에 커다란 쓰레기통이 있어요. 그 옆에 맨홀이 있고요. 그리고 북쪽으로 좀 올라가면 이 맨홀과 통하는 맨홀이 있어요."

"허~ 그래?!"

장 대장이 눈을 번득이며 쾌재를 부른다.

"여보시오, 최 선생. 그 일을 최 선생이 맡아주면 어떻겠소?"

"그리하리다. 삼촌과 내가 맡지요. 여러분들은 집안에서 기다리시면 됩니다. 삼촌은 저쪽 맨홀에 차를 세워놓고 기다리시고요."

"그럼 성 선생과 최 선생만 믿고 기다리겠습니다."

그날로 성씨와 최 씨는 현장답사를 끝냈다. 그리고 계획을 세웠다. 31일 정오에 쓰레기통을 맨홀 바로 위까지 끌어다 놓는다. 그리고 문일이가 맨홀 뚜껑을 열고 쓰레기통 밑바닥을 가스 용접기로 뜯어내고, 밑바닥 철판은 제자리에 둔다.

오후 5시 5분에 문일이가 맨홀 뚜껑을 열고, 돈 가방을 끌어낸다. 밑바닥 철판은 도로 그 자리에 맞춰 놓는다. 문일이는 돈 가방을 가지고 성씨가 기다리는 맨홀로 나와 뉴코로나를 타고 안전가옥으로 온다. 이렇게 해서 쥐도 새도 모르게 돈 가방은 사라진 것이다.

납치된 한 회장의 행방, 돈 가방의 행방, 납치범들의 행적 등 아무것도 밝히지 못한 수사본부는, 영회네 집에서 철수하고 본부를 치안본부에 설치했다. 전국적인 수사의 편의를 위한 특단의 조치였다. 수사본부장에 치안본부 형사과장이 임명되었다.

경찰은 남대문 시장 근처의 달러 환전상에 대한 감시와 수사도 철저히 했다. 특별히 의심할 만한 특이한 정황은 좀처럼 나타나지 않고 있다. 환전상들이 영업에 방해를 받지 않기 위해 숨기는 일도 없을 수는 없겠지만, 경찰의 눈이 하도 날카롭게 번득이는지라 환전상들의 장사도 좀 쳤다고 해도, 지나친 상황이 아니었다.

환전은 비단 남대문 같은 암시장의 환전상만 하는 것이 아니다. 은행에서도 매일 고시되는 적정 환율로 환전이 이루어진다. 허가를 받은 수출입 업체에서는 자유로이 환전할 수 있다. 이런 점에 착안한 몇몇 국내 간첩 조직 책임자들은 수출업체를 이용하여 환전하는 수법을 사용하고 있었다. 그러니 환전상 수사로 범인들을 색출할 수 있었겠는가. 수사는 답보상태에 빠지고, 세간의 관심도 점차 수그러들었다.

영희와 나는 그날 밤, 친구 안혜주 집에서 잤다. 알고 보니 안 여사는 23년 전 남편과 이혼했다. 그리고 충북대학을 졸업하고 버스회사 경리 일을 보던 딸마저도 5년 전에 서울로 시집 보내고, 혼자 외로이 살고 있었다. 남편 임근식은 충주 갑부로 알려진 임 씨 집의 장남으로서, 버스회사를 경영하고 있었다.

결혼하기 전부터 바람둥이로 유명했는데, 결혼하고도 그 버릇을 버리지 못하고 외도를 일삼다가, 이혼을 당하고 말았다. 이혼의 대가로 임씨는 토지 등 재산의 반을 아내에게 배상하라는 법원의 판결을 이행하고, 서울로 사라졌다고 한다.

안 여사는 악연이라는 인연이 있어서, 임씨와 결혼은 했으나, 결국 이혼이라는 불행을 당한 것이다.

그래서 안 여사는 물려받은 꽤 넓은 한옥에서 살고 있다는 것이다. 방이 자그마치 다섯 개라, 영희와 나는 각각 너른 방을 하나씩 차지하고 늘어지게 잤다.

이렇게 1995년 크리스마스는 지나가고, 새 아침의 밝은 해가 우리를 반갑게 맞아주었다.

해가 높직이 떠오른 늦은 아침, 우리는 안 여사가 정성껏 차려주는 아침을 맛있게 배부르게 먹고 수안보로 발걸음을 천천히 옮겼다. 운전대는 이곳 지리를 훤히 꿰뚫고 있는 영회가 쥐었다.

정동진에서 영회가 운전대를 나한테 맡기고, 느긋해져 노래를 흥얼거렸듯 나도 흥얼거렸다.

Way down up on de Swanee River, far, far away.

Dere's wha my hearts turning ever,

Dere's wha de old folks stay,

All up and down de whole creation, Sadly I roam,

Still longing for de old plantation,

And for de old folks at home

All de world am sad and dreary,

Every Where I roam,

O! dark-eyes, how my heart grows weary,

Far from de old folks at home

머나먼 스와니강물 그리워라

날 사랑하는 부모 형제 이 몸을 기다려

정처도 없이 헤매는 이내 신세

언제나 나의 옛 고향을 찾아나 가 볼까
이 세상에 정처 없는 나그네의 길
아! 그리워라 나 살던 곳
멀고 먼 옛고향

영희가 나를 보며, 다정한 미소를 보낸다.

"당신이 흥얼거리니 눈시울이 젖지 않아! 남 울리는 재주도 비상하구만!"

"그래~애? 당신은 고향에 가면서 고향이 그리워져 눈물이 나다니! 좀 모순되는 것 아냐?"

"에이, 바보! 여기가 내 원래 고향은 아니잖아. 서울 집이 그리워지니까 눈물이 나는 거지! 아, 방금 생각났는데 말이야. 버리고 떠나온 고향을 방문한다고 금강산을 열나게 찾아가는 사람들의 머릿속에 무슨 생각이 들었을까? 모 소위는 알겠어?"

"그런 사람들의 속마음을 내가 어떻게 알겠어? 그저 남이 구경 가니까 나도 덩달아 얼씨구나 따라가는 거지."

"꼬치꼬치 따지자는 것이 아니라, 이치에 맞지 않으니까 하는 말 아니겠어? 생각해 봐, 의주가 고향인 임상옥이 금강산 가서 고향에 왔다고 기뻐하겠어? 연백이 고향인 사람이 금강산 구경하고 와서 고향에 다녀왔다고 하겠느냔 말이야!"

"나도 고향 방문을 추진한다면서 금강산을 방문하자고 할 때부터 그

저의를 의심해 왔었지. 영희 말대로, 김정일 비자금 마련에 적극적으로 협조한 것이라고 본다네. 붉은 작자들의 뻔한 개수작이었지. 그것도 모르고 부화뇌동한 우리 국민도 엄밀히 따져보면 영혼 없는 허수아비였지! 안 그래? 박왕자 여사가 북한 경비병에게 총 맞아 죽었는데도 제대로 보상을 받은 적 있어? 한심해, 한심하다고!"

"모 소위, 알았어. 너무 열 올리지 말자고! 건강에 안 좋으니까. 그런데 포스터가 작사도 하고 작곡도 했다던데, 우리말로 옮긴 건 원 작사와 조금 다른 것 같은데?"

"응, 이병욱이 번역을 했지. 우리 정서에 잘 맞는 의역 같아 나는 좋은데…."

"당신이 좋다면 좋은 거지 뭐. 안 그래?"

"그래, 고마워!"

"그런데 당신은 포스터 노래를 무척이나 좋아하는 모양인데, 또 어떤 곡들을 좋아해?"

"켄터키 옛집, 금발의 제니, 올드 블랙 조, 오 수재너, 꿈길에서 등등이지."

"화! 당신은 정말 로맨티스트로군!"

"칭찬이 지나치군!"

"또 좋아하는 곡 있으면 계속 흥얼거려 봐. 내가 지금 무료하니까!"

"내가 당신 무료를 달래주는 치료사야 뭐야! 좋아, 그리하지. 사랑은 봉사라고 하지 않나!"

"뭔 불평이 그리 많아 구시렁대는 거야!"

"아니, 그런 게 아니고…. 방금 좋아하는 곡이 생각났는데, 가사를 다 외우지 못 한다구!"

"어떤 곡인데…?"

"초원, Green fields야. 떠난 임이 돌아오기를 기다린다는 애절한 노래지."

"그럼 그중에서 제일 좋아하는 구절만 노래해 봐."

I only know there's nothing here for me,

Nothing in this wide world, left for me to see,

But I'll keep on waiting, until you return,

I'll keep on waiting, until the day you learn,

You can't be happy, while your heart's on the roam,

You can't be happy until you bring it home,

Home to the green fields, and me once again

내가 아는 것은, 내겐 아무도 없다는 것뿐

넓은 세상에서 내가 볼 수 있는 것은 아무것도 없어요

그러나 나는 기다릴래요, 당신이 돌아올 때까지!

나는 기다릴래요, 당신이 알 때까지!

당신의 마음이 방황하면 당신은 절대 행복할 수 없어요

당신의 마음이 고향에 돌아올 때까지는 당신은 행복할 수 없어요

초원의 고향으로, 그리고 나에게, 다시 한번 돌아올 때까지는!

"가슴에 찌르르한 울림을 주는 음악이라 할 수 있지. 1956년에 테리 길키슨과 프랭크 밀러가 발표했던 당시에는 주목을 받지 못하다가, 포 형제(Brothers Four)가 불러서 밀리언 셀러가 된 곡인데, 당신은 어떤 계기로 좋아하게 됐나?"

"사랑하는 사람과 이별하고 군대에 갔지. 논산훈련소 연병장에 쭈그리고 앉았는데, 확성기에서 이 곡이 울려퍼지지 않겠어! 그때 눈물이 확 쏟아졌지. 그 후 이 곡만 들으면 이별이란 슬프다는 사실을 뼈저리게 느꼈어."

"따지고 보면 인생이란 만남과 이별을 되풀이하면서 고난의 강을 건너는 과정이 아니겠어? 그러려니 하고 살자고!"

"당신은 아직 60도 안 됐는데, 벌써 인생을 달관했나?"

"달관은 무슨! 하도 억울하고, 황당한 일을 겪다 보니 그리된 거지 뭐."

"당신은 그 고통스러운 회오리바람을 헤치고 살아왔는데도, 아직도 셀레네처럼 예쁘니 하나님의 섭리가 아니고 뭐겠나?"

"알았어! 하나님의 섭리가 분명해!"

"그렇게 생각하는 당신에게서는 웃음을 볼 수 없으니, 안타깝구려. 어디 웃어 봐. 웃으면 복이 온다고 하지 않던가!"

"그럼 당신이 어디 웃겨 봐!"

"내게는 남을 울리는 재주는 있는 것 같으나, 웃기는 재주는 없어!"

"무슨 겸손의 말씀! 포사를 웃긴 거… 어떤 왕 있지? 그렇게 해 봐!"

"아, 중국 춘추시대 서주(西周)의 유왕(幽王) 말이야? 포사를 웃기려고 봉화를 올리는 짓을 여러 번 되풀이하다가 결국 나라를 망친 미치광이 말이지? 당신을 웃기지 못한다 해도, 나는 결코 유왕과 같은 짓을 해서 나라를 망치는 일은 죽어도 할 수 없어!"

"대단한 결기를 가졌구만, 당신은! 요즘은 나라가 망하든 흥하든, 권력과 돈만 벌면 장땡이라고 설치는 짐승들만 있으니 한심해, 정말 한심하단 말이야!"

"암, 그렇고말고! 이런 짐승들을 빗자루로 싹 쓸어 버려야 나라가 평안해질 건데 말이야!"

"허~어, 우리가 갑자기 웬 나라 걱정을 하게 됐지?"

"그러게…. 조심해서 운전이나 하라구."

이렇게 농담 반 진담 반을 주고받는 사이에 우리는 종착역 수안보 사택 한옥 마당에 들어섰다. 툇마루에 앉았던 장미령이 환한 얼굴로 반갑게 맞이한다.

1964년, 영희가 결혼하던 날 영희를 친절하게 안내하던 그 하녀 미령이었다. 그녀는 한씨 집에 살면서 창덕여자고등학교와 동덕여자대학을 졸업하고 결혼하여 부부가 수안보에 와서 살고 있다. 영희와는 1964년부터 맺어진 끈끈한 인연을 꾸준히 이어가고 있다. 1980년부터 정강보육원 총관리인의 책임을 맡고 있다는 것이다. 정강보육원 바로 옆 사택에서 살고 있고, 남편 이성호는 호텔 총괄 지배인이다.

"어유, 사모님, 반갑습니다. 오시는 길에 불편하시지는 않으셨는지요."

"미령이, 잘 있었나? 오랜만에 보니 더 반갑구만. 자 들어가세."

"점심을 준비해 놨는데 지금 드실 수 있으세요?"

"그래, 차려놓게나. 우린 간단히 씻고 올게."

우리는 뜨거운 물로 간단히 샤워하고 따뜻한 옷으로 갈아입으니, 천지가 우리 것 같은 행복감에 젖어 노곤해졌다.

"미령이, 미안하지만 남편에게 가서 포도주 한 병 사다 주면 안 될까?"

"아유 사모님도, 사 오긴요!"

"이 사람아, 사와야 이 서방이 장부 정리할 때 틀리지 않지! 내 성격 알면서 그래? 공적인 기물을 사적으로 유용하면 아니 되잖아! 자 여기 돈 있네."

"그럼 어떤…"

"응, 미국산 까베르네 쇼비뇽!"

"알겠습니다."

우리는 탱자 울타리 앞에 놓인 둥근 탁자를 둘러싸고, 양털 의자에 앉아 쇼비뇽 한 잔에 행복을 만끽했다. 미령이도 함께하여 더 흐뭇했다.

흰 눈을 머리에 이고 의연하게 서 있는 탱자나무가 대견스러웠다. 추위에도 아랑곳하지 않고 제 할 일을 꾸준히 하는 그 모습이 아름다웠다. 실바람이 살짝 불어 탱자나무에 아슬아슬하게 매달려 있던 눈이 뺨을 스치며 날아가고 있다. 절로 콧노래가 흥얼거려진다.

조그만 산길에 흰 눈이 곱게 쌓이면
내 작은 발자국을 영원히 남기고 싶소
내 작은 마음이 하얗게 물들 때까지
새하얀 산길을 헤매이고 싶소

외로운 겨울 새 소리 멀리서 들려 오면
내 공상에 파문이 일어 갈 길을 잃어버리오
가슴에 새겨 보리라 순결한 님의 목소리
바람결에 실려 오는가 흰 눈 되어 온다오

저 멀리 숲 사이로 내 마음 달려가나
아 겨울 새 보이지 않고 흰 여운만 남아 있다오
눈 감고 들어보리라 끝없는 님의 노래여
나 어느새 흰 눈 되어 산길 걸어간다오

영희가 눈을 반짝이며, 내 팔을 세게 흔들며 묻는다.

"거, 무슨 노래야?"
"이건 김효근이 작사하고 작곡한 '눈'이라는 가곡이지. 1981년 제1회
MBC 대학 가곡제에서 대상을 받은 곡이라네."
"노래는 누가 불렀는데?"

"조미경이라는 메조 소프라노!"

"그~래? 가슴에 새겨 보리라 순결한 님의 목소리! 아! 멋있다, 멋있어! 아, 미령이! 이 서방도 오라고 하지! 빨랑 오라고 해, 가는 김에 와인 한 병 더."

이성호가 오자, 우리는 본격적으로 와인 마시는 일에 열중했다.

이성호는 중앙대학교 역사학과를 졸업하고, 충주여중에서 교편을 잡고 있었다.

1980년 미령이 수안보 정강보육원 총관리인을 맡으면서 결혼하여 부부가 함께 살고 있다. 영희가 환한 얼굴로 건배를 제의한다.

"자, 오늘은 크리스마스 다음 날이니 구주 탄생을 다시 한번 축하하면서 건배합시다!"

"건배! 건배! 건배!"

영희가 엉뚱한 소리를 한다. 기분이 좋아지면, 누구도 못 말리는 성정인가 보다.

"모 소위 당신 말이야! 우리 지금 겨울 여행을 하고 있지?"

"어제 여행은 끝난 것 아냐!?"

"무슨 소리! 우리 여행길은 아직도 멀다는 걸 몰라? 아직 갈 길이 창창하단 말이야! 알간!"

"허어~참, 모든 게 자기 맘대로구먼!"

"암, 내 맘대로지! 그게 어때서? 그런데 말이야, 겨울 여행이라는 가곡이 있었지 아마…."

"슈베르트의 '겨울 여행(Die Winterreise)' 말이지?"

"그래, 그 겨울 나그네! 당신 말이야, 뭐든지 좀 안다고 뽐내는데, 24곡 중 몇 곡이나 들어봤어?"

"고등학교 때 배운 것밖에 몰라! 대답이 맘에 들어?"

"그럼, 무슨 곡들을 배웠는데?"

"우선, 이 연작 가곡에 대한 사전 지식이 필요하지 않겠어? 내가 아는 대로 주워섬겨 보지."

"그래 주면 더 고맙고…."

"슈베르트(Frantz Peter Schubert, 1797~1828, 오스트리아 빈 태생)는 우리가 잘 아는 '아베마리아'를 작곡한 리트(lied)의 황제라 불리지. 나는 보리수(Der Lindenbaum)를 제일 좋아했고, 우리말 번역으로 홍수(Wasserflute, 흐르는 눈물)도 알지. 겨울 여행은 독일 시인 빌헬름 뮐러의 시를 보고 1827년 10월에 작곡했지. 그런데 공교롭게도 슈베르트가 존경하는 베토벤이 1827년 봄에, 뮐러는 1827년 9월 33세에 타계하고, 자신은 이듬해 31세로 이승을 하직했다네. 24곡 전곡의 주제는 '세상에서 버림받은 나그네의 정처 없는 방랑'이라 할 수 있겠지."

"보리수 가사를 한 번 읊어봐, 기억나나, 다 잊었나?"

"그럼, 기억나는 대로 읊어보지."

성문 앞 우물 곁에 서 있는 보리수

나는 그 그늘 아래 단꿈을 꾸었네

수많은 사랑의 말을 가지에 새겼네

기쁠 때나 슬플 때나 그 나무 밑을 찾았네

오늘도 나는 어두운 이 밤에 그곳을 지나가네

캄캄한 어둠 속에서 나는 눈을 감네

나뭇가지가 흔들리면서 '이리 오게 친구여'

'여기와 안식을 찾게나'하고 속삭이네

차가운 바람이 얼굴 위로 매섭게 불고

모자가 어딘가로 날아갔네

그래도 나는 뒤돌아보지 않는다네

그곳을 떠나고 오랜 시간이 흘렀지

그래도 나는 여전히 '여기서 안식을 찾으라'는

속삭임을 듣고 있다네.

모두 한목소리로 환성을 지른다.

"참 멋진 시야! 뮐러의 이런 시를 당시에는 왜 무시했을까? 뮐러를
이해하기에는 지성이 모자랐던 시대였던 모양이군!"

영희가 갑자기 펄쩍 뛰며 외친다.

"시만 읊어보니 재미가 덜하지 않아? 아, 이 서방. 색소폰 연주를 들려주면 안 될까?"
"원장님이 원하신다면, 미력하나마 들려 드리지요."

우리는 보리수를 색소폰 연주로 들으며, 정말 흡족한 시간을 보냈다. 나날의 우리 생활이 오늘만 같으면, 오죽이나 좋을까!

13장

김화수 부하의 보복

1950년 흥남철수작전 때인 12월 23일에 흥남항을 출발한 상선 메러디스 빅토리(Meredith Victory)에 승선하여 12월 24일 거제 장승포항에 내린 장진호는, 한국군 제1보병사단 소속이었던 전사한 사병 군복을 입었으므로 1사단을 찾았으나, 찾지 못했다. 그래서 입은 군복과는 다른 부대인 3사단 18보병여단에 편입되었다. 서북청년단 출신들이 대거 합류한 3사단, 그중에서도 진 백골 부대인 18보병여단의 자랑스런 전투병이 된 것이다. 더욱이 그의 함남 장진호 근처의 말씨도 친밀감을 높이는데, 한몫을 단단히 했다.

이는 훗날 장진호가 제 입으로 직접 밝힌 그의 이력이다.

흥남철수작전은 1950년 12월 15일부터 24일 크리스마스이브까지 진행되었는데, 193척의 선박이 동원되었다. 유엔군과 한국군의 병력

100,500명, 피난민 98,000명, 각종 차량 17,500대, 그리고 각종 물자 350,000톤이 이송되었다.

특히 12월 23일 출항한 화물선 메러디스 빅토리(Meredith Victory)호는 건조된 지 5년 된 7,600톤급으로 당시 항공유 300톤을 싣고 있었다.

함장 레오나르드 라루(Leonard Larue, 1914~2001)는 과적 위험에도 개의치 않고 최대한으로 피난민을 승선시켜 14,500명을 구조했다. 빅토리호는 '단일 선박으로서 대규모의 구조작전을 수행한 선박이다'라는 명예를 얻어 기네스북에 등재되었다.

장진호는 우람한 체격과 타고난 뚝심으로, 각종 전투에서 눈부신 활약을 함으로써 금성 화랑무공훈장을 받았다. 승승장구하여 특무상사로 진급하고, 수도경비사령부에 근무하다 1964년 제대하고 '보이지 않는 손'에 이끌리어 경호실에 근무하게 되었다.

6년 가까이 근무하면서 경호원 거의 모두와도 친밀하게 지냈는데, 특히 특수임무를 맡은 김상수 경호관과 가까이 지냈다. 그는 1961년에 특채로 들어온 베테랑으로 격투와 사격에 뛰어난 능력이 있었고, 각종 정보에도 밝았다.

김상수 경호관은 '두주불사'라는 별명에 어울리게 술을 좋아할 뿐 아니라, 주량이 장비보다도, 나아가 노지심보다도 셌다. 그리고 '주먹 세계의 사람'들과도 격의 없이 어울리기를 좋아해서 그들로부터 '큰형님' 대접을 받고 있었다.

하루는 김상수가 진호의 어깨를 툭 치면서 하는 말.

"어이 장 경호관, 오늘 저녁에 별 약속 없으면 한잔 들이켜면 어떠신지?"

"몇 시에, 어디서요?"

"퇴근길에 곧바로 나와 같이 나가면 좋을 것 같은데, 어떤가?"

"아 그거 좋지요. 그리합시다."

1970년 만산이 홍엽으로 물든 깊은 가을 11월 말이었다.

그들은 다섯 시쯤 단성사에서 돈화문으로 올라가는 골목길에 나오미라는 아담한 식당에 들어섰다. 아가씨들이 호들갑을 떨며 반가이 맞이한다. 김상수 일행은 그녀들이 권하는 대로 꽤 넓은 안방에 자리 잡았다. 김상수가 장진호보다 두 살 위여서 상석에 앉았다. 먼저 들어온 황금색 유기그릇 신선로(神仙爐)에서 보글보글 끓는 국물을 한 숟갈 떠 먹어보니 맛이 기가 막히게 좋았다. 이 맛에 입을 즐겁게 한다는 열구자탕(悅口子湯)이라 부르기도 하나 보다.

조금 있으니 손님이 찾아왔다는 전갈과 거의 동시에 선풍도골(仙風道骨)의 호한(好漢) 세 사람이 들어와 윗목에 무릎 꿇고 앉아 공손히 인사한다.

"큰형님, 오랜만에 뵙습니다. 그동안 너무 뜸하셨습니다. 얼마나 기다렸다구요. 눈이 다 빠진 것 같습니다."

"허어, 나도 오랜만에 만나니 반갑군. 그동안 별일은 없었겠지? 자 먼저 한 잔 들고 얘기하지."

이 세 사람의 호한은, 살인을 모의하고 교사한 혐의로 무기징역을 선고받고 군산 교도소에 수감 중인 김화수의 옛 부하들이었다. 이들은 각기 그럴싸한 건설회사, 무역상, 골재 상회 등을 경영하며 떵떵거리는 주먹 세계의 유명 인사들이었다. 이들은 지금 군산 교도소에 있는 두목을 생각하면, 자다가도 벌떡 일어날 만큼 분기가 탱천해 있는 것이다.

"형님도 아시다시피 돈 좀 받고 도와준 것이 무기징역이라니요! 우리는 분통이 터져 잠도 제대로 잘 수가 없습니다. 이 분풀이를 할 방법이 없을까요?"

"알았네. 그런데 자네들은 잠도 제대로 자지 못한다면서, 살은 돼지처럼 찌고 얼굴색은 엷은 분홍색으로 물들었으니, 자네들 말은 그저 해 본 소리로구먼!"

"아 아닙니다, 형님! 화수 형님의 덕분에 우리가 편하게 있으니 이렇게 건강한 것 아니겠습니까? 그래서 화수 형님을 생각하면 더욱 울화가 터진다는 것이지요. 좋은 방법이나 가르쳐 주십시오."

"그래? 그렇다면 좋은 수가 하나 있긴 있네. 자 여기 이분에게 인사 드리게, 내 직장 동료야!"

그들은 일제히 일어섰다 다시 앉으며, 큰절을 한다.

"선생님, 저희들을 불쌍하게 여기시어 자비를 베풀어 주십시요!"

장진호는 갑작스러운 사태에 어리둥절하면서 그들과 맞절을 한다.

"아, 여러분 반갑습니다, 저는 장진호라 합니다. 함경남도 장진호 근처가 고향이지요. 근데 여러분 모두는 기독교나 불교 신자십니까? 그런 종교에서나 쓰는 용어를 서슴없이 쓰시니 말입니다."
"아, 그거요? 우리 같은 생활을 제대로 하려면 가식적인 용어나, 배우처럼 꾸미는 연기도 잘해야 하거든요."
"호~오, 그래서 옷도 선풍도골 같이 입으셨군요…. 이제 알겠습니다. 요는 속마음은 겉모양과는 다르다는 것이군요!?"
"큰형님 앞에서 저희 들이 뭘 속이겠습니까? 어떤 일이든지 우리의 분풀이를 할 수 있는 일이라면, 서슴없이 지시하십시오. 불 속이라도 뛰어 들어갈 것입니다."

장진호는 주위를 돌아보며 아가씨들에게 손짓한다.

"자네들은 잠깐 나갔다 오게. 한 이십 분 정도…."

아가씨들이 물러가자, 장진호는 그들을 가까이 불러 앉힌다.

파랑새는 울지 않는다

"자네들 두목이 수안그룹 때문에 이 지경이 된 것 아닌가? 그러니 한 회장을 납치하는 것이 어떤가?"

"그거 아주 옳으신 말씀입니다. 말씀하십시오. 적극적으로 따르겠습니다."

"그러면 말일세. 자네들이 내 동지들을 만나 그들과 협조만 하면 되네. 아시겠는가?"

"네, 잘 알았습니다. 그들을 어떻게 만나지요?"

"조만간 그들이 찾아올걸세. 아참, 여기서 누가 연장자신가?"

"접니다. 저는 오순성이라 합니다. 여기 명함이 있습니다."

"응, 종로 여기 근처로군, 전화번호도 있고…. 조만간 연락이 있을걸세. 내 이름 대면 내가 보낸 사람인 줄 알고 만나게."

이렇게 김화수 부하들을 만난 장진호는, 고민하던 납치 대상을 한 회장으로 결정했다.

이들은 한 회장 집이며, 회사며, 전화번호며, 가족관계며 온갖 정보를 장진호 동료에게 제공했다. 이리하여 장진호가 지시한 대로 한 회장은 납치되는 고초를 겪게 되었다.

한 회장이 납치되던 크리스마스 아침부터 경호실과의 비상 연락망을 끊어버리고 자취를 감춘 장진호는, 김화수의 부하 오순성을 종로 관철동 집으로 찾아갔다.

"아유, 형님 어서 오십시오. 그런데 웬일이십니까?"

"오늘이 우리가 계획한 한 회장을 납치하는 날이 아닌가! 일이 제대로 돼가는지 지켜보아야 하지 않겠나?"

"맞습니다. 그리해야지요. 제가 형님 동료분에게 그 집 사정을 자세히 알려드렸으니까 제대로 잘하겠지요. 그러나 혹시 모르니 저희들이 가서 확인하는 것이 옳은 일 같습니다. 자, 가시지요."

얼마 후 한 회장 집 건너편 골목 앞 기다란 벤치에, 검정 신사복 차림에 중절모를 쓴 두 신사가 앉아 담배를 피우며 잡담을 나누고 있었다. 그들은 가끔 한 회장 집 쪽을 흘금거리기도 한다.

정오가 가까워지자, 경찰차 한 대가 집 앞에 섰다.

평상복을 입은 두 사람이 내려 집으로 들어간다. 오 분쯤 후에 그 두 사람이 60대의 남자를 데리고 나와 대기하고 있던 경찰차에 태우고, 어디론가 유유히 사라졌다.

납치에 성공한 것이다. 지켜보던 두 신사도 슬그머니 사라졌다. 진호와 순성이었다.

순성이의 집으로 돌아온 두 사람은 만족스러운 숨을 들이마시며 서로를 축하한다.

"형님, 잘 됐지요?"

"호 그래, 아우님 덕분일세."

"그런데 형님, 한 회장 집을 계속 지켜보아야 하지 않을까요?"

"왜 그러나? 아우."

"한 회장이 돌아오지 않으면, 그 마누라가 찾아 나서지 않을까 해서 말입니다."

"오~ 오, 자네 말이 맞네, 맞아! 한 회장이 오늘 돌아올 수 없다는 사실은 하늘에 해가 있다는 것과 같으니, 그 마누라가 반드시 경찰서로 찾으러 갈 거야. 우리가 감시해야지!"

그들은 집에서 점심을 든든히 먹고, 한 회장 집 감시에 나섰다. 오전에 앉았던 그 벤치에 똬리를 틀고 기다렸다.

아니나 다를까! 저녁이 가까워지자, 한 회장 집에서 두 여자가 나와서 종로 경찰서로 향하는 길을 따라 내려가고 있었다. 한 회장 부인 조영희 여사와 하녀 미령이었다.

한 시간도 지나지 않아, 그 두 여자를 앞세우고 경찰 오륙 명이 한 회장 집으로 몰려 들어가는 것이 뚜렷이 보였다. 아마 수사본부를 차리려나 보다. 그 집의 감시를 더욱 강화하지 않을 수 없는 상황이 된 것이다.

어둠이 짙어지자, 정문 앞 가로등이 켜져 대낮같이 밝았다. 허리에 권총을 찬 두 명의 경찰이 보초를 서고 있다.

진호가 걱정이 가득한 목소리로 묻는다.

"아우, 우리도 밤새 감시를 해야 할 것 같아. 교대할 동지들을 좀 불러오면 좋을 것 같은데…"

"형님, 옳으신 말씀입니다. 제가 불러오지요. 잠깐만 혼자 계십시오."

얼마 후 오순성은 임경택과 김승현을 데리고 왔다.

진호가 그 둘을 반기면서 심각한 문제를 꺼낸다.

"오, 어서 오게. 자네들까지 고생시켜서 미안하이. 그런데 수사가 어떻게 돌아가는지 모르니 답답하네그려. 무슨 뾰족한 좋은 방법이 없을까?"

임경택이 보초들을 유심히 살펴보더니 이렇게 말한다.

"형님, 멀어서 확실하게는 모르겠으나, 저기 오른쪽에 서 있는 보초가 눈에 익은 놈 같은데…"

김승현이가 나선다.

"저도 그놈이 아는 놈 같아요. 제가 길 가는 사람인 척 슬쩍 지나가면서 확인해 보겠습니다."

순성이가 맞장구친다.

"그리하는 게 좋겠군. 슬슬 갔다와 봐!"

확인하러 갔던 승현이가 희색이 가득한 얼굴로 환호한다.

"그 녀석은 이름이 이석진인데요. 우리와 친하게 지내는 녀석이에요."

이 말은 들은 진호가 한동안 눈을 감고 있더니, 무릎을 치며 기뻐한다.

"승현이, 자네가 말일세. 저 이석진이라는 친구를 우리 편의 첩자로 만들어 봐! 그리할 수 있겠어?"

승현이가 한참 머리를 굴리더니, 이렇게 제안한다.

"저 녀석과 좀 친하기는 하지만, 우리 첩자가 돼 달란다고 쉽사리 좋다고는 하지 않을 거요. 명색이 경찰인데."

경택이가 끼어든다.

"일을 되게 하려면, 좀 안됐지만, 협박하는 수밖에 없다고 봐요. 그렇지 않아요? 순성이 형님!"

순성이가 결론을 내린다.

"승현이가 석진이 가족 사항을 자세히 알아 오게, 지금 당장! 알겠지? 아우."

"네, 형님."

승현이가 자리를 박차고 일어나 어둠 속으로 사라진다.

밤 9시쯤, 창신동에 있는 허름한 양철 집 문을 두드리는 소리가 시끄럽게 울린다. 30대 후반의 예쁘장한 아낙네가 쪽문을 열고 두리번거리다가, 승현이를 발견한다.

"아주머니 안녕하세요? 저는 석진이와 종로서에서 같이 근무하는 사람인데요. 이름은 허남수입니다. 바깥분께서 오늘은 수사본부라는 곳에서 경비를 맡았기 때문에 밤에 집에 들어오지 못한다고 전하라 해서 왔습니다."

"그래요? 그럼 잠깐만 여기 계세요. 따뜻한 윗도리라도 챙겨드릴게요."

"그거 좋으신 말씀입니다. 그런데 저도 지금 너무 추워서 좀 안으로 들어가면 안 될까요?"

"그런데 집이 너무 비좁아서…."

"애들이 많은가 보죠."

"열 살짜리 아들과 여덟 살짜리 딸 이렇게 둘입니다. 여기 창신초등학교에 다니지요. 아들은 4학년이고, 딸은 2학년이에요."

아낙네가 묻지 않았는데도 주책없이 입을 나불대는 바람에, 승현이는 손쉽게 정보를 손에 쥐게 되었다. 아낙네가 싸주는 옷 보따리를 안고 승현이는 음흉한 눈초리로 아낙네를 보며 수작을 건다.

"안녕히 계십시오. 또 뵙겠습니다."
"고맙습니다. 잘 전해 주세요."

감시하고 있는 동료들에게 돌아온 김승현은, 경비를 서고 있는 석진이 아낙의 말을 전했다. 그리고 슬슬 석진이에게 다가갔다.

"여보게, 이 순경. 고생하네그려. 여기 있네, 이 옷 받게! 자네 마누라가 자네 추울까 봐 싸준 옷이야."
"어!? 당신이 이걸 어떻게…."
"언젠가 자네가 집을 알려 주지 않았나! 내 지금 자네 집 다녀왔지!"
"고맙네만, 무슨 꿍꿍이가 있는 것 아니야? 시키지도 않은 일을 한 걸 보니…."
"꿍꿍이는 무슨…. 그런데 말이네, 내 간단한 부탁 하나만 들어주면 아니 되겠나?"
"그러면 그렇지! 자네 같은 사람이 공짜 일을 할 리가 없지, 없고말고! 말이나 해 보게. 무슨 일인데…."
"수사 상황이 어떻게 흘러가는지만 알아다 주게. 범인들을 체포했는지 말일세."

"나보고 고자질하라는 거야! 난 못하네!"

"간단한 일 아닌가. 누구를 해코지하라는 것도 아니지 않은가. 자네 애들을 생각해 봐! 창신초등학교 4학년, 2학년이라며!"

"나를 협박하시겠다 이 말씀이로군! 좋아, 애들을 보아 내 자네 말을 따르지! 자네들 같은 치들과 사귄 내 잘못이지, 이제 와서 누굴 탓하겠나!"

"정보는 어떻게 전달할 거야?"

"그건 걱정할 필요 없어. 나는 매일 2교대로 근무하거든. 중요한 정보가 있으면 내가 비번인 날 나오미로 찾아가지!"

"아, 우리 단골 음식점 말이지. 알았네. 하여튼 고마워!"

그해도 저물고 1971년 새해가 밝아왔다. 1월 4일 밤, 나오미에 캐주얼을 입은 이석진이 나타났다. 며칠을 눈이 빠지게 기다리던 주먹들은, 반갑게 석진을 맞이한다.

"어이, 석진이 반갑네. 자자 어서 앉게. 우선 시원한 맥주 한 잔!"

"여~ 아가씨들, 맥주 좀 내와!"

오순성, 임경택, 김승현이 다투어 잔을 권한다.

맥주를 한 잔 들이켠 석진이 심각한 얼굴로 청천벽력같은 정보를 쏟아 놓는다.

"여보게들, 큰일났어! 어젯밤, 수사본부에 들어온 첩보를 확인하려고 오늘 100여 명의 군경이 동원됐다네."

이 말에 놀라 세 놈이 일제히 소리를 지른다.

"그래서 어떻게 됐는데?"

"강화 황산도 선착장에 수상한 어선이 정박해 있었다네. 그 첩보를 확인하러 동원된 수사대가, 그 어선이 북한 것임을 확인했지."

"그리고는?"

"수사대는 그 배의 움직임을 계속 감시하기로 하고, 내일 새벽에 배의 진로를 몰래 쫓아가다가 일망타진하기로 했다네!"

"허~어, 이거 큰일이로구먼. 빨리 장진호 형님께 알려야 되겠구만!"

머지않아 장진호가 헐레벌떡 뛰어 들어왔다.

"어떻게 됐다고?"

"예 형님, 형님 동료들의 탈출 계획이 탄로난 것 같아요!"

"호~오 그래? 알았네. 고마우이."

진호가 오순성이를 따로 조용한 구석으로 부른다.

"순성이 동지, 잘 듣게. 나는 북의 동료들과 같이 북으로 탈출하기는 이제 글렀네. 나는 이 밤으로 전라남도 영광 구수산(九岫山, 351m)으로 옛 빨치산 동지들을 찾아갈 것이네. 이 사실은 자네만 알고 있게! 절대로 경택이나 승현이 동지들에게도 알려서는 아니 되네. 많은 사람이 알면 비밀은 새어나가기 마련이니까, 아시겠지?!"

"네, 잘 알겠습니다. 형님 부디 안녕하시기를 바랍니다. 여차하면 저도 찾아가 뵙겠습니다. 조심하십시요!"

이리하여, 장진호는 탈출 장소인 오금리 언덕에 나타나지 않았던 것이다.

영광은 6·25 당시, 인민군이 패퇴할 때 미처 지리산으로 들어가지 못한 빨치산들이 모여 보금자리로 삼은 곳이었다. 그리하여 영광군은 낮에는 대한민국이 되고, 밤에는 조선민주주의인민공화국이 되는 지역으로 변하게 된 것이다. 그뿐 아니라, 해방 후부터 영광지역에는 사회주의를 신봉하는 인사들이 유독 많아서 좌우 갈등이 심각한 지역이기도 했다.

당시에 살던 영광 군민들 거의 알고 있는 영광을 상징하는 죽음이 있다. 이름하여 '야든이의 죽음'이다. 아버지가 야든(여든)에 태어났다 해서 '야든이'라는 별명으로 불리던 소년이었다.

그 아이는 동네의 모든 궂은일을 도맡아 하면서 품삯으로 근근이 목숨을 이어오고 있었다. 그가 부탁받은 일 중 하나는, 동리에 있는 물무산(257m) 꼭대기에 있는 국기 게양대에 태극기를 게양하는 일이었다.

새벽마다 태극기를 안고 산 정상 국기 게양대에 가서, 인공기를 내리고 태극기를 걸고 내려오는 일을 몇 개월째 계속했다.

어느 날 아침, 태극기를 게양하고 산길을 내려오던 '야든이'를 향하여 빨치산의 총구에서 총알이 발사되었다. 그 자리에서 아이는 즉사했다. '야든이'는 민주주의도, 공산주의도 모르고 오직 '밥'을 위해서만 살아가던 이 땅의 순진무구한 아들이었다. 동족상잔의 처참한 비극이었다.

1월 5일 새벽에 서울을 탈출한 장진호는, 낮에는 산속에서 자고 밤에는 걷기를 열흘 만에 영광 구수산 자락에 발을 들여놓았다. 오밤중이었다. 그는 동생 진수가 가르쳐준 탈출 신호를 여차로 시험해 보았다. 넓적 돌 두 개를 부딪쳐, 딱딱딱 세 번 소리를 내 보았다. 이때 사방에서 숨죽인 발소리가 나더니 총구가 뒷머리를 찔렀다.

"손 들엇! 이 새끼, 여기가 어디라고 불나방처럼 날아들어? 엉!"

진호는 무릎을 꿇고 머리를 땅에 처박으며, 애원한다.

"제발 제 말을 들어보시기요. 저는 저번에 한 회장이란 사람을 납치한 특공대의 장진수 대장 형입니다요. 형편이 여의찮아서 여기까지 천신만고 끝에 도망해 왔시오!"

그중 한 놈이 놀라 소리친다.

"뭐라? 진수 대장 형이라고!?"

"그래요. 틀림없시오."

한 놈이 산속으로 부리나케 뛰어간다. 머잖아 진수가 헐레벌떡 뛰어
온다.

"아, 형님! 정말 형님이시네여. 잘 오셨습니다. 탈출 장소에 형님이 오
시지 않기에 우리가 얼마나 걱정했는지 모르실 거야요. 아, 형님!"

"허~어, 자네들이 여기까지 도망을 왔다고? 왜 북으로 가지 않고!"

"저희 동무들을 탈출시킬 배가 남조선 놈들에게 들통이 났었디요.
그래서 그날 밤, 우리는 각자 헤어졌는데, 우연히 여기 전부 모이게 되
었시오. 주석님의 크신 보살피심이었디요! 안 그래? 동지들."

6명의 동무뿐 아니라, 10여 명의 낯선 동무들이 두 손 들고 환영한다.

"어서 오시기요. 동무!"

이리하여, 장진호는 구수산의 빨치산이 되어 눈을 피해 산속을 헤매
며 살았다.

그러나 장진호를 비롯하여 빨치산들은 어쩔 수 없이 찐 붕어 신세가
된 것이다.

14장

와신상담

한 회장이 납치되어 생사가 분명하지 않고, 산업은행에 회사 자산을 몽땅 저당 잡혀서 납치범들이 요구한 백만 달러를 마련하느라 회사가 거덜 났다고 해서 뒷짐 지고 있을 조영희가 아니었다. 파랑새는 울지 않는다고 다짐한 그녀가 아닌가!

이제 수안그룹은 어쩔 수 없이 직원 90%를 해고했다.

1971년 정월 5일, 그룹 전 직원이 회사별로 시간 차이를 두고 한데 모였다. 관철동에 있는 7층짜리 수안빌딩에 그룹 모든 회사가 입주해 있었다. 회장을 대리하여 영희가 회사마다 찾아다니며, 해고되는 직원들과 일일이 악수를 나누며, 적으나마 금일봉씩을 나누어 주었다. 거덜 난 회사가 전별금까지 챙겨주다니! 봉투를 손에 든 직원들 모두의 눈에서는 눈물이 펑펑 쏟아졌다. 그야말로 눈물이 바다를 이루었다.

그해 2월 18일, 정월 초하루 설날이었다. 임시로 그룹 부회장직을 맡은 홍만기를 비롯하여 각 회사 간부들이 영희네 가회동 집에 모였다. 조촐하게 설음식을 나누면서 장래 일을 의논했다. 영희가 서두를 뗀다.

"저희는 지금 운영자금이 부족합니다. 그러니, 우선 현금을 확보하는 것이 가장 중요합니다. 그리고, 사업의 우선순위를 결정해야 합니다. 수익을 올리지 못하는 사업은 과감히 정리해야 합니다. 그리고 무엇보다 중요한 것은, 우리들의 마음가짐이라고 생각합니다.

와신상담이란 말, 여러분도 잘 아시지요? 오나라 왕 부차는 섶에서 자기를 십 년 후, 월나라를 쳐서 승리하였지요. 패한 구천은 쓸개를 씹으며 복수를 다짐하던 십 년 후, 오나라 부차를 쳐서 이겼지요. 이런 고행을 하지 않는다면 우리에게 승리는 돌아오지 않습니다.

지금 우리의 상황은 절망의 시기가 아니라, 오히려 전보다 더 높이 나를 호기라고 생각합니다. 부차나 구천이 십 년 걸렸다고 했는데, 십 년이란 고행의 세월이란 의미라고 생각합니다. 우리는 그보다 더 빨리 다시 일어설 수 있습니다.

우리는 할 수 있다는 신념이 절대 필요합니다. 여러분! 우리 힘을 합쳐 다시 살아납시다. 어떻습니까!?"

홍 부회장이 거들고 나선다.

"사모님의 말씀, 백번 옳습니다. 우리는 할 수 있습니다. 암, 할 수 있고말고요! 그런데, 여러분! 제가 한 말씀 드리겠습니다. 여러분의 의견은 어떠신지요. 서슴지 마시고 말씀해주시면 감사하겠습니다."

좌중의 모두가 궁금한지 한목소리로 간청한다.

"홍 부회장님, 무슨 말씀이신지 말씀해주시지요."
"다름이 아니라, 한 회장님이 돌아오실 때까지 사모님께서 회장 직무 대행으로 우리를 이끌어 주십사고 부탁드리려고 하는데, 여러분의 고견을 말씀해주시지요."

누가 나선다.

"그건 이사회에서 결정해야 하는 일 아닙니까?"

홍 부회장이 결연히 대답한다.

"비상시기에는 비상한 결단이 필요한 것입니다."

동경대학 경영학과 출신답게 홍 부회장은 굳은 결단력을 가진 사람이었다. 그는 남양 홍씨로 수원에서 태어났다. 대대로 물려오는 재산을 바탕으로 가계가 번창한 집안이다. 한경주 회장이 동경대학 법학과를 다닐 때 동문으로 친하게 지냈다. 나이는 한 회장이 두 살 위였다. 이런 인연으로 한 회장이 건설회사를 설립할 때 참여하여, 수안건설 창립 멤버가 되었다.

몇몇 사람이 안달이 나서 재촉한다.

"이사회는 언제 여실 겁니까? 하루빨리 여시지요!"

서기 일을 보고 있는 그룹 총무부장 현대호가 한마디 한다.

"제가 부회장님의 지시로 이사분들을 모셔 왔습니다."

다섯 명의 이사가 엄숙한 표정으로 방으로 들어선다. 홍 부회장이 이 논의를 마치려는 듯 결연하게 외친다.

"자 여러분! 임시이사회를 개최하겠습니다. 다 찬성이시지요? 이것으로 조영희 여사님이 수안그룹 회장 직무대행으로 추대되었음을 선포합니다."

모두 일어서서 큰 소리로 환영하면서 만세를 외친다.

"우리 수안그룹 만세! 조 회장님 만세!"

파랑새는 울지 않는다

흥분이 가라앉으며, 회의는 엄숙한 분위기에서 다시 시작되었다.
건설 부문 오성택 전무가 끼어든다.

"지금 추세로 보면, 아파트 건설이 좋을 것 같은데요. 인력이 많이 필요하니 일자리도 생기고요."

영희가 끼어든다.

"아파트 공사 같은 데는 모래와 시멘트가 많이 소요되지 않나요?"

오 전무가 받는다.

"회장님 말씀이 맞습니다."

이 문제에 관해서 영희가 단호하게 결론을 내린다.

"시멘트 공장을 지읍시다. 그리고 모래를 대량 확보하는 방안을 강구하세요. 이 문제는 오 전무와 자재담당 권재식 상무가 담당하시면 어떻습니까?"

모두 이구동성으로 찬성한다.
오성택은 한양대 건축학과를 졸업하고, 곧바로 수안건설에 공채로 입사했다. 경기도 이천이 고향이라고 했다. 권 상무는 대구 사람으로 서울대 경영학과를 졸업하고, 그도 수안그룹 공채로 입사하여 건축 자재에 관한 한 도사 말을 듣는다고 한다.

홍 부회장이 거들고 나선다.

"회장님, 현금은 우선 저희들이 십시일반으로 마련하겠습니다. 그리고 수안보 호텔의 경영을 혁신하여 고객을 많이 유치하도록 독려하십시오. 홍보가 중요한 시대가 왔습니다."

영희가 또 끼어들면서 사과한다.

"제가 자꾸 얘기해서 미안합니다. 잘 모르면서 주제넘게 주절댄다고 나무라지 마시고 들어 주시면 고맙겠습니다. 지금 우리는 누구라 할 것 없이 죽느냐, 사느냐의 벼랑에 와 있습니다. 그래서 드리는 말씀인데, 우리가 벼랑에 처했으니 이익을 많이 남기면 오죽이나 좋겠습니까마는, 신용보다 이익을 앞세워서는 절대 아니 됩니다. 이 점을 명심하고 일합시다."

"정말 옳으신 말씀입니다."

또 영희의 말.

"권 상무님, 모래는 말이지요, 절대로 갯벌 모래는 쓰지 마십시오! 반드시 강변 모래를 사용해야 합니다. 겨울이지만 오늘부터 강변 모래 확보에 주력해 주십시오. 부실한 주택을 팔 수는 없지 않겠어요? 그리고, 기업 사무실이 들어앉을 빌딩도 날림으로 어떻게 짓습니까? 양심을 내팽개치고 떵떵거리고 사는 사람도 많이 보아 왔습니다만, 저희 들은 그리 못합니다. 다들 아셨지요?"

"예, 알겠습니다."

모두들 숙연한 마음으로 영희의 말대로 신용 위주의 사업을 하기로 다짐했다.

다음날부터 영희네는 값나갈 만한 가재도구 등 세간살이를 모두 내다 팔았다. 우선 현금을 모으기 위해서였다. 그리고 식사는 보리밥에 된장국, 그리고 채소 한두 가지로 정하고 철저히 실행했다.

홍 부회장은 산업은행을 찾아갔다. 부총재가 응접실로 안내한다.

"어서 오십시오. 마음이 아프시지요?"

"염려해주셔서 고맙습니다. 저, 압구정동에 있는 저희 토지를 이용하도록 허용해주시면 어떨지요."

"아, 그 문제는 정부와 협의해 보아야 할 것 같습니다만…"

"힘드시더라도, 꼭 성사되도록 힘써주시면 정말 고맙겠습니다. 그럼 하회를 기다리겠습니다."

산업은행에서는 차일피일 감감무소식이었다.

임진강 강변의 모래 채취 허가도, 양평 양수리 지역의 모래 채취 허가도 백년하청이었다. 그러나 한 가지 다행스러운 일은 시멘트 제조회사 설립이 허가되었다는 점이다.

어느 날, 영희의 꿈에 미카엘 천사가 흰옷을 차려입고, 눈부신 황금색 부채를 들고 나타났다.

"영희야, 네 믿음을 보고, 네 처지를 불쌍히 여겨 한 가지를 알려주려고 한다. 많은 부자 중에 왜 하필 네 남편이 납치되었는 줄 아느냐? 김화수 부하들의 소행이었느니라. 그리고 하나님께서 은총을 내리시리니 믿음을 더욱 굳게 가지거라!"

영희는 깜짝 놀랐다. 스크루지를 깨우치려 나타난 그 천사일까? 그럴지도 모르지! 하나님의 사랑은 끝이 없으시니까.

"하나님, 감사합니다. 하나님께서 이끄시는 대로 따라가겠나이다. 아멘."

꿈에서 깨어난 영희는, 그 밤으로 득달같이 북향한 깨끗한 방 하나를 치우고, 기도실을 마련했다.

꿈을 꾼 다음 날 이른 아침, 권재식 상무가 찾아왔다.

"회장님, 안녕하십니까. 너무 일찍 찾아왔나요? 죄송합니다. 좀 급한
일이 있어서…."

"권 상무, 찾아주어 고마워요. 급한 일이라뇨. 편하게 말씀하세요."

"임진강 모래 채취 건으로 찾아뵈었습니다. 말씀드리기 부끄럽습니
다만, 공무원들을 움직이려면 봉투가 필요하다고 합니다. 모래 채취는
당당 공무원이 서랍에 두툼한 봉투만 들어간다면, 오늘이라도 허가가
날 듯합니다. 지금까지 저희가 교섭한 결과 알아낸 사실입니다."

"허 참, 돈으로 공무원을 매수한다고요?!"

"공무원을 매수하는 것이 아니라, 돈만 주면 매수당하겠다고 널리 광
고하고 있는 공무원에게 돈을 주는 건 매수가 아니라고 생각합니다. 부
패한 통과의례를 따르는 것이지요!"

"우리가 돈을 안 주고 버티면 어찌 되는데요?"

"우리와 경쟁 회사에게 허가가 떨어지겠지요."

"경쟁 업체가 몇 개인데요?"

"세 개입니다."

"꼭 그렇게 해야 하나요?"

"네, 사업을 하려면 하는 수 없이 분뇨구덩이에 빠져야 합니다. 윗물이
맑아야 아랫물도 맑다고 했지만, 지금 그런 이상적인 상황이 아닙니다."

"그래서요?"

"박정희 대통령이 위에서 아무리 애써봐야 밑에서 따라주지 않으면 도로 아미타불입니다."

"그래, 알았습니다. 제가 권 상무를 핀잔주려는 것은 아닙니다만, 나는 기독교인이에요. 아시지요? 종교는 자유지요. 저도 충분히 이해합니다만 도로 아미타불이란 말은 저에게는 어울리지 않는군요."

"아, 아닙니다! 저도 가톨릭입니다. 시중에서 보통 쓰는 말을 생각 없이 그만…"

"권 상무, '부패한 공무원에게 뇌물을 안기는 것은, 힘없는 서민을 등치는 것이 아니므로 죄가 아니다'라는 말을 위로 삼아야 하겠군요?"

"부끄럽습니다. 사회가 진흙탕이니 어쩔 수 없군요. 구차한 변명에 지나지 않지만요!"

이렇게 하여 임진강 강변 모래와, 양수리 한강 강변 모래 채취 허가를 받았다.

그룹 회장직을 맡은 후부터 영희는 밤마다 제대로 잠을 이룰 수가 없었다. 이런 생각, 저런 궁리를 하다가 날을 지새우기를 며칠이 지난 어느 날 새벽이었다.

퍼뜩 미카엘 천사의 말이 머리를 스쳤다.

"하나님께서 은총을 내리시리니 믿음을 굳게 가지라'고 하셨지!"

은총이라! 옳지, 지금까지 수안건설은 관급공사에는 관심을 두지 않았는데, 관급공사에 참여해볼까 하는 생각이 떠오른 것이다.

그 길로 급히 회사 사무실로 갔다. 필수 업무용 외에는 누구도 차량을 이용하지 않았다. 조 회장도 걸어서 집무실에 간 것이다.

홍 부회장을 비롯하여 건설 부문 과장급 이상 직원을 불러 모았다.

"여러분, 오늘부터 우리 수안건설도 각종 관급공사에 참여하려고 하는데, 여러분의 의견을 말씀해주시지요."

오성택 전무가 열렬히 찬성하고 나선다.

"낙찰되기가 하늘의 별 따기지만, 낙찰만 되면 큰 이익을 남길 수 있는 사업이 바로 관급공사입니다. 적극적으로 추진해야 합니다."

"또 다른 말씀은? 홍 부회장께서는 어찌 생각하시는지요."

"저도 적극 찬성합니다."

"그럼, 특별히 다른 의견이 없으신 줄 알고 말씀드립니다. 서울시뿐만 아니라, 경기도를 비롯하여 어디든지 관급공사를 입찰하는 곳을 수소문하세요. 그리고 그 결과를 홍 부회장께 수시로 보고하시고요. 회의를 끝내겠습니다. 자신을 가지고 뛰어봅시다."

영희가 회사 일에만 매달린 것은 아니었다. 납치된 남편 생각은 뼈를

깎는 아픔이었다. 살아있을까. 그놈들 마수의 손에 살해당하지는 않았을까. 살아있다면 지금 어디서 어떤 고생을 겪고 있을까. 나 혼자 잘 먹고 편히 자고 있다는 이 사실이, 마치 큰 죄악처럼 가슴을 짓누르고 있었다. 울고만 싶어졌다. 그러나 운다고 해결된다면 백 번이고 천 번이고 실컷 울리라! 이럴 때면, 기도실에 들어가 기도로 마음을 달랠 수밖에 없었다.

기도가 끝나갈 무렵, 전화벨이 따르릉 울렸다. 영희의 가슴이 철렁 내려앉았다. 1970년 크리스마스 아침의 그 끔찍스럽던 전화벨 소리가 떠올랐기 때문이었다. 마음을 추스르고 전화를 받았다. 오 전무였다.

"회장님, 바삐 알려드릴 일이 있습니다. 제가 댁으로 갈까요?"
"아니요, 내가 회사로 갈게요. 그런데 홍 부회장님께는 말씀드렸나요?"
"네, 방금이요. 홍 부회장님께서 저더러 댁에 가 보라고 하셔서요."
"알았어요. 기다리세요. 곧 가겠어요."

회사 사무실에 들어가, 홍 부회장과 오 전무를 불렀다.

"좋은 일 같은 예감이 드는데, 무슨 일이지요?"

홍 부회장이 흥분을 가라앉히고 천천히 보고한다.

"저희 회사가 저번에 서울시가 작년 2월에 착공한 강변 4로 건설 마지막 공구인 잠원에서 뚝섬유원지까지의 공사 입찰에 응찰했었지요. 회장님도 아시지 않습니까."

"그래요, 유찰되었지요. 그런데요?"

"그런데, 그제 재입찰 공고가 났지요. 그래서 응찰했었어요. 그런데 오늘 시청에서 연락이 왔습니다. 수안건설이 낙찰자로 선정되었다고요!"

"어머나! 정말이지요? 낙찰가는?"

오 전무가 신바람이 나서 전말을 보고한다.

"홍 부회장님과 궁리 끝에 하늘에 맡긴다는 심정으로 첫 번 응찰 때보다 10%나 더 높은 금액을 써넣었습니다. 그런데도 저희가 낙찰되었습니다! 알아보니, 저희와 경쟁했던 회사의 컨소시엄 업체가 부정을 저지른 사실이 발각되어 실격을 당했답니다. 그래서 우리가 낙찰자가 된 것이지요."

"그런데, 우리가 써넣은 응찰가는 얼마였는데요?"

"자그마치 2억 5천만 원입니다."

"잘된 일이군요. 저는 하나님께 감사드리겠습니다. 여러분의 노력을 소홀히 생각한 것이 절대 아니니 오해하지 마시기를 바랍니다."

"오해는요! 저희도 감사 기도를 드리겠습니다. 할렐루야! 아~멘."

"마지막으로 우리가 명심해야 할 일은, 시방서대로 공사를 하자는 겁니다. 공사비를 아낀다는 핑계로 부실 공사를 절대로 하지 말자는 것입니다. 부실 공사는 도둑질입니다. 이건 국민의 세금을 도둑질하는 것입니다. 명심, 또 명심합시다!"

"네, 잘 알았습니다."

이렇게 되니 벌이 꽃의 꿀을 찾아 달려들 듯 투자자가 모여드는 것은 자연의 이치 아니겠는가. 수안그룹은 운영자금도 아직 부족하기는 하지만, 그런대로 공사를 진행하는 데는 아무런 문제가 없었다.

미카엘 천사가 예비하고 있는 일이 또 있었다.

5월의 화창한 어느 날, 아마 조영회가 대학 3학년 때 이대의 '오월의 여왕'으로 선택된 그날이지 싶은 날, 조 회장은 무역회사의 구종권 사장과 출장길에 올랐다.

독일 프랑크푸르트 공항에 내려 시내 관광을 하면서 하루를 쉬었다. 업무차 출장 간 사람이 관광한다는 건 비난 받아 마땅한 일이다. 그러나 영회 일행의 관광은 그렇게 비난 받을 일은 아니었다. 지멘스 프랑크푸르트 지사장을 만날 약속이 있었고, 그와 업무를 협의하고 나니 오후가 되었기 때문이다.

다음 날, 버스로 쾰른까지 가서 뒤셀도르프행 기차로 갈아탔다. 거기서 네덜란드의 에인트호번까지는 또 버스로 이동했다. 관광 재미가 쏠쏠했다.

구종권 사장은 외국어 대학 독일어과를 졸업하고, 네덜란드 에인트호번 공과대학 (Eindhoven University of Technology) 공학박사 학위를 영득한 인재다.

다음날, 우리는 미리 약속한 대로 필립스회사(Royal Philips Electronics)를 방문했다. 전자 부문 상무라고 하는 키가 껑충하고 얼굴이 희고 길쭉한 듯한 사람이 정중하게 우리를 맞이한다. 그의 집무실로 올라가 협의를 시작했다. 그의 이름은 칼 슈밋트라고 했다. 게르만계인 듯싶었다.

그는 영어도 유창하게 잘했다. 나는 영어로 말하고 구 사장은 네덜란드어를 구사함으로써 의사소통은 나무랄 데 없이 원활하게 이루어졌다. 특히 그는 구 사장이 에인트호번 공과대학 박사임을 알고는 더욱 친절하게 대했다.

지구촌 어디나 학교 동문은 은연중에 친밀감을 느끼는가 보다.

우리는 한나절의 협의 끝에 수안무역회사가 필립스 한국 총대리점을 맡기로 했다.

다음날 협약서 서명식을 했는데, 그룹 회장이 손수 참석하여 두 회사의 무궁한 발전을 기원하면서 하이네켄 맥주로 건배했다. 하이네켄은 패일 맥주(Pale Lager)인데, 거품이 많이 나는 밝은 금색의 씁쓸한 맛이 나는 맥주다.

네덜란드는 국토의 25%가 해수면보다 낮다. 그래서 간척지를 만들기 위해 풍차를 이용해 물을 퍼냈던 것인데, 이것이 네덜란드의 명물로 알려졌다.

숙소인 노보텔 호텔 커피숍에 앉아 구 박사가 한마디 한다.

"회장님은 어떻게 영어를 그렇게 유창하게 구사하십니까? 모르시는 것이나, 못하시는 것이 아무것도 없는 분 같아서 무섭습니다."

"무섭다니요. 내가 그렇게 보였다면 내 큰 잘못이군요. 오죽했으면 남에게 공포의 대상이 되었을까? 좋은 충고 가슴 깊이 새기겠습니다. 이대 영문과 때 회화도 열심히 했거든요."

"아, 그러세요. 어쩐지 다른 분과는 다르다 했지요. 그런데, 네덜란드 는 처음이시지요?"

"물론 처음이지요. 왜요?"

"네덜란드에 대해 인상에 남는 어떤 기억이라도 있으신가 해서요."

"있긴 있지요. 네덜란드는 풍차의 나라일 뿐 아니라, 튤립의 나라라 고 알려졌지요. 저는 그 튤립에 관해 네덜란드만 생각하면 소름이 끼칩 니다. 알렉상드르 뒤마가 쓴 소설 '검은 튤립'을 읽고 나서요. 당신을 저 주한다는 꽃말대로 소설에서는 튤립 선발 대회를 놓고 벌어지는 음모 와 배신 등이 소름 끼치도록 무섭게 펼쳐지거든요."

"회장님은 정말 모르시는 것이 아무것도 없다니까요. 그러니 무서울 수밖에요. 내 음흉한 폐부까지도 들여다보실 것이니 말입니다! 허허…"

이리하여 구 사장과 영희는 정말 엄청난 계약을 성사시키고, 그야말로 금의환향(錦衣還鄉)했다.

  좋은 일은 연달아 일어난다는 옛말이 맞는가 보다. 물경 2억 5천만 원짜리 대형 도로 공사를 따냈는가 하면, 세계적 가전제품 회사의 한국 총대리점을 맡게 되었고, 독일 지멘스회사의 의료기기 한국 판매권도 얻었으니 말이다.

15장
겨울 나그네

"모 소위 당신 말이야, 지금까지 살아오면서 겪은 여러 가지 사건 때문에 자책하는데… 자책할 거 없어! 인생은 그렇게 운명대로 흘러가니까!"

"영회 당신 말이야, 모든 일을 운명이라고 체념할 거면 뭐 하러 땀 흘리며 고생하고 살아? 인간이 땀 흘리며 수고하고 사는 것은 왜인지 알면서도, 왜 딴청을 부리나?"

"그러니까 선악과를 따먹지 말라는 창조주의 명령을 거스른 탓에, 에덴동산에서 쫓겨나면서 여자에게는 해산의 고통을, 남자에게는 땀 흘려 수고하는 벌을 내리셨다는 얘기 아냐?"

"그래, 잘 알면서…."

"나도 알아. 아무런 일도 하지 않고, 그저 운명이려니 하고 무기력하게 살지는 않을 거야! 좋은 일 하고, 어려운 이웃 돕고, 고아와 과부를 돌보고 사는 것이 하늘의 뜻 아니겠어? 그 뜻하시는 대로 살고 싶어!"

"그래서 수안그룹은, 보육원을 그렇게 여러 곳에서 경영하고 있구만."

"맞아, 그러나 그것으로는 모자라! 나는 돈 싸 들고 천국 가고 싶은 욕심 없다고! 어려운 사람들 계속 도우며 살 거야!"

"아마, 돈 싸 들고 가는 사람들에게는 천국 문은 열리지 않을 거야. 끝내는 지옥에 가서 돈 보따리를 바알세불에게 바치고, 덜 뜨거운 자리나 달라고 애걸하겠지, 안 그래?"

"맞는 말이야. 그런데 루터나 칼뱅은 우리의 운명이 이미 정해져 있으니, 그대로만 순종하며 살면 된다고 가르친 것 같은데, 내가 잘못 알고 있나?"

"당신이 알고 있는 것처럼 그렇게 믿으면 되는데… 그게 좀 애매하단 말이야!"

"뭐가 애매한데?"

"태초부터 정해졌으니, 인간으로서는 어찌할 수 없다? 그렇다면 인간은 자기가 하고 싶은 일은 전혀 할 수 없다는 얘긴데… 이 대목이 애매하단 말이지!"

"모 교수, 당신은 이 애매한 부분을 확실하게 밝힌 사람 알고 있겠지?"

"알고는 있는데, 그 사람의 주장도 애매한 것은 같아! 그러니 답답해."

"누가 뭐라 주장했는데?"

"응, 에라스뮈스는 예정설을 비판하면서, 하나님이 옹졸한 존재가 아니라 인간에게 자유를 폭넓게 인정한 인문주의 옹호자라고 주장했지.

그는 인간에게는 하나님이 주신 자유의지를 갖고 있어서 자기 생각과 행위를 선택할 수 있다고 말하고 있는 거야."

"그 주장도 눈앞에 안개가 펼쳐진 듯하긴 한데… 결국, 인간은 정해진 숙명 속에서 자유로운 선택을 통해 운명을 꾸려가며 산다고 보면 되겠지. 숙명과 운명을 명확히 할 수만 있다면, 그런대로 괜찮은 주장이구만."

"그대의 말이 가장 합리적인 것 같구만. 이제 그 얘기는 여기서 끝내자구. 철학적 논쟁은 가이 없으니까!"

이런저런 이야기꽃을 피우다 보니 어느새 밤이 깊어졌다. 추위도 우리 몸을 움츠러들게 한다. 영희가 마무리한다.

"자, 잠자리에 들 시간이 왔네. 우리 각자 둥지 찾아 꿈속에 빠져 보자구."

미령이네는 자기네 집으로, 영희와 나는 영희네 집에서 잠자리에 들었다.
안방으로 들어가며, 영희는 다정하게 밤 인사를 한다.

"당신 잘자. 꿈에서 만나자구!"

나는 건넌방으로 들어가면서, 인사말을 건넨다.

"당신도 잘자. 꿈에서 보자구."

색소폰의 겨울 나그네의 여음이 아직도 귀를 맴돌고 있다.

아침에 느지막이 일어나니, 겨울답게 조용히 눈이 내리고 있다. 벌써 미령이가 부엌에서 꼼지락거리고 있다. 아침으로 토스트를 준비한 것이다.

토스터에 구운 토스트에 치즈 한 장을 올리고 딸기잼을 발라, 달걀 프라이를 곁들여 초이스 커피와 함께 드는 아침 식사야말로 진미였다.

"영희 당신 말이야. 당신 맘대로 끌고 와서는 또 여행하자며?"

"그래. 이제부터 겨울 여행을 떠나는 거지. 우리 둘만이 아니라 넷이서!"

"넷이라니! 누구누구와?"

"미령이네 부부!"

"호~오, 그거 좋겠군. 나는 내 고향을 떠나왔으니 나그네지. 이제부터 나를 겨울 나그네라 불러주게."

"나그네라니, 내가 섭섭한 말이네! 나는 없고 당신 혼자인 것 같은 을씨년스런 분위기를 풍기잖아!"

"내 말은 틀리지 않아! 나는 수안보까지 끌려온 나그네야!"

"끌려오다니! 누가 끌고 왔는데?"

"당신이 끌고 왔지, 누가 끌고 왔겠어! 당신에게도 오리발은 있네그려."

"나도 장삼이사야! 별난 사람이 아니라고! 그러면, 당신은 자기 의지도 없이 소처럼 끌려왔다 이거지?"

"그래, 그렇다니까! 소는 온순한 동물이라서 주인 뜻을 거스르지 않아!"

"그럼 당신은 소네!? 하~아…."

"그런 셈이지, 허~어."

"그래, 나랑 같이 여행하기 싫다는 거군, 안 그래?"

"아니지. 여행하기 싫은 게 아니라, 이제부터 겨울 나그네가 된다는 거지!"

"알았어! 여행은 하겠다는 거지?"

"나그네, 나그네 하니까 뮐러의 시뿐 아니라 박목월의 '나그네'라는 시가 떠오르는군. 읊어 보고 싶어, 괜찮겠지?"

"그럼, 읊어 봐."

강나루 건너서
밀밭 길을

구름에 달 가듯이
가는 나그네

길은 외줄기
남도 삼백 리

술 익는 마을마다
타는 저녁놀

구름에 달 가듯이
가는 나그네

"어때? 나그네의 외로운 발걸음이 너무나 쓸쓸하지!"

"좋아, 그럼 모 교수 당신이 '겨울 나그네'를 자처했으니, 시도 한번 읊어보면 어때? 자신 없으면 관두고!"

"사람이 꼭 자신 있는 일만 하나? 나는 올라서 보지 않고 뫼만 높다고 포기하는 그런 사람이 아니야! 알간?"

눈길 위를 걸어가는
겨울 나그네

소나무 가지에도
탱자 울타리에도

매달려 있던 잔설이
실바람에 하늘을 나르네

발길 따라온 수안보에
사랑하는 내 임은 어디에

겨울 나그네 색소폰의 여음이
아직도 귀에 맴돌고 있네

한목소리로 탄성이 터진다.

"와~ 굉장한데, 굉장해! 사랑하는 임 따라왔는데, 임은 어디 있느냐
고?"

옆을 보니 영희가 약간 상기된 표정으로 수줍은 듯 고개를 숙이고
있다. 어색한 분위기를 추스르려고 내가 제안한다.

"여러분! 수안보에 왔으니 수안보 먼저 안내해주는 게 주인 된 도리
아닌가요?"
"옳소. 자, 가십시다."

성호가 앞장선다.

"저기 보이시지요? 저희가 있는 바로 앞에 산속에 있는 호텔이 '수안
보 상록호텔'인데요. 저희 수안보그룹이 경영하고 있습니다."
"그래요? 이 지배인이 좀 자세히 설명 좀 해주시지요."
"좋습니다. 그런데 천천히 말씀드리지요. 우선 '겨울 여행'에 나서시
지요."

우리 네 사람은 간단한 여행 가방을 하나씩 들고 에쿠스에 앉았다.

"이 서방이 운전하면 좋겠는데… 어떤가?"
"제가 운전하려고 결심하고 있었습니다. 이제나저제나 하고 원장님 말씀만 기다리고 있었지요."

영희가 호기 있게 선언한다.

"자, 출발!"

3~4분 후 에쿠스는 상록호텔 앞에 멎었다. 도어맨이 득달같이 달려와 문을 연다. 이성호가 간단히 소개한다.

"수안보에서 솟아나는 온천은 우리나라 최초의 자연온천입니다. 약 3만 년 전부터 분출되는 온천은 지하 250m에서 용출되는데, 수온은 53도입니다. 칼슘, 나트륨, 불소, 마그네슘 등 인체에 이로운 각종 광물이 함유된 알칼리성 온천으로 알려져 있습니다."
"그래요? 나는 우리나라 최초의 자연온천인 줄은 몰랐어요. 지금 처음 알았습니다."
"자, 따라오십시오. '물탕공원'이란 곳이 바로 여깁니다."
낙안정(樂安停)이라는 현판 아래 뜨거운 물길 양쪽에 줄줄이 앉아 발을 물에 담그고, 족욕(足浴)을 즐기는 관광객이 이 추위에도 인산인해를 이루고 있다.

지압 족욕장, 커플 족욕장도 있다.

1km가량 내려가니 울창한 숲속에 3층짜리 하얀 건물이 앞을 막는다. 양쪽에 둥근 기둥 사이로 수안보파크호텔이라 쓰인 현판이 우리를 환영한다.

2층에는 노천탕이 팔을 벌려 하늘을 안고, 뜨거운 김을 내뿜고 있다. 겉으로 보아도 객실에서는 울창한 숲이 저 멀리 산과 하늘을 가리고 있을 터!

커피숍 '테라스 나인'에 앉아 십전대보탕을 마시며 둘러보니, 구태여 무릉도원을 찾아가는 수고를 하지 않아도 후회하지 않을 절경이 펼쳐져 있다.

호텔을 나와 차창으로 흘러가는 홀딱 벗은 갖가지 나무들을 보며 가벼운 졸음에 빠진다. 597번 도로를 타고 에쿠스는 느릿느릿 굴러가는데, 영희는 머리를 가볍게 내 어깨에 기댄다.

에쿠스가 빵빵 소리를 내는 서슬에 깜짝 놀라 눈을 떠 보니, 장인의 솜씨로 조각한 것 같은 10m쯤 되는 바위에서 폭포수가 쏟아지고 있다. 고드름에 업혀있던 잔설이 춤추며 떨어진다. 여기를 이름하여 '석문동천'이라 부른다고 한다. 우리 에쿠스 금호 스노타이어가 눈길에 자국을 남기는 것이 순수함을 짓밟는 것 같아 마음이 쓰리다고 영희가 혼자 중얼거린다.

눈발을 헤치고 가는 앞길에 구층 석탑이 위용을 자랑하고 있다. 이름도 생소한 제천(堤川) '사자빈신사지(獅子頻迅寺址) 사사자(四獅子) 구층석탑(九層石塔)'이라고 불리는 보물 94호다. 기단부에 네 마리 사자를 원각(圓刻)한 고려 현종 13년(1022년)에 세워진 특수형 석조 불탑이라 한다.

이 석탑은 현진건(현진건(玄鎭健)이 아사달과 아사녀의 비극적인 사랑을 그린 무영탑(無影塔, 신라 경덕왕 10년, 751년)보다는 271년이나 늦게 축성되었으나, 그 가치는 월등한 것으로 평가되고 있다.

북상하여 청풍호 유람선 선착장을 동쪽에 두고 청풍 망월산 아랫마을에 여장을 풀었다. 한겨울이라서 만산홍엽을 자랑하던 충주호는 쌓이는 눈을 뚫고 푸른 물만 도도히 흐를 뿐, 벌거벗은 수풀은 을씨년스럽게 눈바람에 떨고 있다.

해는 뉘엿뉘엿 비봉산에 떨어지고 있었고, 눈발은 더욱 거세졌다.

마침 지나는 관광객을 위해 마을회관 옆에 아담한 작은 펜션이 마련되어 있었다. 펜션 관리인이 반갑게 맞아준다. 우리는 저녁 식사와 이부자리를 주문했다. 갖가지 산채와 돼지고기 수육에 된장국과 잡곡밥이 차려졌다.

이만하면, 진수성찬이지 또 다른 무엇을 진수성찬이라 하리!

저녁을 맛있게 들고나니 기분 좋은 피로가 슬그머니 밀려와, 잠자리에 눕고만 싶어졌다.

영희는 잠자리에 들기가 서운한 듯 성호를 괴롭힌다.

"어이 이 서방, 여행하는 나그네가 초저녁에 자는 걸 봤어?"
"글쎄요…. 저는 …."
"그래, 그러면 색소폰을 연주하면 아니 될까?!"
"원장님이 좋다고 하신다면야, 백번이고 들려 드리지요."

이성호는 에쿠스 트렁크를 열고 색소폰을 꺼내 왔다.

"무슨 곡을 연주할까요?"

영희가 주문한다.

"자네가 좋아하는 곡!"

내가 그때 갑자기 손사래를 치며 끼어든다.

"미안하지만, 내가 좋아하는 노래를 부탁하면 안 될까?"

영희가 퉁명스럽게 대꾸한다.

"그렇게 하세요!"

"이 지배인, 김현식이 작사, 작곡하고 노래까지 1인 3역을 한 노래 있지? '사랑했어요', 이걸 연주해 주었으면 하는데…"

"선생님 부탁인데 들어드려야지요. 실은 저도 좋아하는 곡입니다."

그는 정색하고 색소폰 마우스피스를 입에 대고 연주를 시작한다.

돌아서 눈감으면 잊을까
정든 님 떠나가면 어이해
바람결에 부딪히는 사랑의 추억
두 눈에 맺혀지는 눈물이여

사랑했어요 그땐 몰랐지만
이 마음 다 바쳐서 당신을 사랑했어요
이젠 알아요 사랑이 무언지
마음이 아프다는 걸

돌아서 눈감으면 잊을까
정든 님 떠나가면 어이해
발길에 부딪히는 사랑의 추억
두 눈에 맺혀지는 눈물이여

발길에 부딪히는 사랑의 추억
두 눈에 맺혀지는 눈물이여

따라서 부르는 영희도, 나도, 미령이도, 심지어 연주자도 울고 있다. 무엇이 우리를 울게 하는지 아무도 몰랐다. 그저 눈물이 홍수 되어 흐른다는 것만 느낄 뿐이었다.

눈물을 닦을 생각은 하지도 않은 채, 영희와 미령이는 왼쪽 방으로, 나와 성호는 오른쪽 방으로 들어가 잠을 청했다.

우리는 누가 먼저라 할 것 없이 일찍 일어났다. 눈은 한 발가량이나 쌓여 있고, 뿌옇게 떠오르는 해님 아래 충주호는 하얀 안개에 덮여 있다.

펜션 관리인이 마을 아주머니 두어 분에게 음식물 바구니와 소반을 들려서 70대 마을 어른과 함께 찾아왔다. 마루에 아침 음식이 차려지는 동안 우리는 마을 어른과 인사를 나누었다. 내가 모두를 대신하여 인사말을 했다.

"아침 일찍 찾아주셔서 고맙습니다. 어젯밤은 저희 모두 잔 잠을 잤습니다. 거듭 감사드립니다."

"원 천만에요. 오랜만에 여러분께서 찾아주셔서 오히려 감사합니다."

"어르신, 오히려 감사하다니요? 그게 무슨 말씀이신지."

"간단히 얘기하겠습니다. 그러니까 지금으로부터 75년 전 일입니다. 그때 우리 마을 50가구는 모두 소작농이었지요."

"그런데요?"

"그해 찔레꽃이 흐드러지게 핀 봄 어느 날, 집마다 이상한 문서를 받았지요. 한지에 달필로 소유권을 양도한다는 문구가 선명하게 씌어 있었습니다. 우리는 영문을 알 수 없는 일이라 마을 어른 집에 모였습니다. 이때 김 진사댁 젊은 머슴이 헐레벌떡 달려 오면서 큰 소리로 외치는 것이었습니다. '어르신들, 큰일 났어요. 따라와 보세요.' 우리는 머슴을 따라 김 진사 댁으로 몰려갔습니다. 안채 건넌방에 길게 누운 사체에 흰 천이 덮여 있었지요. 저희 마을 어린아이들과 즐겁게 놀아주던 달덩이같이 예쁜 김 진사의 외동딸이었습니다. 머슴의 말로는 어린아이를 낳고 자진했다는 것입니다."

"그러면 김 진사는 어디로…"

"김 진사는 어린 핏덩이를 안고 어디론가 자취를 감추었고, 지금까지 저희는 김 진사의 행방을 모르고 살고 있습니다."

영희가 눈물을 글썽이며 되묻는다.

"그런데, 아까 어르신께서 오히려 감사하다고 하셨는데 무슨 의미인지요."

"아 그거요? 김 진사가 행방이 묘연해지고 우리 50가구는 모두 자작농이 되어 잘 살게 되었습니다. 그래서 저희 마을 이름을 '진사마을'이라 부르기로 했지요. 그리고 그분의 은혜를 기리는 뜻에서 저 산마루에 사당을 지었습니다. 그리고 한 해에 열두 번 이상은 반드시 나그네를 대접하기로 했지요. 어제 여러분께서 오셨기에, 올해 마지막으로 저희가 약속을 지킬 수 있어서, 오히려 감사하다고 말씀드린 것입니다."

"아, 그래서 오히려 감사하다는 말씀을 하셨군요. 저희도 감사드린다는 말씀을 드립니다."

이리하여 우리는 '진사마을'을 뒤로하고 눈이 녹아내리는 충주호 길을 되짚어 수안보로 돌아왔다.

1995년을 보내는 마지막 밤에, 정강보육원 원장 조영희 여사는 어린이를 위하여 송년의 밤 행사를 열었다. 김이 무럭무럭 나는 떡이며, 초코파이 등 갖가지 과자는 어린이들에게 함박웃음을 원 없이 선사했다. 수안그룹이 운영하는 전국 모든 보육원에서도 일제히 송년의 밤 행사가 열려 어린이들을 기쁘게 해주었다.

원장 조영희 여사의 작사에, 이성호가 곡을 붙여 색소폰으로 연주한 '한 해를 보내며'의 아름다운 선율이 어린이들을 즐겁게 꿈나라로 빠져들게 했다.

가는 해를 어이 붙잡으랴
오늘 가고 내일 오면
우리는 한 살 더 먹고
키는 커져 하늘을 가린다네
불행 가고 고통도 가면
행복 오고 기쁨 온다네

아이야 울지를 말아라
오늘 울어도 내일은
웃음 다투어 오리니!

친구 손 잡고
덩실덩실 춤추며
언제나 웃으며 살자꾸나

새해가 밝았다. 해가 말뫼산(688.6m) 위에 높직이 떠서 은빛을 뿌리고 있었다. 영희네 집 건넌방에서 깊은 잠 속에 빠져 늦잠을 잔 것이다. 기지개를 켜면서 대청으로 나오니, 아침상을 차리던 미령이가 반갑게 인사한다.

"선생님, 안녕히 주무셨어요?"

두리번거려도 영희가 보이지 않기에 심통이 나서, '쳇 안녕히 못 잤으면 제가 어쩔 건데' 하고 쏘아주고 싶었으나, 그래도 알량한 체면이 앞을 막아서니 어찌하랴.

"오, 미령 씨도 잘 잤어요? 그런데 원장은 어디 갔어요?"
"네, 보육원에 갔어요. 아이들이 사고 없이 잘 잤나 살피신다고요."
"허어~ 애들에게는 정성이 대단하구만! 그런데 내게는 왜 그리 쌀쌀맞을까요?"
"아이, 교수님도! 언니가 얼마나 교수님 생각하시는데요, 모르셨어요?"
"생각은 무슨…"

그때 영희가 대청에 올라서며 핀잔을 준다.

"내가 없다고 함부로 욕하는 거야? 못됐구만, 당신은!"
"아, 이제 왔으면 됐어. 식사나 하자고."
"미령이, 어제 이 서방 고생 많았으니 아침같이 하자고 부르면 좋겠
는데…."

"언니가 오라면, 득달같이 뛰어올 거예요. 불러오지요."

이리하여 우리 넷은 새해 새 아침을 함께 했다.
맛있게 아침을 먹고 영희와 나는 서재 겸 응접실 소파에 마주 앉았다.

"영희, 당신이 나를 끌고 왔으니, 이제 놓아주면 안 될까?"
"누구를 내가 붙잡았나? 당신은 소처럼 끌려왔으니, 소처럼 외양간
에 들어가면 되지 않겠어. 꼴은 실컷 줄 테니!"
"호~오, 나를 정말로 소 취급하겠다 이거야? 소에게도 자유를 달라!!
정말 이젠 떠날 때가 됐지 않나?"
"당신 말이야, 이런 말 알아? '떠날 때는 말 없이'라는 말!"
"거참 우습군, 당신은! 어느 때는 고상한 척하더니 지금은 유행가 가
사나 들먹이는군."
"아니, 현미 노래가 어디가 어때서 폄훼하려고 그래! 현미 노래 부르
면 저질인가!?"

"아니, 그런 게 아니라고! 떠나는 자유를 달리고 외쳤더니, 뚱딴지같이 현미 노래를 들이대니 그렇지!"

"그럼, 당신도 '떠날 때는 말 없이'라는 현미 노래를 알아? 알면 가사를 읊어 봐!"

"그 곡은 부를 줄도 알고 가사도 다 외우고 있지."

그날 밤 그 자리에 둘이서 만났을 때
똑같은 그 순간에 똑같은 마음이
달빛에 젖은 채 밤새도록 즐거웠죠
아~아 그 밤이 꿈이었나 비 오는데
두고두고 못다 한 말 가슴에 새기면서
떠날 때는 말 없이 말없이 가오리다

아무리 불러봐도 그 자리는 비어 있네
아~아 그날이 언제였나 비 오는데
사무치는 그리움을 나 어이 달래라고
떠날 때는 말 없이 말없이 가오리다

"잘 아는구먼. 우리 사이는 그러면 안 되지, 안 되고말고! 당신은 떠날 때는 반드시 내 허락을 맡고 가야 한다구!"

"알았어, 나도 지금은 갈 생각이 없으니까."

나는 미령이를 시켜 이 서방더러 색소폰을 가지고 오라고 부탁했다.

"이 서방, 여기 찬송들 넉 장씩만 복사해주면 좋겠네."

이리하여 우리는 각기 91장과 405장 찬송가 악보를 들고 찬송을 힘차게 불렀다. 이성호의 멋진 색소폰 연주와 함께!

슬픈 마음 있는 사람 예수 이름 믿으면
영원토록 변함없는 기쁜 마음 얻으리
예수의 이름은 세상의 소망이요
예수의 이름은 천국의 기쁨일세

거룩하신 주의 이름 너의 방패 삼으라
환난 시험 당할 때에 주께 기도 드려라
예수의 이름은 세상의 소망이요
예수의 이름은 천국의 기쁨일세

존귀하신 주의 이름 우리 기쁨 되도다
주의 품에 안길 때에 기뻐 찬송 부르리
예수의 이름은 세상의 소망이요
예수의 이름은 천국의 기쁨일세

우리 갈길 다 간 후에 보좌 앞에 나아가
왕의 왕께 경배하며 면류관 드리리
예수의 이름은 세상의 소망이요

예수의 이름은 천국의 기쁨일세

양희가 또 제안한다. '놀라운 은혜(Amazing Grace)'를 영어로!

Amazing grace! how sweet the sound!
That saved a wretch like me!
I once was lost, but now am found;
Was blind, but now I see

'Twas grace that taught my heart to fear,
And grace my fears relieved,
How precious did that grace appear
The hour I first believed!

Thro'many dangers, toils and snares
I have already come,
'Tis grace hath bro't me safe thus far,
And grace will lead me home

When we've been there ten thousand years,
Bright shining as the sun,
We've no less days to sing God's praise
Than when we first begun

나 같은 죄인 살리신
주 은혜 놀라와!
잃었던 생명 찾았고
광명을 얻었네

큰 죄악에서 건지신
주 은혜 고마워
나 처음 믿은 그 시간
귀하고 귀하다!

이제껏 내가 산 것도
주님의 은혜라
또 나를 장차 본향에
인도해 주시리

거기서 우리 영원히
주님의 은혜로
해처럼 밝게 살면서
주 찬양하리라

작사가 존 뉴턴(John Newton)의 묘비에는 '한 때는 이교도였고 탕자였으
며 아프리카 노예 상인이었던 존 뉴턴. 예수그리스도의 풍성하신 긍휼로
용서받고 변화되어 성직자가 되었고, 자신이 그토록 부인했던 그 믿음을

전파하며 버킹엄에서 16년, 올니 교회에서 27년간 봉사했다고 써 있다.

"영희 조금 쉬다가 1972년도에 진행된 그대의 수안그룹의 사업에 관해 말해 봐. 내가 궁금해서 그래."

"알았어. 그리고 보니 우리 아직 점심도 안 먹었잖아! 요 아래 통갈비 잘하는 집 있지? 미안하지만 이 서방은 포도주 한 병 가지고 오게. 어따, 여기 돈 있네."

우리는 내리는 눈을 맞으며 통갈비 식당에 가서 하루해를 즐겼다.

16장

구수산 빨치산

장진호는 1971년 1월 5일 서울을 탈출하여 10일 만인 1월 15일 구수산자락에서 동생 장진수 일행에게 구출되었다. 이제 구수산에는 6·25 때부터 눌러있던 빨치산파 9명과 장진호파 7명, 이렇게 16명이라는 대가족이 되었다.

빨치산이 처음 입산할 때는 12명이었는데, 2명은 병으로 죽고 한 명은 행방불명되어 9명은 구수산 남쪽 바위틈에 생긴 천연동굴에서 살았다.

이들은 물무산 정상 국기 게양대에 태극기를 게양하고 내려오던 '야든이'를 사살한 일 때문에 한때 고초를 겪기도 했다. 그러나 김일성을 신봉하는 세력들이 만만치 않아 이들의 도움으로 20여 년간 근근이 연명해 오다 보니 고향에 돌아가야 하겠다는 의지를 상실했다.

그런데, 웬 팔팔한 북한 군인들이 나타나니 삶의 의욕이 꺼진 불에서 불꽃이 되살아나듯 활활 타올랐다.

구수산은 높지는 않지만, 천혜의 요지라 할 수 있다.

영광읍에서 가까운 불갑산(516m)을 지나 함평으로 연결되는 23번 도로에서 12km 이상 떨어져 있어, 인적이 드문 곳이다. 서쪽에는 봉화령(380.1m)이, 동쪽에는 옥녀봉(149.2m)이 방패가 되고 있다.

옥녀봉 남쪽으로 흐르는 와탄천은 영광읍과 구수산을 차단하는 구실을 톡톡히 하고 있고, 수리봉(355.8m)은 접근로를 철저히 감사하는 관측소 역할을 한다.

특히 구수산은 서해 해상로에 접근하기가 어느 산보다 편리하다. 서남쪽에 있는 모래미 해수욕장은 서해 도음소도와 와탄천을 이어주는 가교로서, 바다로 나가는 탈출로로 사용하기에 안성맞춤이다.

더욱이 남쪽으로 1.1km만 내려가면, 길용 저수지가 있어서 식용수 걱정이 없고 목욕도 맘대로 할 수 있어 산적치고는 상팔자를 누리고 살 수 있다.

그들의 삶에 평안을 주는 가장 중요한 것은, 주민들이 그들을 용서 못 할 적으로 대하지 않는다는 사실이다.

6·25의 상처가 거의 아물어 가고 있었을 뿐 아니라, 박정희 정권에 대한 이유 없는 반감을 주민 80% 이상이 갖고 있었기 때문이다.

지금까지 그들을 보살펴 준 주민 차영달은 60대의 장년이다. 그는 영광 토박이로서 와탄천 유역에 조상 대대로 내려오는 천수답이 100마지기나 되는 부자다. 그의 부친은 광주에서 오래 살면서 공산주의자들과 교분이 두터웠다. 따라서 벌교를 근거지로 삼은 빨치산들과도 은연중에 교감하고 있었다.

부전자전일뿐 아니라, 주위의 흐름에 자연스럽게 올라타고 건들건들 흘러가고 있었다.

그런 그도 여우 같은 감각을 지녔는지, 그 시절의 정치적 상황이나 주민들의 동정은 빨치산들에게는 절대로 알려주지 않았다. 그들에게 주민들의 우호적인 분위기가 알려지면, 자기를 대하는 빨치산들의 태도가 불손해질 것을 경계한 것이다.

이러구려 이십 년이 흘렀는데, 어느 날 바깥세상의 움직임을 전해줄 외계인이 나타났다.

이리하여 구수산의 빨치산은 활화산이 되어 용암을 뿜어대기 시작한다.

우선 체제가 정비되었다. 장진호가 두목이 되고, 장진수 대좌와 빨치산을 이끌던 황석영이 부두목이 되었다. 빨치산 조정래는 산채의 살림 일체를 맡았다. 지금까지 빨치산을 보살폈던 차영달은 우위에 섰던 권위를 잃고 한낱 연락책으로 전락했다.

어느 날 조정래가 차영달을 불러 부탁한다.

"차형, 이때까지 저희를 보살펴 주어서 고마워요. 이제부터는 차형께서 좀 더 차원 높은 일을 해주셔야겠는데, 괜찮겠지요?"

"그럼요, 말씀만 하세요."

"서울은 맘대로 다닐 수 있지요?"

"누가 막는답니까? 내가 내 발로 가는데…."

조정래가 봉투 하나를 차영달에게 건네주며,

"내일 서울 좀 다녀오세요. 여기 이거를 바꿔다 주세요."

"이게 뭡니까?"

"미국 화폐 달러라는 거예요. 이거 한 장이 100달러에요. 여기 100 이라고 써 있지요?"

"아~달러! 나도 알지요."

"그럼, 서울 남대문 시장은 알아요?"

"암, 알다마다요. 이래 뵈도 서울은 여러 번 댕겨 봤당께."

"한꺼번에 너무 많이 바꾸면 의심받기 십상이니까, 다섯 장만 바꿔 오세요."

"그럼, 얼마를 받아 오면 되는데요?"

"한 십오만 원쯤이요. 그 정도라는 것만 알고, 주는 대로 받아 오면 되는 거요. 적다고 싸우면 절대로 안 되오! 알겠어요?"

"큰돈이네! 잘 간수해 오지요."

"아, 동무, 가시는 길에 천 서방에게 내일 다녀가라고 이르시오."

"예, 알겠습니다."

다음 날 아침 일찍 차영달은 첫 버스로 서울로 떠나고, 천 서방이 찾아왔다. 조정래는 사야 할 물품을 적은 쪽지를 천 서방에게 주면서 신신당부한다.

"천 서방, 여기 적힌 대로 차질 없이 사 오시오. 물품 대금은 서울 간 차영달이 가져올 것이요. 알겠지요?"

조정래가 천 서방에게 사 오라고 부탁한 물품은 산채(山寨) 건축에 필요한 각종 건축 자재였다.

이들은 장진호 형제의 영향을 받아, '길용 저수지'를 108명의 호걸이 거처하던 중국 산동성 량산포(梁山泊)을 본받아 산채를 지으려는 야심을 품고 있었다.

이들은 치사하고 쩨쩨하게 살금살금 도망쳐서 꾀죄죄한 몰골로 죄인처럼 주석님 앞에 머리를 조아리는 것보다, 남한에서 미국 놈들을 몰아내고 통일 대업을 이루는 데 한목숨 바치는 것을 최대 목표로 삼았다.

10개월도 지나지 않아 동굴 앞에 산채 세 채가 들어섰다. 가운데 본채 뒷마루의 비밀 문은 동굴과 통해 있었고, 동굴은 땅굴로 연결되어 3km 지점에서 서해로 나가게 되어있다. 북한군 1천 명은 너끈히 주둔할 만한 요새가 갖추어졌다. 이들을 지지하는 주민들이 자발적으로 나선 덕분이었다.

구수산의 주목과 상수리나무, 측백나무와 소나무는 푸르름을 뽐내고, 산골 곳곳에 진달래가 흐드러지게 피어 아름다움을 겨루는 1972년 봄 4월 어느 날이다.

둘레 600m를 높이 2m가 넘는 목책이 둘러싼 산채에서는, 산채 건축을 축하하는 축하연이 절정에 이르고 있었다. 길용 저수지 근방이 소란스러워지더니, 정복에 무장하지 않은 영광경찰서 경찰관 5명이 경무과장을 앞세우고 행사장에 들어선다. 그들은 두목 장진호에게 깍듯이 거수경례를 붙이고, 행사 축하 금일봉을 건넨다.

안방을 차지하고 앉은 도둑에게 집주인이 축하 선물을 전달하다니! 난센스도 이런 난센스가 지구촌 어디에 또 있을까. 어처구니가 없고 기가 찰 일이었다.

흐루쇼프의 평화공존론이 빛을 보는 역사적인 순간이었다.

이런 일이 벌어진 까닭은 조정래가 축하연에 축하 사절을 보내지 않으면 경찰서를 습격하겠다고 경찰서장을 협박했기 때문이다. 뚜렷한 사명감이 없었던 서장은 도전에 응전할 엄두도 내지 못하고 빨치산에게 무릎을 꿇었다. '정의로운 투쟁'보다는 '굴욕적인 평화'를 선택한 것이다. 그러나 주민 아무도 서장의 처사에 항의하지 않았다.

8월 어느 무덥던 날, 장진호와 장진수, 조정래, 황석영은 차영달을 앞혀놓고 소곤거린다.

"광주에 가서 학생 등 우리와 뜻을 같이하는 동지들을 모아 반정부

데모를 일으키면 어떨까 하는데, 차 동무 생각은 어때?"

"좋지요, 우리 동지들이 많이 삽니다. 누구나 붙들고 이승만이나 박정희를 욕하면 거의 고개를 끄덕이지요. 그런 사람들 잘만 구슬리면 금방 우리 동무가 될 수 있습니다. 특히 중고등학교 교사들을 중점적으로 포섭하여, 우리 주석님에 대한 선전을 도맡게 한다면 장래 민족 통일을 위해 크게 쓰일 것입니다."

"차 동무를 다시 봐야겠네. 차 동무가 그 정도로 충성심이 대단한 줄 미처 몰랐어!"

이때부터 이들은 광주뿐 아니라, 화순, 담양, 나주, 함평 등 여러 곳을 돌며 동지를 규합하는데 열정을 쏟았다. 그리고 포섭한 동지들을 시켜 각 지역 경찰 파출소 위치 등을 파악하도록 지령을 내렸다.

황석영이 끼어들어, 중대한 선언을 한다.

"동무들, 나는 이제부터 광주와 벌교를 오가며 무장봉기를 위한 준비를 할 테니 그리 알고 계시오. 통일은 우리의 소원이 아니요? 더욱 적극적으로 일어나 투쟁해야 합니다. 안 그렇소?"

"그래 맞아요. 미국 놈들 때문에 우리가 남북으로 갈라져 서로 으르렁거리고 있지 않소? 먼저 미국 놈들부터 우리 땅에서 몰아내야 합니다!"

조정래가 두 주먹을 불끈 쥐며 외친다.

"우리의 소원은 통일! 꿈에도 통일!"

황석영이 38선이 그어진 그 순간을 떠올리며, 아쉬운 듯 입맛을 다신다.

"1945년 일본의 항복에 따른 한반도의 38선 분할은, 우리의 의사와는 전혀 관계없이 자주독립을 갈망하던 우리의 염원을 짓밟은 미국의 횡포였어요. 그리고 갈라진 한반도를 통일하고자 김일성 원수께서 일으킨 '통일전쟁'을 미국 놈들이 뛰어들어 훼방을 놓았지요. 이 때문에 김일성 원수께서 얼마나 비통해하셨는지 여러분은 아실 것입니다."

장진호도 팔을 걷어붙이고 거든다.

"그런 미국 놈들이 지금도 우리 땅을 점령하고, 우리의 통일을 가로막고 있으니 하루빨리 몰아내야 합니다."

조정래가 묻는다.

"저 장 동무, 제주 4·3 사건 때처럼 무장봉기가 가능할까요?"

지금까지 침묵을 지키며 듣기만 하던 장진수가 결연히 대답한다.

"할 수 있습니다. 북에 있을 때 제가 듣기로는 제주 4.3 무장봉기는 조선노동당이 남조선 노동당에 지령을 내려 일으킨 것입니다. 이에 대해서 남조선 놈들은 그 원인과 진상을 아는지 모르는지 입을 다물고 있지요. 아마 남조선에 있는 우리 남조선 동무들이 북한노동당의 개입을 하도 강력하게 부인하면서, 남조선 군경이 죄 없는 민간인을 사살한 사건이라고 우기는 바람에 어쩔 수 없이 엉거주춤하고 있지요. 참 물러터진 못난 남조선 정부에요. 이런 정부를 까부시기는 누워서 떡 먹기라요. 동무들, 안 그렇소?"

장진호도 강조한다.

"당시 김일성 위원장께서 남조선 단독정부 수립을 적극적으로 제지하라는 명령은 바로 무장봉기라도 하라는 뜻이었디요. 1948년 4월 3일 새벽에 1,500여 명 무장대원이 제주도 내 24개 지서 중 12개 지서를 일제히 공격한 사례를 본받으면, 무장봉기는 충분히 가능합니다. 철저한 사전 준비와 예행 연습이 필요하겠지요. 거기에는 반드시 전문 전투 요원이 있어야 합니다."

장진수가 덧붙여 다짐한다.

"전문 전투 요원을 보내 달라고 제가 주석님께 건의하겠습니다. 반드시 보내실 겁니다. 반드시요!"

황석영이 불쑥 나선다.

"북의 전투 요원을 어디로, 어떻게 보낸단 말이요!"

장진수가 웃으며,

"여기로요. 가마미 해수욕장으로 뚫어 놓은 땅굴을 통해서 얼마든지 가능하지요!"

황석영이 광주와 벌교를 오가며 활동을 하겠다는 속셈은 따로 있다. 20여 년이 지난 지금도 벌교에서 있었던 애련한 추억을 몽매에도 잊을 수가 없었다.

공산주의자들은 정치적 사회적 상황이 자기네에게 유리할 때면, 햇빛에 모습을 드러내지만, 상황이 불리해지면 지하로 숨는다. 이는 1917년 볼셰비키 혁명 때부터 연면히 이어져 내려오는 전술이다.

황석영도 북한군 5개 사단이 대구 북쪽까지 진출하여 기세가 등등하던 시절에는 벌교 서쪽 야트막한 부용산(193m)에 웅거하며, 벌교 읍내를 제집 드나들 듯 휘젓고 다녔다. 그러다 북한군이 칠곡 다부동에서 국군 1사단(사단장 백선엽)과의 전투에서 일패도지(一敗塗地)하자, 그도 부랴부랴 보따리를 싸 들고 동료 7명과 동쪽 제석산(560.5m)으로 도주했다.

당시 김응부 보성 경찰서장이 지휘하는 빨치산 추격대의 공격이 워낙 날카로워, 감히 산속에서 한 발짝도 나올 수가 없었다. 칠흑 같은 한밤중이 되어야, 생쥐처럼 살금살금 기어나와 민간의 곳간에서 곡식을 훔쳐다 연명하는 비참한 생활을 이어가고 있었다.

얼마 후, 김응부 서장이 고흥경찰서장으로 옮기면서 토벌대의 지휘권을 남치우 서장에게 넘기자, 비로소 움츠렸던 어깨를 펴고 또다시 벌교 읍내를 활보하게 되었다.

남치우 서장은 전투 경험도 없을 뿐 아니라, 제 목숨이 아까워 빨치산을 토벌할 의지도 없는 전형적인 무능한 아첨배이었기 때문이다.

9월 초 어느 날 저녁 무렵이었다. 황석영은 제석산을 내려와 부용산으로 가려고 벌교천을 건너던 참이었다.

제석산에서 부용산까지는 4.6km였고, 그 중간 3.3km 되는 지점인 소화다리 밑에는 벌교천에서 이름난 아름다운 수양버들나무가 있다.

그 수양버들 아래 빨래터에서 18살쯤 된 소녀가 빨래를 끝내고 일어서고 있다. 황석영의 눈에 비친 그녀의 모습은 마치 갓 하늘에서 내려온 천사 같았다. 어찌 가슴이 뛰지 않으랴! 22살의 피 끓는 청춘인데!

그것은 인연이었을까? 그때 소녀의 가슴도 두방망이질치며 걷잡을 수 없는 격정이 몰아친다. 소녀는 빨래 소쿠리를 던져버리고 두 팔을 벌리고 뛰어오는 사내의 가슴에 안긴다. 용암보다도 뜨거운 두 사람의 몸이 연리지처럼 한데 엉켜 버드나무 밑 풀밭에 쓰러졌다. 남과 여가 이런 사랑에 빠질 땐 물불을 가리지 않는다. 지나가는 사람의 눈초리가 대순가! 홀랑 벗은 몸뚱이가 달라붙어 뒹굴기 한 시진이 흘러 둘은 가쁜 숨을 몰아쉬며 주섬주섬 옷을 챙겨입고 아쉬운 듯 헤어진다.

다음 날, 이들은 제석산에서 가까운 연산교 옆 원두막에서 또다시 뜨거운 밤을 보냈다. 이때는 황석영이 북한군이 다부동에서 패배하여 꽁지 빠지게 도주한다는 비보를 접하고 의기가 소침해진 시기였다. 내일이면 자신도 동무들과 북으로 철수해야 하는 비참한 처지였다. 그 밤이 마지막 밤이라고 생각하니 눈물이 앞을 가려 소녀에게 할 말을 잊을 뻔했다.

"여보, 당신은 처음부터 내가 빨치산이란 걸 알고 있었지요? 나는 황석영이라 하오. 이제 헤어져야 할 시간이 됐소. 우리가 전투에서 패배하였소. 나는 북으로 도주해야 하오. 여기에 그대 이름과 주소를 적어 주시오. 그리고 결혼을 하더라도 아들을 낳으면 황유범이라 지어 주시오. 내 언제고 반드시 다시 올 것이오!"

그 소녀의 이름은 명상아라 했다. 이렇게 두 사람은 두 번의 뜨거운 사랑만을 나누고, 기약 없이 헤어졌다.

황석영은 실로 22년 만에 명상아가 있는 벌교에 발을 들여 놓았다.

17장

승승장구

"수안그룹 얘기하기 전에 물어볼 게 있어. 영희, 당신은 6·25 전쟁 때 몇 살이었지? 아, 무인(戊寅)생 나와 같은 나이랬지! 열두 살이었구만. 제동초등학교에 다녔겠지, 맞지?"

"그래, 6학년이었어. 그땐 그래도 학교 다니는 게 재미있었는데…. 모 교수 당신은 어디 살았으며, 어디 초등학교 다녔나?"

"나 말이야? 종로초등학교 3학년 때부터 계동 막바지에 살았었지. 5학년 때는 아마 지금 세운상가 근처 종로 5가에서 살았지."

"호~오, 그래~애? 목포에서 태어났다며, 초등학교는 웬 종로초등학교에 다녔다고? 촌놈이 출세했네!"

"촌놈이 출세했다니? 당신 지금 똑바른 정신에서 하는 소리야? 그렇다면, 당신이야말로 천상천하 유아독존이로구먼! 상대하지 못할 인간이야! 내가 사람 잘못 봤지, 차마 이런 사람일 줄이야!"

"허~어, 그렇게 펄펄 뛸 필요 없어! 농담으로 한 번 던져 본 말이야! 역설이란 말 있지, 바로 그런 거였다니까. 솔직하게 말해서 나는 맹세코 사람을 차별하거나 무시하지 않는다네!"

"사람은 말이야, 아무리 농담이라도 할 말 있고, 하지 않아야 할 말이 있는 거야. 말 한 번 실수하면 오래도록 후회한다네. 명심해야 해!"

"알았네. 내가 잘못했어, 미안해."

"그냥 넘겨버려도 괜찮은 말을 트집 잡은 내가 미안하이!"

"사람이 살다 보면 별일도 있기 마련이지! 이런 일로 금이 가면 안 되지, 안 그래?"

"그건 그렇고… 다른 말을 물어보려다 삼천포로 빠졌네. 6·25 때 김일성이 수안보에 내려와 전쟁을 지휘했다던데, 그곳이 어디였을까가 의문이었거든. 혹시 알아?"

"우리 남편이 42세 때 일이라서 내게 언제 알려 준 적이 있어. 지금 우리 주정산에 북한군 전선사령부를 두었는데, 김일성이 내려와 엄한 명령을 내렸다는 거야."

"무슨 명령을?"

"8월 15일까지는 반드시 부산을 점령하라고!"

"하, 그래서 대구 근방에 대규모 주력부대를 배치했었구만. 결국 다부동 전투에서 국군 제1사단(사단장 백선엽 장군)에게 패퇴함으로써 김일성의 꿈은 산산조각이 났지만 말이야."

"김일성도 수안보 온천이 몸에 좋다는 건 알았는지, 지금 우리가 경영하는 상록호텔 근처에서 온천욕을 했다는 말이 있어."

"그건, 그럴법한 얘기지. 내가 공연히 주책없이 다른 얘기를 꺼내는 바람에 말이 많아져서 미안해. 정말로! '말로써 말 많으니 말 말까 하노라' 옛사람의 통찰력이 놀라워!"

1972년은 한반도를 비롯한 동북아시아 정치환경이 소용돌이치던 시기였다. 1971년 4월 10일부터 17일까지 미국 탁구대표단이 중국을 방문하여 중국 선수들과 경기를 했다. 이른바 핑퐁외교(Ping-pong Diplomacy)가, 1949년 중화인민공화국 건국 이래 얼어붙었던 두 나라 관계가 정상화 궤도에 들어선 역사적 계기가 되었다.

7월 키신저(Henry Kissinger, 1932~) 백악관 안보보좌관이 중국을 비밀리에 방문하여 저우언라이(周恩來) 총리와 회담을 한 후, 닉슨(Richard Nixon, 1913~1994) 미국 대통령은 양국 간의 무역금지조치를 해제했다. 1972년 2월 21일 미국 닉슨 대통령과 저우언라이 중국 총리가 상하이 공동성명(Shanghai Communique)을 발표하여 세계를 놀라게 했다. 이에 1972년 9월 29일 일본은 대만과 단교하고 중국과 수교했다.

국내에서는 데모가 끊일 날이 없어 정치적으로나 사회적으로 불안한 나날이 계속되고 있었다. 이후락 중앙정보부장이 비밀리에 평양에 가서 김일성과 회담을 갖고, 박정희 대통령은 한국과 북한의 상호 협력을 다짐하는 이른바 7·4 남북공동선언문을 발표했다. 한편, 북한은 주석제도를 부활하여 김일성이 국가 주석을 맡음으로써 알당 독재체제를 더욱 군건히 했다.

그리고 박정희 대통령은, 8월 3일 사채동결조치를 내려, 사채에 허덕이는 기업의 숨통을 틔워 주었다.

조영희는 1971년 2월 18일 수안그룹 회장 직무대행을 맡은 이래, 한 번도 제대로 잠들어 본 적이 없다. 아침 일찍 일어나고 저녁 늦게 자며 회사 일에만 매달렸다. 사생활은 아예 없었다. 그러나 영희에게는 이보다 더 좋은 생활은 따로 있을 수가 없었다. 일과 혼연일체가 된 것이다.

그녀는 직원들에게는 엄격하게 일과 사생활을 구분하라고 일렀다. 사생활을 소홀하게 여기고 회사 일에만 열심히 매달리는 사원은 승진은커녕 불이익을 여러 번이나 주었다. 그래서 수안그룹 직원은 정각 9시에 출근하고 오후 6시에 퇴근하는 것이 일상이 되었다.

그리하여 수안그룹 사원은 가정생활에 충실하게 되었고, 여유 시간에는 자기 개발을 위해 노력하게 되었다. 따라서 그들에게는 가정생활도, 직장 생활도 즐겁기만 했다. 이런 직원들이 일하는 수안그룹이야말로 쑥쑥 자라는 죽순이 아니고 무엇이겠는가.

1972년 2분기까지 회사부채는 2억여 원으로 줄어 있었다. 백만 달러 (3억 5천만 원) 빚이 1년 반 만에 3분의 1가량이나 줄어들었다. 그간 해고 되었던 그룹 직원 80%가 복직하고, 회사 규모는 파산 직전보다 2배 커져 있었다. 7월 초, 조 회장은 수안무역회사 구종권 사장과 무언가 열심히 서류를 들여다보고 있었다. 1971년 4분기부터 1972년 2분기까지 3분기 동안에 필립스에서 수입한 각종 전자기기는 3백만 달러(3억 3천여만 원)였고, 이윤은 3천3백만 원이었다. 조 회장과 구 사장은, 필립스회사가 요구한 판매가를 한 푼도 차질 없이 지켰기 때문에 이익이 적을 수밖에 없었다. 그러나 이익만을 생각하고 적정 가격보다 비싸게 판매한 다른 회사들의 다른 나라 제품들은 판매량이 급격하게 줄어들었고, 수안무역의 필립스 제품은 수입 물량이 미처 소비를 따라가지 못할 만큼 호황이었다.

그날 조 회장은, 건설회사 오성택 전무와 함께 뚝섬 도로 공사 현장을 방문했다. 공사가 거의 마무리되어 가고 있었다. 시방서대로 공사를 진행했고, 특별하게 시간 외 근무를 하지 않았어도 공기는 철저하게 지켜졌다. 사고 한번 나지 않은 것은 물론이다.

공사 현장을 둘러보고 귀사하자, 기쁜 소식이 기다리고 있었다. 서울시가 공사를 규정대로 진행했다는 이유로 수안건설을 우량업체로 선정하여, 성북동 지역 도로 공사를 맡겼다는 소식이었다. 공사가액은 1억 6천만 원이었다.

다음날, 권재식 상무가 조 회장에게 모래 채취와 시멘트 회사의 근황을 보고하고 있었다. 모래 채취는 정상대로 이루어져, 인근 건축공사장의 수요를 감당하고도 남아 먼 공사장의 수요에도 응하고 있다고 한다. 순이윤은 판매액의 10분의 1을 넘기지 않는다는 보고다. 수안모래가격은 여느 다른 회사의 가격보다 5%나 저렴하다는 것이다. 조 회장이 묻는다.

"누가 이렇게 싸게 팔라고 지시했지요?"

"회장님, 죄송합니다. 누구 지시가 아니라 제 독단적 결정이었습니다."

"그렇게 저렴하게 팔아야 할 중요한 이유가 있습니까?"

"예. 건축 원가가 싸야 건물 가격도 자연히 쌀 것으로 판단하여, 소비자들의 부담을 조금이라도 덜어주면 좋겠다는 제 어리석은 소망이었습니다. 용서하십시오."

"권 상무, 뭘 용서하라는 말이요? 권 상무가 잘못한 게 있습니까?"

"제가 독단적으로 결정해서 회사의 이익을 적게…."

"죄송하지만, 권 상무는 그 벌로 지금부터 시멘트 제조와 모래 채취 부문의 사장을 맡아주어야 하겠소! 뭐 불만 있습니까?"

"벌이 상이 되다니! 조 회장께서는 신상필벌이 명확하지 않으시군요! 그렇게 벌을 내리시다가는 회사가 거덜나겠습니다, 그려."

비서가 문을 열고 방문객이 있다고 알린다.

"누구시라고 하던가?"

"예, 수안보 대륙호텔 회장이라고 하시면서, 드릴 말씀이 있다는데요."

"오, 그래."

조 회장은 즉시 일어서서 손수 문을 열고 손님을 맞이한다.

"어유, 손 회장님이 여기까지 웬일이십니까. 자, 어서 드시지요."

"안녕하십니까. 연락도 없이 불쑥 찾아뵈어서 미안합니다. 상의할 급한 일이 있어서요."

대륙호텔 손주영 회장은 한 회장과는 수안보에서 같이 자란 막역한 친구다.

"어려운 걸음을 하셨는데, 말씀하시지요."

"간단히 말씀드리지요. 우리 호텔을 인수하시라는 말씀을 드리려고 합니다."

"아니, 왜요? 수안보에서 가장 큰 호텔인데, 양도하시겠다니 이해가 안 되는데요."

"사모님께서는 잘 모르실 거예요. 우리 사정이 좀 복잡해요. 그래서 호텔사업을 접고, 서울 가서 작은 장사나 하려고 합니다. 그렇게 이해해주시고, 저희 호텔을 인수하시면 고맙겠습니다."

"딱한 사정이 계시다니 더는 묻지 않겠습니다. 그럼 생각하시는 조건을 말씀하시면 좋겠습니다."

"현금으로 주셨으면 합니다."

"그럼, 가격은 얼마로 생각하십니까?"

"정상 시세로는 3억 원쯤 되지요. 2억 2천만 원에 넘겨드리겠습니다."

"알겠습니다. 저희도 상의해 보고 답변드리면 아니 되겠습니까? 무언가 급하신 것 같으니 내일 결정하도록 하겠습니다. 어디로 연락드리면 좋으시겠습니까?"

"저 위 서린호텔에 묵고 있습니다. 303호실이요."

"네, 그리로 연락드리지요."

대륙호텔은 7층짜리 호텔로 객실이 100실이나 되고, 각종 회의실, 소 강당, 헬스장, 수영장, 노천온천장 등을 갖추고 있는 수안보 제1의 호텔 이다.

즉시 홍 부회장과, 건설 부문 오 전무 그리고 박종오 그룹 경리 이사 와 회의를 열었다.

"대륙호텔 손 회장이 방금 다녀갔습니다. 저희더러 대륙 호텔을 인수 해달라고 하고 갔습니다. 이 문제를 어찌했으면 좋을지 상의하려고 모 셨습니다. 의견을 말씀하시지요."

홍 부회장이 먼저 입을 연다.

"경기도 차츰 회복되어가고 있으니, 온천숙박업도 호황이 돌아오겠 지요. 그런데 우리도 수안보에 3개의 호텔을 경영하고 있지 않습니까. 지금 자금 조달도 어렵고, 경영이 벅차지 않을까 걱정됩니다."

오 전무가 신중하게 의견을 말한다.

"부회장님의 우려하시는 말씀은 이해하고도 남습니다. 그런데 홍 부회장님은 '비상한 시기에는 비상한 방법이 필요하다'는 명언을 남기신 분입니다. 우리도 지금 그 말씀을 좇아 비상한 방법을 강구 해 보면 어떨까요?"

조 회장의 말이 이어진다.

"우선 인수할 것이냐, 말 것이냐를 결정해야 하는 것 아닌가요? 어떤 비상한 방법?"

박 경리이사가 조심스럽게 제안한다.

"저는 인수하기로 한 것으로 알고 말씀드리는 것입니다. 저희가 상환하려고 비축한 현금에, 상록호텔을 담보로 대출을 받으면 될 것 같은데요?"

조 회장.

"지금 현금은 얼마 있는데요?"
"1억쯤 됩니다."

조 회장이 단호하게 결론을 내린다.
"인수하기로 합시다. 그리고 현재 있는 현금에 상록호텔 대출금을 합하여 지불하도록 합시다. 지금 당장 박 이사가 거래 은행과 상의해서 보고해 주세요!"

다음 날 오전, 박 이사가 자금 마련 경위를 보고한다.

"투자자들에게 7천만 원을 빚냈고, 5천만 원은 은행 융자를 받아 자금을 마련했습니다."

조 회장이 마무리 짓는다.

"결론으로 말하면, 1억 7천만 원이 사채고, 금융 대출은 5천만 원이라는 얘기군요. 잘하셨습니다. 지불하시고 인수 절차를 마무리하세요."

이리하여 7월 27일 2억 2천만 원을 현금으로 손 회장에게 지불하고, 7월 30일 인수 절차를 마무리했다. 수안그룹 회장 직무대행 조영희가 소유주로 등기되었다.

그런데, 우연이라고 하기에는 너무도 기적 같은 일이 일어났다. 1972년 8월 3일 자로, 박정희 대통령은 사채동결령(私債凍結令)을 내렸다.

모든 사채를 3년 거치했다가 5년 동안 분할 상환한다는 것이 중요 골자다. 이율이 한때 40%까지 치솟은 사채의 동결로 기업은 막힌 숨통이 터진 것이다.

수안그룹이 뚝섬유원지 구간의 공사를 수주했을 때, 몰려든 투자자들이 투자한다는 명목으로 실제로는 사채로 해달라고 해서 사채 증서를 써주었고, 산업은행에서 대출받은 백만 달러가 달러로 환산되었기 때문에, 사채를 얻어 달러 빚을 줄여왔었다. 그 결과 백만 달러 빚을 20만 달러로 줄였지만, 사채가 그만큼 늘어서 지금까지 원리금 상환 때문에 회사의 이익은 5%도 채 되지 않았다.

그 빚을 3년 동안이나 원리금 상환 없이 묵혀두었다가, 5년 후에 분할 상환하게 되었다니, 이건 기적이었다. 엊그제 대륙호텔을 인수할 때 빚낸 사채까지 몽땅 3년 거치, 5년 상환이라니!

이리하여 수안그룹은 사채 걱정 없이 사업에 몰두할 수 있게 되었다.

여기에 한 가지 더 큰 행운이 뒤따라왔으니, 그건 다른 것이 아니고 산업은행에 담보로 잡혔던 압구정 대지의 사용 허가가 떨어졌다는 사실이다.

이 소식을 접한 수안그룹은 간부 긴급회의를 소집했다.

자그마치 10만 평이나 되는 대지는 수안그룹을 재벌 수준으로 끌어올릴 귀중한 자산이었다. 그러므로 이 땅을 어떻게 활용하느냐 하는 것은 그룹의 운명을 좌우하는 핵심 포인트가 아닐 수 없었다.

이건 신중하게 결정되어야 하는 중차대한 문제인 것을 아는 까닭에, 아무도 쉽게 입을 열지 못하고 있다.

홍 부회장이 무거운 입을 연다.

"지금 우리나라의 경제는 비약적으로 발전하고 있습니다. 그리고 인구도 급격하게 증가하고 있습니다. 이런 상황을 고려한다면, 주택을 짓는 것이 가장 적당한 방안인 것 같습니다. 그러나 해결해야 할 문제들이 많아서 그게 걱정입니다."

건설 부문 오성택 전무가 제안한다.

"홍 부회장님 말씀은, 주택사업에 뛰어들기에는 우리의 기술과 자금이 부족하다는 말씀인 거 같습니다. 기술은 저희 직원 중에도 숙련기술자가 몇 명 있습니다. 그리고 이제라도 숙련공을 초빙하면 됩니다. 그리고 자금 조달도 어렵지 않다고 보는데, 경리담당 박 이사의 얘기를 들어보시지요."

박 이사는 목소리를 가다듬고 자신 있게 답변한다.

"공사비 조달은 염려하지 않아도 됩니다. 제가 알아보니 정부에서도 주택사업에는 미리 자금지원을 하기로 의견을 모았답니다. 염려하지 말고 우리 땅 10만 평에 아파트를 지읍시다!"

조 회장이 묻는다.

"대규모 아파트를 짓는다면 수요는 있을 것인지, 그 땅에 몇 세대나

지을 수 있는지, 자금은 얼마나 소요될 것인지 등에 관해서 오 전무와 박 이사가 철저히 계획을 세워 보세요. 부탁합니다."

이리하여 아파트 공사가 1972년 9월부터 시작되었다. 시멘트와 모래 소비량이 날로 증가하였다. 그리하여 북한강과, 충주호, 그리고 금강 강변에 모래 채취 허가를 얻었다.

그뿐만 아니라, 시멘트 수요도 늘어남에 따라, 양평 시멘트 공장 외에 안양과 대전 유성에 시멘트 공장을 더 지었다. 전국에서 시멘트 판매대리점 요청이 쇄도하는 통에 대리점 보증금 조로 현금도 날아들었다.

3년간의 공사 끝에 1975년 9월 드디어 수안아파트가 완공되었다. 11월까지 분양이 완료되었다. 아파트 공사로 순이익이 35억 원이었고, 시멘트와 모래 판매 이익도 7억 원을 넘었다. 2억 2천만 원에 인수한 대륙호텔도 5억 원을 호가했고, 영업 이익만도 1억 원이 넘었다.

거기에 14억짜리 서울 인천 간 도로 공사도 낙찰되어 수안그룹은 승승장구란 말이 부끄러울 정도로 성장했다.

사촌이 논을 사면 배가 아프다는 속담이 있고, 호사다마(好事多魔)라는 사자성어도 있다. 남이 잘되면 배가 아플 것이다. 이건 인간의 속성이다. 수안그룹이 승승장구하는 꼴을 보며 배가 아픈 기업이 한두 군데였겠는가. 가진 모략과 음해가 도사리고 있었다.

18장
또 다른 납치

수안그룹의 승승장구를 가까이에서 두 눈 똑바로 뜨고 바라보면서, 헛바닥에 독을 잔뜩 묻혀 복수의 날을 기다리는 독사가 관철동에 도사리고 있었다.

김화수가 가장 신임했던 오순성이었다. 관철동에서 건축자재상을 하면서 쏠쏠한 재미를 보고 있었으나, 그 재미를 어이 수안그룹의 승승장구에 비할 수 있으랴!

더욱이 그는 수안건축자재 회사의 송장생에게서 오야지 김화수가 몇 푼 용돈을 받을 때도 옆에 있었기 때문에, 교통사고를 위장한 살인사건에 대해 누구보다 소상하게 알고 있었다. 푼돈을 받고 살인 트럭 운전사를 소개했다는 혐의로 무기징역을 받다니, 그의 머리로는 도저히 이해할 수가 없었다.

1976년 처녀들의 연분홍 치마가 바람에 휘날리는 춘삼월, 오순성은 임경택과 김승현이를 나오미로 불렀다. 그는 우선 호통부터 쳤다.

"자네들은 말이야! 도대체 인정이 조금이라도 있나 없나, 응? 캄캄한 감방 속에서 고생하시는 오야지 생각은 해봤나? 7년 동안 한번이라도 면회를 가봤냐 이거야, 못된 놈들!"

임경택과 김승현 두 놈은 기가 죽어 꿇어 엎드린다.

"형님, 저희가 잘못했습니다. 면회 갔다가 혹시 잘못될까 봐 그렇게 되었습니다."
"자네들이 잘못될 게 뭐 있어! 우리가 오야지 똘마니란 걸 모르는 경찰 있어?"
"다 알고 있지요. 저희가 잘못했습니다. 용서하시지요."

임경택이 능청을 떤다.

"형님, 고정하시고 일단 약주나 한잔하시지요. 제가 '조니워커 더블 블랙'한 병 가져왔습니다."
"그건 좋지. 700ml이야?"
"네, 형님! 안주도 최고급으로 시킬게요."
"그럼, 오늘은 경택이 자네가 한턱 쓰겠다는 거야 뭐야!"

"한턱 아니라, 열 턱도 내지요."

"그래~애? 그럼, 아홉 번 남았네, 알겠어?"

"네네, 알겠습니다."

샤일록 경택이의 가슴은 쓰리고 아팠다. 공연히 강조한다는 말이 책 잡혀 정말로 열 턱을 내게 되었으니, 어찌 아프지 아니하리! 그의 머릿속에서는 어떤 놈을 등쳐야 할지 궁리하느라 어지러웠다.

신선로에다 오골계탕, 애저 백숙 등 안주가 푸짐하게 차려졌다. 거나하게 취하자, 순성이 혼잣말로 한탄한다.

"엊그제 내가 군산엘 갔다 왔지. 형님을 뵈었더니 바짝 마르신 게 뼈만 남으셨더랬어! 안타까워서 절로 눈물이 흘렀다네. 괴로운 마음 둘곳이 없구만!"

승현이 타고난 가식을 떤다.

"저도 가슴이 찢어질 듯하네요. 그런다고 뾰족한 수가 있는 것도 아니고!"

"뭐? 지금 자네 뾰족한 수라고 했나?"

"네, 형님."

"뾰족한 수가 있긴 있지. 복수라도 해야 형님 마음이 그나마 좀 후련해지실 수 있을 거야! 안 그래?"

두 놈이 이구동성으로 찬성한다.

"형님 말씀대로 그 수가 뾰족한 수 같습니다. 그러나 형님, 취해오는데 그 얘긴 조금 쉬고 나서 하시지요."
"그럼, 그렇게 하세!"

임가와 김가는 짝꿍 하나씩 끼고 장지문을 열고 각기 방으로 흩어졌다.
순성이는 꼴에 형님 체면을 지킨다고, 술상 옆에 마담 무릎을 베고 누웠다.
조금 있으니 양쪽 방에서 지르는 소리가 귀청을 흔든다. 거친 숨소리도 점점 커진다. 마담의 무릎이 가늘게 떨린다. 순성이 짐짓 마담에게 묻는다.

"저 소리를 뭐라 부르지? 아나?"

마담이 허리를 비비 꼬면서 혀 꼬부라진 소리로 응대한다.

"참, 그것도 모르는 사람 있어요? 감창이라고 하지요. 좋아서 죽고 못 살겠다고 내는 소리라고요!"
"허~어, 자네도 그런 소리 질러봤어?"
"어유, 미쳐! 나는 더 크게 지를 수 있당께!"

순성이가 마담을 놀리느라 능청을 부린다.

"저놈들 중에 임가 놈이 선수야! 자네도 언제 한번 해 봐, 알았지!"

마담도 짐짓 속상한 듯 투정을 부린다.

"당신은 못 하나? 내가 하는 대로만 따라 해, 알았어?"

그리고 마담은 더 참을 수가 없는 듯 순성이 위에 올라탄다. 위통을 벗어부치고 브라자를 내동댕이치면서, 순성이의 오른손을 잡아끌어 자기의 젖가슴에 얹는다.

"손으로 살살 문질러 봐!"

마담은 허리를 흔들며 감창소리를 내지른다.

"이제 뒤집자, 어서."

마담은 두 다리를 올려 팬츠를 벗어 던지고 순성이의 허리를 감싸 안는다.
순성이의 왼손이 아래로 스르르 미끄러져 내려가 손가락으로 거기를 헤집는다. 샘물이 홍건하게 쏟아진다. 마담이 코맹맹이 소리로 속삭인다.

"여보, 꾸물대지 말고 빨리하랑께!"

이리하여 이들은 연리지처럼 서로 엉켜 뒹굴기를 반 시진, 거친 숨을 몰아쉬며 나동그라졌다.

이와 거의 때를 같이하여, 임가와 김가 두 놈도 상기된 얼굴로 장지문을 빼꼼 열고 들어온다.

"재미 실컷 봤나? 경택이 자네는 아가씨들 차비 주고 보내게."

경택이는 준비한 봉투를 하나씩 건넨다.

"자네, 왜 마담은 빼놓나!"
"마담도 자격이 생겼어요? 그렇다면 기꺼이 파마 값까지 주어야지요."
"아가씨들, 자네들은 나가 봐. 오늘은 다시 들어올 필요 없네. 자, 자네들은 이리 가까이 와 봐. 수안보 한 회장이 납치되어 감감무소식인데도, 회사는 승승장구하고 있으니 속 쓰려 죽겠단 말이야! 좋은 수가 없을까?"

김승현이 머리를 긁적이며 한마디 한다.
"또 한 놈 납치하면 어때요?"
"납치라…. 누구를!"

경택이가 전부터 생각해 두었다는 듯 구체적으로 제안한다.

"한 회장 마누라 남동생이 좋을 것 같아요. 그 집도 망했다가 꽤 복구했거든요. 금은방은 호황이고, 조그만 건설회사는 수안건설이 수주한 공사를 같이하고 있어요. 그러니 그 녀석을 납치하면, 두 가정에 큰 상처를 입히는 결과가 되지 않겠어요?"

"그거 좋은 생각이네요. 형님은 어찌 생각하세요?"

"그거 고려해 볼만 하구먼. 그런데 그 녀석은 지금 몇 살인데?"

"서른 두서너 살 되지요. 수재란 말을 들었어요. 서울대 경영학과를 나와 미국 가서 경제학 박사 학위를 따자, 서울대에서 교수로 초빙했다지 아마… 그런데 그 자리를 뿌리치고 사업에 성공하겠다고 열심이라고 합니다. 어떠세요, 형님?"

"그 녀석 이름은 알아? 어디 살고…"

"이름은 조영준이랍니다. 망했을 때 평창동 집을 팔고 홍제천 근처 양철집으로 이사했는데, 지금도 거기서 살고 있다는 정봅니다."

"자네는 그런 정보를 어떻게 얻나. 간첩질이라도 하나?"

"형님, 아까 형님께서 오야지에게 도무지 관심이 없다고 나무라시지 않으셨습니까? 그간 승현이와 저는 어찌하면 복수할까 노심초사하면서 여러 가지 정보를 모으고 있었습니다."

"그래, 내 잘못 알고 자네들을 꾸짖었는데, 미안해서 어쩌나?"

"미안하시긴요! 이제부터 서로 정보를 공유하면서, 제대로 복수를 해 봅시다!"

"자, 시원하게 맥주나 한잔씩 하자고! 어이, 마담!"

다른 아가씨들은 집에 보내고, 마담은 주인이라 카운터에 앉아 있었던 듯 눈 깜짝할 새 뛰어왔다.

"여러 가지 마른안주에 맥주 좀 내와요."

간단한 술상이 차려지고 시원한 맥주를 들이켜니, 아까 쏟아부었던 힘이 다시 불끈 솟아나는 듯 기분이 상쾌해졌다.
순성이가 옆에 앉아 있는 마담을 보며 수작을 건다.

"마담, 그대는 피곤하지 않은가 봐. 아직도 팔팔한 걸 보니!"
"농담도 잘하시네. 내가 뭘 했다고 피곤하겠어요. 어디 피곤하게 해 보시구려!"
"그~래, 말솜씨가 일품이구만. 그것 하는 솜씨도 좋은지 연습이나 해 볼까?"
"그딴 실없는 소리 집어치우고 맥주나 한잔 따라주시라요."
"그거야 좋지! 자, 여기."

맥주를 몇 잔씩 들이켜니 졸음이 스르르 밀려든다. 순성이 게슴츠레한 눈으로 한마디 한다.

"자, 오늘은 이만 돌아가고, 내일 맑은 정신으로 계획을 다듬어 보세. 다들 가게!"

순성이는 취한 듯 그 자리에 누워 눈을 감는다.

임경택이와 김승현이는 서로 눈짓을 주고받으며 조용히 물러간다.

두 사람만 남자, 순성이는 언제 졸았느냐는 듯 벌떡 일어나 마담을 들어 안고 안방으로 들어갔다. 순성이의 팔에 안긴 나오미의 샘물은 벌써 콸콸 쏟아지기 시작한다.

나오미의 '나오미' 한식당에서도 만리장성이 쌓아지는 찬란한 하룻밤이었다.

나오미는 1930년에 벌교읍 벌교리에서 무남독녀로 태어났다. 부모는 논밭 갈고 꼬막 캐는 일을 평생 직업으로 삼고 살아왔다. 그녀는 바로 집 근처 벌교여자중학교를 졸업하고, 썰물일 때는 꼬막 캐고, 밀물일 때는 근처 식당에서 종업원으로 일하는 것이 삶의 전부였다.

6·25 때 인민군이 들이닥치고, 단골네 아들 조정래가 이끄는 빨치산이 설치는 통에 벌교읍은 살벌한 마을로 변해 있었다. 이런 와중에 스무 살 나오미는 빨치산 놈에게 처녀성을 유린당했고, 부모는 살길을 찾아 어디론가 행방을 감추었다. 혼자가 된 나오미는 인민군이 패퇴할 때 뒤따라 서울까지 왔다. 단성사 옆 골목에 있던 한일옥에서 주방일을 맡아 열심히 일했다. 5년 후 한일옥을 경영하던 노부부가 고향 대구로 내려가 살겠다면서, 한일옥을 나오미에게 물려주고 떠나버렸다.

그리하여 나오미는 식당 이름을 '나오미'로 바꾸고, 26년을 이어오고 있다.

다음날 모인 순성이 일당은 술상은 들이지 않고, 간단히 저녁만 먹은 후 밀담에 들어갔다.
순성이 먼저 입을 연다.

"내 곰곰이 생각해 보니 납치라는 것이 그렇게 쉬운 일이 아닌 것 같아. 조영준의 동선을 정확하게 파악할 방법이 없단 말이야."
"그 회사나 조영준 주위에 스파이를 심어두는 것이 첩경인데, 그게 쉽지 않거든요."
"차는 뭘 타고 다니고, 운전사는 누구며 그 가족 상황을 알아봐. 그리고 조 사장의 최측근에 대해서도 샅샅이 살펴보라고!"

임가와 김가가 동시에 큰 소리로 대답한다.

"네, 잘 알겠습니다. 철저히 조사하여 보고드리겠습니다."

일주일 후, 사월도 어지간히 기운 해거름에 순성이 일당이 다시 모였다.
임경택이 자신 있게 보고한다.

"조 사장 그 친구는 나보다 더 샤일록인 모양으로, 아직도 폐차에 가까운 시발차를 타고 다니고 있었어요. 운전도 본인이 스스로 하기 때문에, 운전사를 우리 편으로 만들 기회도 없고 우리 사람을 운전대에 앉힐 수도 없게 되었어요."

승현이도 질 새라 열을 올린다.

"저도 알아봤는데요, 출근하는 시간이나 퇴근하는 시간도 일정하지 않아요. 그리고 하루 일정표가 있는지 없는지 아무도 몰라요. 아마 자기 머릿속에만 있는 것 같았어요. 납치당할 허점을 모조리 없애버렸다고나 할까…. 그런 상황이에요."

보고를 듣고 있던 순성이가 씁쓸한 표정으로 결론을 내린다.

"그러니 최후의 수단만 남았군. 그 녀석 승용차를 감시하다가 뒤따라가 납치하는 방법밖에 없구만. 우리가 각기 그놈을 미행하여 납치하려면 어떻게 하는 것이 좋을지 의견을 말해 보게!"

임경택이 난감한 듯 머리를 긁적이며, 마지못해 한마디 한다.

"거기까지는 생각을 못 해 봤습니다. 아무래도 형님의 지혜가 필요한 일 같습니다. 안 그래? 승현이!"
"저도 경택이의 생각과 같습니다. 형님의 결정에 따르겠습니다."

순성이도 난감하기는 두 놈과 마찬가지인 듯 주저하다가 제안한다.

"각기 승용차에 졸개들 두 사람씩 태우게. 날렵하고 입이 무거운 충실한 아이들을 잘 골라야 해! 그들에게 복면을 나눠주고 말이야."

"그럼 언제 결행할까요?"

"내 아직 날짜를 정하지 않았네. 좋은 날을 잡아 봐."

"그것도 형님께서 정하셔야지요. 저흰 그런 건 몰라요!"

"알았네. 날짜는 내가 조만간 정할 것이네."

"잘 알겠습니다. 그러면 납치한 조 사장을 어디다 어떻게 숨겨 놓는다는 말씀인가요?"

"어떻게 하면 좋을지, 자네들 생각을 말해 보게."

"……"

"……"

"왜 아무 말이 없어? 갑자기 벙어리가 됐나?"

"형님, 지금은 적당한 곳이 생각나지 않으니, 우선 납치하고 생각해 보지요."

"뭐라? 계획도 없이 불쑥 납치만 해놓고 어찌하란 말인가! 아, 거 승현이 자네 친구 집 있지 않나, 우리가 자주 놀러 갔던 거기 별장 말이야!"

"거기요? 문재인네 별장 말씀이요? 청평 설악면 호명산 속에 있는…!"

"응 그래, 거기면 안성맞춤이겠는데…. 친구가 쉽게 허락할까?"

"그 친구, 그래 보여도 의리가 있는 친구입니다. 제가 한 번 떠보지요."

"그 친구 지금 서울에 있나?"

"그럼요. 지금 제가 불러오지요."

승현이가 부리나케 나가더니, 한 시간도 되지 않아 문재인을 데리고 왔다. 오순성이 일어서서 깍듯이 인사한다.

"어서 오시오. 문 선생, 오랜만에 뵈니 더 반갑습니다."

"아, 오 선생님도 그간 평안하셨습니까. 반갑습니다."

순성이가 문 선생에게 자리를 권한다.

"문 선생, 여기 윗자리에 앉으시지요."

"아니 그럴 순 없습니다. 저는 손인걸요."

"그래도 저보다 두 해나 위지 않나요! 당연히 여기 앉으셔야지요."

"오 선생님이 고집하시면 저는 이만 물러갈랍니다!"

경택이가 끼어든다.

"자리 가지고 싸움하시다 날 새겠습니다. 오 형님이 오늘 주인이시니 윗자리에 앉으시고, 말씀이나 빨리 나누시지요."

"그럼 제가 윗자리에 앉겠습니다. 승현이 자네가 먼저 말씀드리게."

"재인이, 내 말 돌리지 않고 솔직하게 말할게. 잘 생각해 보게. 자네도 우리 화수 형님 알지? 그 형님이 수안그룹 때문에 지금 교도소에 계시는 것도 알지?"

"그래, 나도 잘 알고 있네. 좀 억울하게 된 것이지. 그래서 내가 뭘 어쩌면 좋겠는가."

"우리가 자네 별장에 들락날락했으면 좋겠는데, 자네 생각은 어떤가?"

"들락날락하다니, 그게 무슨 말이야?"

"다름이 아니고, 우리가 하수 형님의 억울함을 조금이라도 풀어드리고 싶어서 수안그룹 관계자 한 사람을 자네 별장에 억류해 두고 싶다는 말이네."

"아, 그러니까 원수를 갚고는 싶은데 살인은 할 수 없으니, 그 분풀이로 한 사람을 잡아다 놓고 가족의 마음을 아프게 하겠다 이 말씀이렸다?!"

"그래, 바로 그거야! 자네가 족집게처럼 맞혔네, 그려."

이때 오순성이 나서서 정리한다.

"문 선생, 선생께서 이미 이해하셨으니 우리가 어떻게 해드리면 되겠는지 말씀해 주시지요."

"아무것도 필요 없습니다. 주위의 의심을 사지 않으려면 옛날처럼 왔다 갔다 하세요. 항상 두 분 이상은 상주해야 할 것입니다. 그리고 그 친구 생활비만 주시면 됩니다. 저도 같이 살고 있어야 동네 사람들이 의심하지 않겠지요?"

"문 선생님, 정말 고맙습니다. 정말이요!"

오순성 일행은 5월 초부터 조영준 사장 납치에 이런저런 방법을 다 써 보았으나, 헛수고였다. 한 가지 남은 마지막 방법은 조 사장이 밤늦게 귀가하는 날, 집 앞에서 납치하는 방법이었다. 이들은 매일 밤, 교대로 감시하기를 열흘하고도 닷새 만에 자정이 다 되어 귀가하는 조 사장을 보았다. 사방은 쥐 죽은 듯이 괴괴할 뿐 개 짖는 소리도 들리지 않았다.

승용차가 멎고 조 사장이 내리려고 운전대를 잡고 있을 때 어둠에서 시커먼 천으로 얼굴을 가린 두 놈이 나타났다. 이놈들은 클로로포름을 묻힌 손수건으로 조 사장 코를 막아 끌고, 재빨리 어둠 속으로 사라졌다. 3~4분 후 홍제천 하류에서 코로나 승용차 한 대가 슬그머니 사라졌다. 같은 형의 차 두 대가 그 뒤를 따랐다.

1976년 5월 17일 밤이었다.

코로나 승용차 3대는 어둠을 뚫고 북쪽으로 달리기 3시간 만에 청평 호명산 아래 한옥 앞에 도착했다. 632.4m나 되는 호명산 정상에 서면 푸른 청평호가 눈 앞에 펼쳐진다. 산은 소나무, 잣나무, 상수리나무로 울창한 숲을 이루고 있어 경관이 꽤 좋은 편이었다. 남쪽으로 1.4km 내려가면 수상레저를 즐길 수 있는 레저시설이 곳곳에 있다. 남서쪽을 향한 한옥은 두 채로 각기 방이 네 개씩인 ㄷ자형이었다. 집을 빙 둘러싸고 싸리나무 울타리가 풍치를 더해주고 있으며, 뒤곁에는 대나무가 하늘을 가리고 있었다.

희끄무레 날이 밝아오고 있었다. 영준이는 마취에서 깨어났다. 머리가 지근지근 아픈데, 손과 발은 천으로 느슨하게 묶여 있다. 두리번거리다 보니 옆에 웬 사람이 자고 있다. 발버둥쳐도 느슨한 묶음은 보기와는 달리 요지부동이다.

하는 수 없어 소리를 쳐 보았다. 옆에서 자던 놈이 놀라 벌떡 일어난다. 김승현이다.

"아, 깨어났군. 죽어버린 줄 알고 걱정했는데, 다행이네. 그건 그렇고 잘 잤수?"

"여보시오! 여기가 어디고, 당신은 누구요?!"

"진정하시오. 천천히 얘기하리다. 우선 묶은 것을 풀어드리지요."

승현이는 영준이를 풀어주고 마루로 데리고 나간다. 그리고 소리쳐 사람들을 부른다. 안채 바깥채 여기저기 방에서 나온 장정들이 모여든다. 모두 세어보니 열 명이다. 오순성이 웃는 낯으로 말문을 연다.

"조 사장, 한밤중에 무례하게 모시고 온 것을 사과드리오. 저희는 오래전에 강만수와 연루되어, 억울하게 무기징역을 받은 김화수 씨의 부하들이오. 당분간 여기 조용히 계시는 게 신상에 좋을 것이오."

"이렇게 납치됐는데, 잠자코 있으라니, 그걸 말이라고 하오!?"

"귀하를 여기 모셨다가, 화수 형님의 뜻에 따를 것이오."

승현이가 나서서 부연한다.

"귀하는 여기서 자유롭게 생활하시면 됩니다. 청평호든 어디든 자유롭게 나다녀도 되지요. 그럴 때는 우리 사람과 동행하기만 하면 됩니다. 또 책 같은 필요한 물건도, 먹고 싶은 음식도 말씀만 하시면 다 마련해 드리겠습니다. 어때요?"

"그럼 우리 가족에게 연락은?"

임경택이 나선다.

"그것만은 절대 아니 됩니다."

"내가 탈출한다면?"

승현이가 또 다짐한다.

"그런 어리석은 짓은 하지 않는 게 좋을 것이오. 귀하의 누나 조 회장의 안위를 생각하시오!"

이 한마디는, 조영준의 탈출 의욕을 완전히 꺾어버리는 핵폭탄이었다. 그러나 그의 머릿속에는 누님만 믿는다는 신념이 있었다.

19장

비운의 안혜주

화창한 어느 날, 영희가 옆으로 다가와 다정히 말을 건다.

"당신 피곤하겠지만, 나와 같이 어디 좀 가 주면 안 돼?"

"그대가 가자는데, 가야지, 암 가고말고!"

"뭐 그렇게 급한 일은 아니고…. 충주에 들러 충주 친구도 만나보자고."

"아, 안혜주 여사 말이지. 어떻게 지내는지 궁금하기도 하네."

"당신은 기억력도 좋네. 한 번 듣고 잊지 않고 있으니 말이야. 혹시 당신 혜주 좋아하는 거 아니야?"

"내가 저번에 경고했었지! 할 말이 있고, 하지 말아야 할 말이 있다고!"

"알았어, 미안해…. 지나가는 말로 해 본 소릴 갖고 그렇게 정색할 필요까진 없지 않아!?"

"알았어, 그런 얘긴 그만하자고!"

오후 늦게 우리는 충주에 도착했다. 충주에서 이름났다는 횟집에서 안 여사가 반갑게 맞이한다. 이미 두 사람은 약속이 있었던 듯해서 나만 바보가 된 느낌이 들었다.

벌써 내 맘을 눈치챘는지 영희가 생긋 웃으며 위로한답시고 한마디 한다.

"알려주지 않았다고 마음이 언짢았지? 미안해!"

"미안하긴! 내가 무슨 자격이 있다고! 알았어, 신경 쓸 거 없어."

"그런데, 당신 이거 알아? 우리나라에서 바다가 없는 도는 어느 도게?"

"그것도 모르는 사람도 있나! 멍청북도지, 안 그래?"

"멍청북도라? 충청도를 한때는 멍청도라 했지! 지금은 엄청도라 하지, 그건 몰랐지?"

"엄청도라니, 그 건 무슨 소리야!"

"응, 요샌 충청도 사람들이 엄청 똑똑해졌단 거지. 영리해지기도 했고 말이야! 웬만해서는 속지 않거든!"

"당신은 충청도 사람도 아닌데, 어찌 그리 잘 알아?"

"십 년이면 강산도 변한다는데, 충청도로 시집와 30년이 지났으면 충청도 사람 아니야?"

"오, 그렇기도 하겠네. 알았어. 지금 당신 말은 나더러 들으라는 소리 같네! 당신을 속일 생각 같은 거 하지 말라고 말이야!"

"허~어, 알았으면 됐어!"

음식을 주문하고 방에 들어선 안 여사가, 우리가 하는 말을 문밖에서 들었던 듯 피식 웃으며 너스레를 떤다.

"걱정하지 마, 속이는 일은 하지 않을 테니! 뭐가 무서워 속여, 정정당당히 하지!"

무슨 말인지 몰라 나는 허허 웃고 말았다.

칼국수처럼 가늘게 썰어 무친 오징어 물회, 민물 장어구이, 감성돔회 등 다양한 먹을거리가 한 상 수북이 쌓였다.

"술은 백세주로 하지. 우리 백 세까지 살기로 약속하는 의미에서 백세주! 어때?"

그리하여 우리는 백세주를 세 병이나 마셔대는 바람에 곤드레만드레가 되었다. 대리운전 기사를 불러 혜주 집으로 갔다. 영희는 오른편 방, 나는 좌측 끝방에서 온 밤이 지새도록 꿈나라를 여행했다.

아침에 일어나 대청마루로 나갔더니 음악 소리가 찌렁찌렁 대청을 흔들고 있었다. 50년대를 풍미하던 레코드 컬럼비아 386에서 흘러나오는 음악이었다. 베토벤이 1795년에 작곡하여 1803년에 발표된 연가(戀歌) '그대를 사랑해(Ich liebe dich)'였다.

영희가 음악에 귀를 기울이며 칭찬한다.

"혜주는 옛날 정서를 못 잊나 보네. 오래된 축음기에 오래된 LP 음반이 아직도 있다니! 브라보!"

헤로세(Herrosse, Karl Friedrich)의 시 '부드러운 사랑(Zartliche liebe)'에 곡을 붙인 것인데 첫 소절이 '너를 사랑해(Ich liebe Dich)'이기 때문에, 노래 제목이 '너를 사랑해'로 굳어졌다.

> 너를 사랑해 네가 나를 사랑하듯이
> 저녁에도 아침에도
> 너와 내가 우리의 근심을
> 나누지 않은 날이 없었지
>
> 또한 너와 나에게 그 근심들은
> 서로 나누어서 견디기 가벼워졌지
> 내가 힘들 때 너는 위로가 되었고
> 네가 슬퍼하면 나도 울었지
>
> 그리하여 신께서 너를 축복하기를
> 내 삶의 환희인 너

신께서 너를 보호하고 네가 내게 있도록 지켜주소서
우리를 보호하고 지켜주소서

영희가 가만히 혼잣말로 속삭이듯이 홍얼거린다.

"Ich liebe dich, So wie du mich."

내가 듣고 놀려댄다.

"그렇게 작은 소리로 혼자 홍얼대는 걸 보니 뭐가 부끄러운 모양이
군. 안 그래? 그런다고 누가 모를 줄 알았나! '나는 그대를 사랑해, 그대
가 나를 사랑하듯이!' 하하… 상대가 누구야!?"
"알았으면 됐어, 더 말하지 마!"

나는 영희의 칼날 같은 서슬에 놀라 입을 다물었다.
나는 어색한 분위기를 바꾸려고 다문 입을 열었다.

"이왕 턴테이블에 음반을 걸었으니, 다른 음반도 걸어보면 어떨지…."

영희도 분위기를 알아차렸는지 내 말에 크게 고개를 끄덕인다.
혜주가 부리나케 다른 음반을 꺼내 턴테이블에 건다.
요한 슈트라우스(Johann Strauss jr, 1825~1899, 오스트리아 출생)의 '봄의 소

리 왈츠'였다.

종달새가 푸른 창공으로
날아오르고
부드럽게 불어오는 훈풍은
사랑스런 부드러운 숨결로
벌판과 초원에 입 맞추며
봄을 일깨우네

만물은 봄과 함께 그 빛을 더해가고
모든 고생은 이제 끝났도다
슬픔은 온화함으로 행복하게 다가왔도다
봄의 소리가 우리 집에서처럼
다정히 들려오네
아~ 그대도 그 달콤한 소리

영희가 대청 가운데로 나오며 춤을 추자고 손을 내민다.

혜주가 빨리 나가라고 재촉한다.

나는 마지못해 대청마루 한가운데 엉거주춤 섰다.

영희가 다가와 내 손을 잡고 음악에 맞추어 왈츠를 춘다. 춤을 출
줄 모르는 나는 영희의 허리에 손을 두르고 삼박자만 맞추며 흔들거리
고만 있었다.

음반이 멈추자 영희는 기분이 좋은 듯 혼자 마루를 빙그르르 한 바

퀴 돌고 내 옆에 앉는다.

"춤을 추느라 그랬지만, 오랜만에 남자의 품에 안겨보았네. 날아갈 것 같구만!"

혜주가 웃으며 한마디 한다.

"엄살도 그 정도면 아카데미 주연상감이야! 그까짓 거 갖고 날아갈 것 같다니! 한 발 더 나가면 죽을 것 같다고 하겠군그래! 자, 이 곡을 들으며 신나게 혼자 흔들어 봐."

그녀는 라 쿰파르시타(La Cumparsita: 아르헨티나의 속어로 '가장행렬') LP를 턴테이블에 건다. 1915년 우루과이의 마토스 로드리게스가 작곡한 탱고였다.
1962년 안다성의 노래로 그 가사가 알려졌다.

사라져간 그대 그리워
오늘 저녁 내 가슴 속에
불타올라 탄식하누나

찾아서 온 그대 그리워
정처 없이 떠다니는

믿을 곳 없는 이 맘으로
나 홀로 우노라

그대여 지금 어데로
성내의 술집 가에서
밤새워 즐기던 잊지 못할
아~ 한 시절아

지금은 바랄 곳 없는
쓸데없는 이내 신세
차라리 오늘 밤 춤추며 날 세워
근심을 잊어볼까

그대만이 나의 추억
그대만이 나의 정렬
새빨간 장미꽃 술을 마시고
또 마시어서
이 밤이 다 지새도록 울어 볼까

아아아 아아아
날이 가고 달이 가도
눈이 오고 비 와도
그대는 내 사랑

"사랑 없어 어두운 세상, 사랑 찾아 헤매는 불쌍한 영혼이여! 우리에게 사랑은 어느 때나 찾아오려나! 갈 곳 없이 헤맨다, 아이 아이 아이!"

혜주가 크게 소리치는 바람에 우리 가슴은 쓰리고 아팠다.
혜주가 미안한 듯 제안한다.

"영희야, 오늘 그렇게 바쁜 일 없으면 내 별장에 가서 쉬면 어때?"
"별장이 어딘데…."
"여기서 북서쪽으로 10km쯤 가면 돼."
"그럼, 가 볼까…."

우리는 장미산(336.4m) 아래 장미마을에 갔다. 마을에서 남쪽으로 대나무가 숲을 이루고, 통나무 기둥 울타리에 둘러싸인 하얀 이층집 드라이브 웨이 끝에 차를 대니 차고 문이 스르르 열렸다. 정원에는 잔디가 깔렸고, 빠돌길이 현관까지 이어졌다. 현관 좌우에는 화분들이 줄지어 늘어서 있다.

현관문을 열고 들어서니 널찍한 홀이 눈에 들어온다. 바닥에는 흰 대리석 타일이 깔려 있고, 오른쪽 벽면에 걸린 태피스트리에는 레오나르도 다 빈치(Leonardo Da Vinci)의 그림 '최후의 만찬'이 그려져 있다. 왼쪽 벽면에는 모네(Claude Monet)의 그림 '양산을 든 여인'과 밀레(Jean Francois Millet)의 '만종'이 걸려 있다.

3m는 실히 됨직한 높은 천장에는 크리스털 12등 샹들리에가 매달려

있다. 2층으로 올라가는 널찍한 층계에는 아랍산 레드 카펫이 깔려 있고, 왼쪽에는 로댕의 '생각하는 사람'이 네모난 하얀 바위 위에 현관을 향해 놓여 있다.

오른 쪽방은 서재 겸 응접실이고, 왼쪽 방은 거실이다. 응접실 옆이 아담한 식당이다. 응접실 앞에는 이에야스(家康)가 좋아했다는 소나무 화분이 대리석 받침대에 얹혀 있었다.

홀 끝에 있는 널따란 층계를 오르면 양측에 침실이 있다. 응접실에는 측백나무 숲이 보이는 동쪽 창문을 제외한 3면을 꽉 채운 서가에 책이 가지런히 꽂혀 있고, 마호가니 책상 옆으로 의자와 소파가 놓여 있다. 창문에는 안쪽에는 얇고 하얀 린넨 커튼이, 바깥쪽에는 두꺼운 감색 골든 텍스 모직 커튼이 걸려 있다. 거실의 벽난로에서는 향나무 장작이 활활 타고 있다.

왼쪽 거실에도 서재와 같이 벽난로에서는 향나무 장작이 열기를 내뿜고 있고, 커튼의 재질과 모양도 서재와 같은 것이었다.

거실에는 벽난로 맞은편에 안견(安堅)이 그린 '사시팔경도(四時八景圖)' 중 '초하(初夏)'가 걸려 있고, 서쪽 장미산이 바라보이는 창문 아래 '십장생(十長生)' 병풍이 펼쳐져 있다. 특히 십장생 병풍 옆 향나무 그루터기에 올려놓은 블루투스(Bluetooth) 스피커에서 울려 퍼지는 스테레오 음색에 감동하지 않을 수 없었다.

혜주가 턴테이블에 베토벤의 교향곡, 운명을 건다. 빠빠빠빰 빰빠!

문을 두드리는 장엄한 운명의 소리가 방안을 울린다. 홀과 응접실, 거실을 둘러본 영희가 탄성을 질렀다.

"어머, 혜주 너 언제 이렇게 꾸며 놓았어!? 기지배, 내겐 내색도 하지 않고 말이야!"
"미안하다. 나도 5년 전에야 찾았어. 그이가 나를 잘도 속여왔지!"

영희가 안쓰러운 듯 위로한다.

"인생의 행복과 불행은 만남에 달렸다 하지 않던가. 잘못된 만남은 이미 물리쳤으니, 이제부터는 행복만이 네 앞에 있을 것이야! 걱정일랑 털어버리고 무지개를 좇아가 봐."
"위로해주어 고맙다. 무지개를 좇는다는 건 부질없는 짓이야! 나는 두려워하지 않고 사랑을 좇을 거야!"
"그래, 뜻대로 되지 않는다고 실망하지 말아! 스탕달이 이렇게 말하지 않았던가. '사랑하지 않으려 하지만 뜻대로 되지 않았던 것과 같이, 영원히 사랑하고자 하여도 뜻대로 되지 않는 것, 그것이 바로 사랑의 본질이다'라고 말이야."
"네 말이 백번 옳아! 그래서 나는 이제부터 두려워하지 않고 사랑을 찾아 나설 거야. 수잔 폴리스 슈츠가 나의 가슴을 들뜨게 하고 있거든!"

두려워하지 말아라
조건 없는 사랑에 빠지는 것을!
사랑이란 언제나 가슴 벅차고
아름답게 피어나는 감동이니!

두려워하지 말아라
설령 상처를 입게 된다 해도
그이가 당신을
당신만큼 사랑하지 않는다 해도!

"혜주야, 네 괴로움 나라고 어찌 모르겠니. 동병상련이라고 우리 둘 다 과부잖니!"

"그렇지만 난 너와는 좀 달라. 난 나의 잘못된 선택으로 홀몸이 됐지만, 넌 아니지 않아! 난 빠져나오지 못하고, 아니 유혹에 쉽게 넘어가 이런 비참한 꼴이 된 거야!"

"그래? 그런 줄은 꿈에도 몰랐어! 아픈 상처를 자꾸 건드려서 미안하구나."

"네게 숨기고만 싶었던 치부를 낱낱이 드러내 줄 테니, 너무 비웃지는 말아 줘! 난 조금 도가 넘는 호사를 누리며 살고는 있지만, 이게 다 무슨 소용이야! 물질이 행복을 가져다준다는 말은 들어본 적도 없어! 더는 이렇게 늙어갈 수는 없단 말이야."

혜주는 18세 때부터 39년 동안 가슴에 응어리진 상처를 터뜨리고야 만다.

혜주네는 순흥 안씨로 안자미(安子美)의 후손으로 4대손에 안향(安珦)이 있고, 독립운동가 안창호, 안중근을 배출한 가문이다. 그녀는 동자동에서 태어나 숙명여고와 이화여대 영문과를 졸업했다. 그녀의 부친은 남대문 시장에서 큰 아동복 상회를 경영하셨다.

애국가를 작곡한 안익태(安益泰, 1906~1965) 후손답게 그녀도 음악을 좋아했다. 여고 때 음악 선생은 그녀보다 12살 위였는데, 성악을 전공한 탓인지 음악 시간만 되면 음악실에서 가곡만 부르게 했다. 시간이 끝나도 계속 노래에 열중하던 학생이 세 명이었다. 혜주도 끼어 있었다.

3학년 2학기 10월 어느 날, 나머지 두 명은 지쳐 돌아가고, 혜주도 갈 양으로 책가방을 들었다.

선생님이 다정한 목소리로 혜주를 붙잡는다.

"혜주 너는 잠깐 남아라. 내 한 곡만 부를 테니 듣고 가려무나. 그래도 괜찮지?"

지금 꼭 집에 가야 할 일이 있는 것도 아니고 해서, 혜주는 슬그머니 책가방을 피아노 위에 놓았다. 선생님은 책가방을 치우고 피아노에 악보를 펼쳐 놓았다

팔보(Rodolfo Falvo, 1873~1937)의 '그녀에게 내 말 전해 주오'였다.

그녀에게 내 말 전해 주오
나 항상 그녀를 생각하기에

내 맘의 평화를 다 잃어버렸다고!

그녀는 내 모든 것이기에
그녀에게 내 맘을 털어놓고 싶지만
나는 어찌할 바를 모른다네

내 얼마나 사랑하는지
얼마나 그녀를 사랑하는지
내 말을 전해 주오

결코 잊을 수가 없다고!
이 열정은 사슬보다 강해서
내 영혼은 고통받고 견딜 수가 없네

간절한 사랑의 고백이었다. 선생님이 하필 이런 노래를 불렀을까를 생각할 겨를도 없이 혜주의 얼굴은 주홍빛으로 물들었고, 주저앉으려는 혜주의 입술에 뜨거운 입술이 덮쳤다. 난생처음 맛보는 남자의 입술에 혜주는 몸이 녹아드는 것 같았고, 남자의 억센 팔은 그녀의 허리를 감싸 안고 그녀를 피아노 걸상에 눕혔다. 남자의 손길이 서서히 밑으로 내려와 혜주의 치마를 들어 올리고 팬츠를 벗기고 거기를 주무르기 시작했다. 그녀도 참을 수 없는 듯 절로 소리지르며, 남자의 허리를 힘껏 껴안았다. 손오공의 근두운을 타는 기분이 이런 것이었을까.

이런 일이, 일주일에 한 번씩 음악 시간에 반복되는 혜주의 일상이었다.

혜주가 고등학교를 졸업하고 대학생이 되어서도, 둘은 은밀한 곳에서 밀회를 계속했다.

이 대목에서 영희가 가만히 있을 수가 없다는 듯 끼어들었다.

"그런 거야 나무랄 수 있는 일이 아니지. 아마 많은 여고생이 당해왔던 일인지 몰라. 근데 너 그래서 '오월의 여왕'에 입후보 안 했구나! 신체검사를 할까 봐서? 미인대회에서나 하지, 학교행사에서는 그런 건 안해!"
"그런 이유도 있지만, 네가 나보다 열 배는 아름다우니까 괜히 친구와 겨루었다가 망신당할까 봐서도 그랬지."

혜주는 대학을 졸업하고 마땅한 취직자리도 없고 해서 한동안 아동복 가게에서 일했다. 아동복을 사려고 들렀던 모자가 아동복 여러 가지를 사면서 혜주를 유심히 쳐다본다. 이름과 사는 곳, 학교 등을 꼬치꼬치 묻는다. 숨길 것도 없어 대충 알려 주었다.
하루는 중매쟁이 아낙네가 찾아와, 충주 임근식 댁에서 보냈다면서 혼인을 제안했다. 이 혼인 제안을 받은 부친께서는 충주 사는 절친에게 임씨네 집 사정을 소상하게 알려달라고 부탁했다. 전해 온 소식은 임씨네는 충주에서 내로라하는 부자지만, 그 아들이 난봉꾼이라는 것이다. 곧 중매쟁이를 불러 결혼 제의를 거절한다고 알렸다.
며칠 후 임씨 부모가 아들 근식을 데리고 찾아왔다. 아들이 서른 살이 다 되도록 마땅한 처녀가 없어서 난봉을 피우기는 했지만, 이제 마음에 쏙 드는 처자를 만났으니 절대로 난봉 같은 짓은 하지 않겠노라고 무릎까지 꿇고 사정사정하는 것이었다. 혜주네는 없던 일로 하자고 통사정하다시피 했는데도, 두 달을 하루건너 찾아와서 물고 늘어지는 임근식 모친의 정성에 감동되어 혼인을 승낙하고 말았다.

1965년 벚꽃이 화사하게 핀 봄 4월, 윤중재 근처 예식장에서 안혜주와 임근식은 결혼식을 올렸다. 결혼한 지 두 주일 만에 근식은 옛 연인과 사랑을 나누다가 혜주 부친 친구에게 발각되었다. 임씨네 부모가 찾아와 손이 발이 되도록 빌고 빌어 겨우 용서를 받고, 절대 이런 일이 없도록 하겠다고 다짐했다. 7년 동안 수십 번이나 이런 일이 되풀이되다 보니, 두 가정 부모 모두가 지칠 대로 지쳤다. 하는 수 없이 혜주네 측에서 이혼소송을 제기하여 임씨네 재산 반을 혜주에게 나눠주라는 판결을 얻어낸 것이다.

결혼한 지 7년이 지난 1972년 8월의 일이었다. 딸 수련이 6살이었을 때였다.

이런 만남을 일러 악연이라 할 수 있을 것이다.

혜주는 재산 분할 판결문을 대충 훑어보고, 변호사 오상현에게 일임했다.

이 변호사 오상현이 임근식과 둘도 없는 친구였을 줄이야 뉘 알았으리오. 오 변호사는 근식이가 하라는 대로 집행했다. 충주 시내에 있는

빌딩 두 동과, 장미마을 숲속의 별장은 혜주에게 넘겨진 사실을 숨겨
왔다. 근식이 언젠가 권토중래할 날을 손꼽아 기다리면서 별장과 빌딩
을 정성을 들여 관리하고 있었다.

1990년 코스모스 한들한들 핀 가을 어느 날, 근식과 상현이는 근식
이 애인이 경영하는 논현동 카페 조용한 방에서 머리를 맞댔다.

"오 변호사, 이젠 더 기다릴 수 없구만. 우리 나이 이제 환갑이지 않
아. 처리해 버리세, 자네 생각은 어떤가?"

"글쎄… 요새는 애들도 영악해져서 웬만해서는 움직이려고 하지 않아."

"얼마면 될까?"

"1억은 줘야 할 것 같아!"

"뭐라, 1억이나!? 그 큰돈을 어떻게 마련해?"

"은행 대출!"

"담보는?"

"충주 빌딩!"

"그건 혜주 명의로 넘겼지 않아?"

"그건 걱정하지 말게. 이런 사태를 예상하고, 건물 등기를 보류해 왔
었다네. 혜주는 서류에 관심이 없어 지금까지 온 거지. 그걸 잡히고 1
억을 마련하지 뭐!"

"허~어, 자네도 도둑심보를 가졌군그래. 그러니 우리가 단짝 친구지!
그렇게 하세. 서두르게!"

"근식이, 친구끼리지만 이건 사람을 살해하는 일이야. 그러니 내게도 돌아오는 것이 있어야 하지 않겠나? 점잖게 표현해서 복비 말이야!"

"아 그거, 자네가 말하지 않았어도 내 다 생각해 둔 게 있네. 별장을 가지게!"

"그것도 괜찮겠구먼. 좋아 그렇게 하지."

그날부터 오 변호사의 발길이 바빠졌다. 청주에 가서 거기 조폭과 만나 교섭을 끝냈다. 그리고 신한은행에 뻔질나게 드나들어 지점장에게 15%의 커미션을 주기로 합의하고, 제일빌딩을 담보로 1억 5천만 원을 대출받기로 약정했다.

이 모든 음모가 실행에 옮겨지기 3일 전, 충주 경찰서 형사대가 오 변호사 집과, 서울의 임근식 가택에 들이닥쳐 두 사람을 살인 모의 혐의로 체포했다. 다음 날, 경찰은 청주 조폭 세 명을 구금했다.

오 변호사와 임근식 그리고 조폭 등은 모든 혐의를 순순히 인정하고 재판에 넘겨졌다. 일심은 임근식 오상현에게 무기징역을 선고하고, 조폭 3명에게는 징역 15년을 선고했다. 이들은 항소를 포기하고 임근식은 부산 교도소에, 오상현은 대구 교도소에 수감되었다. 조폭 3명은 각각 전주, 광주, 대전 교도소에 수감되었다.

이들이 쉽게 붙잡힌 사연은 이렇다.

채인선은 임씨댁 집사였다. 20여 년간 충실하게 근무했다는 것은 주위 사람들이 입을 모아 칭찬하고 있는 사실이 이를 증명한다. 그가 근식이가 애인을 몰래 별장으로 데려오라는 심부름을 거절한 적이 있다. 이 일로 채인선은 버스회사 배차원으로 근무하게 되었다. 앙심을 품은 채인선은 그때부터 탐정을 고용해 임근식이의 주위를 감시하게 했다. 특히 그의 친구 오 변호사를 예의 주시하도록 부탁했다. 이 탐정의 정보망에 이들의 행적이 낱낱이 드러났다.

이 사건으로 혜주는 빌딩 두 동과 별장을 찾았다.

이런 사연을 품은 별장은 처음에는 혜주에게 행복을 가져다주었으나, 딸마저 시집보내고 혼자 살다 보니 외로움이 밀물처럼 밀려와 견딜 수 없게 되었다. 그리하여 오늘 영희를 초청하여 지난 응어리를 털어버리고, 새로운 삶을 살려고 결심했다.

물질이 행복을 가져다주지 못한다는 사실을 뼈저리게 체감한 것이다.

혜주는 '작은 평화(A Little Peace)'라는 곡을 블루투스에 연결한다. 1982년 영국에서 열린 유로 비전 송 콘테스트에서 대상을 받은 곡으로 니콜 플리그(Nicole Flieg)가 불렀다.

거실에 흐르는 가사와 음률에 우리는 숙연해졌다.

겨울을 맞이하는 한 송이의 꽃과 같은 기분이
바람에 꺼져버린 촛불과 같은 기분이
더 날지 못하는 한 마리의 새와 같은
그런 기분이 듭니다
하지만 그럴 때면,

근심으로 우울해져 의기소침해 있을 때는,
저만치 길 끝에 있는 한 줄기 불빛을 그려 봅니다
눈을 감으면 어둠을 뚫고 솟아나는
마음속 깊은 곳에 자리 잡은 희망이 보입니다

우리가 살고 있는 이 세상이 꿈을 간직하려면
조그만 사랑이 필요하고
서로 나누어 주는 것이 필요합니다
우리 미래의 작은 평화를 위해
자그마한 인내심과 이해심이 필요합니다

슬픔으로 흘리는 눈물을 씻기 위해서
찬란한 햇빛과 즐거움도 아주 많이 필요합니다
우리 미래의 작은 평화를 위해
자그마한 희망과 기도가 필요합니다

11월의 눈발과 뒹구는 잎새와 같은 기분이 듭니다
나는 바닥으로 떨어졌고 그곳에는 아무도 없었습니다
지금 나는 노래를 부르지만
혼자서 어찌할 바를 모르겠습니다
이 고된 폭풍우가 사라지기만을 기도합니다

혜주의 고독과 슬픔이 우리 모두의 고독과 슬픔이 되었다.

20장

정동진에 추억을 심고

2층 오른편 방은 영희와 혜주가 차지하고, 왼편 방에서는 나 홀로 잠들었다. 해가 계명산(774.2m) 위에 높직이 걸려서야 우리는 일어났다. 거실로 내려온 우리는 누구나 할 것 없이 눈이 부어있었다. 두 과부는 그렇다 치고, 나는 왜 덩달아 눈이 부었을까. 그녀들의 처지가 안타까워서? 이해하기도 힘들고, 설명하기도 어려운 문제가 아닐 수 없다. 언젠가는 밝혀지겠지.

뜨거운 물에 샤워하고 나니 몸도 마음도 어느 정도 가벼워졌다.

혜주가 이끄는 대로 식당에 들어가니 벌써 벽난로에는 향나무 장작이 조용히 타오르면서 실내를 따뜻하게 해놓았다. 식탁에는 알맞게 구운 40cm쯤 되는 커다란 굴비 세 마리, 철 이른 냉이 달래 나물, 멸치볶음, 쇠고기 장조림, 마늘장아찌, 시금치 무침 등 반찬, 두부 된장국에 오곡밥이 차려져 있다. 은 접시, 은 식기, 은 젓가락, 금수저가 조금 부유한 냄새를 풍기고 있다. 식후에 마신 커피세트는 한국도자기 최고 상품답게 눈처럼 아름다웠다.

영희가 묻는다.

"얘, 이 아침상은 누가 차렸니?"

"응, 채 사장 며느리가 차렸지. 채인선 집사가 우리 버스회사 사장으로 일하고 있어. 너무 신실한 사람이니까."

"그럼 관리도 그 며느리가 하겠네."

"그래, 옆 장미마을에 사니까. 여기서 한 200m나 될까."

우리는 맛있게 아침을 마치고, 떠날 채비를 했다.

영희가 제안한다.

"혜주야, 너도 같이 가자. 우리도 심심하기도 하고, 너 혼자 남겨두고 가자니 너무 매정한 것도 같고…."

"잘됐다. 나도 따라가고 싶었는데…. 혹시 두 사람의 방해가 될까 봐 말을 하지 못했지. 고마워! 정미에게 차 열쇠 맡기고 올게."

영희가 의젓이 명령조로 말한다.

"운전은 당신이 하고, 우리는 정동진으로 가는 거야!"

"뜬금없이 웬 정동진이야!"

"우리의 추억을 심으려고!"

이리하여 우리 셋은 정동진을 향해 차를 몰았다.
영희가 CD를 틀고 혼자 흥얼거린다.
혜주가 묻는다.

"무슨 곡이야?"
"웅, 에벌리 브라더스(Everly Brothers)가 부른 '내 곁에 있어 주세요'지."

I bless the day I found you
I want to stay around you
And so I beg you,
Let it be me

Don't take this heaven from one
If you must cling to someone
Now and forever,
Let it be me

Each time we meet love
I find complete love
Without your sweet love,
What would like be?

So never leave me lonely

Tell me you'll love me only

And that you'll always

Let it be me

난 당신을 만난 그날을 축복해요

난 당신 곁에 머물고 싶어요

그래서 이렇게 간청한답니다

내 곁에 있어 주세요

이 천국을 내게서 떼어놓지 마세요

누군가에게 애착을 버리지 못 할지라도!

지금부터 영원까지

내 곁에 있어 주세요

우리가 사랑을 만날 때마다

난 완전한 사랑을 발견한답니다

당신의 달콤한 사랑이 없었다면

내 삶은 있을 수 있었겠어요?

그러니 날 혼자 두고 떠나지 마세요

오직 나만 사랑한다고 말해 주세요

그리고 항상 내 곁에 있을 거라고!

내 곁에 있어 주세요

혜주가 감격스러워 외친다.

"아, 멋있다! 오직 나만 사랑하면서 영원토록 내 곁에 있어 주세요!"
"얘는… 그렇게 호들갑을 떨건 뭐람. 그런 사람이 있었으면 좋겠다는 거지!"
"그런 사람이 있는 것 같구만! 안 그래?"
"그래, 있으면 어쩔 건데?"
"후회하지 말고 잘해 보라는 거지 뭐."
"사랑해 보려고 해도 뜻대로 되지 않는 걸 내사 어쩌겠노! 그런 얘긴 그만두자."

이런저런 얘기를 나누다 보니 어느새 정동진에 도착했다.
주차장에 차를 세우고 영희가 우리를 언덕으로 안내한다. 정동진에서 해돋이를 가장 잘 볼 수 있는 곳이라 한다.
혜주가 궁금해서 묻는다. 출발하면서부터 혜주의 말문이 터졌나 보다.

"여긴 왜? 좋은 일 있어?"
"응, 있다마다! 우리가 서 있는 여기까지는 공유지지만, 여기 언덕바지부터는 쓸모없는 사유지야. 그래서 내가 헐값으로 사들였다네. 꽤 넓어, 아마 2천 평은 거뜬히 되겠지!"

"와! 여기다 뭘 할 건데?"

"호텔을 지을 거야. 수안그룹 임직원들에게는 휴양지로 무료로 제공할 거거든! 어때, 괜찮지? 그리고 우리의 추억을 심는다는 의미가 커!"

"그럼, 주인은 누군데? 수안그룹이야, 영희 너야?"

"내 사비로 짓는 거니까, 내 것이지 않겠어?"

"그럼 호텔 이름은? 이미 네 머리에 있을 거 아냐!"

"있지, 그런데 이건 양해를 구해야 하는 문제야!"

"무슨 양해를, 누구에게?"

"모 교수에게!"

내가 깜짝 놀라 영희를 뚫어지게 바라본다.

"세영호텔이라고 이름 붙일 생각이라 양해를 구한다는 거지! 모 교수, 내 단독으로 결정해서 미안해. 호텔에만이라도 우리 추억의 조각을 남기고 싶어서 그래, 양해해 주면 아니 되겠나?"

나는 한참을 말문이 막힌 듯, 뭐라 응대할 수가 없었다.

안 된다고 하기도 난처하고, 그러라고 하기도 쑥스러운 처지가 되고 말았다.

'영희에게 무슨 다른 뜻이 있겠어? 못이기는 척 승낙하지 그래' 바람 소리처럼 이런 속삭임이 귀를 괴롭힌다.

"그래, 영희가 좋다면 내가 군이 반대할 이유가 없지 않겠어? 공사기간은 얼마로 잡고 있나?"

"3년! 최고의 호텔로 만들고야 말겠어!"

저 옆에 서너 사람이 서서 우리를 응시하고 있다. 영희가 고갯짓하니 모두 공손히 영희 앞에 와 선다.

"소개하지. 여기 이분은 호텔 공사를 책임질 평창건설 안종범 상무, 여기 이분은 김춘일 기술부장, 여기 이분은 설계부장 박승혁 설계사입니다. 공사비 일체와 이분들의 급여 일체도 내가 지급할 것입니다. 경리는 내 동생의 딸 조윤미가 수고할 것입니다."

"이 핑계 저 핑계로 당신은 정동진 사람이 되겠군 그래. 혼자서 너무적적하겠군! 자기가 선택한 길 신나게 걸어가 보시게. 어떻든 축하하네."

영희가 마지막으로 당부한다.

"안 상무님, 궂은 날씨엔 쉬세요. 서두르다간 날림 공사가 되기 쉬우니 절대 서두르지 마세요. 아시겠지요? 자, 돌아갑시다. 강릉관광호텔에서 만납시다. 근사하게 한턱낼 테니!"

해가 뉘엿뉘엿 기울고 있다. 우리는 정동진을 떠나 강릉관광호텔에

파랑새는 울지 않는다

여장을 풀었다. 우리 여섯 사람은 호텔 식당에 모였다. 바닷가니까 모듬회와 비프스테이크를 시켰다. 호텔신축을 축하하는 의미에서 샴페인으로 축배를 들었다. 샴페인 두 잔에 취기가 오른 혜주의 예의 그 질문 공세가 시작된다.

"얘 영희야, 너 세영호텔이 완공되면 넌 뭘 할 거니?"

"난 말이야, 펜트하우스 창가에 앉아 소나무를 바라보며 추억에 잠기겠지. 거기 소나무 앞에 비 맞아 후줄근해진 몰골로, 나를 바라보고 서 있는 모 교수를 발견하겠지. 그리고 큰 소리로 노래하겠지."

"아참, 물어본다는 걸 잊었네. 호텔 규모는 어떻게 되는데?"

"응, 지금 계획대로라면, 지하 3층에 지상 9층. 그 위에 펜트하우스를 올리고…"

"그럼, 너는 10층에 앉아서 모 소위를 보겠네. 참 낭만적이네. 노래를 부른다고 했는데 무슨 노래를?"

"좀 유치한 것 같지만, 내 맘을 잘 말해주는 것 같아서 김상희의 '참사랑'을 부를 거야!"

그대 지금은 남남인 줄 알고 있지만
아름답던 그 시절은 오늘도 눈물 주네
참사랑이란 이렇게 눈물을 주나
슬픔을 주나 멀리 떠나간 내 사랑아
나는 잊지 못해요 잊을 수가 없어요

고독이 밀리는 이 밤을 어이해요
그대 지금은 남 남인 줄 알고 있지만
아름답던 그 시절은 오늘도 눈물 주네

참사랑이란 이렇게 눈물을 주나
슬픔을 주나 멀리 떠나간 내 사랑아
나는 잊지 못해요 잊을 수가 없어요
고독이 밀리는 이 밤을 어이해요
그대 지금은 남 남인 줄 알고 있지만
아름답던 그 시절은 오늘도 눈물 주네

노래를 부르는 영희의 눈길은 처연해지고 혜주는 숙연해졌으며, 내 눈에서는 눈물이 핑 돌아 남사스러웠다.

밤이 이슥해질 때까지 얘기를 나누다가 각자 방을 찾아 피로를 풀었다. 혜주가 대구 매운탕 맛이 일품이었다면서, 이제 어디로 갈 거냐고 묻는다.

"오늘은 평택에서 쉬자. 보육원에 들를 일이 있거든."

오후에 평택시에 들러 약정했던 토지 매매계약을 마치고 동고보육원에서 권 원장을 만났다.

"권 원장, 저번에 말한 50명의 아이들은 불편하지 않게 잘 돌보고 있지요? 난 권 원장만 믿으니까."

"그럼요, 둘이 거처하는 방을 넷이서 쓰려니 좀 비좁기는 하지만, 먹고 입을 건 제대로 잘 챙겨주고 있습니다."

"학습도 잘하고 있겠네요."

"그건 염려 마십시오. 아이들이 모두 착실한 것 같아 제가 오히려 행복하답니다!"

"오… 그러면 됐어요. 내일부터 신축공사가 시작될 거예요. 2년쯤 걸리겠죠."

"네, 잘 알겠습니다. 원장님께서 걱정하시지 않도록 최선을 다하겠습니다."

"고마워요, 권 원장."

영희는 나를 보며, 신축 문제를 간단하게 알려준다.

평택시에서 몇 개월 전부터 보육원에 아동 100여 명을 더 수용해 주면 좋겠다는 요청이 있었다. 그래 우선 50명을 추가로 수용했다는 것이다. 그래서 현재 보육원 뒷산 국유지를 매입하여 100명을 수용할 수 있는 건물을 신축한다는 것이다. 수안그룹의 또 하나의 출혈이지만, 수안그룹의 사업목적이 부의 축적이 아니라, 부의 사회 환원이기에 기꺼이 벌이는 일이라는 것이다.

이런 영희의 설명을 듣고 나는 지그시 눈을 감고 생각한다. 우리나라 부유한 기업이나 개인이 이런 신조를 갖고 살아간다면, 대한민국은 그야말로 지상낙원이 아니겠는가!

그날 밤도 전에 숙박했던 우성호텔 306호와 307호실에, 혜주는 308호실에 짐을 내려놓았다. 호텔 식당에서 비프스테이크로 속을 채우고 나니, 시간이 남아돌아 허전했다.

"영희, 우리 작년 12월에 들렀던 그 와인 카페에 가 볼까, 어때?"
"그거 좋지, 빨리 가자구."

우리가 들어서니 주인이 우리를 깍듯이 맞이한다.

"반갑습니다. 또 오셨네요. 전엔 두 분이 오셨는데…."
"아니, 사장님! 우리를 알아요?"
"알다마다요. 제가 샹베르탱을 올려드렸었는데요. 잊을 리가 있습니까?"
"사장님은 기억력도 좋으시네요. 치매는 절대 걸리지 않겠네요. 오늘도 포도주의 왕 샹베르탱을 주세요."
"네, 곧 올리겠습니다."

포도주는 우리에겐 마음의 평화를 가져다주는 보약이었나보다. 더욱이 나폴레옹이 좋아했던 샹베르탱을 마셔서 그런지, 세상이 우리 것 같은 기분이 들었다.

파랑새는 울지 않는다

저절로 예이츠의 '축배의 노래(Drinking Song)'가 또다시 읊어지니 말이다.

Wine comes in at the mouth
And love comes in at the eye;
That's all we shall know for truth
Before we grow old and die.
I lift the glass to my mouth
I look at you, and sigh

술은 입으로 들어오고
사랑은 눈으로 들어오네;
우리가 늙어 죽기 전
알아야 할 진실은 그것뿐
나는 잔을 들어 입으로 가져가고
그대를 보며, 한숨짓네

이 짧은 시가 우주의 최고의 성스러운 비밀을 말하고 있지 않은가. 우리가 늙어 죽기 전에 알아야 할 진실은, 사랑은 눈을 보고 알 수 있다는 것! 얼마나 깊은 통찰인가. 그런데 그대를 처다보며 한숨을 짓는 건? 이룰 수 없는 사랑이기에 절로 나오는 한숨이 아닌가!

다음 날 아침에 우리는 느지막하게 일어나, 호텔 앞 롯데 카페테리

아에서 딸기 잼을 발라 치즈 한 장을 올린 토스트에 라떼 커피로 아침을 때웠다.

그리고 점심용으로 햄버거 세 개를 포장해서 뒷자리에 실었다. 영희가 운전대에 앉으며 소리친다.

"빨리 타라우."

혜주의 핀잔이 웃음을 자아내게 한다.

"네가 운전대에 앉으면, 나는 어떡하라고! 모 교수랑 같이 앉으라고?"

"그래야 손님을 모시는 예의지, 안 그래?"

"에이, 그래도 그건 어색하지! 내가 조수 노릇을 해야겠네!"

"그리하라고 내가 운전대를 잡았는데, 지가 지레 오해를 하구선 딴 소리네!"

혜주의 얼굴에 홍조가 물드는 듯하더니 이내 사라진다.

혜주는 무안한 듯 얼른 말로 얼버무린다.

"이젠 어디 가는데?"

"저 백마강 알지? 의자왕궁의 삼천 궁녀가 뛰어내렸다는 낙화암이 있는…."

"아, 부여 말이구나. 부여가 아귀찜 요리를 잘한다고 하더군. 한번 가 보자."

"그건 그때 가서 할 얘기고… 난 지금 사업차 간다고!"

우리는 오후 4시쯤 부여군청에 들러 3일 전에 약정했던 금성산 아래 공공부지 매매계약을 맺고, 대금을 지불했다. 남쪽으로 부여고등학교가 내려다보이는 야트막한 구릉 5백 평에 보육원 두 동을 세울 예정이라고 영희가 친절하게 설명한다. 낙화암 백마강에 몸을 바친 그 후예 중, 가엾은 아이들을 돌봐주려는 것이 수안그룹의 숭고한 봉사 정신이란다. 이름하여 금성보육원! 100명의 서러운 아이들이, 설움을 떨치고 꽃처럼 아름답게 피어나게 하고픈 것이 영희의 바람이요 보람이란다.

일을 마친 영희는 홀가분한 기분으로 혜주의 소원대로 아귀찜 음식점을 찾아들었다. 흥부아귀찜이란 간판이 우리의 발길을 끌었나 보다. 아주 정갈한 집이었다. 우연인가. 바로 건너편에 괜찮은 호텔이 있었다.

꽤 예쁘장한 아주머니가 앞치마를 훔치며 친절하게 맞이한다.

"어서 오십시오. 여기 조용한 데 앉으시지요."

"감사합니다. 그런데, 요 앞 호텔이 괜찮은 곳이에요?"

"물론이지요. 부여 제일의 호텔인걸요. 숙박하시려면 잘 오셨습니다."

"그래요? 사장님이 복이 있으신 게지요. 아귀찜과 또 무슨 요리가 있습니까?"

"진짜 민물장어구이도 있구요, 쏘가리탕도 있지요."

"사장님, 그 세 가지 요리 부탁합니다. 탕은 맨 나중에요. 그런 요리에는 소주가 제격이라… 소주도 주시구요!"

"나, 차도 호텔에 주차하고, 예약도 하고 올 테니 둘이 오순도순 잘해봐…."

"쳇, 그냥 가면 어디 덧나나! 쓸데없는 농지거리나 실실 해대고 말이야!"

영희가 희색이 만면해서 들어오면서 쾌재를 부른다.

"와, 호텔이 아주 근사해! 내 맘에 쏙 들어. 너무 깨끗해서 좋아!"

"그렇게 맘에 들어?"

"그럼, 낙화암에 호텔 하나 또 지을까? 그건 나중 일이고, 우선 장어구이나 먹어보세나."

"호텔을 또 지을 생각이라고? 뭔 돈이 그리 많아!"

"다음에는 혜주 너와 공동투자로 말이야! 어때, 싫어?"

"그건 나중 일이고, 자! 소주나 들자고!"

술이 거나해지자 어제는 나도 두 사람의 처지를 생각하며 눈시울이 붉어졌지만, 사실 그건 나의 옛일이 떠올라서도 눈물이 맺혔다는 것을 고백해야 하겠다는 생각이 들었다.

"어이, 그대들! 나도 그대들에게 고백할 일이 있어! 그대들 처지만 괴로운 게 아니야! 나도 괴로운 일이 있었다는 거야! 지금 털어놓을 테니 잠깐만 들어보라우."

"그래? 서슴지 말고 속 시원하게 털어놔 봐!"

내게는 고등학교 때부터 사귀던 애인이 있었지. 같은 나이 같은 학년이었지. 교회도 같이 다니면서 고등부에서 찬양도 부르고 찬양 연습도 같이했다네. 그미는 고등부 찬양대 피아니스트였어.

3학년 봄 삼월 말 어느 날, 그녀의 집 2층 다다미방에 놓인 피아노 앞에서 노래를 연습하고 있었지.

"너 이 가곡 잘 익혀! 알았지?"

"그래~애, 네가 하라는 데 거절할 이유가 없지. 어서 쳐 봐."

박화목의 시에 채동선이 작곡한 '망향'이었다.

꽃 피는 봄 사월 돌아오면
이 마음은 푸른 산 저 너머
그 어느 산 모퉁길에
어여쁜 님 날 기다리는 듯
철 따라 핀 진달래 산을 덮고
먼 부엉이 울음 끊이잖는
나의 옛고향은 그 어디런가

나의 사랑은 그 어디멘가
날 사랑한다고 말해주렴 아 그대여
내 맘속에 사는 이 그대여
그대가 있길래 봄도 있고
아득한 고향도 정든 것일래라

그녀가 떠나고, 먼 훗날 사월이 돌아올 때면 나는 이 노래를 부르며 얼마나 울었는지 모른다. 헤어질 것을 미리 예견한 듯한 그런 노래 교습이었다.

1961년 내가 조선일보 기자 시험에 당당하게 합격하고 나니, 그녀의 양친은 물론, 형제들까지 나는 미래의 그녀의 신랑으로 대대적으로 환영해 주었다. 그런데 5·16 혁명이 일어나 병역 미필로 기자가 되지 못하고, 육군 소위가 되어 나타나자 나를 반기는 사람은 아무도 없었다.

사실을 말하자면, 내가 군에 입대하자마자, 혼처를 찾았다. 변명은 내가 빨리 제대한다 해도, 적어도 5년 후에나 직장을 얻을 것이므로 5년 후에는 노처녀가 될 것이기 때문이었다는 것이다.

그녀는 당시 이화여대 작곡과를 졸업하고 대학원에 진학해 있었다. 그때 김순애 작곡과 교수가 독일에 유학하고 있는 남자를 소개해주어서, 이미 결혼을 서약했다는 것이다.

그리고 그녀는 독일에 가서 결혼하고, 남편과 함께 북한에 가서 김일성도 만나보았다는 것이다. 귀국해서는 국가보안법 위반으로 부부가 재판정에 섰다. 내가 조선일보 기자 시절에 재판을 지켜보기도 했다.

어떻게 된 일인지, 박정희 대통령의 지시로 부부는 석방되어 두 사람 다 각기 M 대학과 E 대학의 교수가 되었다.

사귄 지 6년, 대학 생활 내내 떨어져본 적이 없는 우리의 굳은 사랑의 맹세가 산산이 부서져 버린 것이다.

무정한 사랑에 오죽 한이 맺혔으면 이렇게 울부짖었을까!

'황금의 꽃같이 굳고 빛나던 옛 맹세는 차디찬 티끌이 되어서 한숨의 미풍에 날아갔습니다'라고!

이러구러 음식점이 문 닫을 시간까지 우리는 곤드레만드레가 되었다.

깨끗한 호텔의 안온함 덕에 몸과 마음이 한결 가벼워진 우리는, 어젯밤 그 음식점에서 쏘가리 매운탕으로 해장을 하고 부소산에 올랐다.

낙화암 위 바위에 덩그러니 서 있는 백화정(百花亭)에서 보이는 백마강 푸른 물은 무심히 흐르고 있다.

백화정은 타사암(낙화암) 50m 절벽에서 몸을 던져 절개를 지킨 삼천궁녀의 원혼(冤魂)을 달래기 위해 1929년 세워졌다.

우리는 발길을 되돌려 고란사의 약수를 맛있게 마셨다. 이 고란사 약수를 마시면 3년은 더 젊어진다고 해서, 우리도 어린아이처럼 좋아했다.

혜주가 침묵을 깨고 재잘거린다.

"칠백 년 한을 품고도 무심히 흐르는 저 백마강을 노래하는 자, 어디 한 둘이었던가. 나는 이미자가 노래하는 '꿈꾸는 백마강'이 좋아!"

백마강 달밤에 물새가 울어
잊어버린 옛날이 애달프구나
저어라 사공아 일엽편주 두둥실
낙화암 그늘에 울어나 보자

고란사 종소리 사무치는데
구곡간장 올올이 찢어지는 듯
누구라 알리요 백마강 탄식을
깨어진 달빛만 옛날 같구나

우리의 박수에 흐뭇한 듯 혜주가 활짝 웃는다.
영희와 나는 혜주와 같이 오기를 백번 잘했다고 생각했다.
행복도 나누어 가지면 더 행복해지는 걸까.
영희가 혜주에게 묻는다.

"얘, 우리 이제부터 어디 가서 뭘 하면 좋겠니? 네 뜻대로 할 테니 말해봐."
"대전의 장태산에 가 보자. 수안보 가는 길이기도 하니까. 어때?"
"거기 뭐가 좋은데?"
"힐링에 좋은 메타세쿼이아 산림욕이 몸에 아주 좋고, 가문비나무도 흔한 나무는 아니지. 그 외 느티나무, 오동나무, 밤나무, 잣나무, 소나무, 은행나무, 두충나무, 도토리나무 등이 일궈내고 있는 풍치는 장군 같은 위용을 자랑하고 있다던데……."

"그럼 쉴만한 숙소는 있나?"

"근처에 펜션도 많지만, 장태산 내 '숲속의 집'이 멋지다고 들었어."

"그래~애? 그럼, 거기 가서 오늘 밤엔 노변정담을 즐겨볼까, 모 교수는 어때?"

"좋지, 가 보자구."

장태산(將太山) 자연휴양림은 임창봉이 장태산 기슭 자연 상태인 나무 숲에 조성하여 1991년 5월 개장했다. 산 정상에 세운 전망대 장태루에서 보이는 낙조(落照)가 현란하고, 앞에 보이는 장군봉, 행상 바위 등의 기암괴석이 눈길을 사로잡는다.

우리는 논산에서 포도주를 몇 병, 돼지고기 수육 등 두 끼분 음식물을 장만하여 장군봉(273m)에 노을이 질 때 장태산에 도착했다. 정문 안내소에서 '숲속의 집' 10평짜리 A동 숙박비를 치렀다. 오동나무 통나무로 지은 집이었다.

황토 벽난로 옆에 쌓인 참나무 장작에 불을 붙이니, 탁탁 소리가 마치 음률에 맞춘 장단 소리처럼 귀를 즐겁게 한다.

웬만한 호텔보다도 비싼 값을 하느라고 냉장고도 있고, 좁으나마 조리대와 가스레인지, 냄비, 식기, 밥솥, 숟가락, 젓가락 등이 갖추어져 있다.

벽난로 앞에 네 개의 소파가 놓여 있고, 침대는 달랑 두 대.
우리는 사 온 음식을 식탁에 차려놓고, 포도주로 건배한다.

"오늘도 지켜주신 하나님께 감사! 감사! 감사!"

21장

불타는 수안빌딩

우리는 장태산 '숲속의 집' A동 침대가 두 개만 있는 방에서 늘어지게 자고, 해가 장태루 높직이 떠올라 따스한 볕을 흩뿌리며 여행을 즐길 즈음에 일어났다. 침대 하나는 내가 차지했고, 두 친구는 한 침대에서 다정하게 밤을 보냈다.

간단한 식사를 마치고 충주로 차를 몰았다. 운전사는 영희, 조수는 혜주였다.

혜주가 우리를 별장으로 초대한다.

"내가 정미에게 저녁 준비해 놓으라고 일렀으니, 곧바로 우리 별장으로 가자. 괜찮지?"

영희도 한마디.

"그래 그거 좋지. 오늘 밤도 네 별장에 어울리는 근사한 만찬을 즐겨보자. 그것도 괜찮지?"

나도 한마디 해야 형평에 맞는 것 같아서, 한마디 한다는 것이 그만 엉뚱한 말이 튀어나오고 말았다.

"내 고향으로 날 보내주…!"

영희가 핀잔을 준다.

"모 소위는 내가 한 말을 뻘로 들은 거야! 당신을 다 알기 전까지는 보낼 수 없다는 말을!"

혜주도 끼어들어 부채질한다.

"모 소위가 우리 곁을 떠나려면 아직 멀었나 보구만. 기왕 말이 나왔으니, '가고파' 노래나 듣자. 모 소위의 울적한 기분도 풀어줄 겸!"

이은상 시에 김동진이 1933년 작곡한 곡이다. 내가 사과 겸해서 주문한다.

"엉뚱한 말을 해서 미안해! 그런데 나는 이인범이 부른 가고파가 제일 맘에 드는데, 그 CD는 없지?"

영희가 미안해하며 양해를 구한다.

"오래된 것이라 없으니, 조수미가 부른 걸 들으면 어때? 괜찮지? 모교수."
"아무거면 어때. 들어보자구!"

내 고향 남쪽 바다
그 파란 물 눈에 보이네
꿈엔들 잊으리요
그 잔잔한 고향 바다

지금도 그 물새들 날으리
가고파라 가고파
어릴 제 같이 놀던
그 친구들 그리워라

어디 간들 잊으리요
그 뛰놀던 고향 친구
오늘은 다 무얼 하는고
보고파라 보고파

그 물새 그 친구들
고향에 다 있는데
나는 왜 어이 타가
떠나 살게 되었는고

온갖 것 다 뿌리치고
돌아갈까 돌아가
가서 한데 얼려
옛날같이 살고지고

내 마음 색동옷 입혀
웃고 웃고 지내 고저
그날 그 눈물 없던 때를
찾아가자 찾아가

어느샌가 우리는 혜주의 별장에 다다랐다. 스르르 열리는 차고에 주차하고, 현관에 들어서니 향기로운 내음이 코끝에 스며든다.

우리는 채소와 육류, 해산물 등 갖가지 재료로 준비한 만찬을 즐기며 하루의 피로를 풀었다. 15년 숙성한 매취순의 부드러운 맛에 취한 탓일까. 영희의 얼굴은 슬픔으로 물들었다.

혜주가 안타까운 듯 위로한답시고 상처를 건드리고 만다.

"수안빌딩이 불타버린 일은 그만 잊어버리지 그래!"

"내 동생이 어디로 사라졌는지 모르는데, 불까지 나 버렸으니 마음이 아프지 않았겠어?"

내가 끼어들어 세게 풀무질을 한다.

"속에만 감춰두지 말고 얘기해야 시원해지는 거야. 다 털어놔 보라구!"
"당시를 생각하면, 너무 가슴이 아파! 모 교수 말마따나 얘기해 버리는 것이 낫겠어."

1977년 9월 별빛이 총총하던 오밤중에 관철동 7층짜리 수안빌딩이 완전히 잿더미로 변했다. 귀뚜라미도 살아남지 못할 만큼 철저하게 태워버린 불이었다. 잿더미에서는 서류 한 장도 찾아볼 수 없었다. 경리 장부, 거래장부, 계약서, 대출증서, 현재 진행 중인 모든 공사에 관한 상황 등 중요 서류 일체가 불에 타버린 것이다.

그런데 새까맣게 타버린 사체 두 구가 발견되었다. 한 구는 2층에서, 다른 한 구는 1층 경비실에서 찾았다.

회사가 제 기능을 회복하기에 얼마나 긴 세월이 필요할지는 회사를 경영해 본 사람은 다 안다. 한마디로 하면, 회사는 쫄딱 망했다.

회사 직원들은 잿더미에 앉아 땅을 치며 울부짖는다.

"망했구나, 망했어!"

그리고 모두는 납치당한 한경주 회장과 조 회장 남동생 조영준의 사체인 줄로 알고 더욱 목 놓아 울었다. 조영희도 직원들과 한데 얼려 눈물을 뚝뚝 흘렸다.

어찌 이런 비극이 왜 하필 조영희의 시댁 수안그룹과 친정 평창그룹에만 찾아오는가! 정녕 하나님의 은총이 조영희에게서 떠난 것인가! 이런 생각을 하자 직원 모두는 절망의 골짜기에 빠지지 않을 수 없었다.

초벌 감식을 끝낸 경찰은 사체의 신원은 물론, 남녀 성별도 구분할 수 없었다. 그리고 국립과학수사연구소에 철저한 감식을 의뢰했으나, 거기서도 경찰의 초벌 감식 결과와 같이 신원미상, 성별 확인 불가라는 결론을 내렸다.

그러나 사람이 불에 타 죽은 만큼, 이는 살인 행위라고 보고 경찰은 살인 수사에 착수했다.

종로 경찰서에 수사본부가 설치되었다.

1968년 강만수를 수사했던 그 박민식 형사과장은 총경으로 진급하여 경기도 이천 경찰서장으로 근무하고 있다.

당시 형사 1계장 전진서 경위도 경정으로 승진하여 종로 경찰서 형사과장이 되어있고, 주 성우 경사 또한 진급하여 경감으로 형사 1계장을 맡고 있었다.

일주일이 지나서도 수사는 아무런 진전이 없었다. 사체의 신원도 밝히지 못했으나, 화재의 원인만은 어렵사리 밝혀졌다.

군사용 C-4 폭탄이 각 층마다 5개씩 설치되어 동시에 폭발한 것이었다. 소방 당국은 적어도 8명 이상의 사람이 동원되어 설치 작업을 한 것으로 추정했다.

그렇다면 이건 계획된 방화요 살인이었다. 사건이 커지지 않을 수 없었다.

서울시 경찰청에 수사본부가 새로이 발족했다. 이런 계획된 살인사건에는 홈즈나, 푸아로나, 이지도르가 반드시 필요하다.

서울시 경찰국은 하는 수 없이 박민식 총경을 수사반장에 임명했다. 박 총경은 수안그룹과 깊은 인연의 끈이 연결된 모양이다.

화재 현장에서 아무런 실마리도 찾지 못했고, 사체의 신원도 밝혀내지 못했으니, 수사는 답보 상태에 빠졌다. 그러는 와중에도 수안그룹은 조용하게 사업을 진행하고 있었다. 어떻게 폐허에서 장미꽃을 피울 수 있단 말인가. 이것도 우연인가, 기적인가! 사실을 밝히자면 이것은 우연도 아니고 기적도 아니다. 하나님의 섭리일 뿐이었다.

사연은 이렇다.

방화 사건이 일어나기 전날 밤, 영희는 밤늦게까지 기도실에서 기도에 열중하고 있었다. 홀연히 전면에 켜 놓은 촛대의 촛불이 흔들리더니, 예의 그 미카엘 천사의 하얀 날개가 보였다.

"사랑하는 딸 영희야! 악의 뿌리는 완전히 뽑아버려야 한다는 진리를 실천할 때다. 이제 원수들을 지옥으로 보내버려라!"

그리고 미카엘 천사는 한참 동안 영희의 귀에 무언가 열심히 일러주었다.

다음 날, 회사에 출근한 영희는 홍 부회장을 집무실로 조용히 불렀다.

"홍 부회장님, 이건 아주 비밀리에 진행하여야 합니다. 직원들은 지시에만 따르게 하시고 한마디도 새어나가서는 절대로 안 됩니다."
"그렇게 극비로 진행하여야 할 중대 문제라도 생겼습니까? 회장님!"
"그래요. 우리 회사뿐 아니라, 우리의 목숨까지도 달린, 생사가 걸린 문젭니다. 아셨지요?"
"네, 잘 알겠습니다. 분부대로 차질 없이 진행하겠습니다."
"모든 직원은 오늘 퇴근길에 자기가 취급하고 있는 모든 서류를 집으로 가져가야 합니다. 그것도 아무도 모르게 조용히 말입니다. 다른 사람이 무얼 하든 일체 신경 쓰지 말고 자기가 맡은 일만 해야 합니다!"
"네 알았습니다."
"그리고 지금 제가 하는 말은 홍 부회장만 아시고, 누구에게나 절대 비밀입니다. 현대호 총무부장에게 이 일을 맡기십시오. 그는 잘 해낼 것입니다. 오늘 당장 사체 두 구를 구해야 합니다. 돈은 상관하지 마시고 가족에게 보상하시고 반드시 구해야 합니다. 화장장 앞에서 가족을 잘 설득해야 합니다. 어차피 불타 없어질 사체라면, 가족의 후생을 위해서도 기꺼이 희생할 것입니다. 그 영혼을 위해서 간절히 기도하겠습니다. 아셨지요."

"그런 다음에는 어떻게 해야 합니까?"

"내일 새벽 2시쯤 되면, 우리 수안빌딩에서 시꺼먼 그림자들이 살금살금 빠져 사라질 것입니다. 빌딩 근처에 매복하고 있다가 그들이 사라진 걸 확인하고 사체 한 구는 2층 방에, 또 한 구는 1층 경비실에 놓아두십시오. 그러면 새벽 3시쯤 폭약이 일제히 폭발하면서 수안빌딩은 불바다가 될 것입니다."

홍 부회장은 얼굴이 새파랗게 질리며, 말더듬이가 된다.

"아! 회장님 어찌 그런 일이 있을 수 있겠습니까. 너무 끔찍합니다! 회장님은 어떻게 아셨습니까?"

"그 얘기는 나중에 자세히 말씀드리겠습니다. 자, 서두르시지요."

한편, 수안빌딩 화재가 발생하기 일주일 전, 군산 교도소에서 김화수는 면회를 즐기고 있었다. 대전 교도소에 수감되었던 강만수는 일가친척 아무도 없는 처지라 이렇게 살 바에는 죽는 것이 낫겠다며 혀를 깨물고 자진했다. 그리고 송장생은 여동생 일가붙이가 있긴 했으나, 사식 한 번 차입해 준 적도 없어 그 역시 고독하기는 강만수나 다름없었다. 그러나 그는 강만수 같은 강기도 없어서 입맛을 잃고 음식물을 제대로 섭취하지 못해 시름시름 앓다가 뼈만 앙상히 남은 채 말라 죽었다.

홀로 남은 김화수는 자기에겐 복수할 대상이 있고, 복수해 줄 부하도 있다며 싱글벙글한다.

"그래, 진영아! 어찌했으면 좋겠다고?"

지금 김화수를 면회하고 있는 사람은 김화수의 왼팔 노진영이었다. 오순성이 드러내 놓고 설치는 스타일이라면, 녀석은 음흉하게 숨어서 뒤통수를 치는 얄미운 놈이다. 별 능력도 없는 놈을 김화수가 키워줘서 오늘날 갑부가 되어있다. 떳떳한 일을 하는 게 아니라, 금이나 마약 같은 것을 밀수하는 일에 도가 텄고, 똘마니들도 꽤 많이 데리고 있다.

"예, 지금 수안그룹은 말 그대로 승승장구하고 있습니다. 서울뿐 아니라, 전국 곳곳에 수안아파트가 우후죽순처럼 뻗어나가 기세를 자랑하고 있습니다. 또 정유사업에도 손을 대서 거기서도 막대한 이익을 얻고 있고, 해운업에서도 재미를 쏠쏠하게 보고 있습지요. 두목님의 원수가 커가는 꼬락서니를 그대로 보고 있자니 화가 치밀어 견딜 수 없단 말씀입니다. 그래서 관철동에 있는 수안그룹 빌딩을 깡그리 태워버리자는 겁니다!"

"어떻게 태우면 좋겠어? 가만 보니 너는 모든 준비를 다 해놓고 나를 슬슬 놀리는 것 같은데, 안 그래?"

"두목님 눈은 속일 수가 없군요. 준비는 완벽하게 해 두었습니다."

"언제쯤 실행할 건데?"

"일주일 후에요. 깜깜한 하늘이 되는 밤이거든요. 새벽에 완벽하게 처리할 겁니다. 두목님께서는 발 쭉 뻗고 계십시오. 기쁘고 기쁜 소식을 전해 올리겠습니다."

영희는 미카엘 천사가 일러준 대로, 동생 영준이의 평창그룹 사무실을 찾아갔다. 평창그룹도 회장이 납치된 후에 한때 휘청거렸으나, 영희의 전폭적인 지원과 격려 덕에 날로 번창해 가고 있었다. 따지고 보면 영희가 소유한 지분이 30%나 되기 때문에 영준이가 없는 지금은 영희가 CEO 역할을 하고 있다고 해도 지나친 말이 아니다.

회장 집무실에 들어서니 비서 남정원이 반갑게 인사하며, 인삼차를 내온다.

"남 양, 그간 반가운 소식 없었지? 회사에 무슨 어려운 일 같은 건 없고?"

"네, 회장님 덕에 모든 것이 잘 되어가고 있습니다."

"알았네, 나가 봐. 내 할 일이 좀 있으니 아무도 들이지 말고! 알았지?"

"네, 그리하겠습니다."

영희는 열쇠가 채워진 서랍을 여러 개 여닫아 본다. 별 특이한 물건이나 서류는 보이지 않는다. 영희는 눈을 지그시 감고 생각에 잠긴다.

'이 녀석이 중요한 물건은 어디서 꺼내 왔었지? 아, 맞다. 거기였었지! 제 딴에는 멋을 부린다고 가끔 물고 있는 쿠바산 아바노(Habano) 곽이 었지! 그 녀석도 추리소설을 좀 읽었나?'

영희가 사무용 탁자에 덩그러니 놓여 있는 시가 곽에서 엽궐련(葉卷煙)을 다 드러내니 곰방대가 모습을 드러낸다. 곰방대 이음새를 돌리니 꼬리 대롱이 앞부분과 분리된다. 대롱 깊숙이 손가락을 넣어보니 종이 쪽지가 나온다.

거기에 이렇게 쓰여 있었다.

'Notice Remnants!'

영희가 고개를 갸웃하며 그 의미를 풀어본다.

'오! 그거야, 바로 그 잔당들에 주목하라? 누구의 잔당?'

그길로 영희는 박민식 수사본부장을 찾아갔다. 박 부장이 반갑게 맞이한다.

"오랜만에 뵙네요. 그래선지 더 반갑습니다."
"건강하시지요. 진급 축하도 제대로 못 해 드려 미안합니다."
"별말씀요. 그보다 더 훌륭한 파티가 어디 또 있겠습니까. 너무 과

분했습니다."

"그건 그렇고, 수사는 진전이 좀 있습니까?"

"아직 아무런 단서도 확보하지 못했습니다. 홈즈도, 푸아로도, 이지도르도 별수 없나 봅니다."

"원 그런 겸손하신 말씀! 뤼팽이 오면 될까요?"

"무슨 말씀이신지?…"

"잔당들을 찾아보세요. 잔당들을요!"

"잔당이라? 어떻든 알았습니다. 잔당들이라… 누구의 잔당?"

그길로 박 본부장은 전진서 과장을 부른다.

"전 과장, 수안그룹과 관련된 사람들을 모조리 조사해 보게."

"예, 그렇게 하지요."

전 과장과 수사 요원들은 수안그룹과 관련된 모든 기업체, 거래처, 채무관계자 등을 이 잡듯이 훑어보았으나 혐의를 둘만 한 곳이나 사람은 아무도 찾아내지 못했다.

박 본부장은 전 과장을 보며 푸념한다.

"그래, 단서가 하나도 없단 말이지! …거참. 아! 그렇지! 조 회장이 말한 잔당이란 어떤 조직에서 아직 남아있는 조직원들을 가리키는 말일 거야. 전 과장, 조직이라면 거 김화수가 깡패였으니 그 깡패 조직을 말하는 거 아닐까?"

"아, 맞습니다. 잔당들이란 바로 김화수 부하들을 말하는 것일 겁니다!"

"옳지 됐어! 그런데, 그 일당을 어찌 찾아낸다?"

"본부장님, 저도 답답합니다."

이때 박 본부장은 무릎을 치며 쾌재를 부른다.

"뤼팽에게 물어보면 되겠군!"

그는 부리나케 전화기 다이얼을 돌린다.

"아, 저 박민식입니다. 조 회장님, 김화수 일당일 거라는 데까지는 알아냈습니다. 그런데, 그 일당을 찾아내는 방법은 도저히 생각이 나지 않는데요? 어찌했으면 좋을는지요."

"그거요? 종로서에 분명히 일당들과 알고 지내는 경찰이 있을 거 아니겠습니까? 내부 통신망에 공지하세요. 과거는 일절 묻지 않을 것이니 김화수 일당의 소재만 알려주기를 바란다고요."

다음날 공지 게시판에 소재를 알리는 글이 올라왔다. 이름은 오 순성으로 관철동에서 건자재 상회를 경영하고 있으며, 잘 가는 음식점은 '나오미'라는 한식 요릿집이라는 것이다. 그리고 경사 이석진이라고 서

명까지 되어있었다.

이석진은 김화수 똘마니들의 협박에 그들의 음모에 협조는 했었지만, 지금까지 죄책감에 시달려 왔다. 마침 내부 게시판의 공고문을 보고 자수할 결심을 굳힌 것이다.

화재가 발생한 지 20일이 되던 밤, 형사대 20여 명이 전 과장의 지휘로 나오미를 들이쳤다. 마침 잔당들이 한데 모여 축하주를 마시고 있었다.

20일이 지나도 수사에 진전이 없는 것을 보니 이제 안심이라고 생각한 듯 여종업원을 끼고 한참 신이 나 있었다.

이리하여 잔당을 일망타진했다. 오순성, 임경택, 김승현, 화재의 주역 노진영까지 철창신세를 지게 되었다.

이들에 대한 재판은 일사천리로 진행되어 다음 해 1월 1심 선고가 내려졌다.

노진영은 방화죄와 살인죄가 적용되어 사형 선고를 받았다. 재판을 더 진행해 봐야 별 소득이 없다고 판단했는지, 그는 항소를 포기했다.

오순성과 임경택, 김승현은 화재 사건에 전혀 관계가 없으므로(화재 사건 때 그들은 일주일이나 서울에 없었다는 알리바이가 있었다) 무죄를 선고받을 줄 알았다. 경찰과 검찰은 이들의 납치 행위를 발견하지 못하고 재판에 회부했기 때문에, 그들은 그렇게 생각할 수밖에 없었다.

재판의 흐름을 보고받은 영희는 번개같이 재판정에 나타나 판사에게 증거를 제출했다. 영준이가 'Notice Remnants'라고 쓴 종이쪽지였다.

어리둥절한 판사가 영회에게 묻는다.

"여보시오, 이게 무슨 의미지요?"

"네, 이 말은 여기 있는 자들이 김화수의 잔당이라는 뜻입니다. 즉 김화수의 잔당들에게 납치되었다는 걸 제게 알린 겁니다."

"이거 뭐가 뭔지 모르겠으니, 30분간 휴회하고 검찰과 지금 쪽지를 제출하신 분과, 논의를 진행하겠습니다."

"댁은 뉘신데 이렇게 무분별한 행위를 하십니까?"

"재판장님, 죄송하게 되었습니다. 저는 수안그룹 회장입니다. 조영희 라 합니다. 사실은 제 친동생인 조영준 평창그룹 회장이 1976년 3월에 납치되었습니다. 당시 계속 며칠간 자기를 감시하는 눈길을 느끼고, 그들이 깡패 김화수의 부하라는 걸 알았던 것입니다. 그래서 저만 아는 곳에 이런 쪽지를 써 놓았던 것이지요."

"호오~ 그래요. 검사님, 어떻게 하면 좋겠습니까?"

"재판장님, 간단하게 처리할 수 있습니다. 제게 시간만 조금 주시면 됩니다."

"그리하시지요."

20분도 채 지나지 않아, 검사는 홀가분한 표정으로 의견을 말한다.

"저자들이 순순히 자백했습니다. 납치된 조영준 회장은 지금 청평

문재인이라는 사람의 별장에 감금되어 있답니다."

"그러면, 당장 재판을 진행해도 되겠군요."

"그렇게 하시지요,"

오수성, 임경택, 김승현 등은 재판장의 질문에 순순히 자백했다. 그리하여 이들 모두에게 납치 혐의로 무기징역이 선고되었다.

그리고 군산 구치소에 수감된 김화수에게는 방화와 살인 교사 혐의가 추가되어 사형이 선고되었다.

청평에 납치되어 있던 조영준 회장은 거의 2년 만에 집으로 돌아왔다. 누나 영희와 만나 기뻐하는 모습을 본 사람이라면, 그 극적인 장면에 눈물 흘리지 않을 사람은 아무도 없으리라.

이로써 수안그룹과 평창그룹에 끈질기게 달라붙어 있던 사탄의 손길이 지옥문으로 사라졌다.

영희의 이 얘기를 듣고 난 나와 혜주는, 아직도 시무룩한 영희를 위로하느라 매취순 잔을 들고 외친다.

"드링! 드링! 드링!"

22장

뉴욕의 서길남

매취순에 기분 좋게 취한 우리는, 2층 각기 자던 방을 찾아 잠자리에 들었다.

그날따라 일찍 일어난 나는, 대충 샤워를 하고 응접실로 내려갔더니 브루투스에서 꽝꽝 울리는 노랫소리가 한층 기분을 돋운다.

현제명(玄濟明, 1902~1960)이 작사도 하고 작곡도 한 그야말로 용기를 북돋우는 노래다.

배를 저어가자
험한 바닷물결 건너 저편 언덕에
산천경개 좋고
바람 시원한 곳 희망의 나라로

돛을 달아라 부는 바람 맞아
물결 넘어 앞에 나가자
자유 평등 평화 행복 가득 찬
희망의 나라로

밤은 지나가고 환한 새벽 온다
종을 크게 울려라
멀리 보이나니 푸른 들이로다
희망의 나라로

돛을 달아라 부는 바람 맞아
물결 넘어 앞에 나가자
자유 평등 평화 행복 가득 찬
희망의 나라로
자유 평등 평화 행복 가득 찬
희망의 나라로

혜주가 노래를 들려준 의도를 드러낸다.

"노랫말처럼, 험한 바다의 성난 물결을 넘어야 희망의 나라가 있는
것 아니야, 안 그래?"

내가 의아한 생각에 묻는다.

"아침부터 갑자기 희망의 나라로 가자니, 무슨 말이야?"

"모 교수, 머리를 좀 굴려 봐. 아무 걱정 없이 희망의 나라로 가려면 험한 바다도 건너고 성난 물결도 진정시켜야 하지 않나?"

"맞지, 당연히 그래야 하지. 그래서 영희네 집안을 몽땅 털어 미국으로 도주한 그가 어찌 되었는지 영희에게 듣고 싶은 거야."

영희가 기운 없이 운을 뗀다.

"그 얘기를 하려니 슬퍼지네. 그러나 아는 대로 다 말해 줄게. 그런데 한 가지 부탁이 있어. 혜주가 심부름 좀 할래?"

"그게 뭔데. 심부름 기꺼이 하지."

"시내 양주 매점 알지? 거기 가서 헤네시 꼬냑 한 병 사 오면 좋겠는데…."

"그래~애… 그거야 우리 집에도 있어. 가져올게."

혜주가 식당으로 가더니 찬장에서 꼬냑 한 병과 잔 세 개를 갖고 나온다.

영희가 놀라며 소리친다.

"얘는 혼자 살면서 꼬냑도 마시나 봐, 놀랐는데! 와, 헤네시 XO네."

"혼자 살면서도 꼬냑을 마신다고? 그거 무슨 말인지 모르겠는걸!"

"꼬냑은 최음제거든!"

"호오 그래? 영희 너는 그런 것까지 알아?"

내가 끼어든다.

"경험자니까 알겠지 뭐."

우리는 40%짜리 꼬냑을 한잔씩 마시며 예의 그 구호를 외쳤다.

드링! 드링! 드링!

영희가 이대를 졸업하던 1961년 봄 4월에 영희네 전 재산을 갖고 미국으로 야반도주한 서길남의 행적을 담담하게 얘기하는 영희는 그때의 일이 생각난 듯 설움에 복받쳐 말문이 막히곤 했다.

그해 봄 4월은, '사월은 잔인한 달'이라던 엘리엇의 시를 들먹이지 않더라도 영희네에게는 너무나 잔인한 달이었다.
4월에 부친이 돌아가시고, 닷새 만에 모친마저 불귀의 객이 되셨으니 뉘 아니 슬퍼할까!

수안그룹은 본사를 수안건설회사에 두고 있다. 영희의 사무실은 서소문 덕수빌딩에 세 들어있고, 계열회사들도 각기 여러 빌딩에 세를 들어있다.

수안그룹은 불탄 관철동 빌딩 주위 여러 건물 등을 사들여 대지를 두 배로 넓혀 9층 빌딩 2동을 짓고 있다. 화재보험금을 시가보다 훨씬 많이 받은 데다, 비축 자금을 보탰기 때문에 빌딩이 완공되면 재벌다운 면모를 갖출 수 있게 될 터였다.

화재가 오히려 전화위복이 된 셈이다.

1978년 7월, 영희 사무실에 동생 영준이가 찾아왔다.

"누님, 저 왔어요. 1년 반 넘게 붙들려 있다 보니 지금도 얼떨떨해요."

"그러니까, 당분간 몸조리나 하라니까. 요즘 회사 일에 너무 열심이라며?"

"몸과 마음이 좀 피곤하다고 쉴 수가 있나요. 저에게도 이런저런 생각이 많아요."

"자질구레한 일일랑 이제 다 잊어버리는 것이 좋아! 안 그래, 동생아!"

"누님은 달관해서 그런진 몰라도, 전 소심해서 그런지 꺼림직한 일은 그냥 잊고 넘어갈 수가 없어요."

"뭐가 그렇게 꺼림직한데?"

"아버님, 어머님을 돌아가시게 하고, 우리 집을 완전히 망하게 한 그 서가를 도저히 잊을 수가 없단 말입니다!"

"이제와 어떡할 건데? 당시에도 아무런 증거도 찾지 못한 일 아니냐.

깨끗이 잊어버리자!"

"누님, 요즘 가만히 생각해 보니 수상한 점이 한두 가지 아니에요. 우선 당시 비서실장 장 양에게 확인해 봐야 하겠어요."

"아, 장옥경이 말이지? 지금은 수안건설 총무부장이야."

"네, 저도 알고 있어요."

"영준아, 원수를 갚고 싶은 네 마음을 누나가 왜 모르겠냐. 하지만 복수는 '나에게 맡기라'고 하나님께서 말씀하지 않으셨느냐. 원한은 또 다른 원한을 낳고, 복수는 또 다른 복수를 낳는 것이야. 하나님께서는 피가 피를 부르는 죄악을 짓지 않도록 우리를 보호하시는 것이란다. 영준아, 하나님께 맡기자. 하나님은 정의로 심판하시는 분임을 믿어야 더 많은 복을 내리실 것이야. 영준아, 그리하자!"

"누님 말씀 잘 알아들었습니다. 그러나 미심쩍은 것만 확인하고 싶으니, 그것만은 허락해주시면 아니 되겠습니까, 누님?"

"그거야 네 맘대로 하렴."

영희는 장 부장을 불렀다. 수인사가 끝난 후 영준이가 정중하게 묻는다.

"장 부장님, 그동안 많이 괴로우셨지요. 제가 그 의문을 풀어볼까 합니다. 그때 서 이사가 박카스 병을 주면서 뭐가 들어있다고 했었지요?"

"녹용 가루가 들었다고 했습니다."

"커피에 따를 때 어떤 색깔이었습니까?"

"보통 커피 색깔과 비슷했습니다. 그리고 아몬드 향이 조금 났습니다."

"거기에 문제가 있습니다. 녹용에서는 조금 노린내가 나기 마련인데, 아몬드 냄새가 났다는 것이 의문점입니다. 장 부장 수고했어요. 가 보셔도 좋습니다."

"그럼 저는 이만 가 보겠습니다. 회장님."

"누님, 지금까지 제가 의심스러워했던 것이 사실로 증명이 됐습니다. 아버님은 서일남에게 독살되신 것입니다."

"영준아, 그렇다고 이제와 어쩌려고? 아까도 말했지만, 하나님께 완전히 맡기려무나. 선하시고 크신 하나님의 뜻에 맡기면, 반드시 악인은 징계를 받을 거야. 알았지?"

"제가 제 손으로 원수를 갚겠다는 것이 아닙니다. 알고나 있겠다는 것이지요. 누나, 걱정하지 마세요!"

조영준 회장은 누나의 연락으로 박민식 형사과장을 만나고 정보부 구상영 수사관을 만났다. 그는 기조실 과장으로 근무하고 있다.

"구 선생님, 처음 뵙겠습니다. 저는 조영준입니다. 조영희 수안그룹 회장이 제 누나지요."

"박 과장 소개도 있었지만, 조영희 회장님은 저도 잘 압니다. 그런데 무슨 일로 오셨습니까?"

"다름이 아니라, 구 선생님도 아마 대충은 알고 계실리라 믿습니다만, 저희 선친을 독살하고 모친을 해친 서길남이란 자가 있습니다. 그 자가 저희 재산을 몽땅 빼돌려서 미국 뉴욕으로 도주했습니다. 지금 그자의 상황이 어떤지 알고 싶습니다."

"그러면, 뉴욕의 FBI나 CIA에 아는 사람 있으면 소개해 달라는 말씀 이군요?"

"네, 외람되지만 바로 그 일로 왔습니다."

"잘 알았습니다. 내 소개장을 써 드릴 테니 뉴욕 CIA를 찾아가 보십 시오. 우리나라에서 근무하던 친구라서 아마 친절하게 대해줄 겁니다."

"감사합니다. 선생님의 배려에 늘 감사하며 살겠습니다. 안녕히 계십 시오."

1978년 8월 초, 김포공항발 뉴욕행 KAL 238편 여객기 이코노미석 창 옆자리에 영준이가 앉아 물끄러미 솜털 구름을 바라보고 있다. 옆 자리에는 무역부장 김호성이 앉아 졸고 있다. 그는 외국어 대학 영문학 과를 졸업하고 카투사로 근무하고 제대했다.

영준은 뉴욕 케네디 공항에 마중 나온 친구 오우진의 차로 30분을 달려 쉐라톤 호텔(Sheraton Tribeca New York Hotel)에 여장을 풀었다. 객실 이 369개나 되는 4성급 호텔이다. 자유의 여신상은 차로 10분 거리에, 타임스퀘어와 브로드웨이도 차로 10분 거리에 있다. 센트럴파크는 차로 20분 정도 가면 보인다.

오우진은 영준이와 경복고등학교 동기동창으로, 뉴욕 주립대 빙햄턴 (State University of New York at Binghamton, Binghamton University, BU)로스쿨

을 졸업했다. 현재 빙햄턴 대학교수이며 변호사다.

영준이가 뉴욕에 온 이유를 듣고 난 우진은 기쁜 표정으로 영준의 손은 붙잡고 흔든다.

"잘 왔다. 마침 내가 뉴욕 FBI 자문위원이기도 하거든. 내가 소개해 줄 테니 오늘 밤은 시내 구경이나 하자, 어때?"
"잘 됐다. 시내 구경이나 하지, 오늘 밤은!"

다음 날 우진 교수의 안내로 FBI 뉴욕 지부를 찾아가 토마스 오웬 지부장을 만났다. 오 교수가 영준을 소개한 후 찾아온 목적을 설명한다.

1961년에 미국에 입국한 서길남이라는 사람은 여기 조영준 부친을 살해하고 재산을 몽땅 훔쳐 도주한 자입니다. 그 사람의 현재 상황을 알고 싶습니다. 협조해 주면 고맙겠습니다. 그 사람 친구 재남이라는 사람은 뉴욕 의과대학 코넬 교수의 매제인데, 그 사람의 동정도 알았으면 좋겠답니다. 수고스러우시지만 간곡하게 부탁드립니다."
"알겠습니다. 제대로 알아보겠습니다."
"아, 토마스 지부장님, 여기 한국 CIA의 추천장이 있는데, 이건 어찌 처리했으면 좋겠습니까?"
"그래요, 저를 주시지요. 제가 CIA와 협조하여 공동으로 조사하겠습니다. 저만 믿으십시오. 혹시 큰 건을 하게 될지도 모르지요."

"지부장님, 자꾸 부탁드려서 미안합니다. 유능한 탐정을 하나 소개
해주셨으면 합니다만…."

"아, 그거 환영할 만한 부탁이군요. 퇴직한 유능한 선배가 있습니다.
여기 주소가 있습니다. 제가 전화로 알려 놓겠습니다."

이렇게 영준이의 일은 순풍에 돛단 듯 진행되었다. 소개받은 탐정은
영국 귀족 같은 타입으로 신중한 사람 같았다. 우리의 요청을 흔쾌히
받아주었다. 이름은 윌리엄 터커였다.

다음날 영준이 일행은 귀국했다.

열흘 후 오우진 교수에게서 속달 우편이 배달되었다. 영준이는 봉투
도 뜯지 않고 수안 건설로 달려가 누나에게 보여준다.

"누나, 미안해요. 누나 허가도 받지 않고 제가 뉴욕에 다녀왔어요.
여기 답신이 왔는데 같이 읽어볼까요"

"일 다 저질러 놓고 미안하기는 무슨…. 어디 읽어나 보자."

뉴욕발 제1신

지금까지 조사해 본 결과네.

서길남은 뉴욕 할렘 지구 킹 빌딩 근처 30평형 아파트에 살고 있네. 할렘(Harlem) 지역은 센트럴파크 북쪽을 지나는 110번가 북쪽 지역으로, 1658년 네덜란드인이 본국의 도시 'Haarlem'의 이름을 본떠 'Harlem'이라고 불렀다네. 오늘날은 맨해튼 북부 흑인 최대 거주지인 125 스트리트 마틴 루터 킹 목사의 이름을 딴 빌딩을 중심으로 하는 지역이지. 길남은 브로드웨이 42번가에 '몽 셰르(Mon Cher, 내 사랑)'라는 클럽을 운영하고 있다네. FBI는 이 술집이 수상한 것 같아 동태를 주시해 왔다고 하네. 그 친구 재남이는 월스트리트에 있는 펀드회사 중역이 아니라, 할렘 지구 마피아라는 사실이 밝혀져 FBI는 신이 나 있네. 조만간 일망타진할 계획이라네. 또 곧 서신 보내겠네. 이만.

오 교수의 서신을 읽고 영희와 영준이는 착잡한 심정이 되었다.

영희가 푸념하듯 혼잣말로 중얼거린다.

"선량한 시민으로 잘살고 있었으면 좋았으련만, 악인은 역시 악의 길에서 벗어나지 못하는 건가! 인간은 누구나 선한 품성을 갖고 태어난다는 맹자(孟子)의 성선설(性善說)이 옳은 것인지, 악한 성품을 갖고 태어난다는 순자(荀子)의 성악설(性惡說)을 믿어야 할지 도무지 헷갈리는구나. 그래도 교육을 잘 받으면 성품이 순화된다는 순자의 가르침이 더 사실적이 아닌가? 어떻든, 두 사람이 악한 흙탕에 몸을 담그고 있는 사실만은 분명하구나."

사흘 후 오 교수에게서 속달 우편이 도착했다. 영준이는 저번처럼 누나와 같이 편지를 뜯어본다. 이번에는 무슨 사진이 동봉되었다.

뉴욕발 제2신

이번에는 탐정이 보내온 1차 보고서네.
길남이의 술집에서는 아편을 팔고 있으며, 뒷방에서는 밀수한 아편을 재포장하는 작업을 하고 있다 하네. 이 정보를 토대로 FBI가 면밀하게 조사한 결과, 길남이가 관여하고 있는 마피아는 뉴욕 최대의 조직인 것으로 밝혀졌네. 그리고 동봉한 사진은 길남이의 외도 장면이라네. 그럼 오늘은 이만.

사람은 돈 좀 쥐면 외도하는 것이 일반적 관습이 되어버린 지 오래인데, 길남이라고 예외일 수는 없지 않은가. 예로부터 돈, 여자, 술, 이 세 가지를 조심하라 하지 않았던가.

일주일 후 세 번째 서신이 왔다.

뉴욕발 제3신

FBI는 재남이가 길남이를 끌어들인 이유는 클럽을 운영할 자금을 마련하기 위한 것이었다고 밝혔네. 재남이가 코널 교수의 여동생과 이혼한 지는 오래되었고, 지금은 왕래가 전혀 없다네. 사진을 보면 알겠지만, 여자관계에 화가 난 길남이의 마누라가 아편 문제를 폭로하겠다며 난동을 부리는 바람에 10만 달러를 주고 입막음을 했다네. 그런데 어떤 이혼 전문 변호사가 길남이 마누라를 꼬드겨 이혼소송을 제기했다네. 배상액이 무려 백만 달러였네. 길남이가 아무리 달래도 한 푼도 깎을 수 없다며 버텼다네. 그래서 최후의 수단으로 재남이와 짜고 '죽은 자는 말이 없다'는 사실을 몸으로 실천했다네. 이 살해 장면과, 숲속에 매장하는 장면 모두는 탐정이 촬영한 것이라네. 이리하여 할렘을 중심으로 활동하던 마피아는 일망타진되었다네. 이들 모두는 구속되어 현재 재판이 진행 중이네. 그 결과가 나오는 대로 즉시 알려 주겠네. 이만.

1978년이 저물어 갈 무렵, 그러니까 12월 15일 소인이 찍힌 우진 교수의 속달 우편이 배달되었다.

파랑새는 울지 않는다

"누나, 결국 악인은 심판을 받는군요. 평창동 바위에서 뛰어내리려다 어린 영진이가 칭얼대는 바람에 목숨을 건진 우리의 옛 추억이, 이렇게 환희로 다가올 줄 뉘라서 알았을까요?!"

"그래, 하나님의 섭리를 우리 인간이 어찌 헤아릴 수 있겠느냐. 할렐루야!"

영희의 얘기를 들으며 숙연해졌던 혜주와 나는, 누가 먼저라 할 것 없이 부엌으로 달려가 헤네시와 잔을 들고 왔다. 넘치는 헤네시 잔을 들어 힘차게 외친다.

드링! 드링! 드링!

영희의 얘기가 끝나니 어느새 어래산(392.6m)에 해가 뉘엿뉘엿 넘어가고 있다.

영희는 맨날 혜주네 음식만 축내다 보니 미안한 마음이 들었는지, 또는 추억을 되씹어보려는 요량인지는 몰라도 외식하자고 제안한다. 영희의 마음을 눈치챈 나는 재빨리 찬성하고 나섰다. 혜주가 웃으며 맞받는다.

"둘이 죽이 잘 맞네, 잘 맞아! 고래 심줄보다 더 질긴 인연인가 봐! 그래 나가 먹지, 가자구."

우리는 1995년 크리스마스에 정동진에서 충주에 도착해서 들렀던 그 토종닭집으로 차를 몰았다. 영희와 나는 거기 옛날의 풍취가 어린 초가집에서 혜주를 만났었다.
토종닭 백숙을 앞에 놓고 눈물을 머금으며 사라진 남편 한경주의 얘기를 했던 그 추억을 떠올려 보려는 것이 영희의 속마음이었다.

김이 무럭무럭 나는 토종닭 백숙이 식탁 가운데 놓이자, 나는 주인장을 부른다.

"주인장, 닭백숙이나 삼계탕에는 인삼주가 제격이니, 인삼주 한 병 주시구려, 있지요."
"암, 있다마다요, 6년근 홍삼을 7년 동안 숙성한 인삼주가 딱 두 병 있습니다. 워낙 귀한 것이 돼서 찾는 이가 없습니다. 곧 가져오겠습니다."

1.5L들이 둥근 유리병에 커다란 인삼 하나가 머리와 허리를 반대쪽

구부리고 서 있다. 짙은 황갈색의 액체가 입맛을 돋운다. 조그만 하얀 사기잔에 인삼주를 가득 따랐다. 우리는 잔을 들고 외친다.

드링! 드링! 드링!

23장

기자 시절(1)

영희의 얼굴에 화색이 돈다. 무슨 얘기를 하려는지 목소리를 가다듬는다.

"내 남편 얘기를 할까 했는데 오늘은 관두고, 모 교수가 군에서 제대하고 기자가 되었다는데, 그 기자 시절 얘기나 들어보지. 다들 어때?"

혜주가 맞장구를 친다.

"이 자리에서는 그게 어울릴 것 같구만, 모 교수, 안 그래?"
"그대들이 원한다면야, 감출 거 없지."

나는 군에 가기 전에 1960년 초에는 동아일보에, 1961년 5월에는 조선일보 등 두 번에 걸쳐 견습 기자 시험에 합격했었다. 동아일보에서는 졸업 증명서를 제출하지 못해 발령을 받지 못했고, 조선일보에서는 병역미필자여서 쫓겨났다.

1965년 제대하면서는 김두한 의원 비서관으로 잠시 근무하기도 했다.

1966년 9월, 김두한 의원 비서관 생활을 그만둔 지 9개월 만에 조선일보(견습기자 10기)와 중앙일보(견습기자 2기) 기자 시험에 합격했다.

그런데 면접시험 날이 두 신문 모두 9월 말 같은 날이었다.

조선일보(태평로)와 중앙일보(순화동)가 그리 멀리 떨어져 있지 않다고 하더라도 두 곳을 오가며 면접시험을 치를 수는 없는 일이기에, 반드시 어느 한쪽을 포기해야 하는 난처한 처지여서 당황하지 않을 수 없었다.

하는 수 없이 모교 오병헌(吳炳憲) 교수께 전화를 걸어 자문을 구했다. 오 교수님은 당시 동아일보 논설위원도 겸하고 계셨다.

"교수님, 안녕하십니까. 모세원입니다."

"오, 모 군인가? 군에 갔다더니 제대는 했나?"

"예, 1965년에 제대했습니다. 제가 이번에 조선일보와 중앙일보 기자 시험에 모두 합격했는데, 면접 날과 시간이 겹쳐서 당혹스럽습니다. 어찌하면 좋을지 선생님의 가르침을 받고자 합니다."

"두 신문사에 합격했다니 우선 축하하네. 그런데 뭐 그렇게 고민할 문제가 아니라고 보는데…. 중앙일보는 갓 창간한 신문이 아닌가. 또 자네와는 고향 때문에 잘 맞지 않을 걸세. 그러니 망설일 것 없이 그 좋은 조선일보로 가게!"

"네, 그리하겠습니다. 건강하십시요."

이리하여 나는 조금도 망설이지 않고 조선일보를 택했고, 거뜬히 합격하여 몇 주간의 수습 기간을 거쳐 그해 11월 15일 기자가 되었다.

전화위복(轉禍爲福)이란 이런 경우를 두고 하는 말이 아닐까. 1966년 5월에 남대문 동쪽 골목길에 있는 일요신문에 합격했는데, 면접 때 석정선(石正善) 사장이 이런 질문을 던졌다.

"자네 성적이 좋구만. 그런데 5·16에 대한 자네 생각을 말해 보게."

"5·16 말씀입니까? 그야 헌정을 짓밟은 폭거라고 생각합니다!"

이 말에 석 사장은 얼굴이 새빨개지면서 이렇게 호통치는 것이었다.

"에끼! 젊은 사람이 하룻강아지 범 무서운 줄 모르고 날뛰는구먼. 어서 나가게, 앞으로 조심해야 할 거야!"

나는 석 사장이 5·16 주체인 줄은 까마득히 모르고 너무 솔직하게 속마음을 내보였다. 낙방은 내가 자초한 당연한 응보였다. 그때 일요신문 기자가 되었다면 조선일보 기자가 될 수 있었을까?

영희와 혜주가 손뼉을 치며 한목소리로 외친다.

"와, 모 소위는 시험 운이 좋아선가, 실력이 좋아선가, 시험만 보면 합격이네! 하여튼 축하해! 그 축하로 얘기 다 끝나면 우리가 좋은 샴페인 한 잔 내지! 모 교수, 계속해."

만으로 3개월 모자란 29살에 시작된 기자 생활은 사회부 기자로부터 시작되었다.

1961년 견습기자 3기에 합격하고도 5·16 때문에 쫓겨난 후 5년 만의 권토중래(捲土重來)였다. 5년 전 나와 동기생이었던 송원옥이 사회부 차장이었다.

에피소드(1)

사회부 기자로 기자 생활을 시작하는 거의 모든 신출내기 기자들은 경찰서를 출입하며 취재한다. 이러한 경찰 기자들은 특종을 하거나 기사를 놓치지 않으려면 형사들과 친밀한 관계를 유지하여야 한다. 나는 가끔 퇴근(경찰서에서 신문사로)할 때 형사과에 들러, 당직 형사들에게 해장이나 하라고 푼돈이지만 호주머니를 털어주곤 했다. 그래서인지는 모르나 기삿거리가 생기면 오밤중이나 꼭두새벽을 가리지 않고 전화통에 불이 난다.

1967년 말인가. 내가 중부 성동 동부 경찰서를 출입할 때의 일이다.

성동경찰서가 택시강도 사건 신고를 받고도 30분 만에야 현장에 출동하는 바람에 범인을 잡지 못하자, 상부에 보고조차 하지 않은 일이 있었다.

어스름밤에 택시 승객 4명이 소주병으로 택시 유리창을 깨고, 깨진 소주병으로 운전사를 위협하여 현금 2천 원을 강탈하여 도주한 사건이었다. 이 사실을 타사 기자들은 아무도 몰랐다.

나는 수사 2계장 김학송(金鶴松) 경위에게 따져 물었다.

"계장님, 소주병으로 위협했다면서요. 그건 강도가 아닌가요?"

"이 사람아, 복면을 하고 권총이나 칼을 들어야 강도지, 소주병으로 위협한 것은 강도가 아니야! 기자면 공부 좀 해야지 쯧쯧…."

"그래요? 누가 공부를 더 해야 하는지 어디 두고 봅시다!"

다음 날 아침, 조선일보 사회면 중간쯤에 검은 활자로 3단 기사가 실렸다. 제목은 '소주병을 든 강도, 공갈범으로 다뤄'였다. 특히 기사 말미에 '복면을 하고 권총이나 칼을 들어야 강도지, 소주병으로 위협한 것은 강도가 아니다'라는 김 계장의 코멘트가 실렸다. 이 코멘트가 당시 시경국장의 화를 돋구었다. 시경국장은 김 계장에게 직접 전화를 걸어 화풀이를 단단히 했다.

"김 계장, 당신이 시경 다 말아먹을 거야! 깨진 소주병으로 위협하여 금품을 강탈했는데 강도가 아니라니, 나 원 참?!"

김학송 계장은 곧바로 부산으로 좌천되었다. 얼마 후 이 소식을 듣고 별로 큰 기사도 아닌데, 기사 욕심(특종도 포함) 때문에 남에게 못 할 짓을 한 것 같아 후회막급(後悔莫及)이었다.

1968년 초 어느 날이었다. 친밀하게 지내 오던 성동경찰서 손달용(孫達用) 서장을 가십 '색연필'로 꼬집은 기사는 후회스럽기도 하지만, 유쾌한 기억으로 남아있다.

손 서장은 육군 종합학교 14기로 5·16 후 소령으로 제대하여 성동서장, 전남 경찰국장, 해양경찰국장, 서울시경국장(1975)을 거쳐 치안본부장(1978~1980)을 지냈다.

당시 손 서장은 전국에서 처음으로 경찰서 내에 종합상황실을 설치했다. 서장이 상황실을 마련했다는 소식을 듣고, 상황실에 들렀다. 서장이 상황실에서 브리핑 중이었다. 다른 기자들은 아무도 이 사실을 몰랐다. 그런데 상황실 앞에서 보초에게 출입을 저지당했다. 2급 비밀 이상 취급 허가를 받은 자만이 상황실 출입이 허용된다는 것이다. 하는 수 없이 기다리고 있으려니 브리핑이 끝났는지 참석자들이 우르르 몰려나왔다. 그중에 내가 아는 동장뿐 아니라, 관내의 몇몇 민간 유력자들도 섞여 있었다.

"아니 서장님, 저들이 다 2급 비밀 취급 허가를 받은 사람들입니까?"
"어 모 기자 왔구먼. 혼자인가?…. 브리핑 들을 사람을 모으다 보니 그렇게 됐네, 허허…."

다음 날 가십란에 이 사실이 실렸다.

며칠 후, 기자실에 있으려니 구내전화로 손 서장이 점심을 같이하자고 한다.

구내식당 점심 식탁에서 만난 손 서장은 마냥 즐거운 표정이다.

그날의 메뉴는 굴비 백반이었다. 30cm가 좋이 넘는 굵은 구운 굴비 맛이 이 식당이 자랑하는 특미였다.

"모 기자, 좋은 기사 썼어. 고맙네! 하하…."

나는 영문을 알 수 없어 어리둥절했다. 지금까지 윗선에서는 상황실 설치를 탐탁지 않게 여겨왔는데, 가십으로 신문에 기사화되는 바람에 모든 경찰서에 상황실을 설치하게 되었다는 것이다.

어떻든 자신을 호되게 꼬집은 기자에게도 격의 없는 손길을 내밀 수 있는 아량을 가진 손 서장이었다. 그가 치안총수의 자리까지 올라간 것은 '이유 있는 승진'이라 하지 않을 수 없다.

1968년 10월 어느 날, 여명이 밝아오기도 전에 성북경찰서 형사에게서 전화가 왔다.

"모 기자, 나 황이야. 교대하기 전에 일찍 나올 수 없나? 기삿거리가 있어서 그래."

"알았어요, 고마워요."

쉰이 다 된 형사이기에 나는 깍듯이 말을 올려주고 있었다. 새벽 6시 안 돼 가 보니 서장의 권총이 없어져서 난리가 났다. 서장실에서 안절부절못하던 정갑순(鄭甲淳) 서장은 나를 보자 눈살을 찌푸린다.

"서장님, 무슨 일 있습니까?"

나는 아무것도 모르는 척 딴전을 피웠다.

정 서장은 전남 해남 출신으로 나의 목포중학교 2년 선배였다는 사실을 그가 성북서장에 취임하고 나서야 알았다. 이러한 사실도 내가 종로서와 성북서를 출입하던 1968년 여름 휴가 때 목포에서 만난 조경준(목포고등학교 동기) 군이 알려주어 알았다.

정 서장은 조경준 군과 함께 법천사(현 목포대학 뒷산 승달산에 있음)에서 공부하여 사법고시에 합격하고, 판사나 검사를 택하지 않고 총경으로 경찰 생활을 시작한 사람이다. 성북서장이 되어서도 내가 중학교 후배라는 사실을 아는지 모르는지 나와는 소원(疏遠)하게 지내던 터였다.

"어, 왔어. 아무 일도 없네!"

나는 아무 소리도 않고 서장실에서 물러 나와 기자실에서 한가로이 추이를 지켜보았다.

점심시간이 다 되도록 권총을 찾은 기미가 보이지 않았다. 다른 기자들이 냄새를 맡는 것도 이젠 시간 문제였다. 나는 식당에 가기 전에 경무과장과 함께 다시 한번 서장실에 들렀다.

난감한 표정으로 소파에 앉았던 정 서장은 맥 빠진 목소리로 한마디 한다.

"자네가 새벽에 찾아온 이유를 알고 있었네. 그때는 금방 찾을 줄만 알았지. 그런데 이제는 어쩔 수가 없게 되었어. 기자들도 알게 될 터이고… 무슨 뾰족한 수가 없겠지?!"

서장이 자신의 권총을 잃어버린 사실은 중징계 사유에 해당된다. 권총이 살인이나 기타 범죄에 이용될 수 있기 때문이기도 하다.

나는 눈 딱 감고 기사로 쓰려다가, 무슨 생각에선지 '범죄적 수단'을 제시했다.

"청계천에 가서 새로 권총을 구입하여 총번을 새로 새겨 넣는 수가 있긴 있지만…."

그 후의 일은 나는 모른다. 그러나 권총을 잃어버렸다는 기사도 없었고, 잃어버린 권총을 사용한 범죄도 없었다. 정 서장은 버젓이 권총을 차고 다녔다.

그 후 정 서장은 치안본부 제1부장까지 승진했다.

에피소드(2)

옳지 않은 것을 보면 참지 못하는 '저돌적인 성격' 탓인지 모르나, 나는 특히 장정호(張廷鎬) 사회부장의 미움을 산 것 같다.

나는 다른 기자들이 꺼리는 취재를 도맡아 했다. 1968년 2월 23일의 21명이 사망하고 32명이 중경상을 입은 춘천호 버스 참사 현장도, 1969년 7월 27일의 13명이 사망하고 35명이 부상한 남한강 버스 추락사고 현장도 주저하지 않고 달려갔다. 심지어 결혼식 전날에도 도봉산 선인봉에서 서울대생이 조난한 사고를 취재하고 밤늦게 귀가했다.

신혼여행을 갔다 온 지 일주일도 되지 않아 멀리 진주까지 간 취재는 아직도 기억이 새롭다.

1968년 10월 30일, 상가의 조문을 마치고 귀가하던 조문객 45명이 사망한 '산청 버스 참사'는 역사상 최고의 사망 사고였다. 이런 사고 현장에는 특별 취재반이 구성되어 서너 명의 기자가 파견되는 것이 통례였다.

그런데 모두가 가기를 꺼려서 핑계를 대는 바람에 '나 홀로 집에'가 아니라 '나 홀로 사고 현장에' 김수정(金秀禎) 사진 기자와 함께 군말 없이 달려갔다.

사망사고 현장에서 장 부장이 가장 신경을 곤두세우는 일은 사망자의 사진 구하기였다.

사고로 사망한 조문객들은 각기 다른 여러 부락과 동리에 거주하고 있었기 때문에 가가호호를 방문하여 사진을 구하기는 불가능한 일이었다. 그렇다면 사진을 어떻게 구할 것인가.

나는 숙고 끝에 면사무소에 가서 면장의 허락을 받아 주민등록부에 사용했던 사진을 몽땅 가져왔다. 그리하여 11월 1일 자 조선일보 1면 머리기사에는 28명의 사망자 사진이 세로 두 줄로 나란히 실렸다. 다른 신문사는 단 한 장의 사진도 싣지 못했다. 그런데 특종상은커녕, 노력상도 없었다. 장 부장이 상신을 하지 않은 것이다.

버스 참사 사고나, 며칠씩 밤잠을 자지 못하고 취재에 매달려야 하는 살인사건 같은 취재는 대개의 기자들이 기피한다.

나는 남이 싫어하는 궂은 취재도 가리지 않고, 취재지시를 군말 없이 따랐다.

그래서 '만만이'라는 별명을 얻었다. 나는 누군가 해야 할 일이라면 내가 한다는 생각이었고, 이왕 할 바에는 최선을 다한다는 마음이었다.

다른 사 기자들이 흘려버린 사건들을 흥미 있는 기사로 만든 일도 수없이 많다.

1968년 2월 23일 자 '프리즘' 박스 기사, '묻어 버린 한자(漢字)' 기사도 타사 기자들은 "임시 집배원이 구속되었다고? 별거 아니군" 하면서 팽개쳐 버린 기사였다.

나는 구속 사유를 꼼꼼하게 챙겨 본 결과, 한자를 모른 탓에 주소가 한자로 적힌 편지 80여 통을 땅속에 묻어버리지 않을 수 없는 안타까운 사실을 발견하고 기사화했다.

1968년 4월 2일 자 성동구 중앙시장에서 '리어카 끄는 전 국회의원' 기사는 내가 1967년 8월 13일에 쓴 '집 없는 청빈' 기사의 주인공인 박기운(朴己云) 3선 의원의 행적을 계속 추적해서 얻은 특종이었다.

출입처에서 얻은 기사로는 성에 차지 않아 스스로 기삿거리를 만든 일도 있었다.

1968년 7월 23일 자 '고아(孤兒) 없는 고아원(孤兒院)' 기사는 시내를 돌다 얻은 첩보를 경찰에 알려주어 수사하도록 해서 얻은 것이다.

고아원 원장과 보사부 공무원 등이 짜고 고아 한 명도 없는 고아원에 지원된 각종 보조금과 후원금을 3년 동안이나 전액 횡령한 사건이었다.

이 사건이 보도되자, 당국은 뒤늦게 전국 고아원에 대한 일제 점검을 벌이는 등 소란을 피웠으나, 고아원 비리는 근절되지 않았다.

화재의 인물을 찾아 인터뷰하기를 즐겼던 나는 위장간첩(僞裝間諜) 이수근(李穗根)이 탈출하기 전날 밤에 그의 집에서 인터뷰했다. 1968년 1월 26일 밤이었다. 9시가 넘어 나를 만난 그는 여유만만했다. 불안하거나 초조한 기색은 전혀 찾아볼 수 없었다. 12시가 다 되도록 이야기꽃을 피우며 청주 두 병을 마셨다.

조선중앙통신사 부사장 겸 김일성 수행 기자였던 그는 1967년 3월 22일 판문점을 통해 귀순했다. 우리 국민의 열렬한 환영을 받고, 관계 기관의 소개로 이강월(李江月) 여사와 결혼하여 단란한 가정까지 꾸리고 살았다.

그는 1968년 1월 27일 오후 김포공항을 통해 홍콩으로 탈출했으나, 현지 경찰이 추방하자 베트남으로 도주했다가 탄손누트(Tan Son Nhat) 공항에서 1월 31일 중앙정보부 요원에게 체포되었다. 그리고 1968년 7월 2일 교수형을 받았다.

나는 1968년 2월 15일 자 지면에 '탈출 전야'라는 박스 기사에서 그의 행적을 밝혔다. 아쉽게도(중앙정보부에 불려 가 진술하기가 귀찮아서) 탈출 전날 밤에 그와 함께 있었던 사실은 밝히지 않았다.

에피소드[3]

1967년 3월 7일 새벽에 벌어진 김병삼(金炳三) 전 체신부 장관 집에서 일어난 권총 발사 사건도 2박 3일 동안 도맡아 취재했다. 김병삼은 전라남도 진도 출신으로 1947년에 임관(육사 3기)하여 군의 요직을 두루 거치고, 1964년 육군 소장으로 예편하여 체신부 장관 등을 지냈다.

그는 1967년 6월 8일에 실시된 제7대 국회의원 선거에서 목포에 출마하여 김대중(金大中)과 맞붙었다. 이때 박정희 대통령은 김병삼 후보를 지원하기 위해 '청와대가 목포로 이전했다'는 평을 들으면서까지 목포에

체류하면서 국무회의를 주재하기도 했다.

그 선거는 흑색선전이 난무하고 역공작(逆工作)이 극성을 부렸던 역사상 가장 혼탁한 선거 중의 하나였다.

특히 김대중의 책사로서 선거전략을 총지휘했다고 알려진 엄창록은 김대중 선거운동원들에게 다음과 같이 지시했다.

1. 김병삼 운동원 띠나 완장을 차고 거만한 태도로 양담배를 입에 물고 있다가 지나가는 유권자들에게는 제일 값싼 담배를 권해라.
2. 봉투에 십 원을 넣어 김병삼 후보 운동원으로 가장하여 밤중에 가가호호에 돌린다. 액수가 너무 적어 받는 유권자들은 열을 받을 것이다.
3. 김병삼 후보의 이름으로 돈 봉투나 고무신 등을 돌리고, 다음 날 다시 방문하여 다른 집에 갈 것을 잘못 전달했다며 회수한다.

"저희들은 김병삼 후보의 운동원인데 다른 집에 갈 것을 잘못 전달했으니 미안하지만 돌려주십시요!"

이 얼마나 기가 찰 일인가! 받았던 돈 봉투를 빼앗긴 유권자들은 하나같이 김병삼을 욕할 수밖에 없지 않겠는가.

"개새끼! 대통령까지 내려와서 목포를 발전시켜 주겠다고 해서 찍으려고 했더니… 더러워서…."

이렇게 치러진 선거에서 김대중은 29,279표를 얻어 22,738표를 얻은 김병삼을 누르고 당선되었다. 그러나 후에 역공작이 구전(口傳)으로 인구에 회자(人口膾炙)되는 바람에 김대중은 '흑색선전과 역공작의 명수'로 낙인찍히기도 했다.

기자들의 취재 결과, 김병삼 집 권총 사건은 술에 취해 귀가한 김병삼의 건넌방에서 웬 낯선 여자가 자고 있었다. 이를 발견하고 실랑이하다 권총을 발사한 것으로 밝혀졌는데, 경찰은 3월 9일 오전 함구령을 내렸다.

경찰 발표만이 기사화되었고, 사실을 밝히는 기사는 휴지통 신세를 졌다.

당시의 언론 통제의 실상을 엿볼 수 있는 사건이었다.

에피소드[4]

1969년 6월 20일 밤에 김영삼(金泳三) 의원이 집 앞에서 괴한들로부터 초산 테러를 당했다. 김 의원이 밤 10시 귀가 도중에 상도동 자택에서 70여 미터 떨어진 길에서 괴한 3명이 싸우는 척하며 길을 막는 바람에 그의 승용차가 멈췄다. 차가 서자 괴한들은 차 문을 열려고 했으나 열리지 않았다. 이에 놀란 운전사가 급발진하자 다급해진 이들은 차 우측에서 초산병을 던지고 도주했다.

이 사건을 '김영삼 피습 사건'이라 부른다. 군사독재 시절의 야당 탄압의 대표적인 사례다.

신민당 원내 총무 김영삼 의원은 다음 날인 1969년 6월 21일. 제70회 국회 제9차 본회의에서 다음과 같이 사자후(獅子吼)를 토했다.

"나는 어젯밤, 귀가 도중에 괴한 3명으로부터 정차당하고 초산병 투척을 받았습니다. 헌법상 신분을 보장받고 있는 국회의원, 더욱이 야당의 원내총무에게 이러한 살인적인 만행을 가하는 이유가 무엇인가. 단언하건대, 이것은 지난 6월 13일 본회의(제70회 국회 제2차 본회의)에서 중앙정보부를 공격한 데 대한 보복으로 생각합니다. 이처럼 국회의원이 국가로부터 보호를 받지 못하는 터에 일반 국민들은 얼마나 박해를 받겠는가! 이것은 민주주의 국가에서 있을 수 없는 일입니다!"

국회는 7월 8일 '김영삼 의원 테러 사건 진상조사 특별위원회'를 구성하고, 7월 23일까지 조사 활동을 벌였다. 그러나 범인을 밝혀내지 못했을 뿐 아니라, 조사 결과도 본회의에 보고되지 않고 유야무야(有耶無耶)되었다.

2박 3일 동안 취재에 매달린 나는(타 신문사 기자들도) 괴한들이 중앙정보부 요원이었다는 사실을 밝혀냈으나, 기사는 한 줄도 쓰지 못하고 수사 기관의 발표만을 하릴없이 복사하는 데 그쳤을 뿐이다.

이렇게 거의 매일 취재에 매달려 지새다 보니 내게는 또 하나의 별명이 붙었다. 이름하여 '내일 들어오시겠네요'였다.

이 말은 1969년 12월 1일 발행된 사보(社報) 3면에 실린 아내의 글 때문이었다.

'내일 들어오시겠네요'라는 제목의 글은 기사 욕심에 거의 신문사 일에 매달려 가정을 소홀히 한 나의 기자 생활을 신랄하게 비판하면서도 격려하는 듯한 뉘앙스를 짙게 풍긴다.

며칠 전에 밤늦게 들어와서 대뜸 "사보 '가족석'에 한마디 쓰지" 한다. 농담으로 믿고 흘려버렸는데, 오늘 아침엔 불쑥 쓴 걸 내놓으라고 성화니 이보다 딱한 일이 또 있을까. 한번 말한 건 두 번 다시 얘기 안 하는 그이의 성격을 번연히 알면서도 늑장을 부렸으니 아무 소리 못 하고 말았다.

결혼한 지 일 년이 되는 지금까지, 그이의 생활은 한마디로 무질서 그것이다. 야근이 아닌 날도 거의 매일같이 12시 이후에 들어와선 '세상은 다 잠들었으나 홀로 깨어 있는 즐거움'이 어떻고 하면서 얼버무리느라 꽤 고생한다.

그래서 우리 집 아침 인사는 '내일 들어오시겠네요'이다. 오죽하면 대학에 다니는 여동생이 신문기자에겐 시집가지 않겠다고 할 정도로 집에 있는 시간이 적은 그이의 생활. 모처럼의 일요일에도 신문, 라디오와 씨름하며 종일을 보내는 그간의 습성.

이것저것 늘어놓자면 불평할 일이 하나둘이 아니면서도, 결혼 후 줄곧 야근한 다음 날엔 꼭 새벽에 일어나 한국일보와 견주어 보면서 빠뜨린 기사가 없나 하고 훑어보는 습관이 몸에 배고 나니, 짜증을 부리기에 앞서 결혼한 내 친구들이 누리지 못하는 시련(?)을 나 홀로 맛보는 것 같아 흐뭇하기까지 하다.

신혼 초, 우리만의 살림을 차린 지 이틀째 되던 날인가 보다. 서울역에서 걸면서 산청 교통사고로 인해 출장을 가게 됐다는 전화에 섭섭하기도 했지만, 밤새 신문을 기다리다가 그이의 기사를 대하게 됐을 때 느낀 반가움과 자랑스러움. 이런 재미 때문에, 사소한 불평은 깡그리 스러지나 보다.

파랑새는 울지 않는다

어쩌다가 아무 연락도 없이 늦도록 들어오지 않는 날에도, 전엔 그토록 관심 밖이었던 뉴스 시간에 맞추어 귀를 기울이다가 돌발 사건이 있으면, 마음 놓고 잘 수 있게끔 된 자신의 많은 변화에 이젠 나도 그이의 아내로서의 틀이 잡혀가나 보다, 하고 모든 불평을 합리화시켜 본다.

영희와 혜주가 이번에도 손뼉을 치면서 환호한다.

"와, 사모님도 글솜씨가 대단하시군. 전공은 뭘 하셨는데?"

"응, 동양화지. 특히 정물과 난초를 잘 그렸는데, 그 전공을 살려주지 못해 지금도 후회하고 있어. 그렇다고 이제 뭘 어떡하겠어. 사이좋게 잘 지내면 그게 행복이지, 안 그래?"

"그렇지! 그게 행복이지! 그런데 기자 생활 얘기 더 남은 건 없어?"

"있지, 미모의 정인숙 여인의 총격 사망 사건!"

"그 얘기는 언제 해줄 거지?"

"암, 해주지! 그러나 오늘 밤은 너무 늦었잖아. 푹 쉬고 내일 들려주면 안 돼?"

"그러자고! 그러나 아까 약속한 샴페인은 대접해야지."

영희가 가게 전화로 어디엔가 전화를 한다.

"최고급 샴페인이 곧 올 거야. 내가 지금 주문했거든."

혜주가 궁금해 묻는다.

"어떤 샴페인인데?"
"웅, 돔 페리뇽 블랑(Dom Perignon Blanc)!"

샴페인 잔이 부딪치며 우리의 기쁜 외침이 초가지붕을 흔든다.

24장

기자 시절(2)

뒷산 우거진 숲을 눈부시게 비추는 햇살만큼이나 상쾌한 기분으로 일어나 응접실에 갔더니, 블루투스에서 노랫소리가 쾅쾅 울리고 있다. 영희는 아직 내려오지 않았나 보다.

"혜주, 잘 잤어? 그건 무슨 노래야?"

"응, 이건 마리오 란자가 부르는 '내 사랑이 되어줘(Be My Love)'야."

이 노래는 세미 칸(Sammy Chan)이 노랫말을 쓰고, 니콜라스 브로즈키(Nicholas Brodszky)가 작곡한 곡이다. 1950년에 제작된 영화 '뉴올리언스의 축배(Toast of New Orleans)'에서 캐서린 그레이스(Kathryn Grayson)와 함께 부른 마리오 란자(Mario Lanza, Alfred Arnold Cocozza, 1921~1959)를 위해 작곡되었다. 그 후 플라시도 도밍고(Placido Domingo), 안드레아 보첼

리(Andrea Bocelli), 조셉 칼레야(Joseph Calleja), 조민규 등 수많은 가수들
이 불렀다.

Be my love,

for no one else can end this yearning

This need that you and you alone create

Just fill my arms the way

you've filled my dreams

The dreams that you inspire

with every sweet desire

내 사랑이 되어주게

이 갈망은 다른 누구도 끝낼 수 없다네

이 갈망은 너, 그리고 오직 너만이

네가 내 꿈을 채워줬던 것처럼

내 품을 채워 줄 수 있다네

너는 내 꿈에 영감을 준다네

모든 달콤한 열망도 함께

Be my love

and with your kisses set me burning

One kiss is all that

I need to seal my fate

And, hand-in-hand, we'll find love's
promised land
There'll be no one but you for me eternally
If you will be my love

내 사랑이 되어주게
너의 키스로 나를 불타게 해주게
단 한 번의 키스만으로도
내 운명이 결정될 거라네
손에 손잡고 우리 사랑의
약속의 땅을 찾아내리라
내겐 너만이 있을 거야 영원히
네가 내 사랑이 되어준다면

언제 들어왔는지 영희가 환성을 지른다.

"와, 신난다, 신나! '너의 키스로 나를 불타게 해주게'! 그런데 혜주야, 너를 불타게 해줄 사람이 누군데?"

"얘는! 그냥 좋은 노래라 듣는 거지, 너처럼 꼭 누구를 생각하며 듣는 거 아니야!"

"내가 누구를 생각한다고? 그렇게 보여?"

이러다간 말싸움이 될까 봐 나는 얼른 화제를 바꾼다.

"이제부터 내 기자 시절 얘길 계속할 테니 졸아도 괜찮으나 입은 다 물어주면 좋겠어!"

"알았어, 얌전하게 들을게."

에피소드[1]

정인숙이라는 미모의 여성이 총에 맞아 죽은 사건은, 사회적 관심이 높았던 충격적인 사건이다.

1970년 3월 17일 밤 11시쯤, 서울 마포구 합정동 139 절두산 근처 강변 3로에서 정인숙(鄭仁淑, 26)이 코로나 승용차 안에서 가슴에 총탄(45구경)을 맞고 그 자리에서 숨진 사건이 일어났다.

그날 밤도 나는 저녁 식사 후 두어 군데 맥주집을 돌고 회사에 들렀다. 퇴근 시간(한국일보 1판이 배달된 시점, 보통 오후 7시)이 다가오자 그날도 김윤환(金潤煥, 1932~2003, 국회의원) 부국장이 내 어깨를 툭툭 친다.

"어이, 모 기자. 오늘도 만나지, 거기 낭만 알지?"

"예, 알았어요."

언제부터인가 김윤환 부국장은 종로 스타더스트 호텔 1층에 있는 맥줏집 낭만(浪漫)으로 나를 불러내는 일이 일과처럼 되어있었다. 그 집

주인 마담이 소문난 미인이었으므로 언론계 간부들 뿐 아니라, 정·재계 인사들도 자주 드나드는 곳이었다. 나는 그날도 여느 때처럼 후배 기자 몇 사람과 같이 갔다.

맥주를 마시며 김 부국장의 일방적인 얘기를 듣기만 하는 것이 우리들의 일이었다. 얼마쯤 시간이 지나자 김 부국장은 일어서면서 이렇게 말한다.

"어, 나 잠깐 실례하겠네. 화장실에…. "

자리를 뜬 그는 다른 테이블로 가서 마담과 몇 마디 속삭이다가, 화장실 쪽으로 사라지고는 다시는 나타나지 않는다.

술값은 으레 고스란히 내 몫이 된다. 나는 그러려니 하면서도 한마디 중얼거려야 직성이 풀린다.

"쳇, 선산 부자가 스크루지 뺨치네!"

김윤환은 선산(善山, 지금의 구미)에서 출생하여 경북고와 경북대를 졸업하고 대구일보와 동화통신을 거쳐 조선일보 기자가 되었다. 1979년 제10대 국회의원이 되었고, 11, 13, 14, 15대 의원을 지내면서 김영삼(金泳三)과 노태우(盧泰愚)의 대통령 당선에 큰 공을 세웠다고 해서 '킹메이커'라는 별명을 얻은 사람이다.

그의 가계는 오래도록 선산의 부호로서 박정희(朴正熙) 대통령이 그 집에서 유숙한 적도 있다고 한다.

낭만을 나온 우리는 무교동에 있는 극장식 대형 맥주집 '엠파이어'에 들렀다. 공연을 끝내고 무대에서 내려오는 '산장의 여인'을 부른 가수 권혜경을 초청하여, 그녀와 노닥거리다가 나 혼자 어슬렁거리며 회사에 들렀다.

이때 영희와 혜주가 내 말을 가로채며 흥분한다.

"뭐? 권혜경과 노닥거렸다고?"
"그래. 우리 좌석에 앉아 '산장의 여인'도 불러줬는걸!"
"와! 그럼 지금 우리도 그 노래 듣고 나서, 모 교수 얘기 계속하라고 하면 어때?"
"좋지, 그렇게 하자구!"

아무도 날 찾는 이 없는
외로운 이 산장에
단풍잎만 채곡채곡 떨어져 쌓여있네
세상에 버림받고 사랑마저 물리친 몸
병들어 쓰라린 가슴을 부여안고
나 홀로 재생의 길 걸으며
외로이 살아가네

아무도 날 찾는 이 없는

외로운 이 산장에

풀벌레만 애처로이 밤새워 울고 있네

행운의 별을 보고 속삭이던 지난날

추억을 더듬어 적막한 이 한 밤에

임 뵈올 그날을 생각하며

쓸쓸히 살아가네

영희가 혜주를 보며 놀린다.

"아무도 찾는 이가 없는 이 산장이라 했는데, 혜주의 이 산장엔 우리가 죽치고 있으니 그 노랫말은 틀렸지 않니? 그런데, 행운의 별과 속삭였다니 혜주와 누가 속삭였을까? 혜주는 애인을 꼭꼭 숨겨 놓고 있는 것 같아, 엉큼하게시리!"

"나는 모 교수가 권혜경과 노닥거렸다기에 권혜경의 노래나 들어보자고 한 것인데… 그렇게 몰아붙이면 되니? 못된 기집애!"

이런 난처한 상황에 가만히 있을 수 없어 내가 끼어든다.

"다들 괜한 오해로 티격태격하는 것 같은데, 내 말을 들어 보라고! 노랫말의 '행운의 별'은 프랑스 작가 알퐁스 도데(Alphonse Daudet)의 소설 '별'(Les Etoiles)에 나오는 마글론(Maguelone) 별이라고 생각하면 돼.

목동(Berger)이 요정같이 아름다운 주인집 아가씨 스테파네트(Stephanette)를 순결한 별로 비유해서, 순수하고 고귀한 사랑을 품고 산다는 얘기에 나오는 별이란 말이야! 알겠어?”

두 사람은 몽상에 잠긴 듯 탄성을 쏟아 놓는다.

“아, 나도 그런 사랑을 한번만이라도 해 봤으면!…”

그날 사회부 야간 데스크인 어느 선배 기자는 내가 나타나자 지옥에서 부처님을 만난 듯 반가워한다. 나는 저 선배가 오늘따라 왜 유난히 호들갑을 떨면서까지 나를 이렇게 반기는지 어리둥절하지 않을 수 없었다.

“어, 모 기자 잘 왔네. 오늘 나 좀 봐 줘!”
“에? 무슨 말씀인지…”
“나 집에 아주 중요한 일이 있는데 말이야. 누가 바꿔주질 않아… 자네가 자리 좀 지켜주면 아니 되겠나? 벌써 11시가 넘었으니…”
“그러지요, 뭐.”

이렇게 해서 텅 빈 사회부를 혼자 지키게 되었다. 그날의 야간 편집 국장은 정광헌(鄭光憲) 부국장이었다. 책상에 머리를 얹고 졸다가 깨어보니 새벽 2시였다. 무슨 사건이 터질 것만 같은 예감이 들었는데, 동서 어느 야근 기자에게서도 아무 연락이 없어서 한국일보 사회부 다이얼을 돌렸다.

"한국일보입니다. 누구시지요?"

"수고하십니다. 저 조선일보 모세원입니다."

저쪽에서는 나를 아는 듯 친절하게 응대한다.

"이 밤중에 무슨 일이 있소?"

"아니에요. 데스크에 있다 보니 심심해서 전화했습니다. 오늘 서쪽 야근은 누군가요?"

"최상탭니다."

"감사합니다. 수고하십시오."

전화를 끊자마자 서쪽 야근에게서 전화가 왔다.

"저 임백입니다. 별일 없습니다. (집에)들어갈랍니다."

나는 꼭 무슨 일이 일어날 것만 같은 예감 때문에, 그를 퇴근하지 못하게 했다.

임백 기자는 견습 12기로 1969년에 입사하여 갓 수습 딱지가 떨어진 때였다.

훗날 그는 오랫동안(10년) 사회부장을 하다가 출판국장과 주간조선

주간을 지냈다.

"임 기자, 수고했는데 말이야. 한 20분 후에 꼭 다시 전화하게!"

"예? 그런데 누구시지요?"

"나 모세원이네. 이상한 예감이 들어서 그래. 알겠지?"

그리고 서쪽 야근 기자들이 취재하려고 들르는 경찰서 형사과마다 전화를 돌려 한국일보 최상태를 찾았다.

"여보세요, 수고하십니다. 나 조선일보 모 기자입니다. 한국일보 최상태 안 왔어요? 오면 전화해 달란다고 전해주시면 고맙겠습니다."

"어, 모 기자. 나 서대문 조 경사야. 요새 왜 안 보여?"

"네, 국방부로 옮겨서 그렇게 됐습니다."

"그랬구만. 최상태 기자 오면 꼭 전하지."

"안녕히 계십시오."

곧 최상태(崔相泰)에게서 전화가 왔다.

"자네가 웬일인가. 이 새벽에…. 오늘 데스크야?"

"응, 그리됐어. 그러나저러나 별일 없나? 임백이가 아무 일 없다고 하는데, 어쩐지 좀 찜찜해서…."

그는 전화통 저 너머에서 잠시 망설이는 듯, 한참 동안 말이 없었다.

"세브란스 병원에 가 보라고 하게! 난 집에 갈라네."

최 기자는 나와 동년배로서 순천고등학교를 나와 서울법대를 졸업했다. 신문사 입사는 나보다 좀 빨랐다. 그는 오랫동안 한국일보를 지키면서 한국경제 사장까지 지내고 은퇴했다.

그날 밤 그는 나 때문에 대형 특종을 포기해 버렸다. 내가 전화로 그를 찾지 않았으면, 또 설령 그를 찾았다고 해도, 그가 내게 알려주지 않았으면 조선일보는 크게 망신을 당할 뻔했다.

그가 기사를 독식하려는 욕심보다도 경쟁자라도 상대를 배려할 줄 아는 인품을 지닌 신사였다고 해도, 내가 아니었으면 시치미를 뗐을지도 모른다. 어떻든 임백 기자가 운이 좋았다고 할 수밖에!

마침 임백에게서 전화가 왔다.

"임백입니다. 이제 집에 가도 되겠지요?"
"뭐라? 집에 간다고? 당장 세브란스 병원에 가 봐, 당장!"

얼마 후 임백이 떨리는 목소리로 헐떡인다.

"모 선배님, 권총에 맞고 즉사한 젊은 여성의 시신이 있습니다."
"그래? 지금 자네 어디 있나?"

"세브란스 병원에요."

"멍청하긴… 지금 거기 있으면 어떡하나? 마포서에 가서 취재하게!"

임백이 취재한 내용은 26살의 정인숙이라는 미모의 여성이 승용차 안에서 살해당했는데, 몇 발의 권총 탄환 중 가슴을 관통한 탄환이 치명적이었으며 운전사도 권총을 맞고 부상했다는 것 뿐이었다.

빈약한 취재라 여기에 더 보태고 자시고 할 것도 없이 단 세 줄의 짧은 기사가 될 수밖에 없었다.

나는 '미모의 여인'이라는 점과, 승용차 안에서 권총을 맞았다는 엽기적 사실에 주목했다. 그래서 기사의 마지막 행에 한마디를 첨가하지 않을 수가 없었다.

"죽은 여인이 미모가 출중한 데다가, 승용차 안에서 권총을 맞았다는 사실로 미루어 보아 이 사건은 단순한 살인이 아니라, 무언가 흑막이 있는 사건이라고 생각된다. 진지하고 철저하게 수사한다면, 엄청난 진실이 백일하에 드러날 것이다."

이렇게 내 추측을 덧붙이자, 그 기사는 기사다운 모양새를 갖추게 되었다.

나는 정광헌 부국장을 향해 소리쳤다.

"당장 윤전기를 세우세요. 당장이요!"

그런데 정 국장이 반대하고 나섰다.

"어이, 모 기자. 뭐 단순한 걸 가지고, 그렇게 법석을 떨 건 없잖아! 지금이 몇 시야? 자네가 덧붙인 추측 기사는 빼고, 윤전기는 그대로 돌리세!"

새벽 3시 다 되어가고 있었다. 정 부국장은 취재 경험이 없는 출신이라, 기사에 관해서는 잘 모르는 분이었다.

"뭐요? 무슨 말씀을 하시는 겁니까? 이건 보통 사건이 아니에요!"
"취재도 부족하고, 시간도 없지 않나, 그대로 하세!"
"절대로 안 됩니다. 승용차 사진을 찍어야 하니 사진 기자 내보내고 당장 윤전기를 세우세요! 내가 책임질 테니 정 부국장은 빠지세요, 아셨지요?"

이리하여 윤전기를 멈추고, 사건이 일어난 승용차가 있는 창천파출소로 사진 기자를 보냈다. 4시가 다 되어 조선일보는 사건 승용차 사진과 함께 내 추측 기사까지 포함된 기사가 7판에 인쇄되었다. 이 마지막 7판은 서울 도심에 있는 관공서와 주택가에만 배달되었다.

다음 날 아침 일찍 편집국이 떠들썩하기에 책상에 엎드려 자던 나는 부스스 눈을 떴다. 방우영(方又榮) 사장과 유건호(柳建浩) 상무, 장 편집국장 등이 나와 정인숙에 관해 이야기꽃을 피우고 있었다.

그들이 하는 얘기를 들으니, 정인숙은 정릉 '청수장'이라는 요정에 있을 때부터 미모와 매끄러운 서비스로 이름을 날리기 시작했고, 잠자리의 실력도 뛰어나 한번 접촉하고 나면 누구도 잊을 수가 없는 매력 만점의 여인이었다는 것이다.

이들의 얘기를 듣고 있던 나는 뜬금없이 황당하고도 무례한 말을 내뱉고 말았다.

"방 사장님도 접촉해 보셨습니까?"

얼떨결에 잠시 나를 쳐다보던 방 사장은, 별로 불쾌한 기색 없이 그 또한 황당한 답변을 한다.

"접촉해 보지 못한 사람들은 멍청이라는 소리를 들었지!"

그들은 사람이 살해되었는데도 뭐가 그리 신이 나는지 정인숙의 얘기에 온통 정신이 팔려있었다. 장정호 국장을 비롯해 아무도 특종을 한 내 '선견지명'(先見之明)이 물씬 묻어난 추측 기사에 대해서는 일언반구(一言半句)도 없었다.

따라서 특종상이나 노력상 같은 것이 존재할 공간은 어디에도 없었다.

장정호 국장은 부산 출신이어서 그런지 아무래도 나에게 어떤 편견을 가졌거나, 아니면 자기는 정통 견습 기자 출신이 아니라서(한국일보에서 전근) 자격지심에서였는지, 처음부터 나를 탐탁지 않게 여겼다. 그는 아깝게도 48살에 일찍 세상을 떠났다.

이런 일련의 일들이 조선일보에서의 나의 명운을 예고하는 징조였던 것을 2년 후에야 알게 되었다.

'정인숙 피살 사건' 수사본부는 마포경찰서에 설치되었고, 수사본부장은 마포경찰서 이거락(李居洛) 서장이었다. 이 서장은 당시 청와대 비서실장 이후락(李厚洛)의 동생이었다. 나는 이 사건의 취재 팀장이 되어 거의 일주일이나 밤잠을 제대로 자지도 못하고 동분서주했다.

'정인숙의 아들이 누구의 씨냐?'는 등 하도 민감한 사건이라 입막음을 당한 듯 형사들이 입을 꾹 다물고 있는 상황에서 취재는 거의 불가능했다. 거의 매일 1면 아니면 사회면 머리에 올라야 하는 사건에, 단한 줄의 기사도 보낼 수 없는 지경이었다.

그런 상황에서 나는 매일 톱에 오른 기사를 송고했다. 다른 석간신문들은 그날 석간에, 조간인 한국일보는 다음날 조간에 내 기사를 베끼느라 고생이 이만저만이 아니었다. 다른 사 기자들이 자기네들을 물 먹인다고 얼마나 투덜거렸는지 훗날에야 알았다.

수사본부의 쓰레기통을 뒤지면, 수사했던 상황이 적힌 등사한 종이쪽지가 흩어져 있다. 이 종이쪽지가 나의 취재원이었다. 내가 쓰레기통을 뒤져 기삿거리를 찾아냈다는 사실은 어느 기자도 몰랐다.

나는 취재 결과 권총의 출처, 살해를 사주한 인물, 정인숙 아들(정성일)의 아버지 등을 밝혀냈다. 정인숙의 오빠 정종욱이 군인이었을 당시 정일권의 부관이었고, 정일권이 주는 권총으로 동생을 사살했다는 정황, 정성일의 친부문제 등이 취재 결과 드러났으나 기사화하지 못했으며, 결국 이 사건은 미제(未濟)로 남고 말았다.

정인숙의 아들을 끝까지 자기 아들이라고 주장하며 죽어간 정일권(丁一權) 총리는 현대판 군신유의(君臣有義)의 표본이 되었다.

미국의 교포 신문들은 취재한 대로 정인숙 아들의 친부를 밝힌 기사를 실었다 한다.(브레이크 뉴스 문일석 발행인 증언)

졸지도 않고 눈을 말똥말똥 뜨고 듣고 있던 두 사람이 안쓰러운 듯 위로한답시고 내 가슴만 긁어 놓는다.

"똑똑하다는 사람이 맨날 고생만 하면서도, 좋은 소리 못 듣고 살았구먼! '바보 이반'도 아니고 도대체 뭐야!"

"허~어 글쎄 말이야! 바보 이반(Iban the Fool, 톨스토이의 동화)이었으면 오죽이나 좋았을까. 이반은 얼마나 성실하고 순박한데 그래. 나는 이반의 발치에도 미치지 못해! 다음 얘기나 잘 들어 보라고!"

에피소드[2]

나는 이도형(李度珩) 기자의 2진으로 1969년 말부턴가 국방부를 출입했다.

주로 취재를 전담하는 일이 2진이 하는 임무다. 하루는 병무청에 들 렀다가 특종을 건졌다.

1970년 1학기부터 대학생에게 군사훈련을 시킨다는 내용이었다.

대학생들의 거세지는 반정부 활동과, 주한 미 지상군의 감축 및 북한의 청년 근위대의 창설로 인해 국내외의 구제환경이 긴박해졌다. 이에 효과적으로 대응한다는 명분을 내세운 박정희 정권의 대학생 통제 수단의 일환으로 취해진 조치였다.

대학생들의 안보 의식을 고취하고, 북한의 기습 남침에 대비한다는 그럴듯한 명분에도 불구하고 이 방침은 대학생뿐만 아니라, 일반 국민의 강력한 저항에 부딪혔다.

"대학생에게도 군사훈련"이라는 제목의 기사가 조선일보 1면 한가운데에 세로 5단으로 시커먼 바탕에 흰 글자로 실렸다. 눈에 확 띄는 기사요, 편집이었다.

박정희 정권이 신경을 곤두세우고 있는 이런 중대한 정책을 정부가 정식으로 발표하기도 전에 조선일보가 먼저 터뜨렸다.

다음 날 아침, 이 기사가 정권의 심기를 건드렸는지 아닌지도 모르고 출근한 나를 보더니, 사회부 옆줄 정치부의 남재희(南載熙) 부장이 다급한 목소리로 이렇게 외치는 것이었다.

"어이, 모 기자. 자네 참 태평이구만! 잡혀가면 손해니까 빨리 도망가 있게, 어서!"

남 부장은 청주 출신으로 서울대 법대를 졸업하고, 한국일보와 민국일보를 거쳐 조선일보 기자가 되었다. 문화부장, 정치부장, 편집 부국장을 지내고 서울 신문으로 옮겨 편집국장과 주필을 끝으로 언론계를 떠나 정계에 입문했다.

그리고 서울 강서구에서 10~13대 국회의원을 역임했다.

나는 영문도 모른 채 얼떨결에 회사를 뛰쳐나와 청량리에서, 아내와의 열애 시절에 단골이었던 춘천행 기차에 몸을 실었다. 청평에 내려 유원지 민박집에서 며칠을 지냈다.

회사에 전화해 보니, 다른 신문들도 다 내 기사를 따라오고, 정부에서도 정식으로 발표했으므로 출근해도 괜찮다는 답이었다.

기사가 게재되자마자 잡혀가게 되면 되게 경을 치게 될 것이기 때문에, 우선 예봉을 피하는 것이 지혜라는 남 부장의 충고 덕분에 나는 곤욕을 면할 수가 있었다.

나 '만만이'는 조선일보에 근무하는 동안 이렇게 수없이 많은 특종도 했을 뿐 아니라, 모두가 싫어하는 궂은 취재는 도맡아 했는데도, 정말이지 특종상이나 노력상 같은 것은 내겐 하늘의 별 따기였다. 어느 직장이나 마찬가지로 상은 고과점수에 포함되므로 승진에 필수적으로 반영되기 때문에, 장 부장이 일부러 누락시켰는지는 지금도 불가사의로 남아있다.

나는 '열매 맺지 않는 나무에 누가 돌을 던지랴'가 아닌 '특출나지 않는 자를 누가 견제하랴'라는 오만한 생각을 위로로 삼아 최선을 다해 일했다.

에피소드(3)

한때 '노래는 추자(김추자), 담배는 청자'라는 말이 유행했던 적이 있었다.

1969년에 새로 선을 보인 '청자' 담배는 애연가들에게 가장 사랑을 받았다. 고려청자의 이름을 따서 청자라고 부른 이 담배는 금색 종이에 포장된 디자인이 세련되었을 뿐 아니라, 질도 좋은 최고급 담배였다.

그래서 애연가들은 자기의 품격도 자랑할 요량으로 굳이 청자만 찾았다. 새마을 가격이 한 갑에 80원일 때 200원을 호가했던 엄청 비싼 이 담배는 발매되자마자 품귀현상이 벌어졌다. 한 보루에 2,000원은 대졸 초봉(월봉)의 거의 10분의 1에 해당한다.

서울 시내 1만여 개의 담배 가게에는 매주 한 번씩 5~7보루가량이 공급되었다.

그나마 변두리 지역은 한 보루 정도만 배정되고 있었다. 이마저 공급되자마자 웃돈이 더해져 다방, 유흥주점 등 접객업소로 빠져나가 애연가들은 담배 가게에서는 청자의 코빼기도 볼 수 없었다.

청자 담배가 없는 주점이나 다방은 단골손님의 발길이 끊기기 일쑤였다.

따라서 항상 청자 담배가 떨어지지 않게 하는 일이 마담의 능력을 평가하는 척도가 되었다. 청자를 사려면 으레 다방에 들러야 했고, 마담 눈에 들어야 했다.

마담의 눈에 든 단골이 웃돈을 주며 마담의 귀에 대고 '청자'라고 속삭이면 치마폭에 감추어 갖다준다. 어떤 때는 신탄진을 얹어주면서 청자 두 갑 값을 받는다. 애연가들은 울며 겨자 먹기로 참을 수밖에 없었다.

가히 '담배 전쟁'이라 할만한 상황이었다. 나도 애연가였으므로 청자 담배를 사는 데 꽤 애를 먹었다.

언젠가 이런 누항의 분위기를 장 부장에게 털어놓으면서 불평을 터뜨린 적이 있었다.

1970년 1월 어느 날, 장 부장이 손짓으로 나를 부른다.

"무슨 어려운 취잿거리라도 있습니까?"

그는 다른 기자들이 귀찮아하는 취재가 있을 때면 나에게 곰살궂게 굴곤 한다.

"저번에 자네가 불평한 대로 요즘도 청자 담배가 품귀 상탠가?"
"그럼요. 더 난리입니다."

"그래? 그럼 한 5매쯤 써 보게. 박스 기사로!"

"예, 알았습니다."

나는 후배 경찰 기자 몇 사람에게 담배 가게 현황 취재를 부탁하고, 다방과 주점을 돌면서 애꿎은 커피와 맥주만 축내며 호주머니를 털기를 사흘 후, 후배 기자들의 취재 노트와 나의 취재 결과를 취합하여 '청자 전쟁'이란 제목으로 박스 기사를 작성하여 제출했다. 장 부장은 대충 훑어보는 척하고는 깔판 밑에 밀어 넣고 나선 퉁명스러운 말투로 나를 밀어낸다.

"알았으니, 그만 가 봐!"

취재를 시킬 때 곰살맞던 태도와는 180도 다른 쌀쌀맞은 태도였다.

다음 날 기사는 게재되지 않았다. 나는 지면이 없어서겠지 하고 기다렸다. 그러나 또 다음 날도 기사는 보이지 않았다.

사흘째 되던 날, 국방부에서 나와 회사에 들어오니 사회부 기자 책상마다 청자 담배가 한 보루씩 놓여 있지 않은가!

당시 구사옥 2층에 있던 편집국에는 태평로를 향한 유리창 쪽에 남쪽에서 북쪽으로 사회부 책상이 길게 놓여 있었다. 그 안쪽에 정치부와 경제부가 사회부와 나란히 자리하고 있었다. 따라서 정치부 기자와 경제부 기자 모두는 영문도 모르고 사회부 기자 책상마다 청자가 한 보루씩 놓여 있는 이상한 광경을 부러운 눈(?)으로 빤히 바라보게 되었다.

이 황당한 광경에 전말(順末)을 눈치챈 나는 분통이 터져 참을 수가 없었다.

미침, 장 부장이 책상 모서리에 두 발을 올려놓고 자기의 위대한 공로(?)를 자만하듯 거만하게 앉아 있었다.

장 부장 앞으로 천천히 걸어간 나는 큰 소리로 따졌다.

"부장님, 이래도 되는 겁니까? 부하 기자에게 취재시켜 놓고, 그 기사로 전매청을 등치다니요?!"

"여봐, 웬 큰소리야! 자네 기사가 재미가 없어 게재를 보류하고 있던 차에 전매청에서 찾아왔기에, (담배를) 받아 놓았을 뿐인데 뭘 그러나!"

"뭐요? 전매청에서 제 발로 찾아왔다고요? 그것도 청자 담배를 한 트럭이나 싣고요?"

"그야 나는 모르지. 그들이 온 사연은!"

"그런 거짓말은 국민 학생도 하지 않아요! 기사 내용을 알려주니, 부랴부랴 뛰어와 기사 무마비조로 사례한 것 아닌가요?! 서랍에 봉투도요!"

나는 내 책상에 놓여 있는 담배를 보루째 장 부장에게 던져버리고 회사를 뛰쳐나왔다.

"에잇, 더러워! 부장 혼자서 잘 피우시오!"

나의 기사는 휴지통 신세를 지고, 장 부장은 전매청으로부터 융숭한 대접을 받은 지 얼마 지나지 않은 1970년 2월 11일 자 동아일보는 '청자 담배 뒷거래 성행, 접객업소로 흘러 애연가 골탕'이라는 제목의 기사를 실었다. 그 기사의 내용은 이렇다.

요즘 서울을 비롯한 전국 각 지방에서 청자 담배의 품귀 상태가 계속, 요정 등 접객업소를 통한 뒷거래가 성행하고 있으나, 전매 당국이 손을 쓰지 않는 데다 신탄진 파고다 등 다른 담배의 질마저 아주 떨어져 애연가들을 골탕먹이고 있다.
지난해 후반기부터 품귀현상을 빚어 온 청자 담배는 올해 들어 공급량이 갑절로 늘어났으나, 서울의 경우 담배 가게에서는 살 수 없고 유흥업소에서만 고객 서비스 수단으로 확보하고 있다…(하략)

1970년 10월 19일, 국회 재정경제위원회의 국정감사를 받은 전매청은 담배의 질 저하와 청자 담배의 뒷거래에 의한 품귀현상에 대한 의원들의 집중 공세에 곤욕을 치렀다.
비록 나의 기사 '청자 전쟁'은 햇빛을 보지 못했으나, 뒤늦게나마 이렇게 동아일보 등 일간지에서 청자 담배에 대한 여러 가지 문제점들을 다루었고, 국회의 국정감사 도마에까지 오르는 바람에 전매청의 조선일보 '입막음 작업'은 '북원적월(北轅適越: 남쪽 월나라로 가려고 하면서 북쪽으로 수레를 모는 어리석음)'하는 짓이 되고 말았다.

전매청의 이런 작태는 잘못을 인정하고 개선하려는 노력은 하지 않고, 일시적으로 곤경을 모면하려는 관료 근성의 전형을 적나라하게 보여 준 사례의 하나였다.

1970년대에 전매청을 곤혹스럽게 만든 청자 담배는 1988년 노태우(盧泰愚) 제13대 대통령의 취임 기념으로 발매되는 영광(?)을 얻었다.

에피소드[4]

국방부 출입기자단 2진 8명은 1970년 소슬한 가을바람이 단풍잎을 희롱하던 10월 6일 주월남 한국군 방문길에 올랐다. C-54 육군 수송기(Army Transport Plane)로 필리핀 클라크 공항(마닐라 북쪽 90km)에 기착하여 주유 후에 사이공 탄손누트 공항에 도착하였다. 우리 일행은 콘티넨털 팰리스 호텔에 여장을 풀었다.

8박 9일 동안 우리 기자단은 맹호부대를 필두로 백마, 백구, 십자성, 청룡부대 등을 차례로 방문하여 취재하고, 각 부대가 운영하는 고아원과 학교, 병원 등을 돌아보았다.

각지에 흩어져 있는 부대를 방문 할 때마다 헬리콥터를 타고 이동했다.

월남 한국군 사령부는 어리석게도 기자들이 탑승한 헬리콥터 정면에 별이 두 개인 '별 판'을 달았다. 군의 처지에서는 기자들을 최대한 우대하여 '환심'을 사려는 배려에서 취한 조치였다고 하더라도, 이를 받아

들여 우쭐댔던 나를 비롯한 우리 기자들의 행동은 그야말로 하룻강아지 범 무서운 줄 모르는 우매한 짓이었다.

어느 날, 우리 기자단은 별 판을 단 헬리콥터를 타고 월남 전선의 최북단에 있는 다낭(Da Nang)에 주둔한 청룡부대(해병대)를 방문하기 위해 기분 좋게 청명한 하늘을 날고 있었다. 발밑에서는 우거진 푸른 숲이 스스로 놀라 뒤로 벌렁벌렁 넘어지고 있었다. 어느 때는 높게 뻗은 나뭇가지가 얼굴을 때릴 듯이 다가와 몸을 움찔하기도 했다.

이렇게 비행을 즐기던 우리는 갑작스럽게 폭죽 터지는 듯한 소리에 깜짝 놀라 위아래와 좌우를 정신없이 둘러 보았다. 몇십 미터밖에 안 되는 눈 아래에서 베트콩들이 떼 지어 소총을 마구 쏘아대고 있다. 총탄의 흔적이 우리가 탄 헬리콥터의 전후좌우에 둥그스름한 구름이 되어 스러지곤 한다. 한 방만 기체에 명중해도 우리는 영락없이 지옥행이 될 수밖에 없는 상황이었다.

탄환을 피하려고 헬리콥터가 급상승하는 바람에 우리 몸은 뒤로 벌렁 넘어졌고, 걷잡을 수 없는 공포가 몰려와 우리 가슴은 콩알만해졌다. 이 일 후에 우리는 별 판을 달지 않았으며, 발밑의 아름다운 경관을 구경하는 호사(豪奢)를 누리기를 포기하고 높이 날았다.

나트랑(Nha Trang)에 주둔한 100군수사단을 방문하여 부대 사령부 동쪽 언덕에 세워진 아담한 정자에서 프랑스산 고급 포도주를 대접받았다. 우리가 방문한 한국군 부대 중에서 최대의 호사스러운 파티였고, 최고의 접대였다. 아마도 군수물자를 통괄하는 부대여서 풍요를 누리고 있는 것 같았다.

나트랑은 베트남어로는 '냐짱'이라고 발음한다. 사이공에서 북동쪽으로 약 320km 떨어진 이 도시는 '인도차이나의 보석'이니, '동양의 나폴리'니 하는 찬사를 듣고 있는 풍광이 뛰어난 베트남 중남부의 대표적인 휴양지다.

거의 10km나 되는 화이트 비치는 발가락이 간지러울 만큼 고운 모래와 늘씬한 야자수가 길게 뻗어 있고, 태평양의 짙푸른 물은 밑바닥이 훤히 보일 만큼 맑고 투명하다.

파티가 끝나 숙소로 돌아오니 당번병이 방문객이 있었다면서 쪽지를 내민다. 고려대 정외과 57학번 동기생인 김영동(金榮童) 군이 자기 부대로 와달라는 전갈이다.

그는 헌병 중위로서 나트랑 주둔 헌병대 대장이었다.

한참 전쟁 중인 이국땅에서 대학 동창을 만나기란 그렇게 쉬운 일이 아니었기에, 나는 반가운 마음에 휴식은 포기하고 십자성 부대 정문에서 그리 멀지 않은 김중위의 부대로 달려갔다.

그는 간부후보생으로 입대하여, 만 서른 살에 보병 소위로 임관(1966년)하고 1968년 중위로 진급하면서 헌병 병과로 전과했다. 그리고 월남에 파병되어 운 좋게도 전투 지역이 아닌 군수지원단 주둔지역에 배속되었다.

당시에는 주월 한국군에 보급되는 군수품이 대량으로 암시장으로 홀러 들어가고 있었다. 어떤 때는 포장도 풀지 않은 채 트럭째로 유출되기도 했다. 김 중위의 헌병대는 이런 군수품 유출을 적발하는 것이 주된 임무다. 따라서 100군수사의 눈엣가시 같은 존재다.

부임한 다음 날, 군수품을 가득 실은 트럭이 부대 정문을 나와 헌병대 앞을 버젓이 통과하는 데도, 헌병들은 제지하기는커녕 경례를 붙이며 오히려 환송하는 것을 본 김 중위는 선임하사를 불러 따져 물었다.

"박 중사, 군수품 트럭을 왜 검문도 하지 않고 그냥 통과시키나!"

"중위님, 괜히 미운털 박힐 필요 없지 않겠어요? 으레 이렇게 해 오고 있습니다."

"뭐라? 미운털이 박힌다고? 그게 무슨 말인가!"

"어차피 유출될 것인데, 공연히 옥신각신하면 우리만 손해 본다는 말입니다. 우리가 막아봐야 얼마 있으면 본부 헌병사령부에서 호통이 떨어진다니까요!"

그럴 바에야 아예 곱게 보내주고 이삭이나 줍는 것이 누이 좋고 매부 좋은 일 아니냐는 것이다.

김 중위는 다음 날부터 그것에 금방 익숙해졌다. 김 중위는 월남 근무를 마치고 귀국할 때 해군 수송선에 실은 그의 짐이 너무 많아 수송 담당 헌병 대장에게 짐보따리 반을 빼앗겼다는 후문이다.

10월 13일, 이세호(李世鎬) 사령관의 주최로 송별 만찬이 사이공 시내에서 가장 유명한 프랑스 식당에서 베풀어졌다.

주월 한국군 사령부의 각급 참모들이 모두 참석한 자리였다. 가장 인상 깊은 음식은 개구리 요리였다. 술은 프랑스산 고급 포도주였다.

처음에는 격식을 차린답시고 포도주잔으로 향과 맛을 음미해 가며 마셨으나, 분위기가 무르익어 가자 포도주잔은 성에 차지 않았다.

이 사령관이 제안한다.

"이제부터는 사발로 돌리겠으니, 월남전 승리와 고생하는 장병들을 위로하는 의미에서 축배를 듭시다."

브라보! 브라보! 브라보!

반 되짜리 사발이 두 순배 돌자, 또 이 사령관이 호기롭게 제안한다.

"이제부터는 제가 마시고 잔을 돌리기로 하겠습니다. 끝까지 나와 겨루어 이기는 분에게는 큰 상을 내리기로 하겠습니다."

원탁에 둘러앉은 20여 명 모두가 거의 곤드레만드레 되어있던 터라, 잔을 받으려는 사람이 나를 비롯해 4명 밖에 없었다. 이 사령관은 먼저 한 잔을 죽 들이켜고 다음 사람에게 돌린다. 그 사람은 또 다음 사람에게… 이렇게 우리 다섯 사람은 원 샷으로 두 사발을 마셨다. 내 앞자리에 있던 사람 중에 이 사령관이 비운 세 번째 잔을 받겠다는 사람은 아무도 없었다.

마침내 이 사령관과 나의 대결이 되고 말았다. 이렇게 되어 이 사령관과 나는 주거니 받거니 거푸 석 잔을 더 마셨다. 이 사령관이 먼저 항복한다.

"어이, 모 기자. 대단하구만! 이제 그만하세."

"그만하다니요? 그럼 비긴 거 아닙니까! 비기면 싱겁지요. 난 한잔 더 마시겠습니다."

이리하여 나는 한 사발을 더 시켜 마시기 시작한다. 이때 모든 종업원들이 일손을 놓고 우르르 몰려와 불안한 표정으로 나를 응시한다. 그들의 응성거리는 소리가 귓전을 스친다.

"저 사람, 큰일이네! 곧 죽게 생겼어!"

네 번째 잔을 다 마시고도 끄떡없는 나를 쳐다보는 그들의 눈에는 내가 괴물로 보였으리라. 인사불성인 채 특파원 박 선배의 부축을 받고 호텔로 돌아온 나는, '잘 모시라'는 지시를 받고 내 방에 들어온 월남 미녀를 쫓아내는 비례(?)를 저지르고 말았다.

에피소드 (5)

"모 기자, 자네 참 대범하구먼. 발등에 불이 떨어졌는데도 태평인 걸 보니 말이야! 가서 방(榜)이나 보게."

1971년 1월 18일, 황승일(黃昇逸) 차장이 안쓰러운 표정으로 내 어깨를 툭툭치며 한 말이다.

나는 국방부에서 퇴근하고 회사에 들어오면서 편집국 입구에 게시된 인사이동 방문(榜文)을 얼핏 봤으나, 무심한 척 지나쳐 내 자리에 앉아 갓 출판된 소설 대망(大望, 山岡莊八 著)에 정신이 팔려있을 때였다. 나도 이 인사이동에 포함되어 있을 것이고, 정치부 근무로 발령이 났을 것으로 믿고 자세히 들여다보지 않았다.

황 차장의 말을 듣는 순간, 무언가 얼음보다 차가운 것이 등골을 타고 흘러내리는 전율을 느꼈다. 책을 팽개치고 입구 벽을 도배하다시피 차지한 방문을 본 나는 아연실색(啞然失色) 하지 않을 수 없었다.

'사회부 모세원, 명 지방부 근무'라고 또렷이 씌어 있지 않은가!

내 자리로 돌아온 나는 책상을 대충 정리한 후, 누구와도 말 한마디 나누지 않고 회사를 떠났다. 조선일보와 영원히 이별하는 순간이었다.

고양시 신도면 진관외리 기자촌 112호 집에 돌아온 나는 앞날을 설계하면서 두문불출(杜門不出)했다. 회사에서는 사회부 여러 선배를 집으로 보내 출근을 끈질기게 설득했다. 그중에서 김태준(金泰準) 선배의 말은 설득력이 뛰어났다.

"이 사람아, 편집국 인사는 돌고 도는 것 아닌가. 1~2년만 있으면 얼마든지 다른 부서로 옮길 수 있는데, 왜 성급하게 이러나. 조선일보 기자 되기가 그렇게 쉬운 일이 아니라는 것은 잘 알지 않는가. 한때의 불만 때문에 일생을 후회하는 일이 없길 바라네!"

옳은 고언이었다. 그러나 김 선배는 저간(這間)의 사정을 몰라, 나의 끓어오르는 분노를 눈치채지 못하고 하는 말이었다. 내가 분노를 억제할 수 없었던 것은 그럴만한 충분한 이유가 있었기 때문이다.

1970년 세모(歲暮)에, 세문안(歲問安) 차 잠시 귀국했던 주일특파원 이종식(李鍾植) 선배가 나를 사회부장 책상 뒤로 부른다. 길 건너편의 국회 제3 별관이 보이는 유리창 가에서 이 선배는 이렇게 당부한다.

"곧 대규모 인사이동이 있을 것이네. 이번에 자네는 정치부로 갈 것이야. 이미 장정호 편집국장과 합의를 보았네. 자중자애하면서 더욱 열심히 하게. 어떻든 축하하네!"

이종식 선배는 나의 고려대학 정치과 2년 선배로 1959년 조선일보 견습 1기로 입사하여 1967년 정치부장을 거쳐 1970년 주일 특파원으로 근무할 때다.

이 선배의 이런 사전 귀띔을 들은 나는 지방부 발령은 장정호 국장의 농간이라고 단정했기 때문에, 조선일보에는 이제 내가 설 자리가 없겠다고 판단하고 과감하게 보따리를 싼 것이다.

1971년 2월 24일 사표를 전달하고 공식적으로 조선일보를 떠났다.

이런 사정을 모르는 친지들이나 가까운 친구들은 나더러 궁둥이에 좀이 쑤셔 진득하게 기다리지 못하고, 평생을 좌우할 그 좋은 직장을 그만두었다고 질책하면서 너무 가볍게 처신 한 것 아니냐고 힐문하곤 했다.

솔직히 나는 누구를 붙들고 인사 청탁 한번 해 본 적이 없다. 심지어 직속 윗분인 사회부장의 집도 모르는 처지였다. 물론 이종식 정치부장이 정치부의 유일한 고려대 출신임은 알고 있었으나(고려대 재학시절엔 TIME지 공부 모임을 함께함), 그 선배에게 감히 인사 청탁을 할 만큼 '간이 배 밖으로 튀어나오지는'않았다.

이 부장도 남에게 인사 청탁 같은 걸 할 정도로 배알이 없는 인품이 아니란 걸 나는 알고 있었다.

그런데, 이 선배가 왜 인사이동 발령이 날 즈음에 귀국하여, 장정호 같은 사람에게 인사 청탁이라는 떳떳지 않은 일을 벌였을까?

이 의문은 내가 조선일보를 떠나고 세월이 물같이 흐른 후에야 비로소 소상하게 밝혀졌다.

1969년 만산이 홍엽으로 물든 11월 어느 날, 김상협 교수님이 조선일보 정치부 이종식 부장에게 전화를 걸었다.

"이 부장, 나 김상협이네. 좀 만났으면 하는데…"

"아 선생님, 그럼 제가 학교로 찾아뵙지요."

"부탁하는 사람이 찾아가는 것이 도린데 말이야, 이 부장이 오겠다고 우기니 할 수 없군. 내 기다리겠네."

이리하여 두 분은 김상협 교수님 방에서 만났다.

"바쁜 사람 오라고 해서 미안하구만."

"참 선생님도. 무슨 그런 섭섭한 말씀을 하십니까? 선생님께서 섶을 지고 불로 뛰어들라고 하셔도 즐거워 할 제게, 당치도 않는 말씀을 하시니 몸 둘 곳을 찾지 못하겠습니다! 그런데 무슨 …?"

"자네가 곤혹스러워 할 부탁이네. 거, 왜 사회부에 모세원 있지, 아는가?"

"예, 잘 압니다. 사회부가 정치부와 나란히 있어 매일 봅니다."

"어때? 모 군 쓸만하게 보이던가?"

"예, 아주 열심히 잘하는 것 같더군요. 궂은 취재는 도맡아 하는 것 같습니다."

"그래? 그 모 군 말일세, 자네가 책임지고 정치부로 보내 주게. 이 부탁을 하려고 오늘 이 부장을 찾은 거야. 미안하네!"

"알았습니다. 모 군은 학교 때 저와 같이 '타임반'에서 공부도 했고, 또 지금 정치부에 고대 출신은 저 혼자라서 종종 모 군을 생각하기도 했습니다. 선생님 말씀에 저도 용기가 납니다. 제가 책임지겠습니다. 염려 마십시오!"

"자네가 흔쾌히 부탁을 들어주니 고맙구먼, 그럼…."

장정호 편집국장이 과연 이 부장과의 약속을 헌신짝처럼 저버리고
나를 지방부로 발령 냈을까? 장 국장이란 사람은 그런 못된 인간이었
을까?

이런 의문도 얼마 지나지 않아 곧 풀렸다.

1969년 12월 1일 구성된 사사편찬회(社史編纂會)에서 자료조사원으로
서 자료 검토 작업을 했던 김문순(金文純, 수습 11기, 후에 편집인 겸 발행인)
당시 사회부 기자는 내가 퇴사하고 동아일보에 근무할 무렵인 1971년
가을 어느 날, 조선일보 옆 골목에 있던 맥줏집(조선일보 사회부 기자들이 자
주 드나들었다)에서 나를 보자 이렇게 밝혔다.

"모 선배, 어떻게 돼서 지방부로 발령났는지 모르지요?"

"그걸 내가 알 턱이 있나. 싱겁기는…."

"아니, 농담이 아니에요. 들어보세요! 미심쩍은 데가 있어서 그래요."

"뭐가 미심쩍다는 건가, 들어나 보세."

"제가 사사편찬회에서 자료를 정리하다가 71년 초에 단행된 인사기
안을 봤어요. 거기에 이렇게 돼 있었어요."

"어떻게 돼 있었나? 속 시원히 말해 보게."

"'정치부-모세원(사회부원)' 이렇게 돼 있었어요!"

"그런데?"

"그게 이상해요. '모세원'을 펜으로 죽 그어버리고, 그 옆에 '안병훈'이라고 가필되어 있더군요. 그리고 '모세원' 이름은 지방부에 적혀 있었어요! 이것은 최종 결재단계에서 방 사장이 써넣은 것이 분명합니다. 그러면 방 사장이 왜 그랬을까요?"

"그렇게 되었었다고? 거기에는 무슨 커다란 음모가 있었을 게야! 고맙네, 알려줘서 고마워!"

안병훈이 나를 밀어내고 정치부 발령을 받았다는 뒷얘기는 입에서 입으로 은밀하게 퍼져 나갔다. 그러한 소문과 뒷얘기들을 종합하면 대충 이렇다.

안병훈은 사회부를 떠나서 경제부로 옮기겠다고 선언하고, 경제부에 '러브 콜'했다. 당시 경제부장은 김용원(金容元)이었다. 경제부에서는 안병훈을 받아들일 것인가를 논의했는데, 어떤 이유에서인지 거부 의사를 안병훈 본인과 편집국장에게 전달했다.

이미 사회부를 떠난다는 것이 기정사실화된 마당에, 경제부에서 퇴짜맞은 안병훈은 오갈 데가 없어진 방랑자 신세가 되었다. 그는 하는 수 없이 당시 문화부 기자로 있던 부인 박정자와 함께 방 사장 집을 찾아가 현재의 처지를 설명하고 선처를 호소했다는 후문이다.

영희와 혜주는 안쓰러운 듯 나를 물끄러미 쳐다본다.

"모 기자, 당신은 말이야 윗사람한테 인사도 다니고 그러지! 부장 집도 모른다고? 사장도 찾아가서 아첨도 좀 했으면 당신 이름을 죽 그어 버리고 다른 사람 이름을 그렇게 쉽게 써넣을 수가 있었겠어? 요즘 말하는 사교성이 없었던 탓이지! 그런데 김상협 선생님은 참으로 천사 같은 분이시구만!"

"나 얘기하느라 좀 지쳤는데, 어디 근사한 데 가서 점심이나 들지!"

혜주가 점심 먹을 곳을 알아본다며 전화를 건다.

"……싱싱하지요? 예 30분 내로 갈게요."

혜주가 안내하는 대로 우리는 부산횟집에서 방어와 광어회에 백세주로 건배했다.

드링! 드링! 드링!

25장

몬테크리스토의
보물(1)

부산 횟집에서 점심을 맛있게 먹은 후 우리는 혜주가 추천한 비내섬을 관광하기로 했다. 혜주의 별장에서 북쪽으로 대략 11km가량 달려, 남한강 중상류에 자연적으로 조성된 하중도와 주변 하천에 분포한 습지에 닿았다.

경관이 뛰어나고 멸종 위기에 있는 호사비오리, 돌상어와 단양쑥부쟁이 등 야생 식물 865종이 서식한다.

아직 겨울이라 흰 눈이 발걸음을 붙잡는다. 집안에서 느끼지 못했던 겨울의 풍취에 기분이 상쾌해진다.

가까운 곳에 놓여 있는 나무 벤치에 앉아, 흰 눈을 가슴에 안고 무심히 흐르는 강물을 바라본다. 멀리 보이는 산언덕엔 소나무만이 푸르름을 자랑하고 있다.

호사비오리 한 쌍이 강물 따라 서서히 떠내려간다. 원앙 같은 다정한 모습에 우리는 부러움을 느낀다.

영희가 침묵을 깨고 불쑥 내뱉은 말에 혜주와 나는 적이 놀랐다.

"아, 큰일이네. 잃어버리지 않아야 하는데! 모 교수, 빨리 가자구."

"어디로?"

"서울 우리 집으로! 빨랑 가자고."

혜주가 어쩔 줄 모르고 방방 뛰는 영희의 두 손을 붙들고 진정시키느라 애를 먹는다.

"애, 영희야! 진정하고 천천히 얘기해 보자, 자… 자."

겨우 진정이 된 듯 영희가 또박또박 말한다.

"미국에서 가져온 쪽지가 있었는데, 무심코 팽개쳐 놨지 뭐야. 16년이나 지났네. 이를 어쩌나! 모 교수 빨리 차에 타. 혜주 너는 미안하지만 택시 불러 타고 별장에 가 있어. 알았지?"

"그래, 알았어. 잘 다녀와."

혜주는 별장으로 가고, 우리는 서둘러 출발했다.

"혜주도 같이 가면 안 되나? 혼자 외롭지 않을까?"

"좀 외롭겠지. 그러나 '사촌이 논 사면 배가 아프다'는 속언 있지? 혜주 배를 아프게 하면 안 돼서 그래. 혜주에겐 그런 마음이 없겠지만, 그래도 그런 마음을 먹을 수 있는 빌미를 제공하지 않는 것이 혜주를 위하는 길이야. 무슨 뜻인지 알겠지?"

"그래, 알았어. 네 깊은 우정을!"

"모 교수, 이건 당신도 알아주어야 해."

"뭔데?"

"나와 내 동생 영준이가 1978년에 미국 뉴욕 여행했던 사실이 있지. 그 후 나는 수안그룹과, 동생의 평창 그룹에 고등학생과 대학생을 대상으로 한 '장학재단'을 설립하라고 했었다네. 1979년 7월에 제1회 장학금 수여식이 있었는데, 거기서 고등학생 30명, 대학생 20명에게 장학금을 주었다네. 장학생 모두의 전액 학비를 후원한 것이지."

"그건 몰랐어. 내가 과문한 탓이고, 그런 데에 관심을 두지 않은 내 잘못이지. 용서하게나! 당신은 비너스처럼 아름다울 뿐 아니라, 마음 씀씀이도 미카엘 천사를 닮았구먼!"

"그런 말 마. 과공비례(過恭非禮)란 말 잘 알면서!"

"사실이 그렇다는 것인데, 과공이 아니지!"

"알았어. 입씨름 그만하고 빨리 가세나."

"운전대는 내가 잡을 테니 그대는 조용히 쉬고 있게, 급한 마음에 운전에 실수가 있으면 안 되지 않겠나!"

"그렇게 하지. 이럴 때 보면 자상한 사람 같기도 하단 말이야!"

"이제 알았다니 섭섭하군. 사물을 인식하는데 그렇게 느려서야 어디다 쓰겠어. 가만…, 다 알고 있었으면서도 나를 놀리려고 한 소리지? 내가 깜박 속았네! 난 그래도 좋아. 이제 봄은 어김없이 오겠지! 봄노래나 흥얼거리며 기분 좋게 운전이나 하련다! 어때?"

"맘대로 해!"

봄의 교향악이 울려 퍼지는
청라언덕 위에 백합 필 적에
나는 흰 나리꽃 향내 맡으며
너를 위해 노래 노래 부른다
청라언덕과 같은 내 맘에
백합 같은 내 친구야
네가 내게서 피어날 적에
모든 슬픔이 사라진다

더운 백사장에 밀려드는
저녁 조수 위에 흰 새 뙬 적에
나는 멀리 산천 바라보면서
너를 위해 노래 노래 부른다
저녁 조수와 같은 내 맘에
흰 새 같은 내 친구야
네가 내게서 떠돌 때에는
모든 슬픔이 사라진다

"와, 잘 부르는데! 누가 작곡한 거지? 알았는데 갑자기 가물가물하네."

"갑자기 사람 이름이 생각나지 않을 때가 있어. 누구나! 그러니 걱정일랑 말아. 멍청하다고 하지 않을 테니까."

"아니 그럼 내가 멍청하단 말이야?"

"아니야! 오해하지 말고 노래 사연이나 들어봐!"

"그러지 뭐!"

"이은상(李殷相, 1903~1982)이 시를 짓고 박태준(朴泰俊, 1900~1986)이 작곡한 노래야. 여기 나오는 청라언덕을, 처음에 나는 잔디가 푸른 비단(靑羅)같이 피어난 언덕인 줄 알았지. 그런데 대구 중구에 있는 담쟁이덩굴로 덮인 주택가의 언덕을 일컫는다는 거야. 그래서 푸를 청(靑)에 담쟁이 넌출 라(蘿)를 말하는 청라(靑蘿)언덕이라고 부른다네."

"와, 그래? 나도 실은 그 노래를 부를 때 잔디가 푸른 언덕이라고 생각했거든! 그럼 그 '백합 같은 내 친구야'그랬는데, 백합은 누구야? 알아?"

"나도 주워들은 거니까 틀릴지도 몰라! 백합은 박태준이 연모하던 여학생에 비유해서 부른 것이라네. 2절의 '흰 새'도 마찬가지고!"

"그건 그렇다 치고, 이은상의 '봄의 교향곡'이란 무슨 의미일까?"

"나도 잘은 모르지만, 교향곡은 헬라어로 'Symphony'라고 하잖아. 'Sym'은 '함께'라는 뜻이고, 'Phony'는 소리 내다'라는 뜻이라서 '다 함께 부른다'라는 의미가 된다네.

봄이 오면 맨 먼저 매화, 개나리, 영산홍, 철쭉, 진달래가 피고 생강

나무가 노랗게 피어나면 목련화가 점잖게 꽃의 여왕으로 자리한다네. 마지막으로 벚꽃이 내가 봄의 왕이노라고 거드름 피우면 봄은 여름에게 자리를 물려주고 말없이 떠난다네.

현악기, 금관악기, 목관악기, 타악기 등이 함께 소리를 내는 심포니 같이 이은상은 꽃들이 한데 어울려 봄을 빛낸다고 보고 교향곡이라고 표현한 것 같아! 알겠지?"

땅거미가 질 무렵에 가회동 집에 도착했다. 큰아들 한천호 수안그룹 회장은 집에 없다.

영희가 마중 나온 집사에게 정중하게 부탁한다.

"한 회장은 퇴근 전인가요? 회사에 연락해 주시겠어요?"
"예, 연락하겠습니다."

그는 영희와 나를 응접실로 안내하고 곧바로 전화를 건다.

"거기 회장님 사무실이지요, 여기는 가회동입니다. 아, 예. 방금 퇴근 하셨다고요? 알겠습니다."
"회장님은 방금 퇴근하셨답니다."

5분도 지나지 않아 한천호가 응접실에 들어선다. 영희를 발견하고는 반갑게 인사한다.

"아유 어머님, 오랜만에 뵙습니다. 오신다는 기별이나 하셨으면 마중 나갈 텐데… 어머님도 원…. 그러나, 잘 오셨습니다."

"그런데, 아무 일 없지? 건강은 어떻고?"

"저야 건강합니다. 어머님 건강이 오히려 걱정됩니다."

"내 걱정은 하지 말게. 나보다 나이가 더 많은 우리 아들이 더 걱정된다네."

천호는 영희보다 세 살이나 위이지만, 시집온 날부터 영희를 깍듯이 어머니로 모신 예의 바른 선비였다.

"내가 예전에 쓰던 방에 가 보고 싶네. 그리로 안내해 주게나."

"예, 어머님."

영희는 예전 쓰던 방으로 들어가서 여기저기 휘둘러 보았으나, 미국서 가져온 쪽지를 어디에 두었는지 도무지 생각이 나질 않는다. 침착해야겠다고 마음먹고 거기 놓인 소파에 앉았다. 눈을 감고 생각에 잠긴다. 문득 아들 친구 오우진 교수가 준 책이 생각난다. 아, 생각난다. 그런데 어디에 두었더라? 책장을 아무리 뒤져 봐도 없다. 창호에게 물어봐야지!

"여보게, 한 회장. 내가 미국 여행에서 책 한 권을 갖고 왔었는데, 혹시 보지 못했는가?"

"어머님, 1979년에 미국 여행에서 돌아오셔서 말이지요? 그 책은 제가 읽고 있었습니다. 아마 제 방 책장에 꽂혀 있을 겁니다. 제가 가져오지요."

창호가 가져온 책은 'The Count of Monte Cristo'(몬테크리스토 백작)라는 알렉상드르 뒤마(Alexandre Dumas, 1802~1870, 프랑스 작가)의 소설 'Le Comte de Monte-Cristo'의 미국판이었다.

"아들, 자네가 읽을 때 쪽지 같은 건 없었나?"
"예, 어머님, 제가 다 읽지 못했어요. 반 정도 읽었을까 말까 그래요."
"그런다면 알겠네. 그 책 이리 주어도 되겠지?"
"그럼요. 어머님 것인데요!"
"고맙구먼. 그럼, 몸조심하게. 난 가볼게."
"하루라도 쉬시다 가시지요. 그냥 가신다니 섭섭하네요."
"자네 마음 잘 알아. 인생은 만나고, 헤어지고 그렇게 살다가 하나님께서 부르시면 가는 거야! 기쁨도, 섭섭함도 없는 삶이 오히려 행복한 거야! 잘 있게."
"그럼, 어머님! 조심해서 가십시오. 종종 전화라도 올리겠습니다."
"이런, 내 정신 좀 봐. 소개를 깜박 잊었네. 여기는 모 교수야. 국립목포대학 정치외교학과 교수지. 나의 자문이지. 우린 서로 언제나 자유롭고, 언제나 기억에 남을 만한 사이이고, 항상 생각하고, 같이 있으면 항상 즐겁고, 필요할 때는 언제나 옆에 있어 주고, 힘들고 지칠 때는 서로 의지할 수 있는 사이란 말이네. 그래서 우린 친구야. 즉 Friend! 불미한 오해는 하지 말라는 말이야."

"어유, 어머님도! 제가 무슨 오해를 하겠습니까? 어머님이 혼자 계시는 것도 불효라고 생각하고 있는데요, 뭐!"

"무슨 소릴! 나는 자네 아버님과 4년 전까지 27년 동안, 말다툼 한번 않고 정말 행복하게 살았지! 그런 생각일랑 다시는 하지 말게."

"하여튼 잘 알았습니다. 어머님!"

밤이 어둠에 덮였는데도 영희와 나는 급한 마음에 수안보로 차를 몰았다. 흥분이 가라앉지 않은 영희를 옆으로 밀고 내가 운전대를 잡았다.

나는 시 한 수를 흥얼대며 읊는다.

길 건너 저 멀리
산 너머에

분홍 치마저고리
단정히 차려입고

펄럭이는 촛불 앞에
무릎 꿇고 앉아

내 임이 가는 길을

인도해 달라고

간절하게 기도하는
그대 보고파

즐거운 마음으로
나는 걷는다, 밤길을!

"그거 누구 시야?"

"응, 내가 방금 지은 '밤길'이란 시야! 당신과 둘이 밤길을 달리니 절로 시가 읊어지는군!"

"그 시 참 이상도 하네! 나는 여기 있는데, 촛불 앞에 앉아 당신을 기다리는 사람은?"

"머리를 좀 굴려 봐, 시란 상상으로 쓰는 거야! 당신이 지금 여기 있다고 하면 이런 시가 써지겠어? 당신이 수안보에 있다고 상상해야 이런 시가 나오는 거지, 안 그래?"

"그렇다면, '그대 보고파'의 그대는 나네! 그럼 빨리 가세, 빨리!"

우린 서울을 떠나 경부고속도로를 타고 28km를 달려 영동고속도로로 접어들었다. 휴게소에 들러 칼국수 한 사발씩 먹고, 자판기에서 커피를 뽑아 마시고 부랴부랴 출발했다. 장장 47km를 주파하여 중부내륙고속도로로 들어서서 34km 만에 충주에 도착했다. 우리는 혜주네 별장에 갈까, 수안보로 직행할까를 곰곰이 생각하다가 아무래도 수안보로 가는 것이 낫겠다 싶어 영희네 집으로 방향을 잡았다. 영희가 미국에서 가져온 책에 무엇이 있는지도 확인하지 못한 터이므로, 혜주에겐 알리지 않는 것이 좋을 듯해서다.

마당에 들어서니 안방에 불이 켜져 있다. 기척을 내니 안방에서 미령이가 부리나케 뛰어나온다.

"언니, 이제 오시네요. 얼마나 기다렸는데요!"

"미령이, 잘 있었나. 안부 한 번 전하지 못해 미안해. 그런데 이렇게 매일 청소하고, 불 켜 놓고 있었단 말이야? 허어… 미안해!"

"그러나저러나 저녁 식사는요?"

"오다가 휴게소에서 국수로 요기는 했지. 그래도 배는 고픈데…."

"언니, 참 이상하네요. 다른 때는 그런 일이 없었는데, 어젯밤에는 꿈에 흰옷 입은 천사가 나타나 '영희가 올 테니 준비하거라'하는 것이었어요. 그래서 오늘은 저녁 준비를 해봤답니다. 포도주도요. 그리고 이 서방의 색소폰도 대기하고 있구요!"

"호오~그래? 미카엘 천사께서 오셨었구만! 감사합니다. 그럼 이 서방도 부르지."

미령이가 식탁을 차리는 동안 영희와 나는 응접실에 들어가 책을 펴 보았다. 서서히 책장을 넘긴다. 1,000페이지가 넘는 책에 가끔 밑줄이 그어진 곳이 눈에 띈다. 천호가 읽으면서 그은 것이리라. 그런데 책장을 다 넘겼으나 아무것도 발견할 수 없었다. 우리는 당황하지 않을 수 없었다. 아니 당황할 뿐 아니라, 실망할 수밖에 없었다고 하는 것이 적절한 표현이리라!

넋이 나간 듯 멍하니 앉아 있는 영희를 위로하는 일이 우선이겠지만, 저간의 사정을 알아야 이 황당한 사태를 이해할 수 있는 실마리를 찾을 수 있을 것 아닌가.

"영희, 그간 미국에서 일어났던 이야기를 해봐! 어떤 실마리를 찾을 수도 있지 않겠어?"

"그래, 내가 멍청하단 말이야. 분명 내가 무언가 착각하고 있는지도 몰라. 그럼 뉴욕 여행 얘기를 해 보기로 하지."

26장

몬테크리스토의
보물(2)

1979년 3월 25일 나와 동생 영준이 부부, 그리고 천호 부부 이렇게 일행 다섯 명은 김포공항발 뉴욕행 KAL 359편 여객기 비즈니스석에 탑승했다.

출발하기 며칠 전 뉴욕에 있는 오우진 교수에게 일행 이름을 알려 주었더니, 뉴욕 FBI에서 25일 KAL 359편을 예약했다고 알려왔다. 우리는 비즈니스석을 원치 않는다고 했더니 미국 측에서 굳이 비즈니스석을 고집하더라는 것이다.

케네디 공항에 내리니 오 교수가 마중 나와 있었다. 우리는 오 교수의 안내로 주차장에 갔더니, 베이지색 서브 운전석과 그 옆 조수석에서 까만 정장을 입은 신사가 내려 우리를 정중하게 맞이한다. 오 교수에게 물으니 그들은 우리를 안내하는 요원이라고 한다. 오 교수를 포함, 우리 여섯 사람은 요원이 운전하는 차로 센트럴 파크에 있는 '뉴욕 힐튼 미드타운 호텔(New York Hilton Midtown Hotel)'3301호, 3302호, 3303호, 3304호에 여장을 풀었다.

뉴욕 중심가에 있는 45층 건물로 높이는 148.4m이고, 객실은 1,932개다. 스위트(Suite, En Suite)만 47개나 되는 뉴욕 제1의 호텔이고, 세계에서 101번째로 큰 호텔이다.

서쪽에는 허드슨강이 흐르고 그 오른편에 뉴욕 타임스 스퀘어가 있다. 호텔 방에서 내려다보니 휘황찬란한 네온사인이 장관이다. 북쪽 5번가 일대에는 19개의 빌딩 숲으로 이루어진 록펠러 센터, 남동쪽엔 유엔 본부가 자리한다. 북쪽에 브로드웨이, 더 멀리 컬럼비아 대학이 보인다.

그날 저녁은 호텔 레스토랑(Herb n'Kitchen)에서 미국식 음식(A La Carte)으로 허기를 채웠다. 곁들여 나온 적포도주가 향기와 맛이 좋아 웨이터에게 물었다.

"이 포도주 이름이 뭐예요?(What's the name of this wine?)"
"세븐 폴스 까베르네 쇼비뇽입니다.(Seven falls Cabernet Sauvignon, please)"

다음 날, 우리는 새벽같이 일어나 로비 커피숍에서 초이스 커피를 마시고 있는데, 안내 요원들이 온다. 그들의 안내로 자유의 여신상(Statue of Liberty)을 관광하기 위해 크루즈에 탑승했다. 엘리스섬(Ellis Island)를 일주하여 자유의 섬(Liberty Island)에 도착했다. 공식 이름이 '세계를 밝히는 자유(Liberty Enlightening the World)'인 '자유의 여신상'앞에 섰다.

여신상 전망대는 6개월 전에 예약해야 하지만 우리는 안내 요원 덕분에 무사히 통과했다.

이 여신상은 이민자들에게는 '아메리칸드림'에 대한 희망이고, 미국인들에게는 '미국 정신'을 일깨우는 상징이다.

프랑스가 미국 독립 100주년을 기념하여 기증 - 제막식은 86년 10월 28일 클리브랜드 대통령이 참석한 가운데 열림 - 하고, 조각은 바르톨디(Frederic Auguste Bartholdi)가 하고, 철근구조는 에펠탑을 세운 에펠(Alexandre Gustave Eiffel)의 솜씨다.

높이는 받침대를 포함하여 92m이고, 여신상만의 높이는 46.1m인 이 여신상은 오른손에는 횃불을, 왼손에는 'July, 4. 1776'이라는 날짜가 새겨진 독립선언서 석판을 들었다. 여신상의 왕관에 있는 7개의 뾰족한 스파이크(Spike)는 7대양을 상징하고 있는데, 이는 자유의 보편적 개념을 의미한다.

받침대에는 에마 라자루스(Emma Lazalus)가 지은 '새로운 거상(The New Colosus)'이라는 14행 소네트가 청동 명판에 새겨져 있다. 라자루스는 1883년 여신상을 보고 감명을 받아 이 시를 지었다고 알려졌다.

정복자의 사지를 대지에서 대지로 펼치는

저 그리스의 청동 거인과는 같지 않지만

여기 우리의 바닷물에 씻긴 일몰의 대문 앞에

횃불을 든 강대한 여인이 서 있으니

그 불빛은 투옥된 번갯불, 그 이름은 추방자의 어머니

횃불 든 그 손은 전 세계로 환영의 빛을 보내며

부드러운 두 눈은 쌍둥이 도시에 의해 태어난

공중에 다리를 걸친 항구를 향해 명령하노라

오랜 대지여, 너의 화려했던 과거를 간직하라

그리고 조용한 입술로 울부짖어라

너의 지치고 거만한, 자유를 숨쉬기를 열망하는 우리를

너의 풍성한 해안까지 가련한 족속들을 나에게 보여다오

폭풍우에 시달린 고향 없는 자들을 나에게 보여다오

황금의 문 곁에서 나의 램프를 들어 올리리라

받침대의 제작에 소요되는 경비의 모금이 지지부진하여 제작 공사
가 늦어지자, 미국 저널리즘의 창시자 퓰리쳐(Joseph Pulitzer, 1847~1911)가
그의 신문사 '뉴욕 월드'를 통해 10만 달러를 모금함으로써 제작이 순조
롭게 진행되었다고 한다.

자유의 여신상에 매료된 우리는 "자유 아니면 죽음을 달라(Give me
liberty or give me death)"고 절규하던 패트릭 헨리(Patric Henry, 1736~1799, 미
국 독립혁명가)의 모습이 떠올라 숙연한 마음이 되었다.

그는 버지니아 의회가 해산되자 1775년 3월 23일 리치먼드에서 열린

민중대회에서 이렇게 부르짖었다.

"여러분, 노예화란 대가를 치르고 가져야 할 목숨이 그렇게 소중하고 평화가 그렇게도 달콤한 것입니까? 전능하신 하나님, 그런 일은 절대 없게 해 주십시오! 다른 사람은 어떤 길을 택할지 모르나, 나의 신념은 자유가 아니면 죽음을 달라는 것입니다."

이 얼마나 비장한 각오인가! 노예가 되기를 간청하면서 자유를 포기하고, 노예로 살망정 평화를 택하겠다는 이 땅의 친북 군상들이 가련하게 여겨지는 순간이었다.

자유의 여신상 관광을 끝낸 우리는, 요원이 안내하는 대로 맨해튼 34번가에 있는 '엠파이어 스테이트 빌딩(Empire State Building)'에 발을 들여놓았다.

1931년 완공된 이 빌딩은 높이가 102층 391m로 세계에서 가장 높은 빌딩으로 40년간 이름을 떨쳤다. 그러나 1971년 417m나 되는 세계무역 센터(World Trade Center)가 완공됨으로써 왕관을 벗었다.

엠파이어 빌딩 86층과 102층에는 전망대가 있어 뉴욕 시내를 두루두루 관망할 수 있다. 102층 전망대에서 눈 아래 펼쳐지는 맨해튼 시내의 놀라운 광경을 내려다보면서 나는 상상한다. 엘리베이터가 운행을 멈출 때까지 굳게 약속했던 데보라 커(Deborah Kerr)가 내리는지, 바로 이 자리에 서서 엘리베이터 문만을 뚫어지게 바라보는 케리 그랜트(Cary Grant)의 가련한 모습을![2]

---

2) 'An Affair to Remember', 1957.

땅거미가 깔리기 시작하자, 우리는 맨해튼 중심가에 있는 프랑스 식당 '보 바쉬(Beau Vache, 좋은 암소)'라는 레스토랑을 찾아 들었다. 요원들은 식사 자리에 앉지 않고 멀리 떨어져서 우리를 지켜주고 있다.

비프스테이크에 미국산 포도주 '로버트 몬다비(Robert Mondavi, Cabernet Sauvignon)'로 맛있고 멋진 만찬을 즐겼다..

우리는 다섯째 날까지, 브로드웨이, 유엔 본부, 메트로폴리탄 미술관, 록펠러 센터를 두루 관광하고 센트럴 파크에서 휴식하기도 했다.

6일째 되는 날, 맨해튼 시내에 있는 뉴욕에서 가장 큰 서점 'Strand Bookstore'에서 하루를 고스란히 보냈다. 지하 1층 지상 3층의 초대형 서점이었다. 그리고 카페까지 딸려 있어 커피를 마시며 책을 읽는 모습이 마치 도서관 같은 분위기였다.

내가 가이드에게 묻는다.

"여기 책이 몇 권이나 되나요?(How many books you have in this bookstore?)"

"예, 거의 2천5백만 권이지요.(About two thousand five million)"

"홧! 그게 정말이에요?(What! are you sure?)"

"물론이지요!(I'm sure!)"

나는 하도 놀라워 넋이 다 나갈 뻔했다. 정신없이 진열대를 돌아다니다, 2층 어느 책장에서 내 눈에 반짝 띄었다가 사라지는 불빛을 보았다. 그 자리에 꽂혀 있던 책을 뽑아 들었다. 영어판 '몬테크리스토 백작 (The Count of Monte Cristo)'이었다. 1,000페이지가 넘는 책이다. 우연인지 기적인지 알 수 없으나, 빛이 인도해 준 책이기에 기쁜 마음으로 샀다. 하도 무거워 영준이가 대신 들어준다.

서점 카페에서 하루를 즐겁게 보내고, 저녁에는 카네기 홀에서 번스 타인(Leonard Bernstein, 1918~1990, 피아니스트, 작곡가, 지휘자)이 지휘하는 거 쉬인(George Gershwin)의 환상적인 곡인 '랩소디 블루'(Rhapsody Blue)를 감 상했다.

7일째 떠나는 날, 우리를 6일 동안 성의껏 보살펴 준 요원들이 케네 디 공항에서 작별하며 증거물같이 비닐에 넣은 종이쪽지를 오우진 교 수에게 전한다.

오 교수가 묻는다.

"이것이 무엇입니까?"
"그 종이쪽지는 지부장이 서길남의 몸을 수색할 때 그가 지갑에 꼭 꼭 숨겨두었던 것입니다."
"그런데요?"
"지부장이 서길남에게 무엇이냐고 묻자, 조동귀 회장 사무실 서랍 깊숙이 넣어둔 것이어서 훔치기는 했는데, 자기도 무슨 뜻인지 몰랐으 나 중요한 것인 것만은 틀림없는 것 같아 지금까지 지니고 있었다고 자백했답니다."

"하~아, 알았습니다. 고맙습니다."

오우진 교수도 이 쪽지가 뭔지는 몰라도 중요한 것 같아, 잃어버리지 않도록 영준이가 들고 있는 책 뒤표지에 숨겨 놓았다.

그리고 우리가 비행기에 오를 때, 나에게 이렇게 말했다.

"누님, 안녕히 가십시오. FBI가 준 쪽지는 그 책에 잘 넣었습니다. 나중에 살펴보시지요."

"아, 그래요? 수고하셨습니다. 고마워요!"

27장

몬테크리스토의
보물(3)

미국 여행 얘기를 끝내고 영희는 후회스러운 듯이 한탄하듯 이렇게 말한다.

"나는 귀국해서 그 책을 별생각 없이 가회동 내 방 책장에 꽂아 놓았었지."

"그럼, 그 책에 있어야 하는 것 아냐? 그런데 없다니! 이해할 수가 없군."

나와 영희는 두 눈을 감고 머리를 쥐어짠다.
내가 문득 깨닫고 영희에게 재촉한다.

"당신 그 책 빨리 가져와 봐."

"알았어. 무슨 좋은 생각이 났나?"

우리는 영희가 가져온 책 '몬테크리스토 백작'을 펼친다. 다시 한번 한 장 한 장 찬찬히 들춰본다. 마지막 책장을 넘길 때 뒤표지 안쪽이 좀 부풀어 있는 듯한 느낌이 들었다. 조심스럽게 쓰다듬어 본다. 한 부분이 아무래도 좀 불룩 나온 것 같았다. 거기를 다시 한번 쓰다듬어 보고는 날카로운 칼끝으로 불룩한 부분을 찢는다.

아! 뭔가 있다. 뒤표지 안쪽을 완전히 찢어내니 비닐봉지가 나온다.

오우진 교수가 뒤표지 안쪽에 비닐봉지를 올려놓고, 그 위에 내지를 붙여버려서 지금까지 우리는 아무것도 찾을 수 없었다.

비닐 속에서 낡은 종이쪽지가 얼굴을 내민다.

영희가 기도한다.

"주께서 제게 복에 복을 더하사 제 지경을 넓히시고, 주의 손으로 저를 도우사 저로 환난을 벗어나 근심이 없게 하소서! 아~멘.[3]"

우리는 그 쪽지에 이마를 맞대다시피 들여다본다.

그 쪽지에는 이렇게 씌어 있는 까만 글씨들이 점잖게 누워있다.

'백작. 내 큰 딸 영희에게만 주노라'

----

3) 대상 4:10

내가 머리를 긁적이면서 혼자 말하듯 한다.

"백작이라… 백자 아닐까? 조선백자 말이야."

"우리 집 어디에도 백자 같은 것은 없어! 그러니 백자를 가리킨 것은 아닌 거 같고… 나도 뭐가 뭔지 모르겠네. 아참, 홈즈를 부를까, 푸아로를 부를까, 이지도르를 부를까… 그들을 부른다는 건 만화 같은 말이고… 흐흐…."

"당신이 뉴욕 서점에서 우연히 빛을 보고 그 책을 샀다고 했지! 그렇다면 백작이라고 쓰인 그대로 백작인 것 같아. '몬테크리스토'는 섬 이름이야. 크리스토섬."

"그런데 어디에 있는 섬을 찾아야 한다? 섬이라… 섬… 섬… 옳지, 평창동 집 정원에 연못이 있어. 그 연못 가운데에 섬이 있다네, 바로 그 섬인 것 같아!"

"그 평창동 집은 언제 다시 샀어?"

"응, 1977년에 수안빌딩이 불타고 나서 새로 빌딩을 지을 때 샀어. 살던 사람이 자녀들 다 출가하고 늙은 부부만 사는데, 집이 너무 커서 관리하기도 힘들다고 반값에 우리더러 사라고 하지 않겠어? 그래서 샀지."

이때 미령이가 저녁상 다 차렸다고 알려 왔다. 우리는 우선 저녁을 먹고 다시 머리를 굴려 보자고 무언으로 약속하고, 저녁 식탁에 둘러앉았다.

이성호가 색소폰을 둘러메고 온다. 오른손에는 헤네시 꼬냑 한 병이 쥐어져 있다.

"자, 우리 오랜만에 만난 기념으로 축배를 들세. 자자 잔에 가득 따라! 자 들고 다 같이 드링! 드링! 드링!"

영희가 서재에 가더니 악보 한 장을 들고나온다.

"이 서방, 이 곡을 연주해 봐."

이성호가 악보를 훑어보더니 승낙한다.

"네 원장님, 기꺼이 연주하겠나이다!"

곡은 '내가 그렇게 쉽게 잊혀지나요(Am I that easy to forget)'이다. '잉글버트 험퍼딩크(Engelbert Humperdink)'가 부른다. '싱글톤 쉘비(Singleton Shelby)'가 곡을 썼다.
이 서방이 색소폰 연주를 시작한다.

They say you've found somebody new
But that won't stop my loving you
I can't let you walk away

Forget the love I had for you

Guess I could find somebody new

But I don't want no one but you

How can you leave without regret?

Am I that easy to forget?

Before you leave, be sure you find

You want his love much more than mine

당신이 누군가 새 사람을 찾았다 하더군요

하지만 당신을 사랑하는 일을 단념할 수 없어요

당신이 그냥 떠나가도록 놓아둘 수 없어요

당신에 대한 내 사랑 잊게 할 순 없어요

나도 새 사람을 찾을 수 있다고 생각해 보세요

하지만 난 당신 말고는 원하지 않아요

어떻게 아무렇지도 않게 떠날 수 있지요?

그렇게 나를 쉽게 잊을 수 있지요?

떠나기 전에 분명하게 말해 주세요

내 사랑보다 그의 사랑을 더 원한다는 걸

Cause I'll just say we've never met

If I'm that easy to forget

They say you've found somebody new

But that won't stop my loving you

How could you leave without regret?

And I that easy to forget?

Guess I could somebody new

But I don't want no one but you

How can you leave without regret?

Am I that easy to forget?

당신이 날 그렇게 쉽게 잊을 수 있다면

난 우리가 만난 적 없다고 말할 테니까요

당신이 누군가 새사람을 찾았다 하더군요

하지만 당신 사랑하는 일을 단념할 수 없어요

어떻게 아무렇지도 않게 떠날 수 있어요?

그렇게 나를 쉽게 잊을 수 있나요?

나도 새 사람을 찾을 수 있다고 생각해 보세요

하지만 난 당신 말고는 아무도 원하지 않아요

어떻게 아무렇지도 않게 떠날 수 있지요?

그렇게 나를 쉽게 잊을 수 있나요?

나는 절로 한숨이 나와 한동안 꼼짝할 수 없었다. 노랫말에 무슨 의도가 담겨 있을까? 아무렇지도 않게 떠날 수 있느냐고? 떠난 적도 없고, 떠나겠다고 마음먹은 일도 없는데….

"언제 내가 당신을 잊은 적 있었나? 그렇게 쉽게 잊었다고 비난하니 말이야!"

"그냥 내가 좋아하는 노래야. 그렇게만 알고 있으면 돼! 우리는 친구 잖아! 프렌드, 안 그래?"

"그건 그렇지, 프렌드!"

영희가 배가 부른 듯 배를 쓰다듬으며, 이젠 잘 때라며 미령이네 부부를 내보낸다.

영희가 엄숙하게 운을 뗀다.

"우리 이제부터 중대한 작업에 들어가야 하는데, 그만큼 마음가짐도 성스러워야 할 거야. 그러니 다음 성경 구절을 암송하세!"

"그러지!"

The Lord will establish you as his holy people,
as he promised you on oath,
If you keep the commands of the Lord your God
and walk in his ways

여호와께서 내게 명하신 대로 너를 세워 자기의 성민이
되게 하시리니 이는 네가 네 하나님 여호와의 명령을 지켜 그 길로 행
할 것임이니라[4]

---

4) 신 28:9

"오늘 밤은 간절하게 기도하고 잠들어야 해!"

"암, 그리해야지!"

다음 날, 나와 영희는 새벽같이 일어나, 미령이가 깨기 전에 서울로 차를 몰았다.

가까운 휴게소에서 막국수와 커피 한잔으로 허기를 채웠다. 정오가 되기 전에 평창동에 도착했다.

올케까지 모두 나가고 집에는 집사 외에는 아무도 없다. 마중 나온 집사에게서 정원 삽과 장도리를 빌리고 횃불을 만들어 정원으로 나갔다.

대문에서 왼편에 있는 정원에는 반지름이 7m쯤 되고 둘레가 44m가량 되는 연못이 있다. 연못 가운데에 나무들이 빽빽하게 들어서서 작은 숲을 이룬 동산이 있다.

우리는 한목소리로 탄성을 지른다.

"와, 여기가 바로 '에드몽 당테스'의 크리스토섬이구만!"

동산은 가로가 7m, 세로가 9m나 되는데, 커다란 넓적 바위를 연결하여 다리로 삼았다.

바위 다리를 건너가서 겨울이라서 색깔이 변한 잡초더미를 헤치니, 녹슨 철판 문이 눈에 띈다.

장도리로 네 귀퉁이 못을 빼고 밀어 보니 문이 안으로 열린다. 높이가 2m쯤 되고 길이가 5m가량 되는 굴이 나타난다.

이프성(Chateau d'if) 감옥에서 파리아(Abbe Faria) 신부가 전해준 지도에 있던 바로 그 굴이 우리 앞에 나타난 것이다.

횃불을 켜 들고 사방을 휘둘러 보아도 종이 한 장도 보이지 않는다. 거미줄만 앞을 가릴 정도로 얽혀 있어, 오랜 세월이 흘렀음을 알려준다.

삽으로 여기저기 쑤셔 본다. 어떤 곳에서 삽이 푹 들어간다. 열심히 흙을 파내고 보니 뚜껑이 덮인 대형 질항아리가 나타난다. 횃불을 가까이 대고 들여다본다.

누가 먼저라 할 것 없이 우리는 환성을 지른다.

"와, 보물이다! 보물! 몬테크리스토의 보물이다!"

영희가 감사 기도를 올린다.

"하나님께서 그 책을 사라 명령하셔서, 제가 하나님 여호와의 명령을 지켜 행하였더니 이 죄인에게 이렇게 큰 복을 내리시니 감사합니다. 아~멘."

다른 여러 곳을 삽으로 찔렀더니, 모두 일곱 군데서 크기가 다 똑같은 질항아리가 반갑다고 인사한다.

우리는 동리로 내려가서 커다란 자루 열 개를 샀다. 그 사이 집사는 멀리 심부름을 보냈다. 그리고 에쿠스를 정원 연못 앞까지 끌어다 놓고, 질항아리 일곱 개에 가득 들어있던 보물을 열 개의 자루에 채워 넣어 에쿠스 트렁크와 뒷좌석에 실었다.

동산은 우리가 오기 전과 같이 말끔히 정리했다. 우리가 왔다 간 흔적은 아무것도 남지 않았다. 우리는 그날 해거름에 수안보에 도착했다.

미령이를 부르니 득달같이 달려왔으나, 불만이 가득한 표정이다.

"원장님, 말도 없이 어딜 가셨어요?"
"미령이, 미안하게 됐어. 급한 일이 있어서 말이야! 미안해. 화 풀면 안 되겠나?"
"언니도 참, 내가 언제 화냈다고…. 저녁 드셔야지요?"
"준비하지 않았으면 근처 식당에 가지, 어때?"
"준비 다 해놨어요. 제가 뭐 그리 속이 좁은 줄 아셨어요? 섭섭하게 시리!"
"그럼 우리 다 같이 상을 차리자고!"

우리는 미령이가 정성껏 준비한 만찬을 즐겁게 들었다.
나는 혼자 흥얼거린다.

"미령 아씨가 차린 음식이 이렇게 맛있는 줄 예전엔 미처 몰랐었네요!"

우리 세 사람은, 꼬냑 한잔으로 하나님의 섭리와 사랑에 감사하면서 축배를 들었다.

드링! 드링! 드링!

미령이를 보내고, 우리는 각자 자기 방으로 가서 잠자리에 들었다.

몸은 피곤이 쌓여 움직이기도 힘들었어도 도무지 잠이 오지 않는다. 이리 뒤척, 저리 뒤척이다가 응접실에 들어가 소파에 몸을 파묻었다.

서울까지 가서 몬테크리스토의 보물을 싣고 돌아온 에쿠스는 마당 한쪽 제자리에서 편안히 누워있다.

스르르 눈이 감기면서 잠이 올 듯하다. 그런데 인기척이 있어 감기려는 눈을 떠 보니 영희가 눈을 훔치며 들어온다.

"도무지 잠이 오질 않아, 당신도 그래서 여기 있구만."

"그래, 오는 밤 잠자기는 그른 것 같아! 저걸 어디다 감춰야 하는 것 아냐?"

"모 교수, 난 보물을 어디다 감춰놓았다가 하늘에 가지고 가고 싶지 않아! 좋은 일에 쓰려고 해."

"그런 당신 마음 잘 알겠는데, 우선 어디다 치워야 하지 않겠어?"

"그건 그래. 건넌방 벽장에 쌓아두고 깨끗한 감색 천으로 덮어 놨다가 나중에 천천히 처리할 방도를 생각해 보자고!"

우리는 에쿠스에서 가방을 꺼내 벽장에 넣고 천으로 덮어두었다.

다음 날, 느지막하게 일어나 아침을 먹고, 어제 혜주만 남겨 놓고 떠난 일을 사과도 할 겸해서 혜주의 별장으로 차를 몰았다. 에쿠스는 한

결 가벼운 듯 걸음이 가볍고 경쾌하다.

　"아유, 그래. 잘 다녀왔어?"

　"그래, 우리만 갔다 와서 미안하다. 나중에 다 말해줄게, 알았지? 혜주야!"

28장
황석영의 활약

나는 목이 말라 혜주에게 부탁한다.

"혜주, 맥주 없어? 한 잔 죽 들이켜고 싶어서…"
"그래? 내 곧 가서 사오지. 안주는 뭐로 할까?"
"잘 말린 명태가 좋지. 명태를 찢어 참기름 친 간장에 찍어 먹으면 일미지. 그리고 치즈와 크래커도…"

혜주가 부리나케 나가더니 맥주와 안주를 푸짐하게 사 들고 밝은 표정으로 들어온다.

"뭐 좋은 일 있었어? 그렇게 희색이 만면하게!"
"얼마 전에 우리 버스회사에서 최신형 고급 버스를 사서 운영하고 있거든. 그런데 시민들이 고맙다고 우리 버스회사 채사장에게 감사패를 주기로 했다는구면. 시장실에서 시장이 수여한다네. 기분 좋지?"

"암, 기분 좋고말고! 축하한다 혜주야."

"그런데 고급버스 사려면 출혈이 심했을 텐데, 괜찮아?"

"조금 내는 이윤으로 구입했지! 나도 사업의 목표는 영희 너처럼 '이윤의 사회 환원'이란다!"

우리는 박수갈채로 혜주를 축하해 주었다.

"자, 모 교수. 맥주 들면서 얘기 계속해!"

"거, 구수산에서 벌교로 간 황석영이 지금 뭘 하나 나도 궁금하거든. 뒤를 따라가 보아야겠어.

벌교를 근거지로 조정래와 함께 빨치산 활동을 하던 황석영의 출생지를 아는 사람은 아무도 없다. 그와 같이 빨치산 활동하다 체포된 그의 동료 문수영의 증언에 따르면, 그는 공산당 이론에 밝고 자주 체 게바라(Che Gevara, 1928~1967, 아르헨티나 출신, 쿠바 혁명 지도자)와 이탈리아 공산주의자 그람시(Antonio Gramci, 1891~1934)를 들먹이며 자기의 지식을 자랑하는 데에, 열을 올리곤 했다고 한다.

그는 박헌영이 1946년 1월에 창설한 남조선로동당에 가입하였고, 10월 1일에 미군정의 실정을 규탄하는 대규모 대구민주항쟁에 참가했다.

박헌영이 체포를 피해 월북할 때 그와 같이 월북했다. 박헌영이 '금강 정치학원'에서 게릴라를 양성하는 교육을 할 때, 게바라의 게릴라 전법과 그람시의 참호 전술을 익혔다.

게릴라(Guerrilla)는 스페인어로 '작은 전쟁(Little War)'을 수행하는 유격 대를 말하고, 빨치산이란 프랑스어 파르티잔(Partisan)에서 비롯된 낱말 로 정규군에 속하지 않은 무장 전사를 일컫는다. 40년대 후반부터 50 년대 한반도 남쪽에서 활동하던 조선민주주의인민공화국의 유격대를 무장공비(武裝共匪)라고 불렀다. 이들은 48년 조선민주주의인민공화국이 발족할 때 형성된 정치 파벌이다.

황석영은 22년 만에 벌교에 오면서 주민의 눈에 띨까 봐 칠흑 같은 밤에 살금살금 기어서 옛날 명상아가 살던 집 울타리에 숨어서 집 안 을 엿보았다.

두 칸 초가집 안방에서 불빛이 새어 나온다. 한참 있으려니 뒷간에 가려는지 40대쯤 되어 보이는 아낙네가 마당으로 내려와 황석영이 숨 어 있는 곳으로 다가온다. 자세히 보니 영락없는 명상아였다. 들릴락 말락 작은 소리로 불러본다.

"여보, 상아!"

무슨 소리가 어디서 나는지 가늠하지 못한 상아가 두리번거린다. 황 가가 다시 한번 부른다.

"여보, 상아. 나야, 나라고!"

상아는 이 소리에 야릇한 예감에 끌려 조용히 소리 나는 쪽으로 가서 저도 조용히 불러본다.

"뭣이라? 나가 누구여?"
"오, 여보. 나랑께 나. 석영이! 날 몰라?"

상아는 깜짝 놀라 기절할 뻔했으나, 곧 정신을 가다듬고 조용히 사립문을 열고 울타리로 걸어가 거기 웅크리고 있는 석영이를 발견했다.

그립고 서럽던 22년의 세월이 하루아침에 환희로 변하는 순간이었다. 둘은 부둥켜안은 채 한동안 움직일 줄을 몰랐다.

서서히 정신을 가다듬고 둘은 손을 맞잡고 안방으로 빨려 들어갔다.

누가 먼저 옷을 벗고 이불 속으로 파고들었는지, 번개 같은 그들의 동작은 귀신도 가늠할 수 없었다. 22년간 쌓이고 쌓였던 정욕이, 화산이 폭발하듯 한꺼번에 타오르는 바람에 방이 불타듯이 뜨거워졌다. 얼마나 뜨거웠는지, 그들의 몸뚱이마저 타는 듯했다.

가쁜 숨을 몰아쉬며 두 눈을 지그시 감고 행복에 겨워 있는 상아를 돌아보며, 석영이가 감격한 표정으로 묻는다.

"여보, 그동안 어떻게 지냈어? 고생을 시켜 미안해!"
"고생은 무슨…. 당신 오기만을 눈이 빠지게 기다리며 이렇게 살아왔지. 기다린 보람이 있어서 이렇게 당신이 내 곁에 있지 않아?"

"뭘 하고 살았었냐고 묻고 있는 거야."

"요 옆 큰길가에서 식당을 하지."

"아이는 있어?"

"오, 우리 아들! 잘 있지."

"아들이야? 몇 살인데?"

"당신이 떠나고 난 다음 해에 태어났으니, 스물한 살이야."

"그 애 이름은 유범이지? 황유범! 지금 어디 있어?"

"곧 방학이니, 머잖아 집에 올 거야. 전남대학 4학년이거든. 학생회장
이라던가 뭐라던가 그래."

"그래? 당신이 고생고생하면서 아이를 잘 키웠군 그래. 정말 고마워!
그런데 여보, 나 이렇게 숨어 지낼 수만은 없는데 어떡하면 좋을까?"

"그런 걱정은 하지 않아도 돼! 요즘은 박정희 정권에 신물이 나서 공
산당이라고 욕하는 사람 없어! 오히려 환영할 거야."

"그래? 거, 참 세월이 약이로구만! 그럼 내가 나다녀도 좋단 말이지?"

"그래. 아무렇지도 않다니까. 내 남편이라고 떳떳하게 고하고 다니랑
께. 알았어?"

"좋아, 좋고말고! 얼씨구 지화자 좋구나, 좋아."

빨치산 등쌀에 공산당에 대한 악감정이 팽배해 있을 줄 알았었는
데, 웬걸 오히려 우호적인 주민 태도에 놀란 황석영은 신사인양 차려입
고 주민들을 접촉하기 시작했다. 실로 22년 만에 빨치산 둥지에 돌아

온 황석영은 고향 집에 돌아온 듯한 따뜻함을 느꼈다. 그가 주민을 만나는 아지트는 상아가 경영하는 식당이었다. 이 식당은 주민들을 초대하여 음식을 푸짐하게 대접하기에 안성맞춤인 곳이었다. 동네 사람들을 불러 음식과 술을 대접하면서 민심을 대충 파악한 황석영은, 이들을 잘 구슬려 조직을 만들 계획을 세웠다. 사건이 벌어졌을 때 벌떼처럼 달려들기만 하면 되는, 그런 응원부대면 족하다고 생각했다.

이러구러 벌교에서 6개월 남짓 살면서, 그는 벌교의 젊은 주민 30%를 자기의 친위부대로 만들었다.

12월이 다 갈 무렵, 아들 황유범이 귀향했다. 유범은 어미 배속에 들어있던 시기에 떠나버린 황석영을 알 턱이 없다. 그는 상아가 아버지가 있다고 줄곧 얘기했으나, 별로 관심을 두지 않았다. 그런 탓에 오늘 이렇게 만났어도 아무런 감흥도 일지 않았다. 어머니 상아가 시키는 대로 그저 덤덤하게 허리를 조금 구부려 인사만 했다.

"안녕하시오, 황유범입니다."

이런 무관심하고 덤덤한 인사를 받았어도, 기쁨에 겨워 절로 눈물이 뺨을 흘러내리는 황석영이다. 내 아들이 이렇게 훌륭한 젊은이로 자라다니, 욕만 퍼붓던 하나님을 불렀다.

"하나님, 감사합니다!"

인간은 간사스럽기 짝이 없는 동물인가 보다. 너무 기쁘거나, 너무 슬플 때만 하나님을 찾으니 말이다.

"찾으라, 그러면 만날 것이요. 두드리라, 그러면 열릴 것이니라"는 하나님의 말씀이 이 경우에도 어울리는 말씀인지 헷갈리는 순간이다.

"유범아, 네가 태어난 지도 모르고 장장 21년을 버려둔 이 무심한 애비를 용서해 다오! 이제부터는 나와 같이 살자꾸나."

"아니, 어머니에게 들으니 빨치산이었다던데, 지금도 그 활동하시나요?"

"통일을 이루어 주석님의 한을 풀어드려야 한다는 것이 내 일생 목표다. 그러니 게릴라 활동을 포기할 수 없지, 안 그러냐?"

"그런데, 어떻게 떨어지지 않고 같이 살자고 하시지요?"

"그건 너도 나와 같이 주석님께 충성하면 된다는 얘기가 아니겠냐!"

이 말에 뚱하던 유범의 얼굴이 환해지면서, 스스로 황석영의 가슴에 안겼다.

"그러면 그렇지! 역시 아버님은 주석과 조선민주주의인민공화국의 충신이군요. 나도 아버님과 함께 조국 통일을 위해 결사 투쟁하렵니다!"

"오, 피는 속일 수 없구나. 너는 역시 내 아들이로다! 이제부터 그리하자! 주석님 만세!"

다음 날, 부자는 광주에 도착했다.

석영은 유범이의 학생회 친구들은 물론, 4년 동안 사귀어 왔던 친구들 모두를 단골 음식점으로 초대했다.

"여러분, 여기 계시는 분은 21년 동안 제가 찾던 제 아버님 황석영이십니다. 조국 통일을 위해 신명을 다 바치시던 주석님의 충신입니다. 다 같이 큰 박수로 환영합시다. 박수!"

"동무들, 반갑습니다. 여러분의 씩씩한 모습을 대하니 조국 통일이 눈앞에 온 듯 기쁘기 한량없습니다. 사실을 말씀드리면, 주석님의 지시로 머잖아 특공대가 영광 구수산에 진주할 것입니다. 그러니 동무들의 뜻이 이루어질 날이 곧 올 것입니다."

이리하여 그들은 세력 확장에 열과 성을 다했고, 은밀한 곳에 모여 체력단련과 무술 훈련을 게을리하지 않았다.

황유범은 아세아 자동차 노무자로 취직했다. 그는 아세아 자동차의 노동조합원이 되었고, 그 노조를 이용하여 갖가지 데모를 주도하면서 세력을 키웠다.

그리고 그는 동무들에게 각종 무기 사용법을 익히도록 당부하고, 동무 몇 사람과 대형 버스와 장갑차 등의 운전법을 익혔다.

1979년 이른 봄, 구수산에 웅거하던 특공대 500여 명이 광주에 침투했다. 그들은 광주 시내와 그 외 시군에 분산하여 살면서 거주하는 곳의 주민을 동무로 끌어들여 거사에 동원할 인력으로 만들었다.

이런 공작을 끝낸 황석영은 광주의 일은 아들 유범에게 맡기고 다시 벌교에 갔다. 벌교에 있을 때 청년 30%가량을 동무로 만든 그는, 이들 중에서 빠릿빠릿한 청년 일곱 명을 골라 전령으로 삼았다.

이들을 화순, 곡성, 순창, 담양, 장성, 나주, 함평으로 보내 고정간첩 연락책을 불러 모았다. 상아가 경영하는 상아식당 뒷방에 모인 고정간첩 연락책들은 하나같이 그럴듯한 신사로 보였다. 그중에는 면장도 있고, 이장도 있었다. 거의 모두가 농사를 지으며 그저 그렇게 살고 있었다. 말하자면 볼셰비키 혁명의 주역이었다. 이들을 앞세운다면, 성공 못 할 혁명이란 없을 것 같았다. 석영은 우선 이들에게 자기를 소개하고, 지금 영광 구수산에 있던 500여 명의 특공대가 광주에 침투했고, 이들 중 대부분이 여러분의 고장에 배치되었다고 알렸다.

"그러니 여러분도 각오를 단단히 하고 때가 오기를 기다려야 합니다. 아시겠지요?"

"예, 잘 알겠습니다. 미국 놈의 앞잡이들을 도려내고, 주석님을 모셔야지요!"

"그러기 위해서는 우선 철저한 준비가 필요합니다. 여러분은 각기 군에서 청년조직을 만들어야 합니다. 유사시에 들고 일어날 사람들로 말입니다. 아시겠지요?"

"예, 그 일도 지시에 따르겠습니다."

"다음은, 각 군에 있는 파출소와 무기고의 위치를 파악해야 합니다. 유사시에 곧바로 무기고를 습격하여 무기를 들고 싸워야 하기 때문입니다. 이 일도 실행할 수 있겠지요?"

"물론입니다. 차질 없이 시행하겠습니다."

석영은 굳게 다짐하는 이들을 보며, 흡족한 웃음을 지었다.

그날 상아식당의 음식과 술이 바닥나서 일반인들은 발걸음을 돌려야 했다. 이리하여 벌교읍은 빨치산이 설치는 세상이 되었다.

29장

참스승
김상협 총장

맥주가 동나도록 마시면서 황석영의 얘기를 하고 나니, 졸음이 와서 눈이 스르르 감긴다. 더욱이 향나무가 벽난로를 달구고 있으니 잠은 더 깊어질 수밖에!

눈치를 채고 영희와 혜주는 슬그머니 자리를 뜬다. 좀 있으니 에쿠스가 조용히 굴러가는 소리가 난다. 나는 잘됐다 싶어 2층 내방으로 올라가 푹신한 침대에 몸을 맡겼다.

눈을 떠 보니, 어느새 저녁 어스름이 짙게 깔려 있다. 아래층에서 왁자지껄 떠드는 소리가 들려 부스스 일어나, 눈을 비비며 내려가 보았다. 영희와 혜주는 주방에서 부지런히 손을 놀리며, 무엇이 그리 즐거운지 까르르 웃기도 한다.

발소리를 듣고 영희가 나를 쳐다보며 반갑게 인사한다.

"모 교수, 잘 잤수? 밤인 듯 꿀잠을 자던데 이제 피로가
풀렸나 몰라!"

"지금 뭣들 하는 거야?"

"하긴 뭘 해. 저녁 준비하지!"

"메뉴는 뭔데?"

"된장국에 보리밥. 그리고 비프스테이크에 포도주!"

"오! 그거 좋지. 좋고말고!"

"그런데, 응접실에 누가 있는 것 같은데…"

영희가 선뜻 응대한다.

"오, 미령이네야. 내가 오라고 했지."

"그런데 미령이는 왜 꼼짝을 않나?"

"모 교수, 당신은 말이야 뭘 몰라. 장미령이 부부는 오늘 내 손님이
야! 손님이 부엌일 하는 거 봤나?

"아, 알았어. 그렇다면 이 서방의 색소폰도 왔겠네."

"당연하지!"

"그럼 난 응접실에 가서 이성호의 색소폰이나 감상해야 하겠군!"

응접실에 들어가니 이성호와 장미령은 무료하게 앉아 있다.

"교수님, 오랜만에 뵙습니다. 그동안 안녕하셨어요?"

"에끼, 이 사람들! 엊그제 보고서는 오랜만에 뵙는다고? 사람을 그렇
게 놀리면 되나! 하… 하…"

"그건 그렇고… 이 지배인, 미안하지만 자네의 그 아름다운 색소폰 소리 좀 들려주지 않으려나?"

"기꺼이 들려 드리지요! 근데 무슨 곡을……"

"아, 여기 악보가 있네. '가려나'일세. 노랫말은 김안서가 쓰고, 작곡은 나운영이 했지. 자네는 악보 없어도 알지?"

"그럼요. 그래도 악보가 있으면 더 좋지요!"

끝없는 구름길

어디를 향하고

그대는 가려나 가려나

사랑의 스물은

덧없이 흐르고

앞길은 멀어라 멀어라

기쁨은 빠르고

설움은 끝없어

맘만이 아파라 아파라

언제 들어 왔는지 영희가 손뼉을 친다.

"좋은 곡인데, 이 노래를 들으면 괜히 슬퍼져…"

"슬픈 곡이니까 그렇지, 괜히 슬퍼지는 건 아냐!"

"사랑의 스물은 덧없이 흐르고……. 너무 슬프지 않아?"

혜주가 들어오면서 뼈 있는 한마디를 던진다.

"다 늙어가면서, 자꾸만 젊음을 들먹이면 행복해지나? 어리석게!"

"식사 준비는 다 된 거야?"

"응. 자! 식당 앞으로!"

비프스테이크에 샹베르탱 포도주, 구수한 된장국에 보리밥! 전혀 어울리지 않는 음식인데, 우리 넷은 진수성찬보다도 더 맛있게 잘 먹었다.

영희가 입맛을 다시며 재촉한다.

"모 교수가 어려울 때마다 나타나 도와준 그 천사 있지? 그 천사 얘기 좀 들려줄 수 있지, 모 교수!"

"알았어. 그분은 정말 내겐 참 스승이셨어. 별로 재미는 없지만, 인간미가 물씬 풍기던 김상협 총장님에 관한 에피소드가 몇 개 있지. 이건 나만 아는 에피소드야. 세상 아무도 모르는 얘기야!"

내가 초. 중. 고. 대학을 다니면서 모신, 참 스승이랄 수 있는 선생님이 몇 분 계신다. 북교초등학교 때의 문재운(文才云) 선생님, 중학교 때는 기억에 없고, 목포고등학교 때의 이신재(李信宰) 선생님, 그리고 대학 때의 김상협 교수님을 떠올리지 않을 수 없다.

에피소드(1)

종로구 혜화동 김상협 교수님 댁은 1930년대에 지어진 건축물로 서울시 민속자료 28호로 지정된 고풍이 찬연히 깃든 곳이다. 자그마치 99칸이다.

고려대학 정치외교학과 57학번 학우들은 1970년대 김 교수께서 총장으로 재직하실 때를 전후하여 양력 정월 2일이면 어김없이 이 저택에 모여 김 총장님께 세배를 드리고, 점심과 저녁까지 얻어먹고 헤어졌다. 점심 후에는 으레 심심풀이로 '100원짜리' '섰다 판'을 벌이곤 했다. 몇 년 후 우리 모임에 참석하게 된 유일한 이방인이 있었는데, 그는 홍일식(洪一植, 국문과 55학번, 후에 고대 총장) 동문이었다.

홍일식은 당시 김 총장의 비서실장 이세기(李世基, 국회의원)의 추천으로 교수가 되었고, 이 실장에게 끌려와 우리 모임에 끼게 되었다.

어느 해였는지 기억나지 않지만, 나는 지나가는 말로 이렇게 중얼거린 적이 있다.

"'섰다' 자금은 집주인이 대주면 더 즐거울 것 같은데……."

그런데, 다음 해 정월 2일에 총장님께 세배를 드리고 점심 후에 예의 그 '섰다 판'을 벌였다. 이때 선생님께서 빨간색 100원짜리 빳빳한 새 지폐 스무 장씩을 나누어 주셨다. '섰다 판'에는 최대 열 명까지 참가할 수 있으므로 열 사람이 선생님께서 주시는 자금을 받은 것으로 봐서, 아마 우리는 매년 열 명이 모였던 듯싶다. 신입생 홍일식은 예외이므로, 그에게 '섰다'자금은 주어지지 않았다.

그래서인지 그날 '섰다 판'에는 열기가 넘쳐났다. 나는 내 앞에 100원짜리가 수북이 쌓였을 때, 홍일식이 1,000원짜리를 내밀고 바꾸어 달라면, 100원짜리 열 한 장을 주곤 했다. 그런데, 어느 때 내가 100원짜리가 다 떨어져, 1,000원짜리 지폐를 바꾸어 달라고 홍일식에게 주었더니, 그는 9장만을 주는 것이 아닌가!

"홍 선배, 나는 열한 장을 주었었는데, 아홉 장을 주다니 경우가 틀리지 않소!"

"아쉬운 사람이 손해 보기 마련이 아닌가. 허…허…"

이래서 나는 그 후부터는 그에게 잔돈을 바꾸어 달라는 짓은 하지 않았다.

열기가 가득한 게임 중반쯤에 어떤 학우의 양해를 구하고 선생님께서 판에 끼어드셨다.

어느 때였던가. 세 번의 '더', '더', '더'가 끝나자, 판에는 총장님과 나를 비롯해 네 사람만 남았다.

교수님께서 물으신다.

"더 부를 수도 있나?"

누군가 웅대한다.

"'올려' 하실 수 있습니다."
"그래? 그러면 '오리' 다섯 장!"

이에 한 사람은 패를 던지고 나는 받기만 했고, 강기태 군이 호기 있게 소리친다.

"'내리' 열 장입니다!"

나는 포기했고, 강기태의 '내리'를 받으신 총장님께서는 웃으시면서 강 군을 놀리신다.

"어이, 강 군. 또 한 번 '오리', '내리'는 없나?"

자신감에 들떠 있던 강 군은 과욕을 부린다.

"네, 선생님. 얼마든지 있지요!"

나는 육당 최남선의 '육 땡'을 잡고도 기권했는데, 저 녀석은 뭐를 잡았길래 저렇게 당당한지 부럽기도 하고, 화가 치밀어 오르기도 했다. 선생님은 미안한 기색이시면서도, 강 군의 당당함이 대견하신 듯,

"그럼 이번 한 번만, '오리', '내리'를 하세."

"네, 그리하시지요, 총장님!"

"'오리' 스무 장!"

"좋습니다. '내리' 서른 장!"

"강 군, 이제 까 보세!"

우리는 촉각을 곤두세우고 지켜보았다.

"네, '내리'한 사람이 먼저 까는 것이지요? 제가 깝니다! 선생님. 제 패는 이것입니다."

그는 공산 두 장을 바닥에 펴 보였다. '팔땡'이었다. 그리고 그는 미안한 듯 선생님에게 고개를 살짝 숙여 보이고는 판돈을 쓸어 모은다.

그 순간, 선생님의 추상같은 호령이 떨어진다.

"이 사람, 강 군! 그러면 안 되지, 아무렴 안 되고말고!"

총장님의 패는 '장땡'이었다.

화투놀이를 끝내고 우리는 즐겁게 저녁을 들고 있었다. 이런저런 얘기 중에 김 총장께서, "골프는 힘들구만." 하신다. 조용히 저녁이나 먹었으면 그만이련만 나는 예의 그 저돌적인 근성이 발동되어 사려 깊지 못한 한 마디 때문에 곤욕을 치렀다.

"선생님, 골프 치십니까?"

"그래, 박명환 군이 건강에 좋다고 하기에, 안사람과 같이 치고 있네."

"선생님께서는 골프 치는 사람을 팔불출이라고 누누이 말씀하시지 않으셨습니까? 그런데 선생님께서…."

"허…허…허… 모 군의 그 저돌성이 빛을 발하는구먼…. 자네의 뜻은 잘 알겠네… 하하."

이렇게 무안을 당한 나는 선생님 앞에서 다시는 팔불출 이야기를 꺼내지 않았다. 그러나, 선생님의 팔불출 얘기가 뇌리에 박혀서인지 나는 지금까지 골프의 골자도 모르고(고등학교 때 베이비 골프는 예외) 지금까지 살아오고 있다.

이때 영희가 끼어들어 내 얘기를 중단시키고 묻는다

"건강을 위해서 골프 외에 또 어떤 운동이 있나?"

"건강을 유지하고 증진하는 방안은 꼭 골프가 아니더라도 여러 가지가 있지. 그중에는 등산, 산책, 수영 등이 있다는 걸 영희나 혜주도 모르지는 않을 텐데?"

"알지. 나도 골프는 비생산적이라고 봐. 괜히 뽐내는 것 같기도 하고…."

"그렇긴 해. 아참, 그대들은 수영은 해 봤나?"

영희가 나선다.

"그럼! 수영은 선수 틈에 낄만하다네."
"그래? 어느 만큼의 수준인데 그래."
"나? 2km는 거뜬히 헤엄칠 수 있지. 그리고 호흡하지 않고 물속에서 2분 정도는 견딜 수가 있다네!"
"에이, 거짓말도 엄청나게 잘하네! 나도 목포 앞 선창에서 건너편 용당이까지 건너기를 여러 번 해봤으니까, 2km 헤엄치는 거야 별로 어렵진 않지. 그러나 물속에서 2분 동안 숨을 멈출 수 있다는 건, 뻥 같애!"
"모 교수가 믿지 않는다고, 사실이 허구로 바뀌지는 않는다네! 그대가 나를 그런 사람으로 여겨 왔다니 하늘이 무너지려고 하는구만! 쯧쯧."
"그렇게까지 자신한다면야, 내가 뭐라 하겠어! 그 사실을 증명할 기회가 없으니 유감스럽긴 하지만!"

어느 해엔가 우리가 '섰다' 놀이에 열중하고 있을 때, 김 총장님이 얘기 중에 이런 말씀을 하신 적이 있다.

"내 자네들에게 당부할 말이 있어. 들어 볼라나?"
"물론이지요. 서슴없이 말씀하십시오."
"다른 말이 아니고, 자네들은 '팔불출'은 되지 말라는 말일세."

"선생님, 팔불출이 뭔데요?"

"'팔불출(八不出)' 또는 '팔불취(八不取)'라는 말은 '덜떨어진 사람' '어리석은 사람'을 일컫는다네. 팔불출이라고 하면, 첫째, 제 잘 났다고 뽐내는 사람, 둘째, 마누라 자랑하는 사람, 셋째, 자식 자랑하는 사람, 넷째, 선조와 아비 자랑하는 사람, 다섯째, 저보다 잘난 형제 자랑하는 사람, 여섯째, 어느 학교의 누구 후배라고 우쭐대는 사람, 일곱째, 제가 태어난 고향이 어디라고 으스대는 사람, 그리고, 여덟째는 골프나 치고 돈 자랑 하며 특권계급인 양 설치는 사람 등등이랄 수 있지."

새해가 오면 이렇게 선생님 댁에 모여 실없는 것 같은 농지거리를 일삼으면서도, 우리는 선생님께서 갖고 계시는 꿈과 능력을 위기에 처한 대한민국을 위해 써주시기를 간절하게 소망하고 있었다.

"선생님, 나라를 위해 큰 결단을 내려 주시지요."

우리들이 이렇게 운을 뗄라치면 손사래를 치시면서, 이런 말씀으로 얼버무리시곤 했다.

"힘들게 지도자가 돼서 뭘 해! 통일돼서 평양감사나 했으면 좋겠구먼."

이럴 때면 나는 어김없이 퉁바리 맞을 말을 서슴없이 내뱉곤 했다.

"사과가 먹고 싶으면, 사과나무에 올라가거나 사과나무를 흔들어야지, 입만 벌리면 사과가 저절로 떨어지지는 않을 텐데요!"

당시 경제학과 조동필(趙東弼) 교수님은 김상협 교수님과 거의 같은 연배일뿐 아니라, 가까운 친우다. 경제학 강의를 듣는 우리 정외과 학생들 앞에서 여러 차례 다음과 같은 말로 아쉬운 마음을 털어놓곤 했다.

"그 친구는 참으로 아까워. 인품으로나 능력과 자질로나, 가문으로나 그리고 리더십으로나, 이 나라의 지도자 되기에 부족함이 없는데도 너무나 소극적인 것이 못내 아쉬워…"

에피소드(2)

나는 목포에서의 다난했던 일을 끝내고 무작정 상경했다. 앞길에 검은 구름만 보일 뿐, 청명한 하늘을 볼 날은 오지 않을 것만 같은 나날을 보내던 1976년 말 어느 날, 발길이 이끄는 대로 혜화동 김상협 총장 댁을 찾아갔다. 교육대학원 재학 시절인 1974년 여름학기와 겨울 학기에 총장실에 들러 인사를 드리고는 처음이다.

1975년에는 김 총장께서 그해 6월에 퇴임하셨기에 뵐 기회가 없었다. 그렇기에 2년 만의 상봉인 셈이었다. 김 총장님은 사모님과 함께 반갑게 맞아주셨다.

"어, 모 군. 잘 지냈나? 목포의 일은 어떻게 되고… 그래, 오늘은 웬 일로…?"

"예, 그간 잘 지내시는지 문안을 드릴 겸해서 찾아 뵈었습니다."

"그래, 지금은 뭘 하고 있나?"

"예, 숭의여자전문대학 강사로 있습니다. 일주일에 여섯 시간씩 강의 하고 있습니다. 강사야 언제 목이 떨어질지 모르는 일용직이니까 뭐 직 장이라고 할 수는 없지요."

"그러면 오늘도 어디 일자리 알아 달라고 온 것인 셈이로구만, 안 그래?"

"그렇습니다. 선생님께 뭘 숨기겠습니까. 그러나, 그것도 있지만, 인 사드리려 온 것도 진심입니다!"

"섭섭하게 생각하지 말게, 모 군의 진심을 우리가 왜 모르겠나. 어…"

이때 사모님께서 오랜만에 한마디 하신다.

"삼호주택 고위층에 내 가까운 사람이 있는데…. 내가 내일이라도 알 아보겠네."

"감사합니다, 사모님. 맨날 신세만 지고… 낯을 들 수가 없습니다."

"모 군, 무슨 그런 섭섭한 말을 하나. 이력서나 주게."

나는 김 총장님 부부의 온정에 가슴이 뭉클해졌다.

이리하여 나는 기림을 받는다는 기쁨에 넘쳐 가벼운 발걸음으로 선생님 댁을 떠났다. 사흘 후 다시 총장님 댁을 방문했다. 총장님 부부께서는 전과 다름없이 반갑게 맞아 주셨다. 그런데, 사모님께서 좀 난감한 표정으로 이렇게 말씀하시는 것이다.

"모 군, 내가 간곡히 부탁했는데도, 삼호주택에서는 경력이 경력인지라 여러 차례 회의를 거듭했으나 마땅한 자리가 없어 미안하게 되었다고 알려 왔네. 내가 뭐 높은 자리 달라는 것도 아니고, 홍보실에 아무 자리나 달라고 했는데도 그렇게 되면 사모님 말씀을 소홀하게 대접하는 것 같다고 거절하는 거야! 어쩌지?"

"아유, 괜찮습니다. 너무 심려하지 마십시오. 사모님까지 애쓰신 그 배려와 사랑에 감격할 뿐입니다. 다음에는 좋은 소식을 갖고 찾아뵙겠습니다. 안녕히 계십시오."

세월이 흐른 후에 김영수 비서에게 들으니, 삼호주택과는 각별한 사이였는데, 내 일로 해서 사모님께서 관계를 끊으셨다는 것이다.

에피소드[3]

김상협 교수님은 1970년 10월부터 1975년 6월까지 고려대학교 제6

대 총장을 지내셨다. 후임으로 차락훈(車洛勳) 교수가 7대 총장을 맡아 1975년 6월부터 1977년 8월까지 재임하고 임기를 마치지 않고 퇴임했다. 1977년 8월 초, 고려중앙학원 이사회는 8대 총장을 선출하려고 회의를 열었다.

백방으로 물색해 봐도 고려학원의 건학정신을 제대로 실현할 마땅한 인물이 없어서, 6대 총장을 지낸 김상협 교수를 선임하여 문교부에 승인을 요청하기로 의견을 모으고 폐회하려는 직전이었다.

문교부의 김 모 고등교육국장이 이사회의장에 불쑥 나타났다. 그는 황산덕(黃山德) 문교장관의 지시사항을 전했다. "고려중앙학원 이사회는 다음 총장 후보자를 현승종 교수를 포함하여 2인을 복수 추천하라."는 요구였다.

지금까지 사립학교 재단은 총장 후보 1명만을 승인요청 해 왔기 때문에, 문교부의 이런 주문에 고려중앙학원 이사회는 당황하지 않을 수 없었다.

당시 전국의 초. 중. 고. 대학의 모든 학사는 문교부가 통제하고 있었다. 무소불위로 휘두르는 칼에 목숨을 잃지 않으려면 울며 겨자 먹기로 지시에 따르는 수밖에 없었다. 그리하여 그날의 이사회는 총장 후보 문제는 다음에 다시 논의하기로 하고 폐회했다.

나는 그날 우연히 학교에 들렀다가, 이런 사실을 총장 전 비서 김영수에게서 전해 들었다. 김영수 비서는 나의 정외과 1년 후배였다.

"김 비서, 이런 전례는 없었잖아! 그런데, 왜 문교부가 황당한 요구를 했을까?"

"모 선배, 황 장관은 현승종 교수를 총장 시켜달라고 그간 끈질기게 요구해 왔었는데, 재단이 그의 말을 들어주지 않으니 최후의 수단으로 직권을 빙자하여 압력을 넣은 것이지요!"

"그래? 황산덕과 현승종은 무슨 관곈데?"

"두 사람의 고향이 다 같이 평안남도(황산덕은 陽德, 현승종은 价川)이고, 나이도 두 살 터울이며 경성제국대학 법학과 2년 선후배지간이지요. 황산덕은 1917년생으로 경성제대 법학과를 1941년에 졸업했고, 현승종은 1919년생으로 경성제대 법학과를 1943년에 졸업했어요. 그래서 두 사람은 관포지교(管鮑之交) 사이라 할 수 있지요."

"아하, 그런 끈끈한 인연이 있었구먼!"

나는 황산덕 장관의 뜬금없는 무리한 요구 때문에, 고려중앙학원 이 사회가 차기 총장 후보를 선임하지 못했다는 김영수 비서의 얘기를 확실하게 알아보기 위해, 그날 저녁 7시 조금 넘어 조선일보 사회부를 찾아갔다. 사회부에는 한두 기자만 남아있고, 모두 퇴근한 듯했다. 자리에 앉아 있는 기자에게 물어보았다.

"안 부장도 퇴근했나요?"

"아니오. 잘 가시는 회사 뒤 음식점에 계실걸요? 아마."

"오, 고맙소이다."

나는 그길로 부리나케 그 음식점을 찾아갔다.

안종익(安鍾益) 부장과 마실언(馬實彦) 기자 등 서너 명이 있었다. 내가 들어서자 반갑게 맞아준다. 후래자 삼배(後來者 三盃)라면서 여기저기서 연거푸 술잔을 내민다. 안 부장이 농담 비슷이 말문을 연다.

"그런데 조선일보 싫다고 떠난 분이 웬일로 여기까지 왕림하셨나?"

"그럴만한 이유가 있었기 때문이지, 조선일보가 싫어서 떠난 건 아니라는 걸 잘 아시면서…"

"보아하니, 무슨 일이 있어서 온 것 같은데?"

"그래요, 뭘 하나 알아보고 싶어서 왔는데… 혹시 문교부는 누가 출입하나요?"

"그건 왜? 문교부는 내가 커버하는데…"

옆에 앉았던 마실언 선배였다.

"다름이 아니라, 오늘 고려중앙학원 이사회가 차기 총장을 선출하기 위해 모였는데, 황산덕 장관이 고등교육국장을 보내 총장 후보를 2배수 추천하라고 요구하는 바람에 이사회가 무산되었다는데…혹시 문교부에서 무슨 낌새 같은 거 채지 못했어요?"

"아니, 그런 거 모르겠는데… 사립대에서 총장 후보를 2배수 추천한 사례는 없는 것 같던데… 무슨 이유일까?

"제가 들은 바로는 황 장관과 현승종 교수가 친한 사이라고 하데요.

그간 황 장관은 현승종을 총장 시켜달라고 끈질기게 압력을 넣어왔다고 해요. 그래서 제 친구를 총장시키기 위해 그런 꼼수를 부린 것이라고 생각되는데… 마 선배의 의견은?"

이때 안 부장이 끼어들었다.

"그래? 그거 재미가 있겠는데… 마 기자, 그 기사 박스로 쓰도록 하지!"

이렇게 되어 이 기사는 일요일 아침 신문 사회면에 '박스'로 눈에 확 띄게 실렸다.

국가 기관이 늘 그렇듯, 문교부는 이러한 사실을 극구 부인했고, 뒤로는 고려중앙학원에 사람을 보내 없던 일로 하자면서 사과했다.

김상협 교수님이 제8대(1977년 8월~1982년 7월) 고려대학 총장에 선임될 때의 에피소드다.

에피소드(4)

나는 김상협 총장께서 국무총리로 가실 것이라는 소문을 듣고 총장실을 찾아갔다.

1982년 6월 말 어느 날이었다.

김영수 비서실장이 말릴 새도 없이 총장실 문을 세차게 밀고 들어갔다. 의자에 등을 기대고 깊은 생각에 빠져계시던 총장께서는 별로 놀라는 기색도 없이,

"모 군 왔나? 내 추측이 맞았어! 자네가 꼭 나타날 것만 같았거든! 하하…."

내가 듣기에도 공허한 웃음이었다.

"총장님, 왜 그리하셨습니까?"
"허어, 모 군. 무슨 얘긴가?"
"정녕 모르신단 말씀입니까? 총리 문제 말씀입니다. 단호하게 거절하셨어야지요!"
"아, 그일 말이구만. 자네가 흥분하는 걸 보고, 내 이미 짐작은 했지. 그런데 말이네. 그게 그렇게 쉬운 문제가 아니었어!"
"그들이 어떻게 했기에, 꼼짝을 못 하셨어요?"
"나도 이런저런 핑계를 대면서 극구 거절했지. 내가 당뇨도 있고, 허리도 좋지 않아 우리 학교 병원에 일주일마다 가서 지압을 받는다고 했지. 그 외 자질구레한 병들이 많아 일에 집중할 수도 없다고도 했네."
"그런데요, 선생님."
"그랬더니 날 강제로 병원에 끌고 가서 종합진단을 받게 했다네. 참 어이없는 꼴을 당했지! 내가 죄인이야 뭐야! 어쩔 수 없이 맡기로 했네."

"전두환 정권이 해도 너무 하는군요. 제 정권이 위태위태하니까, 선생님까지 끌어내어 권력을 유지하려고 이런 비열한 수단까지 동원하다니! 어떻든 너무 마음 쓰지 마시고, 건강에 더욱 유의하십시오. 자주 찾아뵙겠습니다."

김상협 총장은 1982년 6월 24일 자로 국무총리 서리로 임명되었다가, 9월 21일 대한민국 제16대 국무총리가 되셨다.

김 총장님은 전두환 대통령이 김일성의 지령에 따른 아웅산묘역 폭탄 테러(1983년 10월 09일)에서 운 좋게 살아 돌아온 며칠 후인 1983년 10월 14일 사임하셨다.

나는 김 총리께서 취임하신 며칠 후, 광화문 총리실을 방문했다. 조영길 비서실장이 총리 전용 엘리베이터로 나를 직접 총리실로 안내했다. 조 실장은 해군 대령 출신이었다.

"선생님, 편안하십니까? 이젠 총리 각하라고 해야 하겠군요."

"이 사람아, 농담할 땐가! 농담은 그만두고, 요샌 어떻게 지내나?"

"예, 그럭저럭 지냅니다. 아마 머잖아 좋은 소식을 전해 드릴 날이 오겠지요. 이젠 너무 신경 쓰지 마시고, 총리 일이나 잘 챙기십시오."

"총리 일이라? 내가 할 일이 별로 없을 것 같아."

"왜 그런 말씀을 하십니까? 무슨 다른 일이라도…. 아참, 총리 각하, 비서실장은 누구를 쓰실 요량이십니까? 김영수를 데려다 쓰시지요. 정든 비서와 같이 계시면 총리님 마음도 한결 가벼워지실 겁니다."

"그러면 오죽 좋겠나. 그러나 나는 한 사람도 채용할 수가 없다네. 말하자면 허수아비요 꼭두각시란 말이네!"

"그렇게 제약이…."

"예를 하나 들지. 총리가 취임하면, 장차관 등 고위 관리들이 취임 인사차 오는 것이 관례 아닌가? 청와대 비서진들도 마찬가지여서 비서들도 다 인사를 왔는데… 허삼수, 허화평, 이학봉 비서관은 도무지 인사를 올 것 같지 않단 말이야! 그래서 어쩔 수 없이 내가 청와대로 올라가서, 그들에게 인사를 해야 할 처지야! 허~어…."

"옛! 총리가 비서관들에게 인사를 하러 가다니요! 아무리 총리를 허수아비로 세워 놓았다고 해도, 기본적인 예의는 차리는 것이 사람의 도리가 아닌가요? 그들의 권력이 무소불위요, 그들의 행태가 유아독존이라는 항간에 회자되는 말이 사실이군요! 참 어이없는 일입니다, 선생님!"

"권력이란 그런 것이야! 너무 염려하지 말게, 나는 맘 편히 있다가 기회만 오면 재빨리 그만둘 테니까!"

"그럼, 건강하게 계시다가 곧 나오십시오. 명동 맥줏집에 가서 '두만강'노래도 부르셔야지요!"

김 총리께서 그 후 청와대로 인사 가셨는지 아닌지 나는 모른다. 그러나 자신있게 말할 수 있는 것은, 그들이 인사를 오지 않았다는 사실이다.

전두환 정권은 국가권력을 사유화한 대표적인 정권이다. 특히 이른

바 칠공자(七公子)의 무소불위(無所不爲)한 권력 남용은 지탄받아 마땅한 행위였다.

마지막 이 대목에서 영희가 난감한 질문을 던진다.

"거참, 총리도 허수아비 만든 정권이 무언들 못하리오마는, 그 칠공자의 패악은 나도 누누이 들어봤어. 그런데, 칠공자는 누구누구야?"
"그건 밝히고 싶지 않아. 지금 살아 있는 인물도 있고…."
"그래? 그렇다면 역사가 밝혀 주겠군 그래."
"역사? 누가? 난 역사학자란 작자(作者)들을 믿지 않아! 이병도의 식민사관 추종자, 마르크스-레닌주의 신봉자, 중국 동북공정의 주장을 무조건 따르는 자, 권력을 탐하여 왜곡을 일삼는 사이비 학자, 주체사상 신봉자들의 주장을 나는 절대 속지 않는다네! 이들에게서는 진실과 정의를 찾기 힘들거든, 알겠지?"
"알았어. 이제야 눈앞에 어른거리던 짙은 안개가 사라지는군!"

혜주도 하이트 맥주를 잔에 따른다.

"자, 우리 맥주나 한잔하면서 시시껄렁한 생각일랑 집어치우자고!"

우리는 맥주에 취해 스르르 눈이 감겼다.

30장

구수산도 타고,
빨치산도 타고

그날은 오랜만에 함박눈이 펑펑 쏟아지고 있었다. 산도 들도 흰색으로 덮여 있다.

구수산의 소나무도 눈 속에서 홍역을 앓고 있다. 소나무 가지들이 쌓인 눈을 못 이겨 부러지며 소리를 지르고 있다.

1979년 12월 20일 한낮, 하 대위가 장진호 대장의 방문을 두드린다. 장 대장이 문을 열고 그를 안으로 들인다.

"하 대위, 무슨 급한 일이라도 있나?"

"예 대장님, 주석님으로부터 지령이 내려왔습니다. 제가 해독한 지령문이 이것입니다."

"그래? 어디 보세."

"특공대 500명을 12월 24일 밤에 보낸다. 그들과 협의하여 광주에서 폭동을 일으켜라. 나 죽기 전에 통일 조국을 보고 싶은 마음 간절하다. 너희들만 믿는다."

1979년의 대한민국은 바람 앞에 등불처럼 위태로운 상황이었다. 10월 29일 박정희 대통령이 총탄에 쓰러지고, 정국은 혼란에 빠졌다. 이 기회를 이용하여 통일을 이루려던 김일성은, 전두환 보안사령관이 12월 12일 사태(친위쿠데타)를 일으켜 정권을 잡아 혼란을 수습함으로써 기회를 놓치고 통탄해 마지않았다 한다.

그리하여 그는 남한 내부에서 대규모 폭동을 일으킬 핵심 요원을 보내겠다는 통지였다.

24일 밤, 칠흑 같은 어둠을 뚫고 영광 가마미 해수욕장 북쪽 해안에 유고급(70t, 길이 12m, 폭 3.1m, 높이 4.6m)잠수정 10척이 접근했다. 장진수 대좌를 비롯한 구수산 빨치산의 안내로 굴속으로 들어왔다. 잠수정은 이렇게 한 번에 10척씩 5번이나 저 멀리 바다 가운데 정박한 모선을 왕래하며 특공대를 이동시켰다. 500명이었다.

이들은 산채에 흩어져 편안하게 살면서, 출동 명령을 기다리고 있었다.

찔레꽃, 진달래가 흐드러지게 핀 구수산에, 엄동설한보다 더 모진 액운이 닥쳐왔다.

하데스가 그들을 나락으로 모시러 온 것이다.

1980년 3월 초, 산들산들 따뜻한 바람이 옷깃을 스치는 어느 맑은 날이었다. 길용 저수지에서 처녀 서넛이 빨래하고 있었다. 마침 이곳에 물을 기르려고 내려왔던 빨치산 박범개가 육욕이 동했던지 짐승의 속내를 드러내고 말았다. 그중에 예쁘장한 처녀를 날쌔게 끌고 숲속으로 들어갔다. 옆에 있던 처녀들은 꽁지 빠지게 달아났다. 우연이 사람 살린다는 말이 있듯이, 지나가던 나무꾼 서너 명을 만났다. 처녀들은 저수지에서 방금 일어난 사건을 소상히 얘기하고 곤욕을 당하고 있을 순애를 살려달라고 애원했다. 나무꾼들은 분노가 치밀어 올라 지게고 뭐고 다 팽개치고 저수지로 달려가 처녀들이 이야기하던 숲속을 뒤지기 시작했다. 어디선가 울부짖는 소리가 들리는 듯했다. 나무꾼들은 소리 나는 곳으로 달려가 각기 나뭇가지 몽둥이로 처녀의 배 위에 엎드려 있던 놈의 등짝을 후려쳤다. 처녀는 옷이 다 찢기고, 아랫도리에 피가 흥건했다. 일을 당한 것이다. 나무꾼들은 박범개를 영광경찰서에 끌고 가서 형사에게 모든 사실을 소상히 알려 주었다.

마침 형사과 사무실에 있던 고필운 경위가 이 사건을 맡았다.

모든 사실을 확인한 고 계장은 박범개를 강간 혐의로 구속하려고 서류를 작성하고 있었다. 이때 김 경사가 뛰어온다.

"계장님, 서장님이 부르셔요. 어서 가 보세요!"

심상찮은 일이다. 평소에 장 서장과는 왕래도 없었고, 말도 나누어

본 적이 없는 고 경위다. 그런 관계에 있는 장 서장이 부르다니 자못 궁금했다.

"어, 자네가 고 경원가? 여기 편히 앉게!"

"됐습니다. 무슨 일인지 말씀하시지요."

"서두를 것 없네. 지금 수사하고 있는 그 강간 사건 말인데…. 없던 일로 하고, 박범개는 풀어주게!"

"예? 없던 일로 하라니요! 그리고 그 흉악한 놈을 풀어주라니요! 저는 그리 못 합니다, 서장님!"

"이 사람아, 뭐 그리 대단한 일이라고 그러나. 내 말대로 그냥 풀어주게! 좋게 말할 때 들어! 그렇게 마냥 우기면 좋지 못할 줄 알아!"

서장에게서 이렇게 호되게 당한 고 경위는 화가 머리끝까지 치밀었다. 고 경위는 영광 토박이였다. 그는 주민들이 좌우로 갈라져 갈등하고 있는 상황을 못마땅하게 여기고 있었다. 특히 빨갱이들이 구수산에 죽치고 앉아 주민을 괴롭히고 있는 데도 먼 산만 바라보며 직무를 포기하고 있는 경찰서장을 비롯하여 고위 간부들을 증오하고 있었다.

그는 이 기회에 이 어이없는 상황을 바로잡아야겠다고 각오를 단단히 다졌다. 그날로 그는 사표를 써 놓고, 가족과 함께 서울 처갓집으로 갔다. 그날 밤에 그는 보안사에 근무하는 친구 권창식 소령의 집을 찾아갔다. 권 소령은 영광 초등학교 동기다. 그가 초등학교를 졸업하던 해 그의 가족은 서울로 이사했고, 그는 용산 중·고등학교를 졸업하고 육군사관학교에 진학하여 임관 후 죽 보안사에서 잔뼈가 굵었다.

"어이, 필운이. 오랜만이다. 그런데 근무는 하지 않고 이 밤중에 서울까지 와서 나를 찾다니! 무슨 심각한 일이 있는 모양이군, 그렇지?"

"창식이 자네는 정보 쪽 일을 하더니, 아주 점쟁이가 됐네그려."

"그건 그렇고, 기탄없이 얘기해봐! 자네 신상에 해가 가지 않도록 내가 책임질 테니 말해 봐!"

"내 신상에 해가 되고 안되고가 문제가 아니야. 우리 고향의 빨갱이를 이 기회에 완전소탕해야 해서 자네를 찾아온 거야!"

"그래? 자세히 상황을 얘기해 보게. 난 그동안 고향의 일에는 너무 소홀했어. 미안하네, 용서하게나."

"그런 소리 말게. 고향에 살면서 빨갱이 행패를 지긋지긋하게 보면서도, 눈감고 살아 온 내가 더 들 낯이 없네. 오히려 나를 용서하게나."

"자, 우리 이젠 그런 인사치레는 그만두고 일의 핵심을 짚어보세!"

"우리 고장에 있는 구수산을 기억하나? 그 구수산에 50년 6·25 후에 빨치산이 들어와 둥지를 틀고 있었다는 건 자네도 알지?"

"그런 사실은 나도 알지."

"그런데 1971년 초에 북괴군 특공대 6명이 국군과 경찰에게 쫓겨 구수산에 숨어들어왔다네. 그리고 그놈들은 영광군의 빨갱이 부역자들의 적극적인 후원으로 양산박 같은 산채를 짓고 주민을 착취해 왔다네."

"그래서?"

"지금 경찰서 내에서도 서장을 비롯해 고위 간부들 뿐 아니라, 말단 순경에 이르기까지 거의 80%가 그들의 수족이라네. 대한민국 천지에서 이런 곳이 있다니, 어느 누가 이런 사실을 믿겠어? 다 거짓부렁이라고 오히려 말하는 사람을 욕하겠지! 이런 상황을 바로 잡지 않으면 나라가 언제 김일성의 먹이가 될지 몰라!"

"알았네, 정말 심각한 얘기로군! 그렇잖아도 우리 사령부도, 김일성이 언제 폭동을 일으킬지 몰라 상당히 긴장하고 있다네. 내 상부에 건의해서 토벌하도록 조치하겠네."

이리하여 5월 15일, 구수산 빨치산 토벌대가 구성되었다. 특수부대 1개 여단과 공수부대 1개 대대, 그리고 경찰 2개 대대로 편성된 토벌부대가 일제히 작전에 들어갔다. 경찰 토벌대의 대장이 당시 서울경찰청 형사과장인 박철웅 경무관이었단 사실이 특이한 점이랄 수 있다. 박 경무관은 1970년 수안그룹의 강만수 사건과 한 회장의 납치 사건을 맡았던 경찰의 홈즈, 푸아로, 이지도르라는 별명을 가졌던 베테랑 수사관이다.

영광의 현재 상황과 구수산 지리를 잘 아는 고필운 경위가 토벌대의 수색대를 이끌었다.

그날 밤, 짙은 어둠 속에 토벌대는 구수산을 완전히 포위하고 발소리를 죽이고 서서히 적의 산채를 향해 전진하고 있었다. 공수부대는 구수산 서쪽 허리에 낙하를 마치고 산 중턱에 있는 산채 서문에 도착했다. 신호에 따라 미리 준비한 횃불을 던지며 돌진한다. 때를 같이하여 특수부대는 북쪽에서, 경찰 부대는 남동쪽에서 일제히 산채를 향해 치고 올라온다.

깊이 잠들었던 빨치산 산채는 순식간에 화염에 휩싸였다. 갑자기 당한 공격에 총 자루도 잡아 보지 못하고 빨갱이들은 불덩이에 구워진 멧돼지 신세가 되었다. 불에 구워진 멧돼지는 14마리였다. 사체 수로 봐서 장진호, 장진수의 몸뚱이도 구운 멧돼지가 되었으나, 신원을 확인할 수가 없었다. 구수산은 거의 불에 타 벌거숭이 민둥산이 되었다.

토벌대가 구수산 빨치산을 불태우던 밤, 법주사 수정암에서 불공을 드리고 있는 한경주의 귀에 이런 음성이 들린다.

"경주야, 십 년 동안의 네 공양이 참으로 갸륵하다. 이제 돌아갈 때가 되었도다."

그는, 그날로 택시를 불러 타고 가회동에 귀가했다. 전날 밤, 기도실에서 기도를 드리던 영희에게 미카엘 천사가 나타났다.

"영희야 이제 10년 고난의 세월이 지났으니, 네 남편이 돌아올 것이니라."

아침에 일어나 영희는 저녁때쯤 아버지가 돌아오실 것이니 마음의 준비를 하자고 일렀다.

온 식구들이 저녁 식탁에 둘러앉아 있는 해거름에 한경주는 대문에 들어섰다.

십 년 만에 돌아온 가장을 맞은 한씨네 집은 기쁨에 넘쳐 눈물바다를 이루었다.

십 년 만에 그리던 남편을 만난 영희는 너무 기쁜 나머지 한때 까무러쳤다.

가까스로 깨어난 영희는, 하나님께 감사 기도를 올리고, 큰소리로 찬송을 부른다.

"내 생전에 이런 기쁨을 주신 하나님 감사합니다. 우리 남편 이제부터 건강하게 지켜주시옵소서! 아~멘."

주안에 있는 나에게 딴 근심 있으랴
십자가 밑에 나아가 죄 짐을 풀었네
(주님을 찬송하면서 할렐루야 할렐루야
내 앞길 말고 험해도 나 주님만 따라가리)

그 두려움이 변하여 내 노래 되었고
전날의 한숨 변하여 내 노래 되었네
(주님을 찬송하면서 할렐루야 할렐루야
내 앞길 말고 험해도 나 주님만 따라가리)

내 주는 자비하셔서 늘 함께 계시고
내 궁핍함을 아시고 늘 채워 주시네
(주님을 찬송하면서 할렐루야 할렐루야
내 앞길 말고 험해도 나 주님만 따라가리)

내 주와 맺은 언약은 영 불변하시니
그 나라 가기까지는 늘 보호하시네
(주님을 찬송하면서 할렐루야 할렐루야
내 앞길 말고 험해도 나 주님만 따라가리)

구수산 빨치산이 토벌되었다는 소식을 접한 황석영은, 그길로 자취를 감췄다. 그의 아들 황유범의 행방과, 그가 길러낸 동지들의 그후의 행적을 아는 사람은 아무도 없다.

31장
시니어타운 건설

이러구러 2월이 왔다. 봄이 오는 소리가 들린다. 개나리 진달래 산자락을 덮고 시냇물은 졸졸 흐른다

단잠에서 깨어난 영희가 뭐가 이상한 듯 두리번거리며 묻는다.

"어? 여기가 어디야?"

옆에서 자던 혜주가 웃으며 놀린다.

"여기가 어딘지도 모르는 걸 보니, 꽤 취했나보군!"

우리는 어제 뜻하던 일이 잘 해결되어 기쁜 나머지, 샴페인을 너무 많이 마셨다.

"혜주야, 너무 놀리지 말고, 여기가 어딘지 말하면 안 되겠니?"

"여기? 남양주!"

"어? 왜 우리가 여기 있지? 그리고 내가 잔 곳은?"

"시니어타운(노인복지주택) 부지를 구입하겠다고 어제 여기 왔는데, 기억이 나지 않아? 그리고 우리가 숙박한 곳은 남양주 삼일호텔이야! 303호실."

"모 교수는 어디 있어?"

"일어나자마자 모 교수만 챙기네! 그는 304호실에 있겠지."

304호실 문을 두드려도 대답이 없자, 영희는 로비로 내려가 본다. 거기에서도 모 교수는 보이지 않는다. 정문을 나서서 바른쪽으로 고개를 돌리니, 거기 노송 아래 벤치에 하염없이 남녘 먼 산을 바라보고 있는 모 교수의 을씨년스런 모습이 눈에 들어온다. 집을 떠나온 지 한 달이 넘었으니, 집이 그리워진 가련한 모습이다. 영희는 이번 일만 마치면 모 교수를 고이 떠나보낼 요량이었다.

어느 땐가는 헤어져야 한다고 생각하니 가슴이 찢어질 것만 같아, 눈물을 삼키기 그 몇 번이던가!

첫사랑이야말로 참사랑인가. 이렇게 가슴 태우려고 그렇게 애써 그를 찾았었나.

30년 만에 정동진에서 만난 건 우연인가, 인연인가. 하나님만이 아실 텐데, 감히 여쭤볼 수도 없지 않겠어?

어찌하여야 이 애끓는 가슴을 진정시킬 수 있을까! 그때 그의 품에

라도 안겼더라면, 이런 고통은 없었을까? 그랬다면 괴로움만 쌓이고 순수한 우리 사랑은 시정의 한낱 유희로 끝났겠지! 영원한 우정은 머나먼 지평선으로 사라졌을 거야. 쾌락에 탐닉하는 사랑은 일시적이지만, 플라토닉한 사랑은 영원한 우정으로 길이 남을 보물이 아닌가! 영원한 우정을 선택한 나의 결정을 하나님께서는 기특하다고 여기실 거야. 하나님의 기림을 받는 삶이야말로 참 행복인 거야!

그건 그렇고, 그는 지금 나를 사랑하고 있을까? 진정으로 나를 사랑해본 적이 있을까? 우리 집 앞에 와서 호랑이가 포효하듯이 "창문을 열어다오, 내 그리운 마리아! 다시 날 보여다오, 아름다운 그 얼굴" 하며 울부짖던 그! 저기 을씨년스럽게 앉아 있는 그의 가슴에는 내가 있을까?

이렇게 시라도 읊어보면 답답한 가슴이 뚫릴까?

저녁놀이 서산마루에 걸렸네요
그대 가슴에 아직도 내가 있다면
서둘러 내게로 오세요

아름다운 청춘은 재 넘어
신기루처럼 사라졌지만
젊음보다 더 값진
무지개 같은 사랑이
내 가슴에 꽃불을 피우네요

흰 솜털 앉은 머리에
고독이 할퀸 흔적은
애틋한 사랑으로
청정 하늘이 되었네요

외로움도 슬픔도
어둠의 장막도
모두 물러가고
행복이 분수 되었네요

님이여!
그대 가슴에 지금도 정녕
내가 살아 있다면
지체 말고 어여 오세요

하나님의 축복을
함께 나누어요

이렇게 읊자 가슴이 조금 안정되는 것 같아, 영희는 모 교수 옆으로
조용히 다가가 그의 옆자리에 앉았다.

"당신, 넋 나간 사람처럼 뭘 그렇게 보고 있어?"
"응, 당신 왔어? 뜻 없이 남녘 하늘을 바라보고 있었지. 저 구름 좀

봐. 시시때때로 모양이 변하고 있구만. 아름다운 조화라고 할 수 있지."

"호랑이가 되었다, 사슴이 되었다, 여우가 되었다, 고양이가 되었다 하는 것이 아름다운 조화라고? 그럼 당신 마음도 저 구름처럼 수시로 변해? 아름다운 조화를 이루었다고 뽐내면서!"

"아니야, 내 마음은 변하지 않으니까 더 괴롭다네. 이런 기분 당신은 아마 모를 거야!"

"변하지 않는다? …그 뭐랄까… 일편단심이라고?"

"아, 맞아! 내 마음은 일편단심!"

"이제 알았어. 일편단심이란 마음을 아프게 하는 독약인 셈이군!"

"참인간에게서 그 독약을 없애기란, 하늘의 태양을 없애기보다 어렵 거든!"

"자, 우리 이제 넋두리는 관두고 어제 아침부터 일어난 얘기나 해 보지."

"어제 아침에 눈을 뜨자마자 나더러 보물을 사용할 일이 생각났다고 하지 않았나?"

"그랬었구나. 이제 기억나네. 시니어타운을 건설하겠다고 말한 것 같은데? 맞지?"

"그래, 맞아. 그런데 왜 여기 남양주를 택했는지… 좀 자세히 말해 봐."

"사실 내가 오래전부터 남쪽으로는 한강이 흐르고, 북쪽에는 산림이 우거진 곳이면서 우리 수안보에서도 가까운 데를 찾아봤거든. 그러다가 남양주 시장과 좀 아는 친구가 여기를 추천했었지."

"그래서?"

"그 친구더러 적당한 대지가 있는지 알아보라고 했더니, 시유지가 있어서 시장과 상의했데."

"그래서 여기에 무작정 온 거야?"

"아니지. 시장이 투자유치 사업이라며, 두 손 들고 환영한다고 사업가를 빨리 모셔오라고 했다네. 그래서 어제 여기 온 거지."

"아하, 그래서 모든 일이 일사천리로 해결되었구먼."

"그래서 시장과 담당 직원들에게 내가 한턱을 낸 거였어. 기분이 너무 좋은 나머지 샴페인을 너무 많이 마셨나 봐. 미안해."

"미안하긴. 그런데 남양주 어디에, 대지 크기는?"

"천마산 남쪽 자락 5만 평!"

"와! 꽤 넓은 땅이네. 거기에 어떤 주택을 지을 건데?"

"모 교수, 머리를 좀 써 봐. 거의 평생 성냥갑 같은 곳에서 살아온 나이 든 어르신들에게 말년에 자연의 정취를 맛보도록 해 드리려고 해."

"그러면, 단독주택을 생각하고 있는 거네. 몇 가구쯤?"

"700가구. 사면팔방으로 쭉쭉 뻗은 도로를 만들 거야. 그렇게 나뉜 구역마다 현재 자라고 있는 갖가지 나무들을 손상하지 않고 집을 짓는 거야. 옹기종기 집들이 모여 있는 우리 조상들이 살던 마을을 본뜬 거지! 어때 괜찮겠어? 동서로 350가구씩 배치하고, 그 중간에 남북으로 폭 5m의 큰길을 내고 응급시설을 갖출 것이야. 기초 생필품을 판매하는 가게와 음식점, 카페 등이 즐비한 거리가 들어설 것이고……."

"그렇게 되면 자연경관을 보존한 안온한 마을이 되겠군. 언젠가 내가 팔당 유원지에 간 적이 있지. 그때 누가 북쪽에 보이는 산을 가리키며, 저기에 아담한 집 짓고 살고 싶다고 한 것 같아. 멀리 북한강이 내려다보이는 그곳이었지. 지금 생각하니, 당신이 시니어타운을 건설하려는 그 땅 같아."

"당신이 말하고 있는 그곳이지 뭐. 아주 멋진 곳이야!"

"공사는 어떻게 진행되는 거야?"

"우선 공사발주자를 정해야 하지 않겠어? 그래서 '세영시니어타운㈜'이라는 회사를 설립했지. 내 동생 영준이를 시켜 진행했던 거야. 그동안 나는 당신과 혜주를 이리 저리 끌고 다니며, 노는 척했지. 나는 참 엉큼한 위선자야! 용서하게나! 공사는 수안건설과 평창건설이 공동으로 맡을 거고…"

"아, 내가 깜빡했네. 몇 평짜리 집을 지으려고 하나?"

"가구마다 대지 40평에 건평 20평짜리 방 두 개. 거실, 화장실 그리고 드라이브 웨이와 잔디 깔린 마당. 집마다 주춧돌 위에 기둥을 2층 높이로 높게 세워 계단을 밟고 현관에 들어가도록 할 거야. 집과 집 경계에는 낮게 나무 울타리를 세우겠어. 그리고 집 앞에 도로를 향하여 세워진 하얀 나무 울타리가 정취를 더 하겠지!"

"또 그대가 구상하고 있는 일은?"

"어, 있지. 집마다 옷장, 책장, 싱크대, 식탁과 의자 등을 갖추어 놓을 거야. 이런 것들은 공사 현장에서 만들도록 하여 현지 주민들에게 잠깐만이라도 일자리를 주는 것도 좋지 않겠어? 어때?"

"그거 아주 좋은 생각이구먼. 그러면 입주 조건이라든가 그런 건?"

"65세 이상 남녀, 소득 하위 30% 이하 빈곤층, 전몰자 후손, 국가유공자(민주라는 단어가 붙은 유공자 제외) 후예, 그리고 끽연자는 모두 제외 등등 면밀하게 검토해야 하겠지? 이거 한가지는 분명하다네. 모두 임대로 하되 임대료는 건설 원가의 10분의 1로 하고, 월 임대료는 무료. 기타 전기료, 난방료, 가스료, 상하수도료, TV 시청료 등도 무료! 노인을 위한 복지주택이지!"

"와! 완전 공짜나 다름없네! 다른 건설업자들이 펄펄 뛰지 않을까?"

"그들의 속은 상하겠지. 그들도 소유주나 임원들의 연봉을 줄여서 이런 사업을 하면 되지 않겠나? 남이 하는 일이 자기네 이익을 갉아 먹는다고 불평하지 말고!"

"그럴 사업자가 몇이나 있을라고! 이래저래 당신은 그들의 눈엣가시가 되었구먼!"

"사업 기간은 얼마로 예상하나?"

"아마 4~5년은 걸릴 테지. 올해가 1996년이니까, 2001년 초에는 입주가 끝날 거야."

"어떻든 축하해!"

우리는 이천 곤지암에서 소머리국으로 늦은 점심을 먹었다. 영희가 막걸리를 한 잔 마시고 싶다고 해서, 나도 덩달아 한잔을 마셨다. 운전대는 자연히 혜주 차지가 되었다.

영희가 혜주에게 부탁한다.

"얘, 혜주야. 미안하지만 청주로 가면 안 될까?"

"그러지 뭐. 그런데 청주는 왜?"

"가까이 살면서도 청주 보육원을 너무 소홀히 한 것 같아서 그래."

"어디 있는데?"

"우암산(353m) 자락 만 평 시유지를 불하받아 지었지. 3층 건물 2동인데 건평이 2천 평이나 된다네. 가운데에 보육사와 기타 직원 숙소도 있지. 원생이 200명이야! 넓은 정원에는 분수도 있고, 그네, 미끄럼틀 등 여러 가지 놀이기구도 있어."

"거기 운영비는 누가 대는데?"

"그거? 수안그룹 명의지만, 내 수입으로 충당한다네."

"그럼 당신은 명예 원장이겠구먼."

"그렇다네. 내 대리로 보육원만 맡은 부서가 있지. 그들이 다 알아서 잘하고 있다네. 그래선지 요즘 내가 게을러졌어. 그런데, 갑자기 오늘은 꼭 가봐야 하겠다는 생각이 들었어. 미카엘 천사의 계시였을까?…"

"그 보육원 이름은? 원장은? 보육사는 몇 명?"

"당신이 그딴 거 일일이 알아서 뭘 하게 그리 꼬치꼬치
물어?"

"허~어, 좀 알면 어때서 그래? 내가 관심을 두니 당신도 기쁘지 않아?"

"그렇긴 하지만… 우암보육원이고, 원장은 박명숙이라네. 충북대학 사회복지학과 출신이라지, 아마."

뉘엿뉘엿 해가 지려는 무렵에 운동장 같은 넓은 우암보육원에 도착했다. 혜주가 탄성을 지른다.

"아유, 이렇게 넓은 보육원은 난생 처음 보네. 훌륭해!"

이때 사십 대로 보이는 여성이 아이들과 놀다가, 우리 일행을 보고 후다닥 뛰어온다.

"어유, 원장님! 어서 오세요. 정말 오랜만입니다. 건강은 어떠세요?"
"박 원장, 잘 있었지. 별일은 없고?"

박 원장의 안색이 비가 오려는 하늘처럼 흐려진다.

"원장님께 전화를 드릴까 말까 몇 번이고 망설이던 일이 있긴 있습니다."
"무슨 일이기에 그러나, 숨기지 말고 말해 보게, 어서!"
"심장을 이식해야 하는 아이가 둘이나 있어요. 어떻게 할지 몰라 고민이었습니다."
"그래? 몇 살 아이들인가?"
"아홉 살과 열 살이요."
"그래? 알았네. 사무실에 가서 전화 좀 해야겠네. 어서 들어가세."

영희는 평택 동고보육원에 전화를 건다.

"거기 동고보육원이지요? 권 원장님 좀 바꿔주세요? 아, 저는 조영희입니다. 누구시지요?"

"저요? 새로 온 보육사입니다. 최인주라고 합니다. 잠깐만 기다려주십시오."

"원장님, 권선옥입니다. 오랜만입니다. 안녕하시지요?"

"그래, 잘 계시지요? 다름이 아니라, 심장이식 수술을 받아야 할 아이 두 명이 있어요. 아홉 살과 열 살이에요. 충남대 병원 그 친구에게 전화해 수술할 수 있도록 수고해 주시면 고맙겠는데…. 해 주실 수 있지요?"

"원장님 정떨어지게 왜 그렇게 사정 조로 말씀하세요? 지금 어디신데요?"

"여기 청주 우암보육원이에요. 여기 전화 아시지요."

"네, 곧 알아보고 전화 드리겠습니다."

20여 분 지나자 전화벨이 울린다.

"원장님, 저 권선옥입니다. 방금 알아봤는데요, 마침 두 아이분 심장이 있답니다. 내일이라도 수술 가능하답니다. 어찌하시겠습니까?"

"권 원장, 수고했어요. 내일 일찍 여기 박명숙 원장이 아이들을 데리고 갈 거니까, 권 원장이 충남대 병원에 그렇게 알려주세요. 수고스럽게 해서 미안해요. 그리고 수술비 일체는 저번처럼 처리해 주세요. 금액과 병원 계좌번호를 알려주시면 내가 거기로 송금할게요. 아셨지요?"

"네, 잘 알았습니다. 원장님, 한번 뵙고 싶어요. 건강하십시오."

"박 원장, 지금 들으셨지요? 내일 아이들 왕복 차비예요. 그리고 적지만 이건 박 원장 수고비."

"아유, 제가 당연히 해야 하는 일인데… 수고비라니요! 받지 않으렵니다, 넣어 두세요!"

"이 사람, 박 원장! 내가 기뻐서 하는 일이니 다른 말 말게. 자네가 싫다면 하는 수 없지! 자네를 지금 당장 해고하는 수밖에!"

"아유, 해고요? 허~어. 천사같이 고운 마음씨를 가지신 원장님은 반드시 큰 복을 받으실 겁니다. 틀림없이요!"

"박 원장, 나를 보게. 지금 내가 받은 복도 철철 넘치는데, 여기에 또 복을 받는다고? 악담도 분수가 있지…그런 얘기 함부로 하지 말게! 꼭 필요하면 자네에게 부탁함세! 그때는 열심히 기도해 주어야 해. 아, 그리고 아이들 수술 결과는 꼭 알려 주게."

그날 저녁에 우리는 충주 혜주네 별장에 와서 유정미가 정성스레 준비한 만찬을 들며, 얘기꽃을 피운다. 영희는 동생 영준이와 상의한 일을 대충 들려준다.

"모 교수, 얼마 전에 영준이가 미국엘 다녀왔다네. 오우진 교수와 얘기를 나누고 돌아왔어. 얼마 후에 연락을 받았는데, 어려운 국민을 돕겠다는 일에 미국도 감동받아 적극적으로 돕겠다고 했다네. 시니어타운을 담보로 필요한 자금을 서울에 있는 시티은행을 통해서 얼마든지 대출해 주겠다는 거야. 그래서 내가 일을 추진하게 된 거라네. 미리 알려 주지 못해 미안해!"

"미안하기는! 잘됐네. 자금 문제는 완전히 숨통이 트였군! 하하… 축하해, 영희!"

"당신이 좋아하니 더없이 기쁘군!"

우리는 너무 기뻐 애꿎은 하이트 맥주만 축내며, 그야말로 즐거운 밤을 보냈다.

밝은 해가 높이 떠올라 서녘을 향하여 신나게 달리는 동안, 우리는 딸기잼을 바르고 치즈 없은 토스트에 초이스 커피로 아침을 때웠다. 나는 응접실 소파에 느긋이 앉아 향나무 향기를 그윽이 풍기며 타는 벽난로를 바라보며 하염없이 앉아 있었다. 언제 들어 왔는지 영희가 내 옆 소파에 앉으며 슬픔이 묻어나는 목소리로 운을 뗀다.

"모 교수, 벌써 개학 날이 가까이 왔네. 강의 준비도 해야할 테니 집으로 돌아가게. 내가 모셔왔으니 바래다줄게! 그런데, 마지막으로 딱 한 가지만 부탁하고 싶어. 그건 들어줄 수 있지?"

"뭔데 그래. 말을 해야 들어줄지 말지를 결정할 것 아니야. 뭔데?"

"다른 것이 아니고, 어떻게 해서 목포대학에 가게 되었는지 궁금하거든."

"알았어, 얘기하고 싶지 않은 주제라서 망설여지는구만. 조금 있다 하면 아니 되나?"

"그래, 조금 있다 해도 좋아!"

"떠나야 한다니, 시나 한 수 읊어보고 싶군."

친구여!
서러워 말아라
헤어져야 만날 날이
있으리니!

친구여!
슬픔을 거두어라
서러움 가면 기쁨을
찾으리니!

친구여!
눈물을 닦아라
비 온 뒤라야 무지개
만나리니!

"당신의 시를 듣고 있노라니, 희망이 샘솟듯 하네! 시의 제목은 뭐라 지었나?"

"무지개 뜨는 날!"

"그래, 무지개 뜨는 날을 기다리며 나는 항상 이 찬송가를 부르겠어! 우리 다 같이 불러볼까?"

나의 갈길 다 가도록 예수 인도하시니
내 주 안에 있는 긍휼 어찌 의심하리요
믿음으로 사는 자는 하늘 위로받겠네
무슨 일을 만나든지 만사형통하리라
무슨 일을 만나든지 만사형통하리라

나의 갈길 다 가도록 예수 인도하시니
어려운 일 당할 때도 족한 은혜 주시네
나는 심히 고단하고 영혼 매우 갈 하나
나의 앞의 반석에서 샘물 나게 하시네
나의 앞의 반석에서 샘물 나게 하시네

나의 갈 길 다 가도록 예수 인도하시니
그의 사랑 어찌 큰지 말로 할 수 없도다
성령 감화받은 영혼 하늘나라 갈 때에
영영 부를 나의 찬송 예수 인도하셨네
영영 부를 나의 찬송 예수 인도하셨네

찬송으로 마음에 평안을 얻은 나는, 영희가 조르는 교수 되는 저간
의 일을 소상하게 얘기했다.

32장
산 넘고 물 건너

1982년 소슬바람이 옷깃을 파고드는 9월 초 어느 날, 목포대학 경제학과 교수로 있는 조경준(목포고 동기)군이 만나자는 전갈이 왔다. 그는 숙명여대 교환 교수로 서울에 있었기에, 청파동 근처 어느 찻집에서 만났다.

"오랜만이다. 동아일보 그만두고 나서 고생이 많다고 들었는데…"

그는 내가 연대에서 입학 취소당해 실의에 빠졌을 때, 고려대 편입학 원서를 사서 들고 나를 찾아왔던 절친한 친구다.

"제대로 된 직장이 없으면 다 그렇지 뭐. 그런데 무슨 일로 보자고 했나?"

"자네 교수 되어 볼 생각 없나?"

"에끼 이 사람! 교수 자격도 없는 사람 괜히 놀리지 말게나. 신문기자는 시험 봐서 될 수 있지만, 교수는 우선 자격요건을 갖추어야 하는 것 아닌가. 나는 기껏해야 교육대학원 석사가 최종 학력인걸. 그리고 경력이라야 숭의여자전문대학 강사가 전부인데…"

"지금은 석사면 충분해. 석사 이상을 자격요건으로 한다니까!"

"그래? 그렇더라도 박사학위 가진 지원자가 있으면 헛꿈이 되는 것 아니겠나? 그건 그렇고… 어디서 나더러 교수하라고 하는데?"

"목포대 국민윤리과에서 정치학 전공 교수를 초빙한다네. 그래 자네가 언뜻 생각나지 뭔가. 초빙공고도 냈는데, 자네는 보지 못했겠군."

"자네 뜻은 고맙지만, 그렇다고 되지 않을 일에 헛수고하기는 싫어!"

"나는 경제학과라서 국민윤리과 일에 간섭할 수는 없지만 윤리과에 우리 목고 선배 서용석 교수가 계시니까, 서 선배에게 말해 놓을 테니 지원해 보도록 하게!"

이렇게 되어 나는 목포대학 교수가 되는 일에 발을 들여놓고 허우적거리게 되었다.

어느 날, 서 교수로부터 부천 원미동 집으로 전보가 왔다. 급히 목포에서 만나자는 전갈이다. 서용석(徐庸碩) 교수는 목포북교초등학교, 목포중고등학교, 고려대학 정치외교학과 3년 선배다. 게다가 고려대학 교육대학원도 동문인데, 내가 1년 선배다.

파랑새는 울지 않는다

"모 군, 경준이에게서 들었네. 내가 윤리과에 있으니 최선을 다해 보겠네. 내 말대로만 하면 될 것이네. 먼저 응모 서류를 제출하게나."

"고맙습니다. 선배님만 믿겠습니다."

교무과에 응모 서류를 제출하고 나니, 속삭이듯이 이렇게 말하는 것이었다.

"내가 자네를 위해 은밀히 알아봤더니, 자네가 두 가지 문제만 해결하면 내가 학장에게 적극적으로 부탁하려고 해. 그러면 될 거야!"

"그 두 가지 문제가 뭡니까? 내가 할 수 있는 일이라면, 전력을 다해야겠지요."

"국무총리의 추천서가 필요하고, 그리고 현재 문교부 장관이 장관실에서 자네 이력서를 우리 학장에게 주면서 자네를 부탁한다고 말해야하네! 알아들었나?"

"글쎄요…. 김상협 총리 추천서를 받는 건 가능할지 몰라도, 어떻게나와 일면식도 없는 장관이 내 이력서를 전달하도록 할 수 있겠습니까? 저로서는 그건 도저히 할 수 없겠습니다. 선배님의 노고는 고맙지만, 저는 목포대 교수 되는 거 포기하겠습니다. 안녕히 계십시오!"

이렇게 해서 교수 지원서를 제출한 다음 날, 교수 되겠다는 일을 포기하고 말았다.

며칠 후, 점심 무렵에 순화동 중앙일보 근처를 지나다가 마침 점심 식사하러 가던 구종서(具宗書) 군을 우연히 만났다. 그는 고려대학 정외과 동기동창으로 중앙일보 외신부장으로 재직 중이었다. 얼마 전에 그와 만났을 때, 고향의 대학으로 갈지도 모른다는 얘기를 한 터라 그는 만나자 대뜸 이렇게 묻는 것이었다.

"여어, 세원이. 자네 목포대학 일 잘돼가나?"
"아, 그일 말이지. 포기했어!"
"왜? 무슨 문제라도 있었나? 그렇게 쉽게 포기하다니!"
"나를 밀어주겠다는 선배가, 나로서는 불가능한 까다로운 조건들을 내세우는 바람에 포기하게 됐다네."
"그래~애? 무슨 조건인지 모르나, 금창태나 불러 식사하면서 얘기해 보세."

이리하여 금창태(琴昌泰)에게 전화했더니, 마침 자리에 있어 보신탕집에서 점심을 하게 되었다. 금 군도 나와 고려대 정외과 동기로 지금 중앙일보 사회부장이다. 저간의 사정을 듣고 난 금 부장이 내게 희망의 메시지를 주었다.

"사회부장단과 이규호 장관이 오는 12월 4일 유성 컨트리클럽에서 골프를 하기로 했거든. 저녁 식사 자리에서 내가 자네 문제를 꺼낼 테니, 다른 사 부장들도 동의하도록 자네가 발품을 팔아야겠어."

"그거야 못하겠나. 어떻든 고맙네."

금창태 군이 당시 사회부장단 간사였던 것이 나에게는 행운이었다.

다음 날, 나는 서울신문 최신호(崔信鎬) 부장, 대한일보 김부억(金富億) 부장, 한국일보 부장, 동아일보 부장, MBC 부장 등을 만나 적극적으로 도와주겠다는 승낙을 얻었다.

그런데 당시 조선일보 안병훈 사회부장은 도와줄 수 없다고 잡아떼는 바람에 섭섭한 마음 가눌 길이 없었다. 그래도 나와 같이 근무했고, 안된 얘기지만 1971년 내 정치부 자리를 빼앗아간 그 안병훈이 매정하게도 고개를 젓다니!

아니나 다를까. 여기까지 듣고 난 영희가 화를 버럭 낸다.

"세상에는 좋은 사람도 많지만, 쓰레기 같은 녀석들도 바글바글 하구만! 다른 사람 시켜 주려고 당신이 스스로 포기하게 한 서 교수란 음흉한 놈이 있는가 하면, 한 솥 밥을 먹었으면서도, 더욱이 정치부 당신 자리까지 빼앗아 간 놈이 기껏해야 다른 사람의 제안에 고개만 끄덕이기만 하면 될 일을 매정하게 거절하는 염치 없는 놈! 이 자리에 있다면 당장 요절을 내겠구만!"

"영희, 그렇게 무자비한 말을 함부로 하다니! 당신도 그들과 똑같은 부류구먼!"

1982년 12월 4일은 영원히 기억에 남을 날이 됐다.

골프를 마친 사회부장단은 이규호 장관과 함께 조촐한 음식점에서 저녁을 들었다.

"장관님, 부장단을 대표해서 제게 한 가지 부탁이 있습니다."

"허어, 금 부장이 부탁을 다 하다니, 해가 서쪽에서 뜨겠구만! 어디 말해 보시오. 여러분이 원한다면 다 들어줄 터이니!"

"다름이 아니라, 조선일보 사회부에 있던 우리 동료 기자가 고향에 내려가 살겠다고 하는데 우리가 조금 도와주고 싶어서 한 가지 말씀을 드리려고 합니다. 모세원 기자라고…그의 고향이 목포인데요. 그가 목포대학 교수초빙에 지원하겠다고 하는데, 장관님께서 도와주시면 하는 부탁입니다."

"그래요? 내가 어떻게 하면 도움이 되겠소?"

"장관님께서 모 기자의 이력서를 목포대학 학장에게 직접 건네시면 됩니다. 장관님으로서는 난감한 일이겠습니다만, 어떻게 안 될까요?"

이때 여기저기서 부장들이 한 목소리로 외쳤다.

"장관님, 부탁드립니다."

"허어, 오늘 부장들이 작당했구먼!…. 좋아요! 나는 이 문제를 사회부장단 건의로 받아들여 반드시 해결하겠소…. 그러면 됐지요?"

"역시 이 장관은 화끈한 분이셔…. 감사합니다."

이규호(李奎浩, 25대, 1980년 5월 22일~1983년 10월 14일 재임)장관의 혼쾌한 답변에 그날 각사 사회부장들은 자기 일이나 된 것처럼 모두 기뻐했다. 안병훈 조선일보 사회부장의 심기가 어떠했는지는 아무도 모른다. 다음날, 장관실에서 나의 이력서를 보내 달라는 연락이 왔다. 금 부장은 내게서 받아 보관하고 있던 내 이력서를 바로 장관실에 보냈다.

얼마 후에 서 교수에게서 급전이 왔다. 내일 목포대학 오창환(吳昌桓) 학장이 청진동 서울호텔에 갈 것이니, 그 기회에 가서 인사하라는 것이다. '이런 비밀을 알려주는 성의를 나중에라도 잊지 말라'는 추신이 붙어 있었다. 포기했다고 한 나에게 학장에게 인사하라니…. 알다가도 모를 일이다. 서 교수의 속셈은 뭘까? 이중 플레이를 하는 것인지, 혹시 내가 기자였고, 또 현재 김상협 총리를 잘 알고 있을 것이니 나를 이용해 보자는 것인지… 종잡을 수가 없었다.

다음날, 서울호텔 커피숍에 가 보니 오 학장을 둘러싸고 서너 사람이 앉아 있었다. 오 학장은 고등학교 때 영어 선생이었으므로 얼굴이 기억나지만 다른 사람은 모르는 얼굴이었다.

그 사람들은 내일 일을 상의하면서 난감한 처지에 놓여 있었다. 김여칠(金如七, 서울 교대 교수, 얼마 전까지 목포대 교수였다)이 입을 연다.

"문교부 000고등교육국장이 나와 서울대 동문이어서 잘 알고 있으니, 그에게 부탁하여 장관을 만나는 방법이 가장 좋을 것 같습니다."

최종수(崔鍾洙, 한국일보 논설위원)가 걱정스런 표정으로 거든다.

"그 수밖에 다른 방법이 없는 것 같기는 한데…. 그러나 OOO국장에게 부탁한다고 내일 당장 만날 수 있는 것도 아니니… 언제까지 기다려야 할지 답답하네요! 투서 건은 하루속히 해결해야 하는데…."

그 사람들의 얘기를 들어 보니, 교내에서 학장의 비리에 관한 몇 통의 투서가 문교부에 접수되어 있으므로, 장관을 만나지 않으면 해명할 길이 없다는 것이었다. 오 학장은 머지않아 감사반이 들이닥치면 큰일이라며 안절부절못하고 있었다. 이런 와중에서도 오 학장은 내게 한 가지 부탁을 잊지 않았다.

"모 군, 자네 고려대학 나왔다지. 김상협 총리는 잘 아나? 동경대학 동문이라서 이 기회에 인사나 드렸으면 하는데… 자네가 좀 주선해 주었으면 하는데, 되겠나?"

이 말을 듣고 나는 '그러면 그렇지, 서 교수가 이런 잔머리를 굴렸구먼' 하는 생각이 퍼뜩 머리를 스쳤다.

"만나보실 수 있도록 주선하지요."

나는 공중전화 부스로 가서 조영길 총리비서실장에게 김 총리와 오 학장의 만남을 주선해 달라고 부탁한 후, 중앙일보 금 부장에게 목포대 학장이 고민하는 문제를 대충 얘기했다.

"이런 상황이니, 지금 자네가 알아보면 어떨까?"

"알았네, 기다리게. 그런데 자네 지금 어딨나?"

"어, 서울호텔!"

얼마 후 카운터의 전화벨이 울린다.

"모 기자, 전화 받으세요."

"난데, 이 장관이 내일 오전 9시 정각에 장관실에서 학장을 기다리겠다고 하네."

"허어, 빠르기도 하이. 고맙네."

무슨 전환가 궁금해 나만 쳐다보던 일행에게 다가가면서 나는 조용히, 그러나 자랑스럽게 말했다.

"내일 오전 9시 정각에 이 장관이 장관실에서 오 학장을 기다리겠답니다!"

모두가 놀란 표정을 감추지 못하면서 이구동성으로 외친다.

"어떻게, 누구에게 부탁했기에⋯ 이런 믿기지 않는 일이 일어난단 말인가!"

이들 일행이 저희끼리 설왕설래하는 통에 나는 조용히 빠져나왔다. 누구의 입에서도 고맙다는 말은 나오지 않았다.

다음 날 오후에 나는 총리실로부터 내일 오전 9시에 오 학장을 총리실로 방문케 하라는 전갈을 받았다. 비서를 보내 정문에서 마중할 예정이니 학장의 승용차 번호를 알려 달라는 말도 곁들여 있었다.

나는 즉시 서울호텔로 오 학장을 찾아갔다. 카운터에 물으니 방금 체크아웃하고 새마을호로 목포에 간다고 떠났다는 대답이다. 당시 목포행 새마을호는 하루 1회만 운행한다. 서울에서는 오후 4시 5분 출발하여 오후 8시 45분에 목포에 도착한다. 나는 총리실에 전화를 걸어 오 학장이 서울에서 볼일 다 보고 목포로 가버렸으니, 총리실 방문은 없는 일로 해달라고 결례를 사과했다.

목포역에 내린 오 학장은 서용석 교수와 조경준 교수가 나란히 마중 나온 것을 보고, 조 군만 손짓해 구석으로 불렀다.

"내가 장관이 준 이력서를 차 안에서 펴 보니, '모세원'이라고 되어 있는데, 그가 고등학교 때 '모박일'이 아닌가 했는데…. 모박일 맞지?"

"네, 바로 모박일이 대학 가면서 바른 이름인 '모세원'을 사용했습니다. 그런데 장관이 이력서를 주다니요?"

"오늘 아침 장관실에서 장관을 만났지. 그래, 투서 문제 등 현안을 얘기하려고 했더니, 장관이 손사래를 치면서 그런 문제들은 걱정하지 말라지 뭐야. 그러면서 웬 이력서를 주면서 '이 사람 꼭 부탁합니다.' 이러지 뭔가. 나는 하도 기뻐서 지금까지 얼떨떨해!"

나는 얼마 후 서류전형에 합격 되었으니 000일에 면접시험을 보라는 연락이 왔다.

교무과장 박감순(朴甘淳) 교수와 학장이 면접관이었다.

서류를 들춰보던 박 과장이,

"자네 목고 나왔다고? 나도 목고 출신이야. 여기 학장님도 목고에서 교편을 잡으셨지. 기억나나?"

"네, 학장님은 영어를 가르치셨지요."

오 학장이 아는 체한다.

"서울호텔 커피숍에서 만난 적 있지? 서류심사에서는 자네가 1등이구만. 영어시험만 잘 치르면 될 거네."

영어시험을 치르는 날, 나는 조경준 교수와 시험장으로 가고 있었다. 조 교수가 본관 현관 건너편 나무 그늘에 서 있는 사람을 보더니, 기겁한다.

"왜 그리 놀라나, 조 군?"

"저기 서 있는 저 사람이 시용석 교수가 밀고 있는 사람이야. 저 사

32장 산 넘고 물 건너

람이 시험 보러 온 것은 서 교수가 이중 플레이를 했다는 증거라네. 못 민을 선배로군."

"그래~애, 그래서 서 선배가 내가 스스로 포기하도록 국무총리 추천 서니, 장관이 직접 내 이력서를 학장에게 주어야 한다느니 어려운 주문 을 했구만!"

영어시험 결과 나는 높은 점수로 합격하고, 서 교수가 미는 그 사람 은 낙제점수를 얻어 탈락했다.

이렇게 산 넘고 물 건너 나는 1983년 3월 1일 국립목포대학 국민윤 리학과 전임강사가 되었다. 교수임용 통지를 받은 날, 나는 감회에 젖어 아내에게,

"성진 엄마, 꿈에도 생각해 보지도 않은 교수가 되다니!···"
"생각해 보지도 않은 일이라니요? 당신이 대학원을 졸업한 날부터 우 리 남편 교수시켜주시라고 하나님께 간절하게 기도해 왔다구요. 하나님 께서 나의, 아니 우리 기도를 들어주신 거지요."

인간은 알 수 없는 크고 은밀하신 하나님의 섭리였다.

조경준 군이 일부러 나를 찾아와 교수 초빙에 응하라는 권유가 없었 다면, 나는 응모원서를 제출하는 일이 없었을 것이다. 그리고 서 교수 의 무리한 요구에 포기해 버린 나에게 포기하지 말라던 구종서 군과,

장관에게 말을 꺼내기조차 껄끄러운 부탁까지 하면서 도와주었던 금창태 군의 우정에 감사하지 않을 수 없다.

나는 지금도 우리 고려대 정외과 57학번 모임 때마다, 구종서 군과 금창태 군 두 학우의 도움 덕에 교수가 됐다고 자랑을 늘어놓곤 한다.

내 얘기를 다 듣고 난 영희가 한숨을 짓는다.

"인간 세상에는 나면서부터 선한 사람도 있고, 악한 사람도 있다는 옛 현인의 말이 옳은 것 같아! 모 교수 당신 얘기에서만도, 선한 사람과 악한 사람이 뚜렷이 구분되지 않았어? 이 흙먼지 날리는 세상에 살기란 참으로 어렵단 말이야. 가지고 있는 재산을 어려운 사람을 위해 쓰는 사람도 있지만, 자기 배만 채우려는 몰인정한 사람도 하늘의 별만큼 많다는 얘기지. 나는 다시 한번 깨달았어. 절대로 돈 보따리 짊어 지고 이승을 떠나지 않겠다고 말이야!"

"허어~, 영희 당신 또 다른 할 일을 계획한 것이야?"

"당신도 아마 이미 짐작하고 있을 거야, 안 그래? 내 계획이 구체화되면, 당신과 상의할 거야."

"뭔데 그렇게 뜸을 들이나. 속 시원히 말해봐!"

"아니야. 지금은 이것만 알고 있으면 돼!"

"뭔데?"

"근심과 걱정 없는 세상, 서로 사랑하고 돕고 사는 세상, 병들었어도 가난하여 치료 못 받는 사람이 없는 세상, 선이 악을 뿌리째 뽑아버리는 세상, 나는 이런 세상이 오기를 바라는 거라네. 도연명이 말하는 무릉도원이랄까? 토머스 모어가 그린 이상향이랄까? 이런 세상 말이야. 나 혼자의 힘으로는 가당찮지! 그러나 여러 사람이 힘을 합쳐 한발한발 나아간다면, 언젠가는 반드시 그런 날이 올 것이라고 믿는다네. 그런 기대와 희망으로 내가 먼저 걸어가고자 하는 거야. 나를 미쳤다고, 독불장군이라고 비난하지 말고 이해해 주고 따라와 주면 아니 되겠나?"

"그게 당신의 계획이군!"

"한마디로, 이게 나의 삶의 목표요 꿈이라네!"

"자, 이런 심각한 얘기할 시간은 충분하니까, 우선 허기진 배나 채우세!"

우리는 충주에서 소문난 '소문' 갈비식당으로 차를 몰았다. 점심시간이 좀 지난 탓인지 식당은 조용했다. 우리는 쇠갈비와 소주로 오찬을 즐겼다.

영희가 결의에 찬 목소리로 성난 듯이 입을 연다.

"모 교수, 당신 내일 떠나라고!"

"이상하네, 왜 갑자기 성난 듯이 얘기하나? 그렇지 않아도 결심하고 있어!"

"내가 너무 오래 잡아둔 것 같은 죄책감이 들어서 그래. 당신도 할 일이 태산 같을 텐데 미안해!"

"미안하긴…. 내가 좋아서 머문 건데…. 알았어! 내일 용산역까지는 데려다주겠지?"

우리는 헤어지면서 서로 전하고 싶은 말을 적은 쪽지를 교환하기로 했다.

나는 '莫失莫忘(잃지도, 잊지도 않으리)'이라 쓴 쪽지를 영희에게 주었다. 쪽지 뒷면에 (權韠, 1569~1612)의 소설 '주생전(周生傳)'에서 향(鄕)을 임(恁)으로 바꾸어 '也能遮我望恁眼/不能隔斷愁來路(님을 바라보는 내 눈은 가리면서/시름이 오는 길은 막지 못하도다)'라고 적었다.

용산역에서 영희가 내게 준 쪽지에는 'Not lose, Not forget'(잃지도, 잊지도 않으리)이라고 적혀 있었다.

나는 두 달 만에 연구실로 돌아왔다. 연구실의 모든 것이 새것으로 바뀌어 있다. 책상, 의자, 책장, 응접세트, 칸막이 그리고 커튼까지 10년이 넘은 모든 것이 모조리 바뀐 것이다. 영희의 마음 씀씀이에 감사할 따름이었다.

33장
꿈은 영글고

5년 후.

6월 말 어느 날, 영희가 불쑥 연구실 문을 열고 들어섰다. 1995년 가을처럼 흰 실크 블라우스에 갈색 바지를 입고, 루주도 바르지 않은 청초한 모습이다.

누가 환갑이 지난 여인이라 하겠는가.

"모 교수, 잘 지냈어? 이렇게 불쑥 찾아와서 미안해!"

"미안하긴. 반가워서 말문이 다 막히는구만! 더 예뻐졌는걸!"

"늙었다는 말을 당신 사전에서는 예쁘다고 하나? 진정이 어리지 않은 말은 이젠 그만둘 때도 되지 않았나?"

"그나저나 별고 없었지."

"별고가 있었으면 이렇게 여기에 서 있을 수 있겠어! 보고 싶어 불원 천리하고 왔지…. 당신이 뒷장에 써준 그 시구 때문에 더는 참고 있을 수가 없었다네."

"무슨 시?… 가만 있자… 아, 권필이 주생전에 쓴 시의 한 구절 말이 지? 님을 보지 못하게 가로막으면서, 어이하여 오는 시름은 막아주지 않는가!'이 시구 말이구만."

"잊지 않고 있을 줄 알았어! 나도 당신을 잃고 싶지도 잊을 수도 없 다고 했으니까!"

"그때 일을 떠올리니 새삼 감개가 무량하구먼!"

"그런 감상은 우리 나이에 어울리지 않아!"

"무슨 소리! 우리 나이가 어때서? 나이 들었다고 비관할 거 없어! 정 신연령이 문제니까! 그건 그렇고… 내 연구실을 새로 꾸며줘서 고마워. 정말 고마워."

"고맙기는 무슨…."

"그런데 뭔 일 있어?"

"있지, 있다마다! 당신하고 의논할 일이 한두 가지가 아냐. 이제 마 무리할 일이 태산 같다니까!"

"그래, 내가 무얼 어떻게 했으면 싶어? 터놓고 이야기해 봐!"

"이제 여름 방학이잖아? 나랑 같이 가주어야겠어!"

"어디로?"

"충주로!"

"회사에 중요한 일이 있는 모양이로군. 그럼 또 소가 되어야겠지?

가자구!"

"집에는 알려놓고 가야지 않겠어?"

"응, 고마워. 다 알고 있을 거야, 하늘나라에서!"

"뭣! 그거 뭔 소리야?…. 언제?"

"3년이 좀 넘었어."

"가슴이 찢어지겠네! 늦게나마 명복을 빌어!"

"가슴만 아니라, 온몸이 가루가 된 듯 찢어발겨졌지. 울어도 울어도 나올 눈물마저 없었다네. 살아생전의 이별보다, 저승으로 떠나보내는 이별이 수만 배의 고통이란 걸 아무도 모를 거야! 아내 없는 세상이 어떤 것인지 처음으로 느껴 보니, 지옥이 이토록 괴로운 곳이라는 걸 알겠더군. 그러나 어쩌겠나. 하나님께서 하시는 일인데, 우리 인간이 어찌 헤아릴 수 있겠어! 그저 순종할 따름이지. 안 그래?"

"가슴이 아프고 찢어진들 이제 와 어이하겠나?"

"하는 수 없지, 체념하는 수밖에! 지금도 조 대령은 여기 있나? 있으면 부르지 그래."

"그러지. 작년에 진급해서 지금은 참모장이야!"

"호 그래? 어려운 별을 땄군. 축하해!"

"언제 어디로 오라고 할까?"

"우리가 처음 만났던 신안비치호텔 앞 횟집에서 6시 정각에!"

"전화기…. 조 준장 좀 바꿔주세요. 누나라고 하세요…."

"온다고 해?"

"그럼! 부부가 와도 좋으냐면서 싱글벙글하던데…."

6시 정각에 조 준장 부부가 횟집 2층에 나타났다. 별 하나가 반짝이는 정장을 입고 나타난 그는 깎듯이 거수경례를 하고 부인 남 여사는 꾸벅 허리를 굽혀 인사한다. 나도 서투른 동작으로 거수경례로 맞받았다.

"교수님, 너무 오랜만에 뵙습니다. 건강하신 것 같아 저희도 기쁩니다. 횟집에서 보자 하시기에 교수님께서 좋아하시는 포도주를 가져왔습니다."

"우선 진급을 축하하네. 나도 참 행복한 사람이야! 어려운 별을 딴 인사와 식사를 하다니 영광이지 뭐야!"

"교수님, 쑥스럽게 그런 말씀을 하세요!···. 포도주 여기···."

"어디 보세. 아, 그 칸티 푸토 아닌가! 좋아, 고맙네."

벨을 누르니 주인이 득달같이 올라온다.

"주인장, 여기도 민어 있지요? 그거 푸짐하게 한 상 차려주시구려! 조 준장, 별 달기는 하늘의 별을 따기보다 어렵다는데, 진급하는데 어떤 에피소드는 없나?"

"에피소드랄 건 아니지만, 고마운 일이 있었지요."

"그 얘기 해 보게."

조 준장이 그때의 사정을 간단하게 들려준다.

"경쟁자가 동기생 두 명이었는데, 당시 사령관이 모 교수님을 매우 존경하는 분이었지요. 그런데 제가 모 교수님과 아주 가까운 사이라는 걸 어떻게 알았는지 아시고, 저를 적극적으로 추천하셨지요. 조 대령을 진급시키지 않으면 자신은 옷을 벗겠다고까지 했으니까요. 해군 총참모장도 감동했다더군요. 그리고 우리 사령관도 부하를 그렇게 신임하고 아끼는 사람이라면, 국가에 대한 애국심도 누구보다 투철할 것이라고 평가되어 중장으로 진급했어요. 겹경사가 났지요."

"그래~애? 그런 일이 있었구면."

우린 민어회뿐 아니라, 젓가락에 감아 세발낙지도 실컷 맛보았다.

영희는 영준이 집으로 가고, 나는 신안비치호텔에서 쉬었다.

다음 날 아침, 햇살에 유달산 그림자가 바닷물에 일렁일 때, 영희와 영준이 부부와 호텔 식당에서 연포탕으로 아침을 먹고 출발하려고 영희의 차에 올랐다. 예전에 타던 에쿠스가 아니었다.

"어, 에쿠스가 아니잖아!"
"그래, 기억력도 좋구만. 에쿠스가 아니고 그랜저야!"
"왜 바꿨어?"
"오래되기도 했고…. 에쿠스는 너무 사치스러운 것 같아서지!"
"에~? 에쿠스 탈 때보다 지금은 수십 배 부자잖아! 그런데 더 낮췄다고?"

"벼 이삭은 여물수록 고개를 떨구잖아! 그런 이치야!"

"하아~ 역시 당신은 검소가 몸에 밴 여인이야! 더욱이 겸손하기까지 하니…. 그래서 내가 좋아하지! 그런데 오늘 목적지는 어디야?"

"오늘은 우선 청주 혜주네 별장으로 갈 거야."

"이 차 스피커는 좋은지 몰라… 어디 음악이나 들어 볼까."

로큰롤(Rock and Roll)의 황제라 불리는 엘비스 프레슬리(Elvis Presley, 1935~1977)의 '부드럽게 사랑해 주세요(Love me Tender)'를 틀었다.

엘비스가 배우 데뷔 첫 노래로 1956년 제작한 영화 'Love me Tender'의 사운드 트랙이다. 진심에서 우러나는 사랑의 감정을 표현한 감동적인 노래다.

나는 안전하게 데려다주리라 믿기에 지긋이 눈감고 노래에 흠뻑 취한다.

Love me tender

Love me sweet

Never let me go

You have made my life complete

And I love you so

부드럽게 사랑해 주세요

달콤하게 사랑해 주세요

절대로 나를 보내지 마세요

33장 꿈은 영글고

내 삶을 완전하게 해 준 당신
그래서 나는 당신을 사랑한다오

Love me tender
Love me true
All my dreams fulfill
For my darling I love you
And always will

부드럽게 사랑해 주세요
진실로 사랑해 주세요
내 모든 꿈을 가득 채워 주세요
내 사랑 당신을 사랑하고
또 언제나 사랑하도록 말이에요

Love me tender
Love me long
Take me to your heart
For it's there that I belong

부드럽게 사랑해 주세요
오래오래 사랑해 주세요
그대 가슴에 품어 주세요

내가 그대 곁에 있도록 말이에요

Love me tender

Love me true

All my dreams fulfill

For my darling I love you

And I always will

부드럽게 사랑해 주세요

진실로 사랑해 주세요

내 모든 꿈을 가득 채워 주세요

내 사랑 당신을 사랑하고

또 언제나 사랑하도록 말이에요

Love me tender

Love me dear

Tell me you are mine

I'll be yours through all the years

Till the end of time

부드럽게 사랑해 주세요

귀엽게 사랑해 주세요

당신은 나의 사랑이라고 말해 주세요

나는 언제까지나 당신의 사랑이 되겠어요

이 세상 끝날 때까지

Love me tender

Love me true

All my dreams fulfill

For my darling I love you

And I always will

부드럽게 사랑해 주세요

진실로 사랑해 주세요

내 모든 꿈을 가득 채워 주세요

내 사랑 당신을 사랑하고

또 언제나 사랑하도록 말이에요

조용히 운전만 하는 줄 알았더니 영희도 다 듣고 있었던 듯, 엉뚱한 말로 다그친다.

"이 세상 끝날까지 당신의 사랑이 되겠다고 고백하는 거야?"

"노랫말 가지고 웬 시비야! 당신 맘이 그렇다는 거야 뭐야!"

"그렇담 어쩔 건데?"

"성경 말씀도 있어. '진실로 선하심과 인자하심이 나의 사는 날까지 나를 따르리니, 내가 여호와의 집에 영원히 거하리로다!(Surely goodness and love will follow me all the days of my life, and I will dwell in the house of the Lord forever)'"

"이렇게 고쳐보면 되겠군. '진실로 당신의 사랑이 나의 사는 날까지 나를 따르리니, 내가 그대의 품에 영원히 거하리로다!(Surely your love will follow me all the days of my life, and I will dwell in your arms forever)', 어때?"

"그렇게 되면 얼마나 좋을까. 지금 우리에게 비치는 밝은 햇빛처럼 행복이 넘쳐나겠지! 그렇다고 해도, 그것은 지는 해를 안타까워하는 어리석은 바람일 뿐이야!"

평택에 들어서니 해는 어느덧 서산에 걸렸다. 고픈 배도 채울 겸 휴게소에 차를 세운다. 시원한 콩국수로 허기진 배를 채웠듯, 그랜저의 배도 가득 채우고 가벼운 기분으로 평택-제천 고속도로에 들어섰다.

땅거미가 짙게 내릴 무렵, 우리는 혜주의 별장에 도착했다. 차에서 내리다 보니 별장 저 멀리 산허리에 불빛이 휘황한 건물이 눈에 들어온다. 9층짜리 유리 건물이다. 묻기도 전에 혜주가 자랑스럽게 설명한다.

"모 교수가 떠난 후 영희와 나는 심심풀이 삼아 열심히 일했지요. 저 빌딩은 고시원이에요. 올 3월에 입주가 완료되어 현재 150명의 고시생이 공부하고 있다오."

"호오~정말 좋은 일 하셨네요. 150명이라, 방이 몇 갠데?"

"2인 1실로 고시생 방만 75개고요. 식당, 헬스장, 목욕탕 등 부대시설이 있지요. 고시생 모두가 무료로 생활한답니다. 그 대신 엄격한 기준에 따라 선발했어요. 소득 70% 이하 가정 출신으로, 술과 담배를 전혀 못 하는 남자로 한정했지요. 수도권 30% 지방 출신은 각 70%씩이고요."

"남자에 한정하면, 성차별이라고 공격하는 사람도 있을 텐데…."

"물론 그런 얼빠진 작자도 있을 수 있겠지요. 공부할 때 가장 중요한 것은 정신집중이지 않겠어요? 잡념이 들면, 만사휴의(萬事休矣)가 되지 않겠어요? 특히 풍기문란은 더 나쁜 요인이라고 생각해서 그런 겁니다. 이해하시겠지요?"

"그럼요! 아무 데나 남녀평등을 부르짖는 위선자들 말을 들을 필요는 없지요. 고시원 이름은요?"

"다른 이름을 짓기 귀찮아서 '혜주고시원'이라고 했지요."

응접실에 들어서니, 하얀 대리석으로 만든 맨틀 위에 마리아 품에 안긴 아기 예수의 커다란 조각상이 숙연한 분위기를 자아낸다.

"영희 당신은 그동안 뭘 하느라 바빴나?"

"난 시니어타운 건설 현장을 돌아보느라 하루해가 짧았지. 타운 뒤울 안에 교회를 지었다네. 높이 세운 첨탑에 십자가를 달아 놓았는데, 밤이면 마치 바다의 등대처럼 사방을 밝게 비추지 뭐야. 공사가 좀 늦어져서 입주는 오는 8월 말이 될 것 같아."

이때 유정미가 저녁 준비가 되었다고 알려왔다.

"아, 중요한 일을 잊을 뻔했네. 모 교수의 동의를 얻어야 할 일이야. 모 교수, 여기 남양주 시니어타운 사장에 당신 아들을 데려왔으면 좋겠어. 사장 사택과 종업원 사택을 따로 지었거든. 어때, 당신 생각은?"

"목사이며 사회복지 석사학위도 있고, 복지사 1급으로 현재 노인복지 센터에서 일하고 있으니, 자격은 그런대로 갖춘 것 같지만…. 글쎄."

"글쎄가 뭐야! 내 말대로 하면 안 되나? 응?"

"알았네. 그리하세!"

우리는 식당으로 들어갔다.

거기 웬 남자가 서 있다가 꾸벅 인사를 한다. 채 사장 아들 채철상이라 한다. 혜주고시원 관리자로 일한다고 한다. 성실하게 보이는 잘생긴 중년이었다.

한참 있으니 현관이 떠들썩하더니 장미령이와 이성호 부부가 함박웃으며 들어온다. 5년 만에 그들을 보는 나는 물론 반가움에 가슴이 벅찼지만, 그들 부부는 너무나 기뻐 펄쩍펄쩍 뛰는 것이었다.

성호가 너스레를 떤다.

"교수님, 안녕하셨어요? 무척 뵙고 싶었습니다. 꿈속에서도 자주 뵈었답니다."

"그래~애? 나도 보고 싶었네. 특히 자네의 그 색소폰을!"

미령이가 토라진 음성으로 짐짓 나무란다.

"교수님은 우리보다 색소폰 소리가 그리우셨나 봐! 오래 떨어져 있었다고 정마저 떨어지셨나? 섭섭하네요!"

"그럴 리가 있나. 내가 말실수를 했구만! 용서하게나."

이리하여 우리는 한바탕 웃고, 정미가 정성 들여 차려준 만찬을 즐겼다. 응접실에 모여 설록차를 마시며, 성호가 연주하는 색소폰으로 찬송가를 합창했다.

여기에 모인 우리 주의 은총 받은 자여라
주께서 이 자리에 함께 계심을 아노라
언제나 주님만을 찬양하며 따라가리니
시험을 당할 때도 함께 계심을 믿노라
이 믿음 더욱 굳세라 주가 지켜 주신다
어둔 밤에도 주의 밝은 빛 인도하여 주신다

주님이 뜻하신 일 헤아리기 어렵더라도
언제나 주 뜻 안에 내가 있음을 아노라
사랑과 말씀들이 나를 더욱 새롭게 하니
때로는 넘어져도 최후 승리 믿노라
이 믿음 더욱 굳세라 주가 지켜 주신다
어둔 밤에도 주의 밝은 빛 인도하여 주신다

여기에 모인 우리 사랑받는 주의 자녀라
주께서 뜻하신바 우리 통해 펼치신다

고통과 슬픔 중에 더욱 주님 의지하오니
어려움 이겨내고 주님 더욱 찬양하라
이 믿음 더욱 굳세라 주가 지켜 주신다
어둔 밤에도 주의 밝은 빛 인도하여 주신다

"주님의 뜻하신 일은 헤아리기 어렵지만, 주께서 우리를 여기까지 인도하신 것은 주께서 뜻하신 일을 우릴 통해 이루시려는 것이니 굳센 믿음을 갖고 열심히 합시다, 여러분!"

영희의 말에 우리는 한목소리로 다짐했다.

"하나님의 은혜로 굳센 믿음을 갖고 열심히 합시다! 아~멘!"

이제야 나의 궁금증을 풀 기회가 왔다.

"그간 바빴다면서… 영희가 한 일들이 뭐야?"
"꽤 많은 일을 벌여 놨지. 이젠 나 혼자서는 너무 벅차게 됐어. 그래서 당신만을 의지하려고 한다네. 도와주겠지?"
"암, 도와주고말고! 불감청이언정 고소원이라네."
"우선 시니어타운 건설에 관해 얘기해야겠군. 고양, 인천, 수원, 대전, 공주, 대구, 부산 일곱 군데서 공사 중에 있다네."
"화, 그렇게 여러 곳에?! 경비는 충분해?"

"암, 충분하지. 이따 자세히 설명할게!"

"아하~알았네, 알았어!"

"무료 요양원 말인데… 서울, 부산, 전주에 리모델링 중이야. 낡은 요양원들을 인수했거든! 그리고 종합병원 응급실에서 거부당한 환자들만을 위한 응급병원을 운영할 거야. 무료로 말이야!"

"어디 어디에?"

"검토해봐야 알겠지만, 의료서비스가 취약한 곳들이 대상이 되겠지."

"응급병원 대상이 여러 곳이라고 복수형을 썼는데, 몇 곳이나 선정하려고 하나?"

"전국 10여 곳!"

"화… 그렇게나 많이?"

"좋은 일, 옳은 일은 많을수록 좋은 것 아냐?"

"또 무슨 일?"

"장학재단을 따로 설립했다네. 수안평창 장학재단 말고! 이름은 세영 장학재단."

"허어, 나까지 끌어들였군그래! 그럼 그 출연금은 어느 정도 규모인데?"

"얼마 되진 않아! 1천억 원이야. 그 이자만도 상당할 걸 아마…."

"얼추 계산해도 1년에 30억인데? 너무 많지 않아?"

"그만한 이자가 나와야 연년세세 대규모 장학금을 지급할 수 있지 않겠어?"

"허…. 나는 할 말이 없네. 반값 대학은 몇 군데?"

"세 군데. 서울, 대전과 고양에."

"어떻게 경영하는데?"

"등록금은 국립대학의 반, 기숙사는 학생의 3분이 2를 수용하고 기숙사비도 다른 대학의 반값으로 하는 거지! 특히 지방 출신과 빈한한 가정 출신을 우대하는 것이 최선의 목표라네. 교수의 질이 높아야 학문도 발전할 수 있지. 그래서 세계적 석학들을 교수로 초빙하는 등 교수의 50%를 분야별로 뛰어난 외국인으로 구성하고 2학년부터 수업은 모두 영어로 진행하면 좋을 거야."

"그리되면 훌륭한 인재들이 쏟아져 나오겠군! 대한민국 국민을 위해서 정말 좋은 일이야. 그런데 말이야, 그런 아이디어는 어디서 얻어?"

"그걸 몰라? 미카엘 천사! 간절히 기도해 봐. 가르쳐 주신다니까!"

"당신 하는 일의 끝은 어디야? 수많은 적이 생기겠군!"

"적이라… 난 누구도 적을 만들 생각 없어! 부를 그만큼 축적했으면, 국민을 위해, 국가를 위해 좋은 데 써야 하지 않겠어? 내가 축적한 부를 사회로 환원한다는 일에 적개심을 품는다면, 그 자체로 국가와 국민의 배신자가 아니겠어?"

"당신 같은 재벌이 한 사람만 더 나타난다면 그 아니 좋겠냐만, 두 눈 부릅뜨고 찾아봐도 보이지 않으니 실망스럽구만!"

"아, 또 있지."

"또 뚱딴지같은 사업이 있다고? 그건 뭔데?"

"수익성 있는 사업도 해야지 않겠어. 최대 양질의 서비스를 제공하면서 말이야. 호텔업을 대폭 확장하기로 했지!"

"어디에?"

"서울, 부산, 서귀포에 최고의 시설과 서비스를 제공하는 호텔을 지을 거야! 5년 전에 말했던 부여에 호텔을 혜주와 공동을 건축했다네. 낙화암에 우뚝 솟은 그림 같은 아담한 7층 호텔인데 영혜호텔이라 불린다네. 우리 언제 가 보자구."

성호의 색소폰 소리도 잦고, 미령이 부부도 정미도 제집으로 가고 혜주와 우리만 남았다. 적막을 헤치고 영희가 기분이 좋아 자랑스레 털어 놓는다.

"들어 봐. 당신과 내가 발견한 몬테크리스토 백작의 보물 말인데…. 내가 월스트리트 최고의 투자은행 골드만 삭스(Goldman Sachs)에 재산을 맡겼지. 최고로 믿을 만한 기관이 보증하고 추천해 주었지. 그래서 매년 수익금이 시티은행에 적립된다네. 그래서 나는 사업에 필요한 자금을 수시로 인출하여 쓰고 있어."

"아하~ 그래? 그럼 무제한이겠구먼."

"지금 벌이고 있는 사업에는 10분의 1이나 쓰일까 말까 그래. 그리고 이자가 계속 불어나니까, '마르지 않는 샘물'이라고 할 수 있지!"

다음날 계명산에 붉은 해가 얼굴을 내밀자마자, 미령이 부부가 달려왔다. 이와 동시에 영희와 혜주 그리고 유정미 부부도 서둘러 치장을 마치고 나더러 빨리 옷을 입으라고 재촉한다. 대충 갖춰 입고 나오니,

미령이 부부와 정미네 부부는 소나타 옆에 나란히 서서 우리를 기다리고 있다. 나와 영희는 혜주가 운전대에 앉은 그랜저에 올랐다. 여느 때와는 달리 영희가 내가 앉은 뒷자리에 오른다. 뭔가 좀 수상하다는 느낌이 들어서 열리려는 입술을 꼭 눌러 참았다. 차는 동해를 향해 달리고 있다.

그때까지 다물었던 내 입이 열린다.

"지금 우리 어디를 향하여 가는 거야?"

"정동진으로! 오늘은 우리 세영호텔 준공하는 날이거든."

"호~오, 이제 알았네. 모두 다 짜놓은 각본이었어! 나만 따돌림당했구먼!"

"당신이 주인공이니까 당연한 수순 아니겠어?"

해가 높이 솟아 밝게 빛나는 정오, 정동진에 도착했다. 눈을 들어 산자락을 쳐다 본다. 하얀색 대리석이 번쩍번쩍 빛나는 9층짜리 세영호텔이 아름다운 자태를 뽐내고 있다. 현관 좌우에 황등산에서 캐낸 연하늘색 대리석 옷을 걸친 원통기둥에 형형색색 꽃송이가 주렁주렁 매달린 테이프가 가로로 길게 걸쳐 있다.

평창그룹 회장 조영준, 수안그룹 회장 한천호, 평창건설 전무 안종범(상무에서 승진), 김춘일 부장, 박승혁 부장, 조영지, 조영미가 좌우로 나뉘어 서 있다.

조영준, 한천호, 한수호, 안종범 등이 조영희 좌우로 서서 테이프를

커팅했다.

이로써 세영호텔은 공식적으로 정동진에 태어났다.

2001년 7월 4일의 일이었다.

나를 새삼 놀라게 한 것은 세영호텔 오른편 언덕바지에 목포 양동교회가 우뚝 서 있었다는 사실이다. 영희가 설계사를 보내 양동교회를 면밀하게 조사시켜 그와 똑같은 모형으로 하얀 석조건물과 종탑을 세웠다 한다.

나는 시니어타운이 완공된 8월 29일까지 혜주네 별장에 머물렀다. 영희가 추진하고 있는 각종 사업을 논의하고, 진행 상황을 점검하느라 바쁜 시간을 보냈다.

8월 말일에 학교에 복귀했다. 영희가 선물로 준 그랜저가 평안하게 나를 데려다주었다.

2년 후.

2003년 8월 말, 나는 정년 퇴임했다. 그 해 9월 나는 영희가 인수하여 새로운 모습으로 태어난, 자산이 3천억 원인 학교재단 '세영학원'에서 경영하는 3개 대학의 총괄 총장에 취임했다. 1차로 서울의 '서울세영대학교'가 2004년 3월 개교하고 새 학기가 시작된다. 고양의 '고양세영대학교'와 대전의 '대전세영대학교'는 2005년 개교 예정이다. 영희가 착수한 1차 사업은 2003년 9월에 일단 끝났다.

조영희가 마무리한 1차 사업은 헤아리기에도 숨 막히는 것이었다. 시니어타운은, 고양, 인천, 수원, 대전, 공주, 대구, 부산 등 전국에 7곳. 무료 요양원은, 서울, 부산, 전주 등 3곳. 응급병원은, 전국 10곳. 반값 대학은, 서울, 고양, 대전 등 3곳. 호텔은, 서울, 부산, 서귀포, 부여 등 4곳이었다. 나와 이미 세워둔 2차 사업 계획도 곧 실행에 들어갈 요량이다.

이렇게 사촌이 정신 못 차리게 논을 사대니 배가 아픈 사람이 한둘이 아니다.

34장

만혼식

2003년 6월 어느 화창한 날, 한천호와 조영준이 수안보 영희의 자택에 연락도 없이 들이닥쳤다. 앞마당 탱자 울타리 옆에 놓인 흔들의자에 앉았던 미령이가 반가이 마중한다.

"어유, 한 회장님이 웬일이세요? 조 회장님도요."

그 길로 뛰어가 응접실에서 지도를 펴 놓고 무얼 연구하는 영희에게 두 분 회장이 찾아왔다고 알린다. 이들이 갑자기 찾아왔다는 말에 영희는 적이 놀라 응접실을 나서려는데 두 사람이 들어선다.

"어머님, 그동안 안녕하셨어요?"
"누님, 그동안 안녕하셨어요?"

아들과 동생 두 사람이 한꺼번에 인사하는 통에 영희는 얼떨떨하면서도 반가움에 함빡 웃으며 두 팔을 벌려 맞이한다.

"웬일로 둘이 함께 나타났나?"

나이가 세 살 위인 아들 천호가 응대한다.

"예, 어머님께 급히 드릴 말씀이 있어서 왔습니다."
"그래~애, 어서 안으로 들어가세."
"어머님, 누나! 우선 절을 받으시지요."

카펫에 무릎을 꿇고 큰절을 올린다.

"반갑네, 반가워. 어서 일어서 앉게. 자자…."
"어머님, 실은 홀로 계시는 어머님을 뵙기가 민망해서 오래전부터 전전긍긍하던 차에, 세영호텔 준공 때 어머님과 모 교수님을 뵈었을 때 우리 둘이 의견을 모았답니다."
"무슨 의견을?"
"두 분을 억지로라도 맺어드리기로 말입니다!"
"지금도 모 교수와 나는 좋은 영원한 친구로 맺어져 있는데, 자네들은 무슨 엉뚱한 생각을 하는지 모르겠군."
"누님, 우리 말도 좀 들어보세요. 저희도 어린애가 아니라서 다 알고 있어요. 솔직하게 말씀드리겠습니다. 두 분은 진실로 사랑하시면서도 종교적 계율의 구속과 윤리적 장벽 때문에 인간의 본질적 욕구를 억누르고 계셨습니다. 두 분은 첫사랑이셨지 않습니까? 이제 구속은 풀리고 장벽은 허물어졌습니다. 두 분 앞에는 무한한 자유와 행복의 다리가 놓여졌습니다. 무얼 망설이십니까? 평안한 맘으로 다리를 건너시지요!"

"허어~동생도 어느덧 늙어가나 보군! 인간이 본성만 좇다가는 짐승만도 못한 존재로 전락한다는 걸 모르지는 않겠지. 인간의 삶에는 합리적인 이성의 통제가 반드시 필요하다네. 자유롭다고 방임한다면(Laissez Faire) 혼란(Chaos)만 초래할 뿐이야. 모 교수와 나의 이 잔잔한 우정에 왜 돌을 던지려 하나? 그대들 충정은 충분히 알고 또 고마워. 그러니 자네들 말은 없던 것으로 하세."

천호도 적극적으로 나선다.

"어머님께서 믿으시는 하나님께서는 저희에게도 따끔하게 훈계하십니다. '부모를 공경하라 했거늘, 어찌 그리 네 어머니를 돌보지 않느냐'고요. 제발 저희를 하나님 앞에서 죄인으로 만들지 마세요, 어머님!"

"허어~ 참, 자네들은 하나님 핑계를 대면서 나를 윽박지르는군. 부모를 공경하라는 말씀은 알면서도, 부모를 핍박하지 말라는 말씀은 알지 못하는구나. 좋다! 우리만의 일방적인 주장만 가지고 설왕설래할 게 아니라, 모 교수의 의견도 들어봐야 할 것 아닌가! 그리고 정강이도 불러야지!"

영희의 친아들 한정강은 경기고등학교를 졸업하고, 옥스퍼드 대학에서 정치학을 공부하고 정치학 박사학위를 영득했다.

한 정강은 지금 서울대학 외교학과 교수로 있다.

"모 교수님은 지금 어디 계시지요?"

"반값 대학 마무리 작업 때문에 지금 서울에 있어. 내가 지금 전화하면 저녁때는 도착할 거야."

해가 뉘엿뉘엿할 때 정강이가 도착하고, 얼마 지나지 않아 나도 영희네 마당에 들어섰다. 모두 나와 인사하느라 영희네 집이 호떡집에 불난 듯 오랜만에 시끌벅적하다.

한천호가 반갑게 인사한다.

"교수님, 어서 오세요. 아직도 정정하시네요."

"한 회장님이 더 정정하셔서, 나보다 훨씬 젊게 보이시는구려."

조영준 회장은 뼈 있는 인사말을 건넨다.

"모 교수님, 인연이 닿아서 그런지 남 같지 않습니다. 앞으로 잘 모시겠습니다."

"조 회장님은 어쩐지 십년지기 같게 느껴집니다. 그런데 앞으로 잘 모신다는 말씀은 무슨 뜻인지 도통 모르겠는데요."

"아하, 그 뜻은 곧 아시게 될 겁니다. 하하…"

한천호가 정색하며 말한다.

"모 교수님, 교수님은 이런 하나님의 말씀을 잘 아시리라 믿습니다. '하나님께서 기쁘게 받으시는 정결하고 흠이 없는 믿음은 곧 고아와 미망인을 그 환난 중에 돌보는 그것이니라'고 하셨지요. 그러니 모 교수님이 우리 어머니를 돌보아 주시는 것이 하나님의 뜻이 아니겠습니까? 교수님이 우리 어머니와 결혼해 주시라는 겁니다!"

"호~오, 한 회장은 하나님의 말씀을 끌어다 나를 핍박하려는 모양인데… 사람들은 시시때때로 자기에게 유리한 성인의 말만 골라 쓰는 데 이골이 났다오. 과부를 돌본다는 것이 반드시 결혼하라는 뜻은 아니지 않습니까? 진정한 친구로 지내는 것도 돌보는 것이지요, 그렇지 않습니까? 한 회장님!"

한천호도 지지 않는다.

"교수님 말씀은 우정을 핑계 삼아 인간의 본성을 부인하고 계십니다. 밤낮으로 한 집안에서 같은 공기를 마시며 한솥밥을 먹는 것과, 멀리 떨어져 다른 환경에서 냄새부터 다른 공기를 마시며 사는 것이 어찌 같을 수 있단 말입니까? 모 교수님의 말씀은 결국 우리 어머님을 사랑하지 않는다는 속내를 드러내신 것입니다. 지금까지 교수님을 믿고 의

지해오신 우리 어머님이 가련할 뿐입니다!"

한정강이도 거든다.

"모 교수님! 눈 오는 겨울밤, 휑한 방에 촛불을 밝혀두고 홀로 울고 있는 사람을 상상해 보세요. 따뜻한 마음이 조금이라도 있다면, 감싸 주고 싶은 생각이 아니 들까요? 그것이 하나님의 사랑이요, 석가의 자비가 아닐까요?"

영준이가 따끔하게 못을 박는다.

"교수님, 누님이 싫으시면 우린 이제 일면식도 없던 시절로 돌아가시지요! 짝 잃은 원앙에게 짝을 찾아주는 것이 우리 모두의 소원이니까요!"
"허어, 참, 이 사람들이 나를 아주 몹쓸 인간으로 몰아세우는군! 말이란 녀석은 천년 묵은 여우보다 더 영악하여 마음속에 있을 때는 깃털보다 가볍지만, 한번 입 밖으로 나오면 천금보다 무겁다네, 아시겠는가?"

천호가 애원한다.

"저희도 알지요. 그래서 중천금 같은 입을 열어 말씀드리는 것 아닙니까. 교수님, 교수님도 4~5년 동안 외로움을 맛보셨지요? 어머님은 장장 12년이에요. 그리고 서로 사랑하고 계시지 않습니까? 남은 삶의 마지막 길을 함께 걷는 모습은 참으로 아름답게 보일 것입니다. 제발 저희에게 한 쌍의 원앙 같은 두 분의 모습을 보여 주십시오."

마침내 영희가 결론을 내린다.

"모 소위, 우리 이제 40여 년 만의 사랑을 이루어 보세! 그것도 참 아름다운 하나님의 섭리가 아니겠는가? 우리 그리하세!"
"하! 영희까지 나서서 그리하자는데, 마냥 우길 수만은 없구만… 40년 만의 사랑의 결실이라… 이건 하나님께서 내려주시는 축복이로구만."

자리에 있는 모두가 한목소리로 환호한다.

"아~ 하나님의 은혜로 우리 모두 기쁘고 기쁘도다. 아~멘!"

가을바람에 코스모스가 한들한들 피어있는 9월 7일, 영희와 나의 만혼식은 정동진 세영호텔에서 열렸다.
영희네 친정과 시집 가솔과, 나의 아들과 딸만이 참석한 조촐한 만혼식이다. 영희네 수안그룹과 평창그룹 사장만 초청하였다. 혜주와 미령이 부부도 참석했다. 그날 하객은 세영호텔 투숙객이었다.

만혼식은 정동진 세영교회 양희창 목사님의 주례로 엄숙하게 거행되었다.

만혼식이 시작되기 전 베르디의 오페라 '아이다'에 나오는 '개선 행진곡(Marcia Trionfale)'이 장엄하게 울려 퍼진다.

사회를 맡은 조영진이 만혼식의 시작을 알린다.

"지금부터 모세원과 조영희의 결혼식을 시작하겠습니다. 신부가 입장합니다."

조윤미가 피아노로, 이성호가 색소폰으로 연주하는 바그너의 오페라 '로엔그린'의 '결혼 합창곡'이 울리면서 영희가 하얀 면사포를 쓰고 입장한다.

"신랑과 신부는 결혼을 하나님과 하객 여러분 앞에서 서약하십시오."

신랑과 신부가 결혼 서약을 한다.

"저희 두 사람은 결혼식을 거행하는 이 성스러운 자리에서 하나님과 여러분 앞에서 서약합니다."

신랑 모세원이,

"나의 사는 날까지 신부 조영희를 아낌없이 사랑하겠습니다. 기쁠 때는 서로 웃고, 슬플 때는 서로 위로하며 살아갈 것입니다."

신부 조영희가,

"나의 사는 날까지 신랑 모세원을 아낌없이 사랑하겠습니다. 기쁠 때는 서로 웃고, 슬플 때는 서로 위로하며 하나님 보시기에 아름다운 원앙으로 살아갈 것을 하나님과 여러분 앞에 엄숙하게 서약합니다."

사회자가 겸손하게 요청한다. 하객 여러분, 이제 찬송으로 두 사람의 결혼을 축하하십시다.

태초에 하나님이 낙원을 세우시고
생육하고 번성하라 주 말씀하셨네
여기 모여 혼인 예배 주님께 드리어
사랑스런 신랑 신부 한 몸을 이루네

가나의 혼인 집에 주님이 계시어
기적으로 복을 주신 주 은혜 힘입어
여기 모여 혼인 예배 주님께 드리니
주님 주신 행복으로 넘치게 하소서
이 땅에 주의 나라 세우는 우리들
순결하고 평화로운 가정을 이루네
여기 모여 혼인 예배 주님께 드리고
우리 주님 믿음으로 복되게 살리라

파랑새는 울지 않는다

주례 양희창 목사님이 성혼 선언을 한다.

"이로써 모세원과 조영희가 부부가 되었음을 하나님 앞에 엄숙히 선언합니다."

사회자의 마지막 멘트로 결혼식은 끝난다.

"신랑 신부가 퇴장합니다."

신랑 신부의 퇴장하는 발걸음에 맞춰 멘델스존의 '한여름밤의 꿈'에서 연주된 '축혼 행진곡(Hochzeits March)'이 이성호의 색소폰에 실려 장내를 기쁨으로 가득 채운다.

사회자의 안내로 하객들이 식당으로 발길을 옮긴다. 만혼식은 간소하게 했어도 하객을 대접하는 음식은 가히 산해진미다.

밤이 깊어가는 세영호텔 10층 펜트하우스 통유리에 두 사람의 그림자가 비친다.

손을 맞잡고 바닷가 소나무를 바라보는 그림자는 이 세상에 둘도 없을 행복의 표상이었다.

이르지 않았는데도 전깃불은 꺼지고, 일곱 촛대에 일곱 개 촛불이 동방을 밝히고 있다. 신비한 분위기가 정신을 황홀하게 한다.

나는 고대 에트루리아인의 습속을 본떠, 영희를 안고 문턱을 넘어 화려하게 장식된 침대로 간다.

하나님께 정식으로 허락받은 동방화촉인데 급할 것이 무엔가. 서서히 옷을 벗는다.

우리는 침대 위에 마주 앉는다. 손을 잡아 서서히 서로를 끌어당겨 부둥켜안는다. 맞닿은 입술이 겹친다.

실로 사십 년이라는 길고 긴 세월을 기다린 끝에 맛보는 꿀 같은 입맞춤이다. 황홀하다기보다 오히려 얼떨떨하다.

우리는 푹신한 침대에 몸을 파묻고 누워 서로의 눈을 들여다본다. 사랑의 감정이 용솟음친다.

아! 사랑은 눈으로 들어오는 것이구나!

영희가 조용히 속삭인다.

"여보, 난 사실 40년 전에 이렇게 마주 보고 누워 당신의 눈을 들여다보고 싶었어! 가장이라는 짐 때문에 꾹 참았지. 얼마나 고통스러웠는지 당신은 가늠도 못 할 거야. 이젠 마음 놓고 사랑할 수 있는데도, 살날이 머지않다고 생각하니 가슴을 칼로 찌르는 듯 아프구먼!"

"여보, 너무 서러워 말아요. 서러워한들 젊음이 다시 오지 않는다는 걸 당신이 더 잘 알잖아! 하나님께서 주신 나머지 삶을 좋은 일, 옳은 일만 하며 살자고! 이게 당신의 꿈이잖아!"

"맞아, 당신과 같이 나머지 삶을 보람있게 지내자구! 이제 난 다시는 서러워하지 않을게. 옛사람들이 말하던 운우의 정이 우리의 이런 일을 두고 하는 말이지?"

"그래 맞아! 이백은 청평조(淸平調)에서 이렇게 읊었지."

한 가지에 요염한 이슬 맺혀 향기로운데(一枝濃艶露凝香)
무산의 운무는 초왕의 애만 끊었구나(雲雨巫山枉斷腸)

또 두보도 질 새라 '영회고적(詠懷古跡)'에서 이렇게 탄식한다네.

강산의 그 옛집 어디 가고 글귀만 남았는고(江山故宅豈文藻)
운우의 거친 양대 정말로 꿈이던가(雲雨荒臺豈夢思)

영회가 속삭이며 또 묻는다.

"내가 듣기로 조선조 효종 때 사람 홍만종의 명엽지해(蓂葉志諧)에 이런 얘기가 있다고 하데. 어느 날 내로라하는 선비들이 모여 어떤 소리가 가장 아름다운 소리일까를 놓고 각자의 의견을 나누는 자리에서, 정철(鄭澈)은 '달빛을 가리고 지나가는 구름 소리'라 했고, 심희수(沈喜壽)는 '단풍을 스쳐 지나가는 바람 소리'라 했으며, 유성룡(柳成龍)은 '새벽 잠결에 들리는 아내의 술 거르는 소리'라고 했다네. 그런데 이항복(李恒福)이 '깊은 골방 그윽한 밤에 아름다운 여인의 치마 벗는 소리'(解裙聲)라고 하자, 자리에 있던 모두가 박장대소했다네. 당신도 치마끈이 풀려 스르르 미끄러지는 소리가 좋아?"

"좋다고 아니한다면, 그 사람은 위선자지! 그처럼 뇌쇄시키는 소리는 아마 없을걸! 그러나 지금 내 옆에서 씨근거리는 당신의 숨소리보다 황홀한 소리는 이 세상엔 없을 것이야!"

그날 밤, 비취 이불 속 운우의 정과 양대의 꿈은 만리장성보다 길고 길었다.

손오공의 근두운(筋斗雲)마저 지쳤다고 손사래 치며 멀리 달아났다고 한다.

파랑새는 울지 않는다

35장
장례식

정동진에 새벽이 왔다. 구름 한 점 없는 하늘 아래 수평선에서는 붉은 해님이 서서히 얼굴을 내밀며 환하게 웃는다. 두 번이나 보여주지 않던 그 찬란한 얼굴을 세 번 만에 우리에게 드러내는 장엄한 순간이다.

나는 영희를 깨우려고 침대 쪽으로 고개를 돌린다. 언제 깨었는지 영희도 둥글게 솟아오르는 해님의 붉은 얼굴을 보며 환하게 웃음 짓고 있다. 이 세상의 행복은 자기만의 것이라는 듯 '오만한 행복'이 하얀 나이트 드레스에 감싸인 온몸을 휘감고 돈다.

"여보, 잘 잤어?"
"그럼, 당신도?"
"우리 간단히 기도드리세."

우리는 침대 머리맡에 무릎을 꿇고 기도한다.

사랑과 자비의 하나님, 저희를 잊지 않으시고 큰 은혜 내려주시니 감사합니다. 저희 사는 날까지 하나님을 따르게 하옵시고, 근심과 걱정 없이 살아가게 하시옵소서. 언제나 저희와 함께 계셔서 기쁨과 평안의 복을 내려 주옵소서. 몸과 맘 병 들 때 은혜로 지키사 이 세상 악에서 구하여 주시옵소서. 예수님 이름으로 간절히 기도 드립니다. 아~멘.

영희의 다정한 목소리가 귓전을 울린다.

"우리 어디서 살까?"

"당신의 2차 사업을 활발히 펼치려면 서울이 편리하겠지? 그리고 대학도 서울이 중심이니 말이야."

"좋아, 번거롭게 서울에 새로 집을 마련하지 말고, 총장 사택에서 같이 지내자구. 어때?"

"그거 좋지. 주말은 여기 펜트하우스에서 보내면서 멋지게 살아가세!"

이런저런 얘기로 시간 가는 줄 모르고 있는데 방문 두드리는 소리가 희미하게 들린다. 문을 여니 미령이가 카트를 밀고 들어오며 인사한다.

"언니, 형부 잘 주무셨어요?"

우리는 언니, 형부라는 말에 새삼 서로를 쳐다보며 흐뭇한 감회에 젖는다.

"그래, 그런데 너는 가지 않고 여기 있었어? 고맙구나, 고마워."
"이 서방도 같이 있었는걸요. 불러올까요?"
"그래. 그런데 너희도 우리 덕분에 동방화촉을 밝혔니? 하하…."
"언니가 그런 농담도 하는 걸 보니, 결혼이란 사람의 마음과 몸을 젊게 하는 행복의 보고인가 보네요!"

성호가 색소폰을 메고 활짝 웃으며 들어온다.

"두 분의 동방화촉을 축하합니다! 축가 한 곡 들으시고 식사하시지요."
"그거 좋지, 어서 연주하게."

완전한 사랑 하나님의 사랑
다함이 없는 사랑에 겨워
둘 한 몸 되어 보람있게 살게
손 모아 주님 앞에 빕니다

온전한 생활하게 하옵소서
믿음과 소망 사랑 가지고

아픔과 죽음 겁을 내지 않고
주님만 의지하게 하소서

슬픔을 이길 기쁨 주시옵고
다툼을 없앨 평화 내리사
사랑의 아침 환히 동터오는
행복한 나날 되게 하소서

미령이가 차려온 카트 가득한 세영호텔 최고의 음식을 먹으며 우리
네 사람은 주님께서 주신 행복에 흠뻑 젖는다.

샴페인 돔 페리뇽 빈티지(Dom Perignon Vintage)로 건배하며, 베르디
(Giuseppe Verdi, 1813~1901, 이탈리아 작곡가)가 작곡한 오페라 '라 트라비아
타(La Traviata)'에서 부르는 '축배의 노래(Labiamo ne'lieti Calici)'를 듣는다.

3일을 지내고 우리는 서울세영대학교 총장 관사로 돌아왔다. 관사는
주문대로 정돈되어있었다. 가구며 세간살이가 마음에 쏙 들어 흡족했다.

"여보, 이제부터 우리 아침에 깨어나면 기도는 물론, 꼭 찬송도 부릅
시다. 좋지요?"

"그럼, 당신도 지금까지 그래왔겠지만 나도 지금까지 아침에 눈 뜨자
마자 꼭 기도를 드려왔다오. 그런데 어떤 찬송을?"

"'오늘 집을 나서기 전'이요."

Ere you left your room this morning.

Did you think to pray?

Did you sue for loving favor, as a shield today?

Oh, how praying rests the weary!

Prayer will change the night today

So when life seems dark and dreary,

Don't forget pray

오늘 집을 나서기 전 기도했나요

오늘 받을 은총 위해 기도했나요

기도는 우리의 안식 빛으로 인도하리

앞이 캄캄할 때 기도 잊지 마시오

When your heart was deeply troubled

Did you think to pray?

When your friend so cruelly wronged you

Did you grant him grace?

Oh, how praying rests the weary!

Prayer will change the night today

So when life seems dark and dreary,

Don't forget pray.

맘에 분이 가득할 때 기도했나요

나의 앞길 막는 친구 용서했나요
기도는 우리의 안식 빛으로 인도하리
앞이 캄캄할 때 기도 잊지 마시오

When the trials came before you
Did you think to pray?
With Christ Jesus as your Savior
You can win today
Oh, how praying rests the weary!
Prayer will change the night today
So when life seems dark and dreary,
Don't forget pray

어려움 시험 닥칠 때 기도했나요
주가 함께 당하시면 능히 이기리
기도는 우리의 안식 빛으로 인도하리
앞이 캄캄할 때 기도 잊지 마시오

I will ever praise and thank him
And will always pray
Jesus gave me life forever
In a great new way
Oh, how praying rests the weary!

Prayer will change the night today
So when life seems dark and dreary,
Don't forget pray

나의 일생 다 가도록 기도하리라
주께 맡긴 나의 생애 영원하리라
기도는 우리의 안식 빛으로 인도하리
앞이 캄캄할 때 기도 잊지 마시오

"그런데 기도실이 있으면 더 좋을 텐데…"
"기도실이요? 이미 마련해 두었지요. 이리 와 보세요."

영희의 손에 이끌려 서재로 간 내게 영희가 북쪽 벽난로 옆에 달린 문을 여니 아담한 방이 나타난다. 열 평 남짓한 방이었다. 정면 하얀 벽 중간에 황금색 십자가가 내려다보고 있다. 레오나르도 다 빈치(Leonardo da Vinci, 1452~1519)의 '성모와 아기 예수'가 좌측 벽에, 우측 벽에는 '최후의 만찬'이 걸려 있다. 채색 둥근 방석 두 개가 십자가 앞에 나란히 놓여 있다.

"기도실은 언제 만들었어? 동작도 빠르네, 당신은!"
"내 뜻을 알고 서무과 소 과장이 준비했어요. 어때, 괜찮지?"
"겉에 흠이 없는 사과는 속살도 맛이 더 좋은 것처럼, 이렇게 아름답게 꾸며놓으니 믿음도 더 생기는 것 같아 좋군요. 잘했어요!"

우리는 서재로 나와 전투를 앞둔 장군들이 작전회의를 하듯, 지도를
펴놓고 사업진척을 하나하나 점검하면서 앞으로의 계획을 논의한다.

"대학을 특성화한 것은 잘한 일이지요?"
"암 잘한 거지. 백화점에 질 낮은 물건을 진열하듯 학과만 죽 늘어놓
고, 학생만 채우는 것은 쭉정이만 기르는 교육이지요. 우리가 대학을
인수한 것은 알곡을 키우려는 데 목적이 있지 않소."
"서울 세영대학은 철학 역사 정치 법률 경제 사회 등 인문계열 기초
학문을, 고양 세영대학은 어문 예술 기초과학을, 대전 세영대학은 공학
을 특성화한 학교로 분류한 당신의 안목은 알아주어야 해! 아, 깜박 잊
을 뻔했네. 고양 세영대학 총장은 당신 딸이 맡아주어야 하겠어. 어려
운 독일 작곡 박사이고 10 수년 강의도 해오지 않아? 그러니 다른 말
말아. 훌륭한 실력자들이 교수를 맡아야 학교의 수준이 높아지는 거니
까!"
"허어, 그럼 대전 세영대학은?"
"그건 내 아들 정강이 더러 맡아달라고 부탁했지요."
"그런데 각 학교의 교수 아파트는 제대로 짓고 있는지 몰라 궁금하
네요."
"아, 서울 세영대학 교수아파트는 이미 입주가 끝났지. 고양과 대전
은 좀 늦어지고 있다오."

"그래요? 우리 한 번 둘러 봅시다."

"시간 내서 점검할 필요가 있겠군, 언제 가봅시다."

"그뿐 아니라, 고양 인천 수원 대구 부산 시니어타운은 공사가 계획대로 진척되고 있는데, 대전 공주만 지지부진하다네요. 여기도 가 봐야 하겠지요?"

"그리합시다."

"여보, 내가 지금까지 살면서 느낀 중요한 것 한 가지는 우리 사회가 너무 불공평하다는 사실이야. 가난한 사람은 평생 가난하게 살다 가고, 부자는 부자로 살다가 부자로 죽지! 그들 자녀는 돈으로 유학하고 돌아와서는 권력과 명예를 누리며 살지. 나는 이런 부조리를 조금이나마 바로잡고 싶어!"

"참으로 옳은 생각이야! 그런데 좋은 방책은 있어?"

"중국 한나라 때 인재를 선발하는 방법 중에 효렴(孝廉)이라는 제도가 있었다지 아마. 그런 제도를 본받아 각 지방에서 인재를 추천받아 유학 보내서 신분 상승 기회도 주어, 국가의 동량으로 키우면 어떨까?"

"그거 좋지, 좋아! 일 년에 30명가량 선발하여 박사학위 딸 때까지 학비와 생활비 전액을 지원하는 장학재단을 만들자고!"

"이건 내일부터 당장 추진하도록 세영장학회 사무국에 지침을 줍시다."

"골드만 삭스에서 나오는 이자만으로 감당할 수 있을까?"

"충분하다니까! '몬테크리스토 보물' 중에 보석 중에서 가장 비싼 '레드 다이아몬드'(Red Diamond)가 엄청 많았지. 레드 다이아몬드는 우리가 흔히 보는 다이아몬드보다 70~80배 더 비싸다고 하데. 예를 들면 보통 다이아몬드 1캐럿이 1,700만 원이라면, 레드 다이아몬드는 12~13억 원이나 된다네, 놀랐지?"

"그렇게 비싸다고? 정말로 '마르지 않는 샘물'이로구만! 또 다른 당신의 계획은?"

"중소기업과 소상공인에 대한 무이자 대출!"

"호오, 그것참! 국가도 못하는 정책이지 않아!"

"이 정책도 내일부터 시행하기로 하자구, 어때?"

"빠를수록 좋지. 선별을 잘해야 할 것이야."

"그럼! 그리고 또 있지. 이건 더 큰 것이야! '반값 아파트'!"

"반값 아파트라니! 무슨 뚱딴지같은 발상이야! 어떻게 반값으로 분양할 수 있어?"

"건설은 수안건설과 평창건설이 맡아서 하고, 우리 '시니어타운(주)'이 발주자가 되는 것이지! 우리는 샘물을 무진장 퍼주고, 수안건설과 평창건설은 막대한 수익을 올리는 것이지! 따지고 보면 아파트 건설 원가는 얼마 되지 않는다네. 아파트 업자들이 건설 원가 공개를 반대하고 있는 이유가 거기에 있어!"

"그럼 당신은 그들의 공적이 되는 것이로구만! 당신을 잡아먹지 못해 안달하겠군."

"문화 예술 분야에도 아낌없이 투자할 거야! 가난한 예술가를 지원하는 '세영 문화예술재단'도 설립하자구. 내일부터! 그리하여 각 도청 소재지에 '예술의 전당'을 짓자고! 대관료는 무료!"

"허어…. 이젠 놀랄 겨를도 없네. 숨이 막히는구만! 당신이 벌이는 일에 말이야! 또 있겠지? 다 털어 놔봐!"

"소방관에 대한 파격적 지원책으로 '재난구호재단'도 설립하여 소방관 위험 수당으로 매달 50만 원씩 보조하고, 앰뷸런스 1천 대 기부!"

"또 있어?"

"전국 영세교회 지원을 빼놓을 수 없지! 톨스토이도 말한 것으로 기억하는데, '신앙이 없는 사람은 짐승과 같다'고 말이야. 온 국민이 가톨릭이던, 개신교던, 불교던, 이슬람교던 가리지 않고 믿음 위에 굳게 선다면 갈등 없는 세상, 평화로운 세상이 되지 않겠어? 조선소도 세워 최신 장비를 갖춘 어선 등을 건조비만 받고 판매하여 어민들을 돕는 일도 있다네. 또 염전이나 농지 등 개량 비용도 지원하고, 비료와 가축의 사료도 반값으로 지원하는 일도 할 것이야! 내 재산은 좋은 일 하라고 하나님께서 주신 것이니까! 안 그래?"

"당신 때문에 나도 살맛이 나는군! 당신의 이런 2차 계획은 언제쯤 마무리될까?"

"4~5년 안에!"

"그런데 여보, 이런 일을 마무리 지으려면 당신과 나 건강해야 하지 않겠어? 그러니 너무 무리하지 말고 건강도 챙깁시다."

"그래야지요!"

"난 말이요, '사촌이 논 사면 배 아픈 사람'들의 승냥이 같은 사나운 이빨이 무서워지는구려. 조심합시다!"

"하도 험한 세상이라 당신의 말은 당연해요. 그러나 '태산을 넘어 험곡에 가도 빛 가운데로 걸어가면, 주께서 항상 지켜주시기로 약속'하셨으니 너무 걱정하지 맙시다."

5년 후.

반값 아파트가 서울을 비롯하여 전국 중소도시 곳곳에 비 온 뒤 죽순처럼 불쑥불쑥 솟아났다. 그뿐만 아니라, 새고 나면 시니어타운이 신기루처럼 나타났다는 뉴스가 홍수를 이룬다. 그뿐인가. 관급공사라는 공사는 수안건설과 평창건설이 최저가로 응찰하여 독차지하는 사태가 계속되었다.

더 참을 수 없는 압박은, 수익 많이 올리는 회사들은 왜 반값 아파트나 무료 시니어타운을 건설하지 않느냐는 빗발치는 여론의 비난이다.

이에 건설업계에는 하나둘 수안건설과 평창건설에 인수합병 되는 지각변동이 일어나고 있다. 합병된 업체의 강경노조원들은 남김없이 해고되어 불법 시위는 옛일이 되어가고, 거리는 평온을 되찾았다.

이제 건설업계는 살길을 찾아야 했다. 오너와 임원의 연봉을 반으로 줄여 반값 아파트와 무료 시니어타운 건설에 나서지 않을 수 없는 벼랑끝에 몰렸다.

낭떠러지 앞에 선 업계는 비단 건설업계뿐이 아니었다. 학교재단도, 의료업계도 천길 벼랑에 내몰렸다. 수익이 문제가 아니었다. 숨만 쉬며 꼴깍거리더라도 살아남아야 했다.

이들의 탐욕만 가득한 머리에서 짜낸 살아남을 길은, 상대가 사라지는 요행밖에 없다는 결론에 다다랐다.

어떤 재주를 부려야 상대가 안개 사라지듯 사라질까! 동병상련이랄까. 이들은 한 뭉치가 되어야 산다는 진리를 깨달은 것이다. 이들은 청부업자를 물색하는데 목숨을 걸고, 살길을 찾아 한데 뭉쳤다.

서로 잡아먹지 못해 으르렁거리던 어제까지의 일은 까마득히 잊은 듯, 백년지기처럼 다정하게 머리를 맞대고 묘수를 찾으려고 S 호텔의 화려한 방에 모였다.

막심한 피해를 보고 있는 H 건설 사장이 제안한다.

"역사를 알아야 미래를 개척할 수 있다는 말이 있지요. 수안그룹과 척진 사람을 우선 찾아보는 것이 순서가 아닐까요?"

D 건설 회장이 나선다.

"역사를 거슬러 올라가면, 1978년 말 뉴욕 FBI에게 마약 제조 판매 혐의로 체포된 서길남의 사건이 있지요. 서길남은 평창건설의 경리 이사였어요. 이 사람은 평창건설 재산을 몽땅 털어 뉴욕으로 도주했다가 FBI에 붙잡혀 무기징역을 선고받았어요. 그 아비가 조폭 두목이었는데, 지금도 살아 있는지는 모르겠네요. 아마 아들 일로 평창건설에 앙심을 품고 있으리라 생각되는데….

변호사 출신이라는 S 건설 전무가 자신 있게 장담한다.

"그 문제라면 제가 책임지고 알아보겠습니다. 검찰에 친구들이 좀 있으니까요!"

D 건설 회장이 선뜻 찬성한다.

"그러면 그 문제는 S 전무에게 일임하지요, 어떻습니까?"

이구동성으로 찬성한다.

일주일 후.

L 호텔 은밀한 회의실에 관련 업계 대표들이 모였다. H 건설 사장이 S 전무에게 묻는다.

"알아보셨습니까? 결론은 내리셨습니까?"
"네, 지금은 이리 조폭의 원로 대접을 받고 있더군요. 이름은 서재명이랍니다."

K 학원 이사장이 좀이 쑤시는 듯 성급하게 묻는다.

"어찌하셨습니까?"

"흔쾌히 승낙하더군요. 착수금으로 10억 원, 성공사례금으로 20억 원에 일을 맡겼습니다. 절대 비밀입니다. 이 자리에서 처음 밝힌 것입니다."

"언제 착수한답니까?"

"그것은 그에게 일임했습니다. 기다려 보십시다."

태양이 지글지글 끓어 대지를 불처럼 달구던 2008년 8월 9일 아침, 영희는 여행 준비를 끝내고 대전과 공주를 돌아보고 오겠다며 떠났다. 그녀의 차는 골드만 삭스가 최고 고객의 안전을 위해 제공한 방탄 차량이다. 이런 사실은 나 외에는 아무도 모른다.

그런데, 땅거미가 짙게 깔려도 돌아오지 않는다. 전화도 없다. 불안하면서도 설마 무슨 일이 있으랴 싶었다. 그래도 잠이 오지 않아 뜬눈으로 밤을 새웠다. 해가 중천에 떠서 지글거려도 전화는 오지 않는다. 하는 수 없이 대전 시니어타운에 물어보았다. 조 여사님은 어제 오지 않았다는 답이 돌아왔다. 그 말을 듣는 순간 온몸에 소름이 돋는다.

"아! 큰일이 벌어졌어!"

나는 즉시 서울경찰청에 실종신고를 했다.

즉시 경찰은 전국에 수배령을 내리고, 영희의 그날 동선을 따라 수색을 벌였다.

대전 신탄진에서 신고가 들어왔다.

8월 9일 정오쯤에 금강철교 옆 신탄진로(17번 도로) 현도교에서 덤프차에 밀려 금강으로 떨어지는 승용차를 보았다는 신고였다. 즉시 경찰이 출동하여 다리 밑을 샅샅이 살펴봤으나 차량의 흔적은 발견하지 못했다. 잠수부 십여 명을 동원하여 현도교 3km 위아래 강바닥을 훑고 나서야 차량을 발견하고 인양했다. 사람의 흔적은 없고 운전대 쪽 창문이 열려 있었다.

국내 신문에는 조영희의 실종이 보도되지 않았다. 살인을 모의하고 청부한 자들이, 실종 사실이 대대적으로 보도되면 경찰이 수사에 나서지 않을 수 없기 때문에 단순한 교통사고로 처리하고자 경찰 등 고위 관계기관에 손을 썼을 것이다.

그런데, 9일 자 뉴욕 타임스에는 서울발 기사로 '한국 빈민의 어머니 조영희가 살해되었다(The Korean poor's mother Younghee Cho was murdered yesterday)'고 보도했다. 살해되었다는 사실을 어떻게 알았을까. 숨은 것이 드러날 날은 반드시 올 터!

보름 동안 금강하구까지 수색했으나, 시신은 끝내 발견하지 못했다. 경찰은 수색을 마무리할 때라고 판단하고, 수색 종료를 선언했다.

다음 날, 부여 낙화암 근처 백마강에서 여자 시신이 발견되었다. 오래되어 거의 신원을 밝혀낼 수 없을 만큼 부패한 시신이었다.

나는 안희수 서울경찰청 형사과장과 함께 시체안치소에 가서 시신을 확인했다.

아니다! 영희는 분명 아니었다. 우선 다행이라는 생각에, 하마터면 시신은 영희가 아니라고 할 뻔했다.

그 순간 시신이 영희라고 밝히고 장례까지 치러야, 살인자들이 안심할 것이라는 생각이 퍼뜩 떠올랐다.

"안 과장, 시신이 많이 훼손되기는 했으나, 나 혼자만 아는 부분이 분명 내 아내입니다. 빨리 장례를 서둘려야 하겠습니다."

2008년 8월 27일 조영희의 장례식이 양희창 목사의 집전으로 거행되었다. 가족과 친지들이 대거 참석하여 꿈을 다 이루지 못하고 이승을 떠난 그녀를 못내 아쉬워했다. 어찌 된 일인지 모 총장은 장례식장에 모습을 보이지 않았다. 그는 아내의 죽음에 충격을 받아 실신했다고 한다.

조문객 중에는 십 년 묵은 체증이 확 내려가 시원하다고 껄껄 웃는 사람이 한둘이 아니었다.

에필로그

모르고 하는 행위는 하나님께 용서받을 수 있지만, 알고도 하는 행동은 하나님께서 증오하시는 위선이다. 아무리 나에게 이익이 되는 일일지언정, 생판 모르는 사람의 장례식에 참석하여 악어의 눈물을 흘리는 위선을 떨기는 내 자존심이 허락하지 않았다.

나는 장례에 가지 않고 누워 천장만 쳐다본다. 눈물이 주르르 흘러 귀속으로 파고든다. 눈을 감으니 서러움이 뼛속까지 스며든다.

그대 떠난 이곳에
나만 홀로 누워있네

하늘가는 밝은 길이
내 앞에 있으니

베아트리체 발길 따라
기쁜 맘으로 천성 가려네

문득 하늘에서 미카엘 천사의 음성이 들린다.

"너희에게 아직 하늘길은 열리지 않았다. 두려워 말라, 내가 너희를 지키리라!"

이 말에 나는 희망에 부풀어 벌떡 일어나 기도실로 들어간다.

"가난한 자를 돌보는 자에게 복이 있다고 하시며, 재앙의 날에 그를 도와주시겠다고 하신 하나님! 영희를 기억하시옵소서. 그녀가 지금 어디 있던지 주께서 보살펴 주실 줄을 굳게 믿고 감사드립니다. 악인의 손에 선한 사람이 죽임을 당하는 세상이 정녕 하나님께서 바라시는 세상이옵니까? 그것이 하나님의 정의이옵니까? 하루속히 부조리한 세상을 바로 잡아주시고 하나님의 정의의 밝은 빛을 비춰주시옵소서! 아~멘."

이렇게 기도를 드리고도 믿음이 약한 탓에 아픈 마음 가눌 길 없어, 뒷산에 올라 하늘을 향하여 무릎 꿇는다. 저 멀리 청산은 중중하고 장송은 울울한데, 두견새는 슬피 울어 예고 호수 위에 오색구름은 자욱하게 피어오른다.
갑자기 바람이 휙 불며 꾸짖는 소리가 귀청을 찢는다.

"믿음이 약한 자여! 안쓰럽도다. 내가 너희를 지켜주겠다고 했거늘,

정녕 나를 믿지 못하고 무얼 걱정하고 있는 것이냐!"

"아, 하나님의 은혜 감사합니다. 용서하십시오."

나는 그길로 한천호와 조영준을 부른다.

노을이 짙게 깔릴 무렵, 두 회장이 허겁지겁 달려온다.

"아버님, 매형! 무슨 급한 일이 있으십니까?"

"우리 말인데, 희망을 버리지 말고 기다려 보세. 언젠가 반드시 기쁜 소식이 있을 것이야!"

"무슨 조짐이라도 느끼셨습니까?"

"의로우신 하나님은 반드시 정의를 보여 주실거야! 악인을 징계하시고, 선을 이루실 것이야! 내 확신하네."

그때 사무국장이 상기된 얼굴로 들어온다.

"총장님, 방금 미국에서 급전이 왔는데, 저는 무슨 뜻인지 모르겠습니다."

"그래요? 어디 봅시다."

전보에는 'Tolstoy'라는 딱 단어 하나만 적혀 있었다.

어리둥절한 우리 중 누구도 입을 떼지 못한다.

"전보 내용은 내가 밤새고라도 연구해 볼 테니, 우선 우리의 앞일을 의논합시다."

"그리합시다."

"한 회장, 회사에 어려운 일 있어요? 운영자금 문제라던가…."

"어머님이 돌아가셨다는 사실 때문에, 사원들의 사기가 땅에 떨어졌습니다. 그런데 웬일인지 우리 경쟁회사들은 파티를 열어 흥청망청한답니다."

"호오, 그것 참. 불꽃은 꺼지기 전에 더 밝게 타는 것이지요. 죽을 날을 아는지 모르겠습니다. 불쌍한 짐승들!"

"아니, 아버님, 그게 무슨 말씀입니까?"

"두고 보시게, 내 말이 무슨 뜻인지 사흘 내에 알 수 있을 것이야!"

"조 회장은 할 말 없어요?"

"우리 회사도 마찬가지 형편에 놓여 있습니다. 사원들이 일이 손에 잡히지 않는 모양입니다."

"그래요? 이렇게 합시다. 각기 100억 수표를 드릴 테니 시티은행에서 인출해 쓰세요. 사원들에게 보너스도 푸짐하게 주세요. 알았지요?"

"예, 잘 알았습니다."

"내 참고로 덧붙여 얘기하면, 이번 일은 참으로 어리석은 자들의 어리석은 행위였어요. 말하자면 제 무덤을 판 짓이었지요. 이 사건을 단순한 교통사고로 처리되기를 바라면서 정계 관계 등 고위 관계기관과 언론에 입막음시켰지요. 기자 시절의 육감으로 알 수 있어요. 이 사건이 보도되면 좋건 싫건 수사를 해야 하니까요. 그러나 뉘 알았겠습니까? 뉴욕 타임스가 사건 즉시 보도할 줄을! 이로 미루어 이미 수사는 마무리 단계에 접어든 것 같습니다."

"매형은 그걸 어찌 아십니까?"

"굳이 머리를 쓰지 않아도 알 수 있는 뻔한 일 아닙니까? 조영희 회장을 눈엣가시처럼 여긴 집단이 청부업자에게 살인을 의뢰한 것이지요! 그러면 청부업자는 누굴까요? 조 회장과 척을 진 집단은 다 일망타진 되었지요. 그런데 딱 한 도당만 남아있어요. 바로 서일남 부친!"

"매형, 우리 집을 풍비박산 내고 뉴욕으로 도주한 서일남 말이지요?"

"그래, 맞아. 그 아들 서길남이가 뉴욕서 붙들려 무기 징역살이를 하는 것은 다 조영희 때문이라고 이를 갈고 있거든!"

"아버님, 저도 들은 얘깁니다만, 이리 깡패 두목이라는 그 작자 말씀이지요?"

"그래, 바로 그 사람이지! 오, 알았어! 'Tolstoy'란 말! 그건 톨스토이 소설 '부활(Revival)'을 의미하는 것이야! '나는 부활했다'는 메시지가 틀림없어."

"아, 그런 뜻이었군요!"

"그래, 안심하고 일들이나 하세! 할렐루야, 아~멘."

"할렐루야 아~멘."

"아 참, 이런 메시지가 온 사실은 절대 비밀로 해야 하네! 아시겠는가?"

8월 30일.

서울 경찰청장은 내외신 기자회견을 열고, 조영희 여사 살인사건의 전모를 밝혔다.

2008년 8월 9일 오전 11시쯤, 서재명 일당이 신탄진로 현도교를 지나던 조영희 여사를 살해할 목적으로 여사의 승용차를 덤프트럭으로 밀어 금강으로 떨어트렸다. 철저한 수사 결과, H 건설, D 건설, S 건설 등 건설업계 관계자와, K 학원 등 학원 관계자, L 병원 등 의료업계 관계자 31명을 살인 교사 혐의로 구속했다. 살인 청부업자 서 재명 일당 5명도 살인 혐의로 구속했음을 밝힌다.

곧이어 진행된 재판에서 혐의자 모두가 범행 일체를 자백했다. 이에 재판부는 2008년 11월 26일 청부업자 서재명 등 5명에게는 살인 혐의로 무기징역을, 살인을 의뢰한 H 건설 등 주모자 10명에게는 살인 교사 혐의로 무기징역형을, 기타 16명에게는 살인 교사 방조 혐의로 징역 20년 형을 선고했다.

2008년 12월 23일, 인천 국제공항에는 내외신 기자의 플래시가 폭죽 터지듯 번쩍였다.
부활한 조영희의 화려한 귀국이었다.

시내로 들어오는 차 안에서 영희가 털어놓은 사건의 경위는 이렇다.

8월 8일 밤, 기도실에서 기도를 드리고 있는데, 정면의 십자가에 하얀빛이 번쩍하면서 이런 음성이 들렸다.

"두려워하지 말라, 내가 너를 지키리라!"

9일 11시쯤 현도교를 반쯤 건너는데, 앞길에 '도로 공사 중'이라는 팻말이 세워져 있고, 도로공사 옷을 입은 3명이 깃발을 흔들며 차를 세웠다. 그때 뒤따라오던 덤프 트럭이 운전대 쪽을 밀어 강으로 떨어뜨렸다. 강물에 떨어지는 순간 운전대 쪽 문이 스르르 열려 차에서 빠져나왔다. 나는 수영에 능숙할 뿐 아니라, 2분가량은 숨을 멈추고 물속에 있을 수 있는 훈련을 쌓았으므로 물살을 따라 2km쯤 가다가 모래톱에 닿았다. 그때 꿈에 강가에 나가보라는 계시를 받고, 낚시하던 목사가 나를 안고 200m 떨어진 교회로 갔다. 나는 목사에게 한국 경찰에 신고하지 말라고 부탁하고, 전화기를 빌려 뉴욕 골드만 삭스와 뉴욕 FBI에 상황을 알렸다. 뉴욕 FBI는 곧바로 1978년 말의 서길남 사건 파일을 열어보고 한국 경찰에 서길남의 잔당을 수사해 보라고 권유하고 공조 수사에 착수했다.

그리고 오산 비행장에 연락하여 헬리콥터로 나를 오산 비행장으로 이송했다. 얼마 후 뉴욕 FBI 비행기가 오산에 와서 나를 뉴욕 케네디 공항에 내려주었다. 그길로 뉴욕 NYU 랭곤병원(Langone Hospital)에 입원하여 치료를 받았다. 나를 살해한 일당들이 모두 감옥에 간 후 내 안전을 확인한 FBI가 나를 귀국시켰다.

2008년 12월 25일 정동진 호텔에서는 성대한 파티가 열렸다.

예수그리스도의 탄신을 경축하면서, 조영희의 구사일생을 축하하는 파티였다. 양가 가족 친지와 수안그룹과 평창그룹 임직원 등 300여 명이 참석했다.

새벽이 희끄무레 밝아오면서 붉게 물든 태양이 펜트하우스의 통유리 창문을 두드린다.

떠오르는 해님을 바라보며 어깨를 기대고 앉아 있는 두 사람의 실루엣이 햇살과 함께 쏟아지는 행복에 휩싸인다.

The End